Quelqu'un priait sur ma tombe

Jean-Claude Melka

Quelqu'un priait sur ma tombe

Policier

éditions Les Nouveaux Auteurs

Éditions Les Nouveaux Auteurs

16, rue d'Orchampt 75018 Paris
www.lesnouveauxauteurs.com

ÉDITIONS PRISMA

13, rue Henri-Barbusse 92624 Gennevilliers Cedex
www.editions-prisma.com

ISBN : 978-2-8195-03156

À mes enfants Jonathan et Sarah.
À ma compagne, Nicole, ma première lectrice.

À Jean B. alias le Gros, qui a toujours cru en moi ;
Et à Willy dit le Zeït ; deux témoins de toute une vie.

« En vieillissant, on s'aperçoit que la vengeance est la forme la plus sûre de la justice. »

Henry Becque.

Prologue

Viña del Mar – Chili.
Janvier 2006

Anton appuya sa main contre sa poitrine, désespérément, comme s'il voulait empêcher son cœur d'en sortir. À nouveau cette tachycardie qu'il redoutait à la moindre émotion se manifestait, plus violente qu'à l'accoutumée. Il s'allongea, torse nu, face contre le carrelage frais, guettant le martèlement désordonné de son cœur. Il en ressentait les pulsations affolées jusque dans sa gorge. De longues minutes passèrent avant qu'il ne perçoive plus qu'un battement régulier entre ses côtes. Il se redressa et regarda de nouveau l'enveloppe. Le cachet de la poste l'avait instantanément ramené vingt ans en arrière. Il l'ouvrit, les doigts encore tremblants. La lettre était à l'en-tête d'un centre d'études talmudiques de Jérusalem. Dans un anglais approximatif, le signataire y exprimait le regret de faire part du décès d'Amos Kupfer, inhumé au cimetière du Mont des Oliviers, conformément à sa volonté. Une formule énigmatique qu'il ne tenta pas de comprendre précédait une signature illisible.

Il abandonna le carrelage et se dirigea à pas lents vers sa chambre. Confondue dans les motifs jaunis d'un papier peint sans âge, une feuille était épinglée au-dessus de la tête de lit. Il la regarda longuement. Il lui semblait la voir pour la première fois : « En cas de décès, prévenir monsieur Amos Kupfer – Yéshiva Akiva – Jérusalem. »

Cette réciprocité morbide lui arracha un soupir de lassitude. Il relut cette dérisoire dernière volonté, attestation de la solitude dans laquelle il vivait depuis de longues années, obsession des premiers temps de son exode, désormais inutile. Il arracha la feuille, la déchira lentement, méthodiquement, et s'allongea.

Il revoyait Kupfer gravir la passerelle de ce vieux cargo en partance pour Haïfa. La veille de ce départ, ils avaient déambulé de bar en bar, inquiets, et arpenté les quais déserts du port d'Anvers. Aux premières lueurs de l'aube, Anton était resté sur sa décision : il ne suivrait pas Kupfer en Israël. Même si cela était le refuge le plus sûr, il valait mieux se séparer. Ils n'avaient plus rien à partager. Ils étaient l'un pour l'autre un miroir dans lequel subsistait le reflet des cauchemars qu'ils avaient traversés. Il leur fallait, comme les rescapés d'un naufrage, oublier et tenter de revivre. Ailleurs. Amos Kupfer au moins connaissait sa destination. Il l'avait griffonnée sur un carton à bière. « Pour le cas où… » avait-il rajouté à bout d'arguments. Ils s'étaient longuement étreints, Anton avait promis de lui faire savoir où il s'installerait et Kupfer s'était éloigné lentement vers la passerelle. Anton était resté sur ce quai désert aussi longtemps que le cargo était visible sur l'Escaut et qu'il pouvait apercevoir Kupfer appuyé au bastingage agitant son chapeau. Quelques mois plus tard, il lui avait adressé une simple carte pour lui faire savoir où, à son tour, il avait décidé de jeter l'ancre : « Anton Drajick – Antiquités – Avenuda del Borgo – Viña del Mar – Chili. »

Il n'avait pas été nécessaire d'être plus précis. Seul Amos Kupfer savait qui se cachait sous ce nom, lui seul savait qu'un corps inconnu gisait dans un cimetière lointain sous la véritable identité de ce fantôme qu'était devenu Anton Drajick.

Il murmura, pensif, en détachant chaque syllabe : Ma-xime-Ho-bart… Maxime Hobart… comme l'on prononce le nom de quelqu'un dont on cherche le visage. Quelqu'un que l'on croit avoir connu… Anton eut subitement l'impression d'avoir ouvert une porte sur sa mémoire. Une porte interdite. Mais seules les quelques heures qui avaient précédé le départ de Kupfer persistaient dans ses souvenirs comme si elles s'étaient déroulées la veille. Le reste, tout le reste, s'était volatilisé. À peine perçus, ses souvenirs explo-

saient et se dispersaient comme des bulles frémissantes remontant à la surface d'une eau en ébullition.

La mémoire douloureuse, il tenta de se raccrocher à cette amnésie avec laquelle il vivait depuis longtemps. Il essaya de se raisonner. Après tout, se disait-il, qu'est-ce que cela change? L'existence de Kupfer n'était que virtuelle, vingt ans de silence peuvent tenir lieu de mort. En vain. La mort de Kupfer agissait comme un antidote, effaçant lentement Anton Drajick, tandis qu'apparaissait, dans une brume, à peine esquissé, le visage de Maxime Hobart.

Il ferma les yeux, espérant le sommeil, usant de toutes les ruses de l'esprit pour échapper aux sollicitations entêtantes de sa mémoire. Il se remémora ce qu'il avait retenu d'une nouvelle de Borges dans laquelle un homme à la suite d'un accident se découvre une mémoire absolue, totale, qui lui permet de revivre son passé dans les détails les plus infimes. En définitive, une mémoire atroce.

Anton avait éprouvé la malédiction du souvenir. Il avait été ce personnage de Borges pendant de nombreuses nuits. Lorsque sa mémoire ne se perdait pas dans les brumes du temps il avait tenté d'en laisser une trace écrite, poussé par une impérieuse nécessité, comme l'on rédige un testament au seuil d'une mort annoncée. Chaque ligne fut une épreuve. Il lui avait semblé qu'un poison s'écoulait de lui, passait d'un récipient à un autre, jusqu'à la dernière goutte, jusqu'au bout de cette mémoire qui ne devait plus lui appartenir pour être un autre. Pour être Anton Drajick. Ainsi mourut Maxime Hobart entre Anvers et Valparaiso.

Ce manuscrit, qu'il n'avait jamais relu, vieillissait, oublié parmi des bibelots invendables, dans un recoin de la boutique du rez-de-chaussée. La simple évocation de l'étagère sur laquelle il se souvenait l'avoir rangé déclencha une inquiétude fébrile, une peur confuse, sans substance, comme s'il avait négligé de faire disparaître une trace compromettante... Un mort prêt à ressusciter... Il se retourna plusieurs fois nerveusement, enfin il prit à tâtons une boîte de bêtabloquants sur la table de nuit, et sans rouvrir les yeux, avala un comprimé. À chaque fois qu'il s'abandonnait au sommeil, un kaléidoscope de visages et de paysages, qu'il ne reconnaissait pas, lui vrillait l'esprit, s'imposait à lui dans un désordre vertigineux. Les souvenirs, comme autant de coups de boutoirs, se frayaient douloureusement un chemin à travers son oubli.

Il éprouva brutalement une lassitude profonde, comme un anéantissement total de sa volonté. Il ne pouvait plus lutter. La mort de Kupfer avait ressuscité Maxime Hobart.

Il se leva, retira d'un geste brusque le drap qui recouvrait une psyché au pied du lit et resta immobile devant le miroir. Il semblait interroger l'image d'un vieil homme, maigre, torse nu, aux muscles fatigués et aux longs cheveux blancs jusqu'aux épaules, un vieux Christ dont le regard gris, comme le tain fané du miroir, lui renvoyait ses propres questions.

Il redéposa le drap sur la psyché et s'approcha des persiennes entrouvertes. Le soleil déjà haut tentait d'entrer par effraction dans la pièce à travers les claires-voies des volets.

Il descendit lentement l'escalier métallique qui finissait sa course dans l'arrière-boutique, il s'arrêta longuement devant une étagère. Il prit le manuscrit d'une main incertaine et laissa tomber dans un sac de toile les centaines de feuillets simplement reliés par une pince de bois. Il quitta la boutique par l'arrière, sembla hésiter un instant, puis il traversa une cour pavée et rejoignit le bord de mer. La grande plage de Ranaca n'était pas très loin. Il marcha jusqu'à l'extrémité nord de la baie et, quand il fut tout à fait seul, s'adossa à une vieille barque renversée sur le sable.

Le manuscrit était daté du mois de janvier 1986. Après en avoir lu la première page, il le reposa. Ces quelques lignes lui avaient serré la gorge, le cœur dans un étau, il semblait sourire amèrement à quelque chose, loin sur l'horizon. Le premier jour de mon naufrage, se disait-il, pourtant n'était-ce pas aussi le premier jour du bonheur le plus grand et le plus éphémère que la vie lui avait donné ? Il en avait payé le prix. Un prix exorbitant. Inhumain.

Il resta ainsi de longues minutes, le regard perdu sur la ligne d'horizon. Insensiblement, ses souvenirs épousaient le rythme calme du faible ressac sur le rivage, comme le pendule apaisant d'un hypnotiseur, chaque vague apportait une image, un visage, et chaque reflux semblait le murmure d'une voix. Il se récita la première ligne : « Après vingt ans passés à la brigade criminelle de Paris… » Puis il reprit le manuscrit.

I

Paris.
Janvier 1986.

Après vingt ans passés à la brigade criminelle de Paris, je moisissais depuis dix mois au ministère de l'Intérieur où j'avais été détaché en tant que « Commissaire chargé de missions ». Ce titre ne recouvrait aucune réalité et n'était que l'élégante traduction d'une mise au placard à la suite d'une affaire qui m'avait indirectement conduit à la femme d'un haut personnage de l'État. De l'interpellation musclée d'un braqueur de banque à la femme d'un ministre, il y a loin. Mais quand, aidé par un flic obstiné, le hasard s'en mêle… Les conséquences ne sont pas toujours celles que l'on attend. Ce n'était pas la première fois que ma curiosité me conduisait dans des « sens interdits ». Cette ultime récidive, qui n'avait suscité que l'embarras modéré de mes supérieurs directs, avait déclenché les foudres du ministère de l'Intérieur et plus particulièrement celle d'un homme, inflexible zélateur de la République, haut fonctionnaire impitoyable et revanchard envers qui j'éprouvais les subtilités d'une méfiance permanente : Hubert Gaénnec. Directeur de Cabinet, tête pensante du ministre. L'ardeur et l'obstination dont il fit preuve pour me détruire professionnellement, ses tentatives de m'impliquer dans des enquêtes douteuses, ont eu pour résultat de me faire comprendre que je tenais, avec cette affaire, le moyen de réaliser plus tôt que prévu, un vieux projet nourri par des années de désillusion.

J'ai fini par accepter, en échange de mon « oubli », une proposition de mise à la retraite à taux plein dans un délai d'un an. Un chantage implicite... Mais au lieu de rester en poste comme je le pensais naïvement, je me retrouvais dans ce réfrigérateur au ministère. C'était le prix à payer.

Les « missions » dont on me chargeait ne nécessitaient qu'un coup de fil ou un courrier impersonnel à une administration quelconque. On se souciait de mon emploi du temps comme d'une guigne. Ainsi, je disposais de tout mon temps pour satisfaire pleinement ma passion pour l'art, la peinture en particulier et me préparer à ma future activité de marchand ou d'intermédiaire.

En attendant la retraite promise, je passais mon temps entre expositions, salles de ventes et un anonyme bureau avec vue imprenable sur la cour du ministère. Un déprimant mobilier administratif, obstinément fonctionnel, décorait, le mot est exagéré, les vingt mètres carrés que la République, bonne fille, allouait à son fidèle serviteur et pour m'éviter toutes illusions, une secrétaire qu'un lourd handicap physique interdisait de gravir deux étages, m'assistait depuis un minuscule bureau du rez-de-chaussée. Madame Bourrier était bien la seule personne qui m'accordait une considération digne de ce titre ronflant.

Un matin de janvier, à deux mois de la retraite, je trouvais sur mon bureau une note de Gaénnec, me demandant de recevoir une mademoiselle Katia Van Wickers, si elle en faisait la demande, précisant qu'il s'agissait d'une démarche « personnelle ». Ce dernier terme, ambigu, pouvant s'appliquer à Gaénnec ou à ma future visiteuse, je ne me posais pas plus de questions, comme à son habitude Gaénnec m'adressait ses relations ou celles du ministre pour assurer l'intendance d'une faveur déjà promise, qui ne pouvait dépasser le renouvellement urgent d'un passeport ou l'oubli d'un excès de vitesse...

Je recevais un peu plus tard un appel téléphonique de Katia Van Wickers et en fin de journée, elle se présentait à mon bureau. Elle resta quelques secondes dans l'embrasure de la porte, semblant hésiter puis, incertaine, elle avança et s'arrêta à quelques pas de moi, attendant que je l'invite à s'asseoir. Ce fut un choc. Je n'avais jamais rien ressenti de pareil. J'avais l'impression de vivre un arrêt sur image, la main que je croyais lui tendre n'avançait pas, le temps semblait suspendu à une décision qui ne m'appartenait pas. J'étais perdu, immobile et silencieux, dans la contemplation d'une œuvre d'art. Katia Van Wickers était de ces beautés sorties de l'imaginaire d'un artiste excessif. C'était une femme magnifiée. Elle semblait avoir trente ans. Elle avait un visage d'un ovale parfait, des yeux immenses d'un vert profond, une peau blanche lumineuse qu'encadraient des cheveux noirs relevés sur la nuque, des lèvres pourpres au dessin idéalisé. Tout dans sa tenue attestait d'un goût infaillible, un exact équilibre entre élégance et juste ce qu'il faut de discrétion, pour laisser deviner un corps parfait. Le trouble dans lequel elle m'avait plongé n'avait pas pu lui échapper et n'avait fait qu'accroître la maladresse dont j'avais toute ma vie fait preuve devant les femmes séduisantes. Mais ce jour-là, j'étais bien au-delà de la séduction ou du charme. Je m'accordais des circonstances atténuantes, le film a repris sa vitesse normale, je me suis entendu bredouiller mon nom d'une voix peu naturelle, enfin ma main a rencontré la sienne et je l'invitais à prendre place à l'écart de mon bureau, dans un petit salon que j'estimais plus convenable à un entretien personnel...

—Je vous remercie de me recevoir.

Cette simple phrase, comme les premières notes d'un lamento pour violoncelle, m'apaisa instantanément. Une suite de notes, chaudes et mélancoliques.

Elle avait marqué une longue pause, scrutant la pièce de droite à gauche, elle semblait déçue par ce décor impersonnel. Si mes fonctions étaient à l'image de mon bureau, je ne pouvais être qu'un sous-fifre.

—Connaissiez-vous mon père, Joseph Van Wickers ?

—Non. J'entends ce nom pour la première fois. Je ne suis détaché au ministère de l'Intérieur que depuis quelques mois, je n'ai pas l'avantage de connaître les relations du directeur de Cabinet du ministre.

J'avais l'impression qu'elle hésitait à me dire les raisons de sa visite.

—Monsieur Gaénnec m'a recommandée à vous en omettant de me dire quelles sont vos fonctions au ministère, j'ai pensé que vous pouviez le connaître.

L'association de cette femme splendide à Gaénnec me noua l'estomac. J'en éprouvais comme une jalousie mêlée d'incompréhension. Qu'il ait pu m'adresser un pareil chef-d'œuvre me laissait perplexe.

—Peut-être pense-t-il que mon rôle au ministère ne mérite pas que l'on s'y attarde ! dis-je d'un ton amer.

—Pardonnez-moi, c'était une simple curiosité.

—Je suis chargé de missions. Corvéable à merci, on peut me charger aussi bien de faire sauter un excès de vitesse, que d'accompagner la femme du ministre si elle décide d'aller faire du shopping quand son chauffeur est souffrant. Rien que des missions importantes… Souhaitez-vous avoir encore quelques détails ?

J'étais sincère, j'aurais aimé qu'elle continuât à me questionner. Sa présence me fascinait, je n'étais pas impatient de connaître les raisons de sa visite. Je ne désirais qu'une chose : la faire durer. Elle contemplait le décor semblant y chercher l'inspiration. À moins qu'elle ne pensât déjà à quitter ce bureau dans lequel elle semblait n'avoir rien à faire.

—Vous êtes sans doute très modeste. J'ai du mal à vous croire, il y a trop d'ironie dans vos propos mais si vous y tenez…

—Je n'y tiens pas plus que cela, la vérité est tout autre, mais je doute qu'elle présente quelque intérêt à vos yeux.

—Dites toujours… Je suis d'une nature très curieuse…

—Souhaiteriez-vous évaluer mes compétences ? dis-je en souriant.

—Nullement, mais cette amertume à l'égard de votre hiérarchie doit cacher quelque chose d'intéressant… Pour autant, ne vous sentez pas obligé de vous expliquer.

Vexé d'être aussi transparent – mais ne l'avais-je pas cherché ? – je décidai de lâcher un peu de mou dans ce fil qui commençait à nous relier. À dire vrai, j'étais fatigué de cette comédie à laquelle je m'astreignais quand il m'arrivait de devoir me présenter. « Chargé de missions », ces mots me donnaient la nausée. En les prononçant, j'avais l'impression d'être un tricheur. Subitement, j'avais ressenti, devant cette femme exceptionnelle, la vanité de ma situation, l'indigence de ce bureau au mobilier métallique digne d'un troisième sous-chef de service, bref, une envie de me réhabiliter à ses yeux.

—Je suis, du moins j'étais, commissaire à la brigade criminelle de Paris, disons que ma conception de la police n'est pas celle qui favorise une carrière, j'ai l'échine un peu raide ; dès qu'il s'agit de la courber, ça bloque. Laissez-moi espérer que les raisons de votre visite ne vont pas m'y contraindre.

Je n'ai pas rajouté que pour elle, j'étais déjà prêt à me courber jusqu'à la moquette. Mais, je venais de lui donner l'occasion de s'inventer un rendez-vous oublié et de repartir aussitôt. Je m'en mordais les doigts.

—Dois-je comprendre que votre zèle et votre « inflexibilité » vous ont valu cette promotion ? dit-elle d'un air amusé.

—Promotion... si l'on veut...

—Pour qu'un commissaire de police se retrouve au ministère de l'Intérieur... si ce n'est pas une promotion, qu'est-ce alors ?

Où voulait-elle en venir ? J'avais le sentiment qu'elle poursuivait une idée... Mais résister à sa curiosité était au-dessus de ma volonté. Je répondis conscient de ma soumission :

—Une mise à l'écart, une neutralisation. On appelle ça, un placard.

—Était-ce si grave ?

—J'ai dépassé le cadre d'une enquête.

—Je croyais que tout était permis dans la recherche de la vérité ?

—Non. Tout n'est pas permis. Loin s'en faut. Vous suivez une piste, vous arrivez à un carrefour, vous optez pour le chemin de droite plutôt que pour celui de gauche et là…

—Et là?

—Vous découvrez une autre histoire, sans rapport avec la première, mais bien plus importante. Il se trouve que je déteste faire marche arrière…

Elle me dévisageait silencieusement, longuement. Je me sentais dans la peau d'un élève attendant l'appréciation de son professeur. J'avais la nette impression qu'elle s'interrogeait. Je me maudissais. Je m'y étais pris comme un manche. Qu'est-ce qui m'avait poussé à étaler cette amertume qui me pénétrait aussitôt les pieds dans ce bureau? À lui avouer cet état de sous-flic! Quelques secondes de plus et j'aurais baissé la tête, penaud, pris en flagrant délit d'usurpation.

—Aurais-je frappé à la bonne porte? dit-elle à voix basse, comme si cette question s'adressait à elle-même.

—J'en serais heureux mais comment le savoir? Vous ne m'avez toujours rien dit des raisons de votre visite.

—Pardon? dit-elle pensive.

—Vous avez dit : aurais-je frappé à la bonne porte?

—J'ai dit ça? Je réfléchissais à voix haute sans doute…

—Désolé, mais j'ai entendu… Alors, cette bonne porte? Sur quoi doit-elle s'ouvrir? ou plutôt sur qui?

Elle me regarda longuement. J'avais l'impression d'être mesuré, soupesé. Après un silence qui me parut une éternité, elle répondit dans un murmure :

—Peut-être sur quelqu'un qui… qui hésite à un carrefour…

Elle baissa les yeux, gênée, comme si elle avait prononcé une incongruité. Moi, plus gêné qu'elle, je ne savais comment interpréter cette dernière phrase.

—Pardonnez-moi mais… n'avez-vous pas l'impression que nous tournons autour du sujet?

—C'est à propos de mon père, dit-elle, il est mort à Ostende, il y a deux jours. Infarctus du myocarde. Il sera incinéré après-demain.

Je ne pouvais le croire. Après dix mois d'activités oiseuses, j'entendais enfin parler d'autre chose que d'interventions minables. Mais après un préambule aussi alambiqué, je ne voyais là rien d'extraordinaire. Je n'entrevoyais toujours pas l'objet de sa visite. Je risquai une formule de circonstance qu'elle ne me laissa pas le temps d'achever :

—Je suis navré, je…

—Ne vous donnez pas cette peine, pour moi, il n'existait plus depuis longtemps. C'est son notaire qui m'a prévenue hier matin, un certain maître Hapter à Bruges, il est également son exécuteur testamentaire. Je souhaite en savoir plus sur… sur ce… décès, dit-elle après une hésitation.

—Je ne comprends pas très bien… Vous avez parlé d'infarctus…

—C'est ce que son notaire m'a annoncé. Mais en fait, je… je ne sais comment dire…

À présent, elle me semblait empêtrée dans ses propos. Je tentai de la sortir de cet embarras en plaisantant.

—Dites-le simplement… Vérifiez vous-même : pas de micro, rien de ce que vous pourrez dire ne sera retenu contre vous !

—Simplement ? Ce n'est pas toujours facile. Il y a des situations qui sont au-delà des mots. Je pensais plutôt à une confirmation des causes de sa mort, je ne suis pas convaincue. Rien de rationnel dans ces doutes…

Un mort, des doutes… Je n'étais pas paranoïaque mais Gaénnec m'avait tendu tant de pièges que l'idée d'un de ses traquenards m'a instantanément assailli. Tous mes sens se sont contractés, j'ai reculé dans mon fauteuil, comme pour m'éloigner d'un danger invisible. J'espérais que ce mouvement lui avait échappé et me repris aussitôt :

—« Confirmer les causes d'une mort », dans mon métier, on appelle ça une autopsie… Est-ce à cela que vous pensez ?

Elle mit plusieurs secondes avant de répondre :

—Autopsie... Peut-être. Oui. Quoique le terme me répugne un peu.

—Je n'en vois pas d'autre. Mais, même un élève de troisième année de fac de médecine peut diagnostiquer un infarctus...

—Je ne l'ignore pas, je n'ai pas de raisons sérieuses de contester ce diagnostic, mais je ressens comme un... comme un besoin de clarté.

—Mais sur quoi vous fondez-vous ? Avez-vous connaissance de quelque chose d'anormal, de menaces dont il aurait été l'objet ? Quelque chose qui puisse justifier vos doutes ?

—Mais non... je crois vous l'avoir dit, cette mort... enfin, je veux dire les circonstances de cette mort me semblent tellement improbables... un homme qui consultait son médecin à la moindre occasion, qui ne buvait pas, ne fumait pas, suivait les conseils d'un nutritionniste et d'un professeur de gymnastique attitré. Sans parler de deux check-up par an, ce que m'a confirmé son homme d'affaires que j'ai eu au téléphone aujourd'hui... Avouez que dans un tel contexte, mourir de sa belle mort, confortablement installé dans sa villa du bord de mer, relève presque du miracle, non ?

—Vous ne me semblez pas être naïve... Des gens bien portants morts d'un infarctus, on voit cela tous les jours. Je regrette d'avoir à vous le dire, ce n'est pas suffisant ! Vous ne m'en dites pas assez...

—Je n'ai pas grand-chose d'autre à vous offrir, je le reconnais. Pour être franche, je ne sais pas pourquoi je suis venue vous voir...

Dans le silence soudain qui s'était fait, j'avais la nette impression qu'elle allait se lever et partir comme elle était venue, je me suis imaginé seul de nouveau dans ces vingt mètres carrés poussiéreux. Je ressentais violemment l'urgence de dire quelque chose qui la retiendrait. Elle était là, immobile, les mains sagement posées sur son Kelly.

—Non… Attendez, je ne dis pas que vous devez renoncer, je cherche à y voir plus clair… si vous, vous ne savez pas pourquoi vous êtes venue me voir… comment le saurais-je moi ? Vous me parlez d'autopsie…

—Non… C'est vous qui en avez parlé…

—Ne jouons pas avec les mots… vous avez parlé de confirmation des causes de sa mort… ça s'appelle une autopsie ! J'essayais de vous aider dans votre réflexion…

—Vous avez raison. Je dois vous paraître incohérente.

Je sentais monter en moi comme une impatience, un commencement de nervosité, tandis qu'elle me dévisageait en pianotant sur le rebord de la table basse, puis elle reprit tout à trac :

—Comment se passe une enquête autour d'une mort… suspecte ?

—On vérifie les causes de la mort ; s'il s'agit d'un crime, on épluche l'emploi de temps de la victime, on interroge ses relations, sa famille, on cherche le mobile ; savoir à qui profite le crime est une tâche prioritaire… exactement comme dans les séries policières… Pourquoi cette question ?

—Donc, si la mort de mon père pouvait être suspecte…

—A priori, elle ne l'est pas… Mais, j'ai l'impression que ce n'est pas ce que vous auriez souhaité.

—C'est vrai. On pourrait dire que je refuse cette mort… naturelle… elle ne me convient pas…

—Voilà qui a le mérite de la franchise… mais qui ne m'en dit pas davantage sur les raisons de votre visite… À part cette idée d'autopsie… dont je sais d'expérience qu'elle ne s'obtient pas sans motif valable, elle peut et elle sera certainement refusée si le permis d'inhumer a été accordé, il vous faudra produire des éléments probants… fournir des explications. Ne pourriez-vous pas m'éclairer… un peu plus ? Voyons, réfléchissons ensemble…

Je crois bien que cette dernière phrase l'a fait basculer. Dans ce « réfléchissons » avait-elle vu une proposition implicite d'association ? Alors que moi, je ne faisais que m'agripper à sa présence… comme un naufragé à une bouée.

—Ensemble… dit-elle les yeux dans le vague.

Elle s'octroya un sursis en ouvrant un paquet de cigarettes et en alluma une maladroitement, visiblement peu habituée. Elle fixait le cendrier sur la table basse, puis elle redressait la tête et me jetait un regard furtif, elle contemplait sa cigarette, pensive et ses yeux se perdaient à nouveau dans le cendrier. Je la devinais en apesanteur, au bord d'une décision. Le silence envahissait la pièce. Je craignais le bruit de ma propre respiration. Enfin, elle écrasa sa cigarette, lentement à plusieurs reprises, comme pour se donner le temps d'une ultime réflexion puis elle reprit, le visage tourné vers la fenêtre toute proche, le regard perdu dans un lointain hors de mon imagination :

—Vous avez dû entendre bien des aveux dans votre métier… Les miens relèveraient plutôt d'une confession sordide… Telle que vous me voyez, je ne suis que le résultat d'un tas d'argent sale, la fille d'une prostituée d'Ostende et d'un proxénète…

Ces mots m'avaient littéralement paralysé. K.-O. assis.

—Je sais, rajouta-t-elle en souriant amèrement, ça ne se voit pas ! Le seul bon goût de ce père, je m'en étonne encore aujourd'hui, aura été de m'envoyer pendant douze ans dans le meilleur pensionnat d'Europe. Pour deux cent mille francs suisses par an, il se débarrassait de moi et n'avait plus de souci à se faire. Lors des rares visites qu'il me rendait au pensionnat, quand ma mère ne pouvait l'accompagner, je n'avais qu'une hâte, c'était de le voir partir. J'en avais honte…

J'écoutais cette femme éloquente sans comprendre, mon esprit à ce moment n'était qu'un embrouillamini de questions sans queue ni tête.

—Une fois seule, je ne supportais pas le regard de mes petites camarades, que pouvaient-elles penser d'un père venant au volant d'une Rolls tapageuse, comme son énorme chronomètre, et de ses tenues exubérantes ? Mes petites compagnes qui étaient pour la plupart des filles de vieilles familles aristocratiques qui ne connaissent que le blanc, le bleu marine et toutes les nuances de gris ? Ce genre de gens pour qui l'ostentation est la pire faute d'éducation...

De qui parlait-elle ? Était-ce de cet homme dont elle voulait éclaircir les causes de la mort, il y a quelques minutes ? J'attendais, fasciné et inquiet de la suite. Il y avait forcément une suite.

—Je dois vous choquer? dit-elle sans détourner son regard de la fenêtre. Être une femme bien élevée, connaissant tout des bonnes manières et des usages, m'obligerait-il à une gratitude post mortem ?

Aucun mot, aucune phrase au monde n'aurait pu venir à mon secours. Le silence s'imposait, évident.

—Ma mère est morte dans un accident de voiture, il y a dix ans, en compagnie de son amant. Elle avait cinquante ans, elle était séparée de mon père depuis quelques années. C'était une femme magnifique, si elle était une putain, alors elle était sûrement la plus belle prostituée qu'aucun bordel n'a jamais eue comme pensionnaire.

Elle s'était tue. J'attendais. J'avais l'impression de me rétrécir dans mon fauteuil. Puis, le visage parfaitement immobile, sans un battement de paupières, elle poursuivit tandis que je m'autorisais une respiration profonde, comme pour faire une réserve d'air pour supporter la suite de cet incroyable récit.

—Je n'ai su tout cela que quelques jours après sa mort, en trouvant par hasard une lettre de ma mère dans un coffre que mon père avait, par mégarde et pour mon malheur, laissé ouvert. Je n'oublierai jamais cette lettre. Elle lui disait qu'il savait à quoi s'attendre en l'épousant. Qu'elle n'avait accepté ce mariage que par nécessité. Elle lui rappelait sa promesse de la laisser vivre comme elle l'entendait. Qu'elle n'envisageait pas un seul instant d'y renoncer. Elle lui rappelait qu'il eût mieux valu pour lui de rester patron de bordel à Ostende, là au moins avait-il l'air de ce qu'il était, qu'elle n'était pas la putain soumise qu'il croyait avoir connue, qu'il devait accepter le divorce comme il s'y était engagé si elle le souhaitait, qu'elle utiliserait tous les moyens pour l'obtenir, y compris ceux qu'il redoutait le plus. Elle exigeait la moitié du patrimoine commun.

Que peut-on dire à une femme qui, sans prononcer la moindre parole, m'avait paralysé et maintenant m'entraînait dans un récit proprement inconcevable ? J'ai continué de me taire. Lâchement.

—J'avais vingt ans et encore quelques illusions. Je vous laisse imaginer ce que j'ai ressenti. Découvrir de telles vérités sur ses propres parents m'a valu de longues nuits sans sommeil passées à me torturer de questions insoutenables. Était-il mon père génétique ? Il est impossible que j'aie hérité d'une seule de ses molécules. Ne serais-je alors que le fruit d'un amour de passage ? Le résultat d'une étreinte tarifée ? Curieux dilemme, être la fille d'un maquereau ou celle d'un client… Une bâtarde !

Elle s'était tournée vers moi et semblait revenir d'un mauvais rêve. Elle me dévisagea longuement comme si elle venait de découvrir ma présence.

—Voilà, dit-elle en soupirant.

J'ai subitement eu l'impression de toucher le sol après une chute vertigineuse. Le temps s'était arrêté. J'étais totalement perdu. L'idée m'est venue qu'elle était folle ! J'avais affaire à une mythomane que m'avait envoyée Gaénnec ! Une tentative de plus pour me faire plonger dans un de ses sinistres pièges ! Puis, j'ai réalisé qu'elle pleurait, doucement. Je lui ai tendu un mouchoir.

—Pardonnez-moi, dit-elle, je n'ai jamais évoqué ces souvenirs depuis dix ans. Je me croyais plus forte…

—Ne vous excusez pas, je n'aurais pas dû vous poser de questions…

—Ce n'est pas de votre faute, je dois m'expliquer, sans quoi vous me prendriez pour une folle…

La logique… ou l'instinct ? me suis-je demandé.

—Je suis un peu dérouté, je l'avoue, dis-je, vous souhaitez éclaircir les causes de la mort de votre père et vous en parlez comme d'un… d'un salaud de la pire espèce ! Que vous importe sa mort ? Aurait-elle adouci vos rancœurs ? Comme c'est souvent le cas…

—Rancœurs ! Quel euphémisme ! Je le détestais ! À la lecture de cette lettre, j'ai même pensé qu'il était responsable de la mort de ma mère. Quand une femme magnifique encore jeune veut divorcer, qu'elle exige la moitié du patrimoine de son très riche mari au passé plus que douteux et qu'elle trouve la mort dans un accident de la route… on se pose des questions…

—Je le reconnais. Mais je suppose qu'il y a eu une enquête, c'est classique dans ces cas.

—Peut-être. Je n'en ai jamais rien su. Je ne pensais qu'à partir et oublier.

—N'avez-vous pas parlé de cette lettre menaçante à la police ?

—Pour révéler publiquement, peut-être devant un tribunal, que j'étais la fille d'une putain et d'un maquereau ? Finalement, je suis ridicule puisque je viens de vous le confesser…

—Vous n'êtes pas devant un tribunal et dix ans ont passé…

—Je me sens lâche, dit-elle en soupirant. C'est moi qui aurais dû le tuer quand j'ai découvert cette lettre. Je suis intimement convaincue que c'est lui qui avait mis ma mère sur cette trajectoire abjecte. Quand je pense qu'il y avait là, à portée de main, une arme et qu'il m'eût suffi de quelques secondes de courage… Je n'aurais été condamnée qu'à quelques années de prison, cette lettre était la meilleure des plaidoiries. Un rêve d'avocat. Un parricide acceptable.

—Vous ! En prison ? Je ne peux l'imaginer un instant. Vous ne l'auriez pas supporté.

—Qu'en savez-vous ?

—L'expérience. Même au prix d'un effort surhumain, je ne vous imagine pas dans cet univers de femmes taulardes, bien pire que celui des hommes.

—Les apparences sont trompeuses. Je ne suis pas une femme fragile. Ne me jugez pas sur mes larmes. J'ai fait l'expérience du deuil… et de bien d'autres épreuves… Il y a certaines choses dont on doit être prêt à payer le prix…

Une grande lassitude semblait la gagner. Elle était émouvante. Une vague m'avait submergé et renversé. J'avais beaucoup de mal à reprendre pied.

—J'imagine bien que le passé de votre père a pu susciter des rancunes tenaces. Peut-être même des convoitises. Est-ce là, l'origine de vos doutes ?

—Je n'ai pas été assez claire. Je n'ai aucun doute sérieux mais certaines choses m'étonnent… comme par exemple cette curieuse volonté d'être incinéré… lui ! Un bigot ! Qui se déclarait catholique traditionaliste, sympathisant affiché de « La Fraternité Saint Pie X » qui prône l'intégrité du corps…

—C'est maigre pour justifier d'une autopsie… mais franchement, que vous apporterait le fait qu'il ne soit pas mort… naturellement ?

—Pendant dix ans, j'ai occulté ce père. Je l'avais totalement rayé de ma mémoire. Peut-être qu'inconsciemment, je pensais que tant qu'il vivait, les secrets de sa vie, de celle de ma mère plutôt, restaient accessibles, rangés dans la mémoire d'un salaud, mais potentiellement accessibles ! Je pouvais espérer une confession tardive… Une autre vérité sur ma mère. Sa mort a réveillé brutalement ces questions. D'un seul coup, j'ai réalisé que je n'aurai jamais de réponses. À quoi puis-je me raccrocher aujourd'hui ? S'il a été assassiné, on rouvrirait cette porte qui s'est refermée sur tant de secrets, on enquêtera sur sa vie, sur son passé, ce passé dans lequel il y a forcément ma mère… C'est la seule chose que je désire connaître.

—Remuer le passé conduit souvent à des vérités dont on se serait bien dispensé. Ne le craignez-vous pas ?

—Quelle vérité ? Être la fille d'un tenancier et d'une prostituée ? Depuis dix ans, cette idée m'obsède, même si au fond de moi, je continue de la refuser. Pour moi, c'est en quelque sorte le pari de Pascal : je n'ai rien à perdre et tout à gagner.

— C'est un pari à cent contre un ! J'ai déjà eu affaire aux services belges, j'ai énormément de mal à penser qu'ils auraient pu délivrer un permis d'inhumer sans certitude. Cela dit, il n'était pas nécessaire d'attendre la mort de votre père pour en savoir davantage sur votre mère, il y a de bons détectives privés... Ce serait certainement une solution plus sûre qu'un hypothétique assassinat !

Je me traitai aussitôt d'imbécile. C'était exactement le contraire de ce que je désirais. Je m'apprêtais à la retenir par le bras tant j'étais certain qu'elle allait prendre cette suggestion au sérieux et quitter mon bureau.

— Dois-je comprendre que...

— Non ! Bien sûr que non ! dis-je précipitamment, je voulais vous éviter une désillusion... ne renoncez pas... tentez l'autopsie et si ça ne marche pas, il sera toujours temps d'avoir recours à un privé.

— M'aiderez-vous ?

Panique ! Quel était le sens de sa question ? L'aider à trouver un privé ? Ou l'aider, moi, l'ex-flic de la Criminelle, aujourd'hui dans un réfrigérateur ?

Elle était là et semblait guetter ma décision. Je ne savais que trop bien que tous les raisonnements du monde iraient vers la même conclusion : ne rien faire équivalait à la laisser partir. Déjà inacceptable. Je sentais que je devais me décider. Maintenant. En moi, se bousculaient les images de ma vie comme autant de flashs stroboscopiques. Je n'avais rien à perdre. Je n'existais plus et voilà que se présentait à moi une résurrection. Et pas seulement professionnelle. J'ai choisi : entrer dans sa vie, même par effraction. Sans avoir la moindre idée de la suite des événements.

— D'accord. Si cette autopsie, en imaginant que vous l'obteniez, peut vous aider... pourquoi pas ? Je ne suis pas certain de connaître les dispositions légales en matière d'autopsie en Belgique ni même les droits conférés à l'exécuteur testamentaire… Obtenir une autopsie dans un délai aussi court ? Il va vous falloir retarder l'incinération et déposer une plainte si vous persistez dans votre décision.

—Je n'y ai pas réfléchi, vous l'imaginez bien… Par quoi dois-je commencer ? Pensez-vous qu'une demande émanant d'un ministère ?

—Votre père avait-il la nationalité belge ?

—Oui… Est-ce important ?

—Oui. Dans ce cas, nous ne pourrions pas intervenir, du moins officiellement. Je vais me renseigner auprès d'un ami à l'ambassade de France à Bruxelles.

Nous sommes restés l'un assis en face de l'autre. Moi, tête basse, je contemplais la moquette, semblant réfléchir, alors que je ne cherchais qu'à dissimuler mon trouble. C'est elle qui a rompu le silence, à mon plus grand soulagement.

—Monsieur Gaénnec m'a dit que vous parliez flamand, enfin… néerlandais ?

—Oui. Les restes d'une vie antérieure… Je pense que c'est pour cette raison qu'il vous a dirigée vers moi. Cela peut être utile en Belgique, du moins à Ostende. Voulez-vous me laisser un numéro de téléphone, lui dis-je en poussant un bloc vers elle, je vous tiendrai au courant dès ce soir.

En guise de réponse, elle déposa une carte de visite sur le bloc, me remercia, se leva et se dirigea vers la porte. Elle marqua un temps d'arrêt, me laissant admirer le plus beau dos qu'il m'ait été donné de contempler, elle se retourna et répéta avec un soupçon de tristesse :

—Merci…

Debout près de ma fenêtre, je l'ai regardée traverser la cour du ministère et disparaître. L'irruption de cette femme et de son incroyable récit, après des mois de routine, m'avait totalement secoué. Je venais de vivre un séisme. J'en ressentais encore les secousses. Le calme revenu, je constatais que de ce récit il ne me restait que des bribes confuses et le vague sentiment d'être perdu sur une route inconnue. Elle était plus que belle, jeune, probablement riche, elle transpirait l'intelligence et la bonne éducation... et elle voulait éclaircir la mort d'un père détesté dans l'espoir insensé de découvrir une autre vérité que celle d'une mère putain dans un bordel d'Ostende ! Une chose était certaine : dès ce jour, j'étais décidé à me mentir pour la revoir et même plus que cela, l'accompagner au bout de son fantasme.

II

La note de Gaénnec qui traînait sur mon bureau m'a ramené à la réalité. Je devais lui rendre compte de cette visite, mais mon instinct me hurlait de réfléchir avant de le faire. Je réalisais brutalement que j'étais vraiment devenu un gratte-papier, le flic que j'avais été avait bel et bien disparu sous une épaisse couche de rouille : je n'ai pas pensé à demander à Katia Van Wickers quels étaient ses liens avec Gaénnec. De quoi lui avait-elle parlé ? Pourquoi l'homme que je détestais le plus au monde m'avait adressé la femme la plus belle qu'il m'ait été donné de voir ?

Décidé à improviser au gré de la conversation, je n'avais pas d'autre choix, j'appelai Gaénnec et lui fis part de la visite de Katia Van Wickers.

—Elle est quand même venue vous voir ?

—Comme vous le lui avez demandé…

—Non ! Suggéré… dit-il d'un ton sec. Bien. Venons-en au fait. Que voulait-elle ?

—Avoir quelques détails sur les circonstances du décès de son père.

—Des détails ? Lesquels ?

—Elle ne l'a pas vu depuis dix ans, elle souhaitait savoir dans quelles conditions ce décès est intervenu, elle souhaite également retarder l'incinération.

—Effectivement, elle m'en a fait part. Quelles raisons a-t-elle de le vouloir ?

La question vicieuse que je n'avais pas envisagée. Et pour

cause : je n'étais pas moi-même certain de la connaître… Je risquai une réponse.

—Elle souhaite avoir le temps de rencontrer le médecin qui a constaté le décès…

—Je ne vois pas le rapport avec l'incinération ?

—Le rencontrer avant… avant l'incinération…

—Mais pourquoi avant ? Expliquez-vous Hobart et cessez vos circonlocutions ! C'est agaçant !

Je n'avais pas souvent l'occasion de jubiler. Agacer Gaénnec me procurait un plaisir un peu sadique. J'en rajoutais :

—Mais parce qu'après l'incinération, il sera trop tard… On n'a jamais autopsié des cendres…

Gaénnec avait beau être roi de la dissimulation, le silence qui suivit trahissait une grande contrariété.

—Autopsie ? Elle aurait des doutes sur les causes du décès de son père ? Un infarctus à soixante-dix ans, cela n'a rien d'exceptionnel !

J'avais l'impression de l'entendre réfléchir aux questions qu'il allait me poser. Je n'avais aucune intention d'y répondre, je me sentais déjà dépositaire d'un lourd secret.

—Mais pourquoi cette idée ? Quelles raisons a-t-elle de suspecter une autre cause de décès ?

—Aucune raison sérieuse, peut-être un manque de confiance en la médecine belge… la crainte d'une anomalie cardiaque héréditaire… Que sais-je ? Les femmes…

J'aurais été bien étonné de voir Gaénnec avaler cette explication. Mais que pouvait-il faire d'autre ?

—Comme si nous n'avions pas autre chose à faire que de nous occuper des fantasmes de nos amis ou relations ! Elle n'a besoin de personne pour retarder l'incinération. Elle est sa fille, tout de même ! Quant à obtenir une autopsie, c'est totalement farfelu ! Bien que son notaire m'ait assuré que monsieur Van Wickers soit décédé des suites d'un infarctus, faites-vous-le confirmer si cela peut lui faire plaisir. Prenez contact avec Léo Hartman à Bruxelles.

Je n'avais pas besoin de lui pour contacter mon vieil

ami Léo. J'avais déjà l'intention de le faire, mais je ne savais toujours pas quelles étaient les relations de Gaénnec avec Katia Van Wickers… Sauf que le notaire l'avait prévenu du décès de son père.

—Pourquoi ne pas avoir adressé mademoiselle Van Wickers directement à Hartman ?

—Je sais ce que j'ai à faire Hobart ! Et j'ignorais la nature de sa demande. Je n'allais tout de même pas solliciter l'intervention de l'ambassade de France pour me faire confirmer je ne sais quels détails ! Fût-ce pour être agréable à cette personne !

—Oui, je comprends… c'est une de vos relations ? ajoutai-je hypocritement.

—Qui donc ?

—Mademoiselle Van Wickers…

—Là n'est pas la question ! Je doute fort que cette demande d'autopsie aboutisse. Ne vous occupez pas de ça, Hobart ! Téléphonez à Hartman et tenez-moi informé.

Et il raccrocha. Me charger d'un simple coup de fil en Belgique était bien une « mission » à la mesure du placard dans lequel il m'avait installé. Une humiliation de plus. Une humiliation de trop ! J'ai tourné en rond autour de mon bureau, je me suis joué une petite comédie de réflexion comme pour justifier une décision que j'avais prise dès le départ Katia Van Wickers.

Je me décidai à appeler Léo et à lui exposer le problème. Une solide amitié nous unissait, de l'époque de la fac de droit à l'école des officiers de police, nous avions passé près de huit ans ensemble. Brillant, réussissant sans effort, personne ne fut surpris de son classement de sortie. Après quelques années passées dans les commissariats les plus importants de Paris, il avait été recruté par la DGSE qui l'avait placé à l'ambassade de France à Bruxelles où il était « conseiller » pour les affaires de sécurité.

J'expliquai à Léo l'essentiel de l'histoire. Il n'était pas très au fait des aspects juridiques de ma demande. Il me promit de se renseigner auprès des services de l'ambassade et de me rappeler aussitôt. Il le fit un quart d'heure plus tard. Il fut catégorique : si le report de l'incinération ne posait pas de problème, sans un dépôt de plainte, il était impossible d'obtenir une autopsie, celle-ci pouvant malgré tout être refusée par le procureur du roi. Compte tenu de l'urgence, le plus sûr était de charger un avocat inscrit au barreau d'Ostende de le faire. J'appelai Katia Van Wickers immédiatement.

—Chose promise chose due, dis-je d'un ton que j'espérais détaché, l'ambassade de France à Bruxelles est catégorique, vous devez déposer une plainte pour homicide, c'est la seule possibilité et compte tenu des délais, directement auprès d'un avocat du barreau d'Ostende. Ne perdez pas de vue que cette plainte peut être rejetée par les autorités belges.

—Je vous remercie de vous en être occupé si vite. Je ne sais plus où j'en suis, je l'avoue…

Je la sentais désemparée, hésitante.

—Je ne m'autorise pas à vous donner mon avis, lui dis-je, mais si cela peut vous aider à tirer un trait, à tourner la page…

J'avais l'impression que ces paroles me venaient de l'au-delà. Un réflexe, plutôt qu'une pensée. Si elle avait changé d'avis… fin de l'histoire.

—Tourner la page, dites-vous… Oui, peut-être bien… M'accompagnerez-vous ? Cela peut être utile…

—Pardon ?

—Je disais… puisque vous parlez flamand, ce serait peut-être utile si…

—Oui… Bien entendu… si vous le souhaitez… Oui !

—Et pour l'avocat ? Je…

—Je m'en occupe, je vous rappelle tout de suite !

L'accompagner ! Où ne l'aurais-je pas accompagnée ? Depuis notre entretien, je n'avais cessé de penser à elle et à cette étrange confession, l'idée de passer quelques heures avec elle me remuait des pieds à la tête. Mais… Gaénnec ! Gaénnec et ses instructions : téléphonez à Hartman ! Ne vous occupez pas de ça !

Je rappelai Léo.

—Je t'expliquerai Léo, cette histoire, c'est strictement personnel…

—Je m'en doutais, tu serais réintégré à la Criminelle ?

—Ne remue pas le couteau dans la plaie. Arrange-moi un rendez-vous avec un avocat, c'est urgent. Un bon avocat…

Un quart d'heure plus tard, Léo me confirmait le rendez-vous avec un certain maître Straeten du barreau d'Ostende.

Je rappelai Katia et lui proposai de nous retrouver tôt le lendemain, gare du Nord.

Ce fut ma première nuit de totale insomnie.

À sept heures, nous prenions le premier train pour Bruxelles. Durant tout le trajet, nous n'échangeâmes que des banalités. Katia et moi évitions tous propos qui nous auraient ramenés au but de ce voyage. C'était comme un jeu dont nous partagions secrètement la règle. C'était mieux ainsi ; pas une seconde, je ne pouvais croire en une erreur de diagnostic. Autant parler d'autre chose. Lorsqu'elle me posait des questions sur ma carrière avant le ministère, je répondais comme un écolier devant son institutrice. Elle me demanda pourquoi je parlais néerlandais, elle trouvait curieux le choix d'une langue si peu pratiquée dans le monde, de quelle utilité était-ce dans mon travail ?

—C'est une histoire banale, lui ai-je expliqué. J'avais terminé mon droit, avant de rejoindre l'école des officiers de police. Une rencontre à Amsterdam où je passais quelques jours. Un coup de foudre, les quelques jours ont duré plusieurs semaines, de retour à Paris, je m'y suis mis, l'amour fait faire des prodiges… Après quelques mois de cours intensifs entrecoupés de séjours à Amsterdam, j'étais capable de m'entretenir avec Jeanne. Nous nous sommes mariés et avons vécu ensemble pendant trois ans, puis les choses se sont gâtées. Elle ne supportait pas les contraintes de mon métier. À l'époque, j'étais un jeune officier de police, débordant d'ambitions. Nous avions des scènes de ménage… en néerlandais, rien de tel pour améliorer ses connaissances d'une langue. Nous avons divorcé. Hormis le fait que cela me vaut de vous connaître aujourd'hui, je n'ai pas le souvenir d'en avoir eu besoin dans mon travail… Peut-être une fois. Un dealer hollandais…

—C'est donc ça, votre vie antérieure… Et depuis ?

—J'entretiens mon néerlandais comme je peux, livres… et voyages, Amsterdam, Bruxelles, Bruges où je me rends le plus souvent possible.

—Des enfants ?

—Non… Heureusement.

—Je vous comprends, j'ai du mal à y penser…

—Pardon ?

—Aux enfants…

Elle savait de quoi elle parlait.

Léo nous attendait gare du Midi. Je fis les présentations d'usage, sans aller jusqu'à dévoiler ses fonctions à l'ambassade.

—J'ai arrangé un rendez-vous avec maître Straeten, avocat au barreau d'Ostende, l'ambassade a déjà eu recours à ses services, c'est un type compétent, dit Léo en s'adressant à Katia.

J'eus l'impression de ne pas exister. Katia avait le don de rendre invisible son entourage.

Une heure plus tard, nous étions dans le bureau de maître Straeten. Je lui fis part de la demande de Katia. Straeten prit quelques notes, après quoi il expliqua dans un excellent français les différents aspects du problème.

—Le premier point est celui de l'incinération. En effet, l'exécuteur testamentaire est considéré comme un « mandataire post mortem », il est chargé à ce titre de faire respecter les volontés du défunt, mais comme il ne s'agit pas d'annuler mais de retarder l'incinération, à la demande des héritiers, il ne peut s'y opposer. S'agissant de l'autopsie, il y a deux possibilités. Vous pouvez déposer une plainte contre X pour homicide et demander une autopsie médico-légale, ce que le procureur du roi peut refuser, le permis d'inhumer ayant été valablement accordé. L'autre solution est de demander une expertise médico-scientifique, une autopsie privée en quelque sorte, après s'être assuré de l'absence d'opposition du défunt exprimée de son vivant. Les objectifs de l'autopsie médico-scientifique ont le plus souvent pour but l'observation de l'efficacité ou de l'échec d'une thérapeutique, ou de l'évolution d'une maladie… Votre père était-il souffrant ? demanda Straeten en regardant Katia par-dessus ses lunettes. Suivait-il un traitement ?

—Je l'ignore maître, je ne l'ai pas vu depuis dix ans. Mais je ne le crois pas.

—Bien entendu, si une autopsie médicale révélait une cause de décès suspecte, non naturelle, une information judiciaire suivrait obligatoirement.

—Qu'en pensez-vous monsieur Hobart ?

C'est à moi que Katia s'adressait. Léo n'avait pas été aussi explicite hier. Je m'en voulais de ne pas avoir creusé la question plus tôt.

—Maître, me permettez-vous de m'entretenir un instant avec mademoiselle Van Wickers ?

S'adressant à un avocat tenu au secret professionnel, cette demande avait de quoi surprendre. Mais Straeten n'en laissa rien paraître et nous conduisit dans un petit bureau attenant au sien.

Katia me regardait d'un air intrigué.

—Je suis désolé, lui dis-je, mais quoiqu'il vous en coûte, ne perdez pas de vue l'hypothèse plus que probable, d'une mort naturelle. Je ne voudrais pas vous voir embarquée dans une démarche judiciaire à l'issue incertaine et aux implications désagréables. Une plainte contre X suppose une constitution de partie civile, des explications sur vos raisons de suspecter un homicide… Rien n'obligera la justice belge à accéder à votre demande, vous vous retrouveriez devant un échec et l'incinération aura lieu comme prévu. Contentez-vous de demander une autopsie pour raisons médicales, à moins que vous ne renonciez à cette démarche… Vous le pouvez encore.

—Je vous suis reconnaissante de vous en inquiéter. Hier, lorsque je vous ai quitté, j'ai réalisé que pour la première fois, je venais de confier ce dont je ne voulais plus me souvenir… Cette mort m'a ramenée très loin dans un passé que j'ai rejeté depuis tant d'années, je ne sais toujours pas ce qui m'a poussé à l'évoquer devant vous… Besoin de soulager cette mémoire qui m'encombre ? Une confiance instinctive ? Alors, pourquoi renoncer maintenant ?

—Bien. J'espère que vous accepterez sans trop de mal l'issue de cette démarche…

De retour dans le bureau, Katia faisait part de sa décision à Straeten. Il dicta à sa secrétaire une lettre que je devinais être adressée au procureur du roi. Il nous en donna lecture et fit signer Katia.

—Je vais prévenir maître Hapter pour retarder l'incinération, il ne peut s'y opposer mais il doit en être informé en tant qu'exécuteur testamentaire, je dois demander immédiatement une audience au procureur du roi, pour qu'il autorise cette autopsie car votre père est décédé à son domicile et qu'une autopsie scientifique ne peut être, en principe, effectuée que par le pathologiste d'un hôpital pour des patients décédés à l'hôpital. Mais je ne pense pas que le procureur s'y oppose. Il vous faudra assumer des frais importants. Pour mes honoraires, je vous ferai parvenir ma note, je dois être présent au moment du transport du corps vers un hôpital universitaire, seul habilité à pratiquer une autopsie scientifique, précisa-t-il comme pour se justifier. Le souhaitez-vous également ?

J'ai cru que Katia allait défaillir. Je l'ai imaginée devant la dépouille de ce père détesté… Je me suis entendu répondre :

—Non !

Straeten s'est retourné vers moi d'un air interrogateur.

—Non ! Mademoiselle Van Wickers n'y tient pas, nous en avons déjà parlé.

Elle n'eut pas besoin de me remercier, le regard qu'elle posa sur moi suffit et scella notre première complicité.

— Très bien. Je comprends, reprit maître Straeten, dès que j'en aurai connaissance, je vous ferai parvenir les résultats de l'autopsie. Souhaitez-vous que je vous les communique directement ? Ou à un de mes confrères français ?

La réponse de Katia fut immédiate :

— Non. Prévenez directement monsieur Hobart, dit-elle en se retournant vers moi.

J'ai tendu une carte de visite à Straeten qui la déposa sur son bureau sans prendre la peine de la lire.

Nous prîmes congé et tandis que nous nous dirigions vers sa voiture, Léo nous proposa d'aller boire un verre sur le port. Katia réagit presque brutalement.

— Non, je vous remercie, il nous faut regagner Paris au plus tôt. N'est-ce pas ? dit-elle en se tournant vers moi.

Visiblement gêné par ce « nous » qui m'associait à cette femme hors du commun, j'acquiesçai d'un signe de tête en direction de Léo et nous prîmes la route de Bruxelles. Le trajet s'effectua dans le plus complet silence. Devant la gare du Midi, je promis à Léo de le tenir au courant.

La providence, ou quelques bonnes fées, fit que nous nous retrouvâmes, Katia et moi, seuls dans le compartiment et que nous le restâmes tout au long du voyage vers Paris.

Assis face à face, je n'osais la regarder. Elle semblait perdue dans ses pensées. Moi, je réalisais l'inanité de ma situation. Et alors, me disais-je, si Van Wickers est mort de sa belle mort comme cela semblait plus que vraisemblable ? Fin de l'histoire ! En vingt-quatre heures, j'étais passé de la banalité à l'exceptionnel et l'idée de retourner à ma routine m'était insupportable. À présent, j'étais complice de son obsession… Je souhaitais que l'autopsie lui donne raison. Pour que l'histoire continue…

Je regardais le paysage défiler, mais c'est le reflet de Katia que je contemplais, il se détachait sur un fond nuageux et gris. Par instants, nos regards se croisaient dans ce paysage hivernal, de l'autre côté de la vitre, nous nous fixions, puis elle détournait les yeux, ou les baissait comme surprise. Je voyais un visage splendide près de celui d'un homme que je ne reconnaissais pas. Depuis de longues années, les miroirs ne me voyaient que seul. Dans ce reflet, je me suis trouvé ordinaire, anonyme. Dans la proximité de ce visage, j'étais victime d'une éclipse. Je la regardais et je me souvenais de ses paroles dans mon bureau. Je comprenais que des épreuves indicibles pouvaient sublimer la beauté, lui donner la force et l'attrait, sans lesquels elle n'est souvent que fadeur, ou exercice de style. Katia Van Wickers était la beauté même, plus un soupçon d'amertume et de nostalgie, une manière de tristesse, qui émanaient d'elle parfois, comme un parfum fugitif. Le train passait la gare de Saint-Quentin. Nous étions restés ainsi plus d'une heure. Comment devait-elle interpréter mon silence? Un contrôleur vint à point nommé nous ramener à la réalité.

—Je suis désolé mais je ne vous ai pas été d'une grande utilité, Straeten parle parfaitement français.

—Peut-être sans vous aurais-je pris la mauvaise décision?

—Non, Straeten vous aurait conseillé d'opter pour une autopsie médicale. Cela m'aura donné l'occasion de revenir en Belgique.

—Si peu…

—Comment avez-vous connu Gaénnec? C'est une question qui me brûle les lèvres depuis hier. J'ai besoin de le savoir. Pour la suite. Sait-on jamais…

—Mais je ne le connais pas! Je ne l'ai jamais vu. C'est maître Hapter, le notaire, qui m'a conseillé de le contacter…

J'eus l'impression que tous mes muscles se relâchaient. J'éprouvais un profond soulagement.

—Maître Hapter m'a précisé qu'il ne connaissait mon père que depuis qu'il avait pris la décision de rédiger un testament il y a un an. Lorsque je lui ai demandé quelques détails sur les circonstances de sa mort, maître Hapter m'a répondu qu'il était mort à son domicile, que c'est sa femme de ménage qui l'avait prévenu, il m'a dit que monsieur Gaénnec était un ami proche et que s'il me venait d'autres questions, il pourrait certainement y répondre.

—Et d'autres questions vous sont venues ?

—Non. Je me suis simplement demandé qui était cet ami proche, dans un ministère français. Peut-être voulais-je en entendre un peu plus sur cet homme qui me tenait lieu de père ? Le mari de ma mère…

—Qu'avez-vous exactement demandé à Gaénnec lorsque vous l'avez eu au téléphone ?

—Rien. J'espérais qu'il me demanderait de venir le voir. Il m'a présenté ses plus sincères condoléances et m'a dit qu'il avait été prévenu par maître Hapter, qu'il n'avait plus de nouvelles de mon père depuis des années… Je lui ai posé quelques questions anodines, ses réponses évasives m'ont convaincue qu'il le connaissait à peine…

—Ensuite ? Comment en est-il venu à vous adresser à moi ? Il me déteste et ne m'accorde aucune confiance mais la réciproque est bien plus forte…

—Je m'en doute depuis hier ! Il m'a simplement dit que si j'avais besoin de renseignements en Belgique, un de ses collaborateurs qui parlait couramment le néerlandais pourrait éventuellement m'aider. J'ai répondu que cela pourrait être le cas. Il m'a alors donné vos coordonnées. J'ai eu vraiment l'impression désagréable de l'importuner. La nuit suivante, la veille de ma visite à votre bureau, je n'ai cessé d'y penser, un notaire qui connaissait à peine mon père, qui prévient un ami qui ne l'a plus vu depuis des années, et cette étonnante volonté d'être inciné. C'est à ce moment que j'ai pris la décision de vous appeler, sans même savoir ce que j'allais vous demander.

—Votre confession m'a troublé, je l'avoue, elle n'était peut-être pas indispensable… Vous auriez pu vous en tenir à votre demande, sans me donner de détails ni vous justifier…

—Est-ce un reproche ?

—Au contraire, cette marque de confiance me touche…

—C'est seulement après vous avoir quitté que j'ai réalisé ce que je venais d'évoquer devant vous. Une gêne rétrospective m'a envahie. Comme une honte indéfinissable. En quittant votre bureau, j'ai eu l'impression de m'éloigner d'un confessionnal, fautive. Lorsque vous m'avez appelée hier soir, j'étais au bord de renoncer. De votre côté, ne vous êtes-vous pas laissé aller à des aveux sur votre carrière ? Il y avait tant d'amertume dans vos propos… J'y ai vu comme un encouragement.

—J'ai de plus en plus de mal à dissimuler mes rancœurs à l'égard des politiques. Peut-être cherchais-je à gagner votre confiance en ne vous jouant pas la comédie du haut fonctionnaire…

—Vous y êtes parvenu.

—Hélas, je pense sincèrement que ces démarches ne soient totalement inutiles. Je n'imagine pas un instant une erreur de diagnostic.

—Peut-être bien. Au moins, aurais-je eu la satisfaction d'aller au bout de mon idée, de suivre mon instinct. En définitive, cela ne me coûtera pas grand-chose.

—C'est vite dit. Les honoraires de maître Straeten, les frais de transport du corps, de l'autopsie. L'addition risque fort d'être salée…

—Je prélèverai cela sur mon héritage, dit-elle en souriant, quant au reste…

Je n'ai pas compris à quoi elle faisait allusion.

À présent, le train traversait les banlieues nord de Paris. J'éprouvais un pincement au cœur à l'idée qu'il me faudrait la quitter dans quelques minutes. Je la laissai devant un taxi.

Malgré un froid cinglant, je décidais de marcher. À quoi pouvait-on penser en quittant une pareille femme ? J'ai erré sur les grands boulevards. Il pouvait être dix-sept heures. Je me suis dirigé vers le ministère comme un automate. Madame Bourrier m'a salué, interloquée de me voir à une heure aussi inhabituelle. Je me suis assis dans le fauteuil que Katia avait occupé la veille. J'éprouvais la puissance évocatrice d'un soupçon de parfum, tout juste une illusion olfactive. Dans l'obscurité naissante, je fermai les yeux, le miracle eut lieu. Elle était là. Je me suis endormi. C'est un gardien qui faisait sa ronde qui m'a réveillé vers vingt heures.

Ce soir-là, le célibat m'a semblé être une malédiction. Rentrer chez moi ? Y retrouver tous les signes d'une vie de vieux garçon, ses rangements maniaques et par endroits, son désordre paresseux, un lit défait, un verre oublié, l'absence de la moindre trace féminine ? Cette idée me répugnait.

Je ne savais rien de Katia Van Wickers. Je ne lui avais posé aucune question sur sa vie. Seule ? Mariée ? Je voyais en elle la preuve lumineuse, éclatante, que je vivais dans l'illusion d'une vie choisie alors qu'elle n'était qu'une faillite maquillée ! On n'est jamais célibataire par conviction. Je fraudais avec les miennes. J'ai imaginé la vie d'un autre homme auprès d'elle. Je suis devenu amer et jaloux d'un scénario sans substance. Je me croyais à l'abri sous le paratonnerre de la routine. En quelques heures, Katia Van Wickers avait gommé les artifices de ma vie. Je venais d'avoir 52 ans. L'âge où l'on oublie son âge. Pas encore vieux, plus tout à fait jeune. Déjà sur l'autre versant, côté descente, l'ubac et l'ombre, elle était au sommet de la beauté, en plein soleil. J'étais un commissaire de carte postale, elle avait besoin d'un héros, d'un type capable de faire mentir les événements, de transformer un infarctus en assassinat !

J'ai eu toutes les peines du monde à chasser l'amertume qui m'envahissait. J'ai opté pour un verre à Saint-Germain. J'ai poussé la porte du Montana. Ici, je me suis toujours senti chez moi. C'était ma succursale. Depuis des années, on avait oublié mon nom, j'étais le « Commissaire », « La maison Poulaga », « La Flicaille ». Ici, tous les clients avaient un surnom : Le Gros, Le Gosse, Le Shérif, Le Curé, pas un à qui je n'avais rendu un service. C'était un bar d'abonnés. Quand un inconnu avait le malheur de s'y risquer, une volée de sarcasmes lui faisait comprendre qu'il y avait mieux à faire ailleurs.

— Et ce soir Commissaire ?

— Lagavulin amélioré, dis-je au barman.

Je pris mon verre et m'installai au fond de la salle. Tandis que la sono distillait « My Funny Valentine ».

En écoutant Miles Davis, je pris trois décisions : rentrer le plus tard possible… Ne pas penser. Ne pas être lucide…

III

Le lendemain, j'arrivais à mon bureau dès huit heures, du jamais vu. Je guettais le téléphone comme un chat devant un trou de souris. Le temps me semblait immuable. Je cherchais tous les prétextes possibles pour appeler Katia. Aucun ne me semblait crédible. Finalement, tard dans l'après-midi, vaincu par mon impatience, j'appelai maître Straeten.

—Monsieur Hobart, je m'apprêtais à vous téléphoner. Maître Hapter a retardé l'incinération, le procureur du roi ne s'est pas opposé à l'autopsie. Le corps a été transporté en fin de matinée à l'hôpital universitaire d'Anvers, le résultat de l'autopsie devrait être connu dès demain.

—Je le ferai savoir à mademoiselle Van Wickers et surtout, prévenez-moi immédiatement, je préfère lui annoncer moi-même le résultat dans le cas où…

—Tout à fait entre nous, monsieur le commissaire, vous ne croyez quand même pas à une autre cause de décès ?

Je l'aurais étranglé. Me ramener sur terre, moi qui ne pensais qu'à la revoir et qui n'imaginais pour cela qu'une seule possibilité : une erreur de diagnostic.

—Je suis un policier, maître. Je ne crois en rien d'autre qu'aux résultats. N'oubliez pas de me prévenir aussitôt que vous les aurez.

J'avais encore une nuit à tuer. Je la passai dans un état de nervosité chaotique, zappant les chaînes de télévision toutes les minutes. Finalement, je pris une double dose de somnifère.

Après une nuit sans rêve, j'arrivai à mon bureau vers onze heures, j'enrageai à l'idée d'avoir peut-être manqué un appel de Straeten, je poussai la porte du cagibi qu'occupait ma secrétaire, elle me rassura :

— Pas d'appel pour vous, monsieur Hobart.

Je décidai de ne pas quitter mon bureau.

J'essayais vainement de me raisonner, de me préparer à tourner la page et refermer le livre. Enfin, vers dix-sept heures, le standard m'annonçait maître Straeten.

— Monsieur Hobart ?

— Oui ! Ces nouvelles ?

— Eh bien… plutôt mauvaises…

« Mauvaises pour qui ? » me suis-je demandé affolé. Comme si ma vie dépendait de ce qu'il allait m'annoncer.

— Je ne vais pas tourner de l'œil, je vous écoute…

— Monsieur Van Wickers n'est pas mort d'un infarctus mais…

— Mais quoi ?

— D'après le pathologiste, il est mort de blessures internes sur plusieurs organes. Je n'ai pas encore le rapport détaillé.

— Jackpot !

— Pardon ?

J'étais électrocuté.

— Non… Rien. Je parlais à quelqu'un d'autre… Quand aurez-vous le rapport détaillé ?

— Demain matin.

— En avez-vous parlé à maître Hapter, le notaire ?

— Non pas encore. Je l'ai prévenu de la demande d'autopsie le jour même de votre visite, mais je ne lui ai pas encore communiqué les premiers résultats.

Je redoutais de voir Straeten prévenir le notaire qui, à son tour, préviendrait Katia Van Wickers. Cela m'appartenait. Déjà, j'imaginais être le dépositaire exclusif de ses demandes et des réponses qu'elle attendait.

— Pouvez-vous attendre jusqu'à demain ?

—Monsieur le commissaire, il s'agit d'une mort plus que suspecte, certainement d'un assassinat... le procureur du roi a été informé, cela va sans dire, la police belge va ouvrir une enquête, et Hapter va sans doute être informé dès demain, si ce n'est déjà fait.

—Ne prévenez pas le notaire. Je serai à votre cabinet demain vers dix heures. Vous voyez bien, maître, il ne faut jamais jurer de rien.

Je m'étais littéralement affalé dans mon fauteuil. Je reverrais Katia Van Wickers pour lui annoncer une bonne nouvelle : son père avait été assassiné ! Je me demandais s'il était déjà arrivé à un flic d'éprouver une pareille satisfaction en annonçant un assassinat ! Mais dès cet instant, un malaise diffus s'insinuait dans mon esprit. Crise cardiaque, lésions internes... Gaénnec. Ces associations me perturbaient. Mais l'idée de revoir Katia Van Wickers balayait toutes ces interrogations.

Je cherchai fébrilement sa carte de visite et l'appelai.

—J'ai des nouvelles, j'aimerais vous en parler.

—J'ai tout envisagé depuis notre voyage... Est-ce que...

—Disons que votre instinct ne vous a pas trompée...

Pendant un instant, je n'entendis que sa respiration.

—Bien. Pouvez-vous venir jusque chez moi ?

Vingt minutes plus tard, je cherchais son nom sur l'interphone d'un bel immeuble de la chaussée de la Muette. Au quatrième étage, je n'eus pas besoin de sonner, la porte était entrouverte.

—Entrez, monsieur Hobart.

Katia se tenait dans le hall d'entrée en compagnie d'un homme. Cette présence masculine à ses côtés m'a paralysé quelques secondes. J'avais beau m'y attendre, mon trouble devait être visible. Je regardais un homme d'une quarantaine d'années, blond, bronzage des mers du sud, belle allure, entre le cadre supérieur et le mannequin pour produits de luxe. Le cœur serré, je me suis approché de ce couple idyllique en prononçant un « bonsoir » mortifié.

—Monsieur Bernardini… Monsieur Hobart. Monsieur Bernardini est le chargé d'affaires de feu mon père… Bien… J'ai des questions à régler avec monsieur Hobart, nous nous verrons demain à votre bureau, dit Katia en tendant la main à l'homme d'affaires.

J'ai eu l'impression de respirer après une trop longue plongée en apnée. Une seconde de plus et je mourais de suffocation.

Katia me précéda jusqu'à un salon sobrement meublé, mais avec goût. Je remarquais aux murs quelques tableaux anciens, dont une très belle vanité. Un feu crépitait doucement dans une cheminée de marbre… Nous nous sommes installés dans deux vieux fauteuils de cuir.

Elle portait un jean délavé, un gros pull lavande et des mocassins bleu marine, malgré cette simple tenue qui aurait dû la rendre moins intimidante, à mes yeux, elle restait inaccessible. J'étais un amateur désargenté devant une œuvre exceptionnelle. Je ne pouvais qu'en rêver.

—J'ai peur de ce que vous allez m'annoncer… et pourtant je le souhaite, n'est-ce pas étrange ? Je vous écoute…

—Je vous l'ai dit, vous avez vu juste. Il semble bien que votre père ne soit pas mort d'un infarctus, il a peut-être été assassiné…

Elle contemplait le feu, silencieuse.

—Avant d'aller plus loin, puis-je vous demander, désormais, de ne plus l'appeler mon père mais Van Wickers ? Expliquez-moi cela, reprit-elle.

—J'ai eu un appel de maître Straeten. L'autopsie a révélé qu'il était mort des suites de graves lésions internes.

—Comment un médecin a-t-il pu diagnostiquer un infarctus ?

—C'est plus qu'étrange, je le reconnais. Je n'en sais pas plus pour le moment. Je dois me rendre à Ostende demain à la première heure pour avoir plus de détails. Une information judiciaire va être ouverte, la police belge va devoir vous entendre…

—Qu'ai-je à dire ? Que Van Wickers avait probablement plus d'ennemis qu'il n'a compté de jours dans sa vie ? Elle le découvrira bien vite. Comment les choses vont se passer maintenant ? Et vous, dans tout cela, quel sera votre rôle ?

—Moi ? Aucun, je le crains, je ne suis plus un flic de terrain, à quelques semaines de la retraite, on ne se soucie pas beaucoup de mon emploi du temps.

—La retraite ? Mais vous me semblez en être loin !

Aucune phrase au monde n'aurait pu me faire plus plaisir.

—Un des avantages de la fonction publique. Le cumul des années de service, de stages, de service militaire, la dangerosité du métier, quelques tractations inavouables… Et vous vous retrouvez retraité à cinquante-deux ans…

Elle avait quitté son fauteuil et s'était assise en tailleur sur un tapis devant la cheminée.

—Des tractations inavouables ?

—Un échange de bons procédés.

—Que Van Wickers soit mort assassiné ne me surprend pas. Je l'ai souhaité. Mais tout de même, s'il a été assassiné aujourd'hui à soixante-dix ans, c'est bien parce qu'il avait toujours des activités peu recommandables. On n'assassine pas toujours des honnêtes gens…

—Hélas ! Ça arrive beaucoup plus souvent que vous ne le pensez. Maintenant que les faits ont confirmé votre instinct… qu'allez-vous faire ?

—À présent, j'espère que c'est le début d'une autre histoire… Celle de ma mère… Je crois que vous l'avez compris dès le premier jour. Le reste ne m'intéresse pas. Je ne veux pas de l'héritage de Van Wickers. J'ai cet appartement que ma mère m'a légué, un travail qui me passionne…

—Êtes-vous à ce point, désireuse de connaître la vie de votre mère ? Ce qu'elle a peut-être été n'est pas de votre fait, vous n'y pouvez rien. Tenez-vous-en à l'image que vous vous en êtes faite… Tentez d'oublier, après tout, dix ans sont passés depuis sa mort. Depuis cette lettre.

—Dix ans! Pas un jour sans que je ne me sois posé la même question : était-elle vraiment cela? Je ne sais rien de sa vie! D'où me vient cette certitude d'une autre vérité? Quand j'ai découvert cette horrible lettre, j'ai disparu. Je me suis sauvée comme quelqu'un qui refuse de voir une vérité en face. Lorsque j'ai téléphoné à Gaénnec, j'étais persuadée qu'un ami aussi proche, aux dires du notaire, avait peut-être connu ma mère. Je cherchais un prétexte pour en parler. Je cherchais quelqu'un qui aurait pu me parler de cette mère, que j'ai refusé et que je refuse toujours, dix ans après, d'imaginer putain dans un bordel.

—Et ce travail qui vous passionne?

—C'est vrai que vous ne m'avez pas posé la question, étonnant de la part d'un fonctionnaire de police...

—Puis-je vous le faire remarquer, vous n'étiez pas soumise à un interrogatoire.

—Je suis prof. J'enseigne la linguistique à la Sorbonne et de temps à autre, dans une université américaine.

Tandis qu'elle parlait, mon regard s'était arrêté sur une photographie dans un simple cadre de cuir, posé sur la cheminée. J'ai cru reconnaître Katia.

—C'est ma mère, dit-elle, je crois que cette photographie a été prise deux ans avant sa mort.

J'étais stupéfait. Ce n'était pas une ressemblance, c'était Katia!

—Maintenant, vous savez pour qui vous allez enquêter. Elle en vaut la peine, non?

Elle avait dit cela sur un air de plaisanterie mais je savais bien qu'elle était sérieuse. Depuis le début, c'est ce qu'elle souhaitait. Je me prêtais au jeu.

—Assurément! Mais ce meurtre, s'il y a meurtre, trouve peut-être son mobile dans les activités récentes de Van Wickers, après le décès de votre mère? Et le meurtrier ignore peut-être tout de la femme de sa victime... Y avez-vous songé?

—Au moins maintenant, ai-je un espoir... Ne m'avez-vous pas dit qu'après un assassinat, on épluchait la vie de la victime… ses relations ?

—Vous avez raison, les investigations criminelles prennent tous les chemins, suivent toutes les pistes… J'ai vu des enquêtes aboutir sans surprise et d'autres révéler des affaires bien plus importantes que l'objet même de l'enquête. J'en sais quelque chose. J'y ai fait allusion le premier jour dans mon bureau, alors que vous m'interrogiez…

—Vous m'en aviez trop dit. J'étais curieuse de la suite. Mais vous ne vous en êtes pas expliqué.

—J'ai arrêté un malfrat, minable braqueur de banques de banlieues. Il avait sur lui, entre autres objets sans intérêt, quelques doses de cocaïne et un agenda. Un agenda Hermès en peau d'autruche, dans la poche d'un voyou en santiags et perfecto ? J'ai gardé l'agenda. Je l'ai épluché. J'ai tiré un nom un peu au hasard, comme un fil. J'ai suivi le fil, obstinément, et tout le pull s'est détricoté, laissant apparaître madame X, femme de ministre, dans toute sa nudité en bonne et nombreuse compagnie, encore poudrée… sous les narines, vous voyez ce que je veux dire ?

—Plus ou moins… Mais j'imagine que la suite n'a pas dû être simple…

—C'est même devenu très compliqué. J'aurais dû refiler l'affaire à la brigade des stupéfiants, mais cette histoire était explosive, j'ai bien été obligé de mettre ma hiérarchie au courant. Le début de mes ennuis. On a crié au complot politique, invoqué une tentative honteuse de déstabiliser le gouvernement. Que la raison d'État commandait au fonctionnaire que je suis de ne pas me faire le complice de pareils agissements. Je n'étais pas tout à fait d'accord. Alors on a tenté de me compromettre dans des affaires de corruption, dans des enquêtes pourries, parsemées de pièges… Mais j'avais pris des dispositions qui garantissaient ma survie. Puis, on a parlé de mutation en province et pour finir, un accord amiable : une retraite à taux plein au bout d'un an en échange de mon oubli. J'ai accepté. Pas par faiblesse, mais parce que je commençais à être usé. Pour être tout à fait franc, depuis longtemps je caressais d'autres projets. Voilà comment on économise des années de cotisations et de travail sur lequel j'avais déjà perdu mes illusions. Voilà comment on se retrouve dans un placard au ministère de l'intérieur. Comme vous le voyez, une enquête peut mener à tout, dès l'instant qu'elle est confiée à un flic un peu trop curieux.

—J'ai tout de suite senti que vous étiez l'homme de la situation ! dit-elle en riant.

—Quoi que l'on fasse, maintenant, les dés sont jetés. La justice belge s'est emparée de l'affaire, elle va enquêter, vous interroger. Elle ne s'intéressera certainement pas à madame Van Wickers, morte dans un accident de la route il y a dix ans… Quant à moi, hélas ! Je n'imagine pas Gaénnec me confiant la plus petite responsabilité dans une affaire de meurtre ! Qui plus est, celui d'une de ses relations.

—Je suis Française, si je me constitue partie civile, est-ce que vous serez impliqué dans cette enquête ?

—Pas davantage… Gaénnec ne cherche même pas à connaître la suite que j'ai donnée à votre visite, il ne sait pas que je vous ai accompagnée à Ostende. Il se moque totalement de mon emploi du temps, il pense que j'ai passé un coup de fil en Belgique, comme il me l'avait demandé. Je vais persister dans l'initiative personnelle, j'irai à Ostende demain matin prendre connaissance du rapport d'autopsie, après ça… je n'ai aucune idée de la suite des événements.

—Allez-vous avoir des ennuis ?

—Que peut-on me faire de plus ?

—Vous m'appellerez à votre retour d'Ostende ?

—Bien entendu.

J'ai quitté la chaussée de la Muette avec un sentiment indéfinissable, chassant de mon esprit la moindre pensée objective sur ce que je vivais et qui, invariablement, me commandait de ne pas me faire d'illusion… Demain sera un autre jour…

J'ai passé la nuit à tenter de réfléchir. Mes pensées revenaient sans cesse vers Katia Van Wickers. Se pouvait-il que son instinct lui ait à ce point laissé pressentir une autre vérité ? Se pouvait-il que seul le fantôme de sa mère ait alimenté son obsession ? Je n'avais aucune réponse. Maintenant s'ajoutait à l'attrait irrésistible de Katia Van Wickers, un léger parfum de mystère.

IV

Je quittais Paris aux aurores sous une pluie triste, la poussive Peugeot de service gémissait à chaque changement de vitesse. Le va-et-vient grincheux des essuie-glaces accompagnait mes réflexions. Que pouvaient avoir en commun un homme comme Van Wickers au passé plus que douteux, aujourd'hui probablement assassiné, et Gaénnec cet « ami très proche » aux dires du notaire ?

Gaénnec. Directeur du Cabinet et éminence grise du ministre de l'Intérieur. Hubert Gaénnec de Kervas ! Aristocratie bretonne. Enfance au château du même nom, éducation chez les jésuites, lycée Louis Legrand, Sciences Po, ENA. Gaénnec toujours costumé de super 100's[1] ou d'alpaga, gris clair l'été, gris anthracite l'hiver et bleu marine pour les soirées, chemises toujours blanches, impeccablement amidonnées, discrète chevalière armoriée à l'annulaire. Opportuniste né, il avait su prendre le train de la gauche en quatre-vingt-un. Député du Finistère, démocrate-chrétien, il s'était vite déclaré social-démocrate, avait fait campagne sous l'étiquette « divers gauche majorité présidentielle » ne gardant de son château et de sa particule que sa chevalière et ses armoiries. On lui en avait été reconnaissant.

Un parcours que rien ne destinait à croiser la route d'un ancien proxénète d'Ostende ! Ce lien entre Gaénnec et Van Wickers était aussi vraisemblable que le croisement d'un

1. Tissu de laine très léger et très souple.

aigle et d'une poule de basse-cour... Et pourtant, le notaire avait bien prévenu Gaénnec de la mort de Van Wickers et certainement par téléphone, un faire-part acheminé par la poste n'aurait pas eu le temps d'arriver.

Lorsque Katia Van Wickers était venue me voir, son père était mort depuis seulement quarante-huit heures... C'était bien ma seule évidence : Gaénnec était une relation proche de Van Wickers. Maigre hors-d'œuvre. Mais, je le savais, je ne serais pas convié au repas final. « Quand Gaénnec sera informé des causes du décès de son « ami », on me demandera de regagner les cuisines ! » J'en étais certain !

J'arrivais à Ostende à dix heures. Maître Straeten semblait impatient de me recevoir. À peine avais-je pris place dans son bureau qu'il me tendait une chemise cartonnée.

—Je suis désolé mais le rapport est rédigé en néerlandais, pensez-vous pouvoir le lire ?

—Je crois le parler couramment mais je crains que les termes médicaux ne m'échappent.

—Bien, je vais essayer de vous le traduire. Du moins les conclusions, les premières pages sont consacrées aux méthodes et aux différents examens pratiqués, le jargon des experts. La mort a été provoquée par l'ingestion d'un produit explosif. C'est ce qui est écrit, rajouta-t-il, réalisant le côté insolite de ce qu'il lisait, la trachée-artère a été sectionnée à la hauteur du sternum, ainsi que l'aorte, les poumons ont été perforés en de multiples endroits, le ventricule droit présente une importante déchirure. La mort a été instantanée...

Straeten reposa le dossier et m'interrogeait du regard.

—C'est tout simplement incroyable ! Ne trouvez-vous pas ?

—J'en conviens... dis-je songeur. Maître, il me faut absolument rencontrer le médecin qui a pratiqué l'autopsie.

—Je ne vois pas ce qu'il pourra vous dire qui ne soit déjà dans ce rapport ?

—Maître, il le faut. Les rapports d'autopsie omettent quelquefois des détails sans intérêt médical mais qui peuvent être importants dans le cadre d'une enquête criminelle.

Straeten avait décroché son téléphone et pendant qu'il s'entretenait avec le médecin, je réalisais l'énormité de la situation, sans pour autant pouvoir me raccrocher à quoi que ce soit du même genre ! Ingestion d'un produit explosif !

—Voici les coordonnées du médecin. Il est à l'hôpital universitaire d'Anvers jusqu'à midi, vous avez le temps de vous y rendre, comptez une heure de route. Au fait, juste avant votre arrivée, maître Hapter m'a téléphoné, il a été prévenu ce matin par la brigade criminelle d'Ostende.

À présent, l'affaire était lancée, me suis-je dit en quittant Straeten.

Je trouvai l'hôpital avec quelques difficultés. Le médecin me reçut dans son bureau. C'était un homme désabusé, il parlait avec lenteur, mes questions semblaient l'importuner.

—En quarante ans de carrière, j'ai dû découper un millier de cadavres. Jamais vu ça. Et vous, dans la police ?

—Non. Jamais. Mais je ne suis pas ici en qualité de policier mais en tant qu'ami de mademoiselle Van Wickers. Comment se fait-il que le médecin qui a constaté le décès n'a rien observé d'anormal ?

—Moi non plus, quand on m'a amené le corps. Extérieurement, aucune trace ne pouvait être visible. C'est bien d'une explosion dont il s'agit, le cœur a subi une compression telle qu'il a cessé de battre instantanément comme dans le cas d'un infarctus du myocarde, d'où l'absence d'évacuation de sang par la bouche, ce qui est le cas dans la plupart des hémorragies internes. De plus, la victime devait peser plus de cent kilos, l'importance du volume thoracique et l'épaisseur des tissus abdominaux ont empêché l'apparition d'hématomes, ce qui aurait probablement été le cas sur un individu de constitution chétive, enfin... probablement. Ne perdez pas de vue que nous sommes devant un cas unique, nous n'avons aucun élément de comparaison. Nous ne pouvons même pas tenter de reconstituer l'événement... sauf à le renouveler sur quelqu'un de vivant ! Heureusement, la médecine n'en est pas encore là !

—Docteur, n'avez-vous rien relevé qui puisse m'éclairer sur la nature du produit ?

—Ça, c'est une question de policier…

—Simple curiosité…

—Non, je suis désolé, je ne suis pas artificier, le laboratoire de la police criminelle en fera l'analyse, à part les traces de brûlures, rien, sauf des fragments métalliques minuscules… je dois les remettre aux services de police que j'ai prévenus hier. Je pense qu'ils ont un rapport avec la nature du produit qu'a ingéré monsieur… monsieur Van Wickers, mais ce n'est pas certain.

—Pourrais-je les voir, juste un instant ?

—Déformation professionnelle, je suppose…

Le pathologiste réprima un bâillement sans équivoque. J'ai suivi le médecin jusqu'à son laboratoire, il retira d'un tiroir un petit sachet de plastique transparent qu'il me tendit. On y voyait de minuscules bouts de métal noircis, dont le plus important ne dépassait pas le millimètre. Presque de la poudre.

—Pensez-vous que ces débris peuvent avoir une autre origine ?

—Je ne le crois pas. Mais qui n'a pas trouvé, au moins une fois, un caillou dans ses lentilles ? me dit-il en me tendant la main.

C'était une façon, qu'il croyait humoristique, de mettre un terme à notre entretien. J'avais besoin de respirer. J'ai laissé ma voiture aux abords de la gare centrale, j'ai poussé la porte du premier bar et suis resté là, fixant le fond de mon verre de bière. J'étais en pleine fiction. Cette façon d'éliminer un homme sentait la sale histoire à plein nez. On n'était pas dans la criminalité ordinaire, c'était évident, et la relation entre Gaénnec et Van Wickers me confortait dans le sentiment que j'étais bel et bien devant une affaire hors-norme. Jamais, au grand jamais, Gaénnec ne me laissera fouiller dans une pareille histoire. Je ne savais pas par quoi continuer. Je ne pouvais me résoudre à rentrer à Paris sans mettre mes idées au clair. Puisque j'étais dans le « spécial », Léo Hartman pouvait m'être utile. Il pouvait avoir une opinion ou se renseigner. Léo était toujours de bon conseil.

Bruxelles n'était qu'à une demi-heure de route. Je décidais de l'appeler avant de m'y rendre. Il m'avait donné rendez-vous dans une brasserie près de la Grand-Place. Une heure plus tard, j'entrais « Aux Armes de Bruxelles ». Il m'attendait devant une bière.

—Je te conseille le waterzooï de poulet, une merveille avec une bonne bière belge !

—Va pour le waterzooï mais je préfère un vin blanc.

—Je suis impatient de t'entendre.

—La fille Van Wickers avait raison d'avoir des doutes. Son père a bien été assassiné. Je reviens de l'hôpital d'Anvers où l'autopsie a été pratiquée. On lui a fait avaler un produit explosif. Poumon déchiqueté, trachée-artère et aorte sectionnées… C'est une histoire de dingue, non ?

Léo était resté un long moment silencieux, avant de répondre :

—Tu as mis un pied dans la merde mon ami !

—Ça, j'avais deviné !

—Je n'aime pas ! Mais alors, pas du tout !

—Léo, explique-toi !

—Je sais ce que je dis. Ce mode opératoire pue ! Il y a eu un précédent… Il y a cinq ans, un leader palestinien est venu incognito se faire soigner à Paris d'une tumeur maligne. Il était le dernier survivant du groupe Septembre Noir qui avait pris en otages et massacré onze athlètes israéliens à Munich en 1972.[1] Il est mort à l'hôpital, la veille de son opération. Infarctus. Les Palestiniens étaient furieux. Ils étaient persuadés qu'on l'avait assassiné, ils ont vu la main du Mossad… Bien sûr ! Ils ont exigé une autopsie en présence d'un médecin choisi par eux. Ils ont menacé la France d'attentats. Ils n'étaient pas complètement paranoïaques ! L'autopsie a révélé

1. Jeux Olympiques de Munich en 1972.

les mêmes blessures que celles que tu me décris. Pas besoin de te raconter ce que cela a déclenché ! Les meilleurs experts des services français ont été mis sur l'affaire.

J'écoutais Léo, bouche bée. Mon verre à la main.

—Du point de vue des spécialistes français, seul le Mossad pouvait avoir monté l'opération. Comment? On n'en sait rien... Ce type était mieux gardé qu'un chef d'État.

—Mais qu'est-ce qu'on lui a fait avaler?

—Quelque chose qui a explosé... un bonbon... un suppositoire?

—Léo, arrête ça! Qu'est-ce qu'on lui a fait avaler?

—Une micro-bombe de la taille d'une grosse gélule ! C'est la seule hypothèse qui tenait la route. On a trouvé des traces de C4[1] dans l'organisme. Comme par hasard, un infirmier a disparu dès le lendemain. Volatilisé. Après vérification, on a dû se rendre à l'évidence : l'infirmier était bidon ! Aucune autre explication possible. Le système de déclenchement de l'explosion reste un mystère, l'utilisation d'une radiocommande aurait nécessité un récepteur très puissant, impossible à loger dans une gélule. Déjà à cette époque, les Israéliens étaient très avancés en matière de miniaturisation et de nanotechnologie, autant que les Américains. Aujourd'hui, une des entreprises les plus en pointe dans le monde est l'I.N.M.I. à Dimona : Israël Nanotechnologies and Micro Industries.

—J'ignorais tout de cette affaire.

—Rien d'étonnant ! Après le scandale des vedettes de Cherbourg[2] qui nous avait couverts de honte, tu imagines la presse en cas de fuite? La France ridiculisée par le Mossad ! On a mis une grosse chape de plomb par-dessus et, moyennant quelques cadeaux, les Palestiniens ont officiellement

1. Explosif deux fois plus puissant que le T.N.T.

2. Dans la nuit de Noël 1969, les services secrets israéliens se sont emparés de cinq vedettes lance-missiles, placées sous embargo dans le port de Cherbourg. Cette affaire a eu un retentissement mondial et a déclenché les foudres du général de Gaulle.

avalé la version infarctus. Les Israéliens ont feint d'ignorer cette histoire. S'il n'y avait pas eu d'autopsie, le crime était parfait. Depuis l'affaire des vedettes, la France n'aurait pas pardonné une exécution sur son territoire, elle ne l'a d'ailleurs pas complètement pardonnée, ni oubliée. Tu comprends maintenant pourquoi cette histoire pue?

—Autrement dit, le Mossad est une hypothèse à retenir?

—Va savoir! Mais je ne le crois pas. Si Van Wickers avait été une cible des Israéliens, on l'aurait su. Le Mossad n'a le droit d'éliminer physiquement que sur décision du premier ministre, soit des criminels de guerre, soit des responsables d'attentats. Je n'imagine pas Van Wickers faire partie de l'une de ces catégories… Cela dit, je suis perplexe, ce type d'engin est signé made in Israël. La Belgique est un paradis pour les minorités politiques… le Mossad est très présent à Bruxelles… si tu vois ce que je veux dire…

—Je ne sais pas dans quoi j'ai mis les pieds… Plus c'est gros, moins cela me concernera et là, on est dans l'énorme! Van Wickers était un ami ou une relation proche de Gaénnec, le placard dans lequel je suis ne lui suffira pas, il va me ligoter à mon fauteuil!

—Effectivement, je ne comprends pas ce que tu fiches dans cette histoire, Gaénnec t'a mis dans un frigo, pourquoi t'en a-t-il sorti?

—Il ne sait même pas que je suis ici! Je suis supposé t'avoir passé un coup de fil. Point. Mais quand Katia m'a proposé de l'accompagner à Ostende, je n'ai pas pu résister.

—Mon salaud! Si je comprends bien, tu m'as soufflé une affaire! s'exclama Léo en riant, et quelle affaire! Quand on a vu la fille de la victime!

—J'ai des circonstances atténuantes, je m'ennuie à crever depuis des mois à faire des boulots minables juste bons pour un stagiaire… Et cette femme… cette femme me fascine. Elle m'obsède.

—Je peux le comprendre! Elle est bien plus que belle! Quant au placard, tu l'as cherché! Enfin, tu as accepté…

Qu'est-ce que tu en avais à foutre de cette histoire de femme de ministre ? Fallait oublier au lieu de jouer au flic sans tache.

— C'est vrai, je l'ai accepté. Mais j'étais déjà à moitié grillé ! Gaénnec a tout essayé pour me mettre au trou, il valait mieux transiger. J'ai d'autres projets, tu le sais. C'était l'occasion de les réaliser plus vite que prévu. Sauf que je n'avais pas prévu le placard… J'avoue qu'aujourd'hui, j'ai des regrets !

— Tu veux un conseil, Maxime ? Laisse tomber ! Je ne dis pas que tu n'es pas à la hauteur, de toute façon, jamais Gaénnec ne te laissera mettre ton nez dans cette affaire. Ce mode opératoire sent l'affaire d'État à plein nez. Tu es à deux mois de la retraite… Tu ne vas pas foutre en l'air tes arrangements ! Oublie ! Tu trouveras bien un moyen de revoir Katia Van Wickers…

— Non ! Le cave se rebiffe ! Ras le bol de m'écraser ! Au moins essayer d'être dans le coup…

— Comme tu voudras… Je vais malgré tout essayer d'en savoir plus, j'ai de bons contacts ici… aussitôt que Gaénnec saura, ma direction sera informée et me mettra au courant, autant anticiper. Mais il y a quelque chose qui me turlupine. Pourquoi Katia Van Wickers a voulu cette autopsie, après un diagnostic d'infarctus ? Ce n'est pas une idée qui vous vient comme ça, en buvant un café le matin !

— Léo, tu me crois si tu veux, elle n'en sait rien elle-même. L'instinct.

— Faut être amoureux pour croire un truc pareil… Tu es sûr d'elle ?

— Que Gaénnec ait pu me l'adresser m'a perturbé… je l'avoue, mais c'est absolument vrai, elle n'avait aucune raison sérieuse de demander cette autopsie. Elle se fiche totalement de la mort de son père !

— Pardon ?

— Léo, fais-moi confiance, c'est une histoire compliquée, je te raconterai…

— Tu connais cette femme depuis trois jours et tu es prêt à gober n'importe quoi ! Je vais me faire du souci pour toi…

—Ne t'inquiète pas… pas pour le moment, je rentre à Paris tout de suite. Je te tiendrai au courant.

J'étais de retour à Paris en fin d'après-midi. Il me fallait prévenir Gaénnec. Les conseils de Léo me perturbaient. Mon instinct me disait qu'il avait raison. Voir Gaénnec était toujours une épreuve. Je ne supportais plus le ton condescendant qu'il affectait chaque fois qu'il s'adressait aux membres du cabinet, ni cette façon qu'il avait de vous regarder par-dessus ses lunettes qu'il portait en avant sur le nez en faisant tourner entre ses doigts manucurés, son stylo « Montblanc Meisterstück ». Je n'ai jamais aimé les renégats et d'une certaine façon, c'en était un. Un traître à sa classe. C'était un faux jeton et ça transpirait par tous les pores de sa peau. Voir en lui un type de gauche relevait de la myopie politique aggravée. Je pensais à Henri Jeanson lorsqu'il fit dire à un de ses personnages : « Avoir une gueule de faux-cul à ce point, ça devient de la franchise ! » Cette sentence talentueuse me faisait toujours rire et s'appliquait parfaitement à Gaénnec.

Sitôt installé dans mon bureau, je lui demandais de me recevoir quelques minutes.

—J'ai des nouvelles à propos de votre ami monsieur Van Wickers.

—Ah ! Oui… Van Wickers, j'oubliais. Je vous attends mais quelques minutes seulement.

—Ce sera suffisant. Merci.

Le bureau de Gaénnec était l'archétype des palais de la République. Lambris Louis XV ivoire et or, bureau plat avec écritoire et cariatides de bronze doré, grand tapis d'Aubusson sur un parquet Versailles, un trumeau avec une scène champêtre à la Boucher au-dessus d'une cheminée de marbre brèche. Il était là, dans son fauteuil, dossier incliné, costume gris, chemise blanche impeccable, je le soupçonnais d'en changer trois fois par jour, lunettes demi-lune sur le bout du nez et sa coupe de cheveux « réglementaire », brosse super-courte comme à l'armée.

Il m'invita à m'asseoir d'un geste théâtral, tout en s'exclamant :

—Alors Hobart, ces nouvelles !

J'y allai franco. Espérant provoquer quelque chose.

—Une autopsie a été pratiquée sur le corps de monsieur Van Wickers. Il n'est pas mort d'un infarctus mais de blessures internes dues à l'ingestion d'un produit explosif...

Je guettais sa réaction avec la plus grande attention. Mais si je lui avais annoncé de la pluie pour le lendemain, il aurait réagi de la même façon.

—Tiens donc ! Mademoiselle Van Wickers serait arrivée à ses fins ? Comment s'y est-elle prise pour obtenir cette autopsie ?

Si le notaire l'avait prévenu, il n'avait aucune raison de feindre de l'ignorer... Mais les plans de Gaénnec pouvaient battre Machiavel sur son propre terrain.

—Elle a demandé que l'on pratique une autopsie scientifique et non pas une autopsie légale. On ne pouvait s'y opposer.

—Et donc, vous disiez : un produit explosif...

—Oui. Enfin quelque chose qui a provoqué de gros dégâts intérieurs.

—Et peut-on savoir comment et par quel moyen avez-vous eu connaissance du résultat de l'autopsie ? dit-il d'un air pensif.

—J'ai été prévenu par l'avocat de mademoiselle Van Wickers, je l'ai accompagnée à Ostende le lendemain de sa visite... Je souhaitais aller au bout de l'intervention que vous m'aviez confiée. Ai-je eu tort ?

Je ne me savais pas capable d'une pareille hypocrisie.

—Je n'ai jamais rien demandé de tel ! J'aurais aimé être tenu au courant plus tôt. N'oubliez pas ce que vous ont valu vos initiatives intempestives... La mort de monsieur Van Wickers est désormais une affaire belge...

—Mademoiselle Van Wickers, qui est Française, a l'intention de se porter partie civile et de déposer une plainte pour homicide… ici en France, ce qui impliquera la collaboration des services français, non?

—Elle vous en a déjà parlé?

Je venais de faire une gaffe mais je me rattrapai rapidement.

—Elle m'avait fait part de son intention de le faire si l'autopsie révélait une cause autre que naturelle, je suppose, qu'à présent elle le fera.

—Dans ce cas, le parquet belge désignera un juge d'instruction qui confiera l'enquête à la brigade criminelle belge, et celle-ci travaillera si besoin avec les services de police français dont, je vous le rappelle, vous ne faites plus partie.

La traduction était claire : « Circulez ! Il n'y a rien à voir ! » Il avait raison. Je n'étais commissaire que sur ma fiche de paie. Mais l'idée d'être éloigné de Katia m'était inenvisageable.

—Je suis à quelques semaines de la retraite, je pourrais les consacrer à cette affaire qui concerne tout de même la fille d'un de vos amis?

J'avais un peu insisté sur le « tout de même ». Plus que de l'impertinence, c'était une provocation. Gaénnec avait deviné mon intention, j'en étais certain.

—Hobart, l'intérêt que je porte à mes amis ou à mes relations ne saurait faire l'objet de vos appréciations. Je n'ai pas l'intention de me désintéresser de cette histoire. Quoi qu'il en soit, je n'imagine pas un instant vous impliquer à quelque titre que ce soit dans une affaire qui risque fort d'avoir des implications internationales.

Ma respiration s'était bloquée.

—Cette affaire ne vous concerne plus. Est-ce clair?

—Parfaitement clair.

—Bien. Vous pouvez reprendre vos occupations ordinaires.

Hormis le ministre et lui, le reste du monde ne pouvait avoir que des occupations ordinaires, ça, c'était du Gaénnec!

J'avais beau m'y attendre, je quittais son bureau désespéré. Adieu Katia. Mon rêve allait prendre fin. Il me fallait l'appeler, lui rapporter mon voyage à Ostende et lui annoncer ma propre mort.

—Je ne vous dérange pas? Je reviens d'Ostende. J'ai eu un entretien avec Gaénnec à l'instant.

—Vous connaissez mon adresse, je vous attends avec impatience.

C'était mieux que rien. Je rêvais encore. Un sursis...

Elle avait préparé un plateau-repas sur une table basse près de la cheminée. Elle était pieds nus, en jean et col roulé rouge vif. Je la voyais pour la quatrième fois. Je constatais impuissant, que la fascination qu'elle exerçait sur moi ne faiblirait jamais. Nous nous sommes assis à même la moquette et tandis qu'elle remplissait nos verres, je résumais mon voyage à Ostende. Je décidais de ne rien lui dire de la décision de Gaénnec de me mettre à l'écart. Pas pour le moment. J'en avais honte.

—J'ai déjeuné avec Hartman, ce midi. Je ne vous l'ai pas dit, Léo est un agent de la DGSE, je voulais avoir son opinion. Selon lui, l'arme qui a été utilisée pourrait avoir été fabriquée en Israël, les services secrets israéliens l'ont utilisée, il y a cinq ans. Une sorte de micro-bombe qu'on lui aurait fait avaler...

—C'est à peine croyable, dit Katia, j'ai déjà entendu parler de miniaturisation dans le domaine médical mais jamais dans celui des armes. Décidément, il n'y a pas de découverte ou d'invention qui ne finisse dans les mains des militaires ou des criminels... Vous m'avez dit que vous étiez à quelques semaines de votre retraite. Allez-vous devoir retarder la date de votre départ?

C'en était trop, je ne pouvais dissimuler plus longtemps ma déconvenue.

—Non. Ce ne sera pas nécessaire. Je vous l'ai laissé entrevoir, Gaénnec m'a écarté de cette affaire. C'est sans appel.

—Mais il n'en est pas question! C'est à vous que je dois la vérité sur la mort de Van Wickers, lui s'est totalement désintéressé de moi!

—Je suis désolé mais c'est ainsi. Je suis le premier à le regretter...

—Vous verrez, il changera d'avis, dès demain matin.

—Tiens donc! dis-je en riant. Et comment vous y prendrez-vous?

—Mais le plus simplement du monde : en le lui demandant.

—Auriez-vous quelques moyens de pression sur Gaénnec?

—Je pourrais lui laisser croire que j'avais de bonnes raisons de demander cette autopsie et que je n'en ferais part à personne d'autre qu'à vous...

—Quoi! Un chantage? Mais vous n'y pensez pas! Je ne vous laisserai jamais faire ça!

—Laissez-moi essayer.

—Jamais! ai-je hurlé. Jamais! Gaénnec est une relation proche de votre... Van Wickers! Vous ignorez ce qui pouvait les réunir... C'est un type dangereux, il a une armée de sbires sans scrupule à sa disposition. Vous lui laisseriez croire que vous êtes au courant de quelque chose de grave, de secret... Quelque chose que vous ne devez pas savoir! Alors, il serait capable de tout! Faut-il vous faire un dessin?

J'avais hurlé cela avec tant de conviction que Katia semblait terrorisée. Je retrouvai mon calme, un peu honteux de cette colère passagère.

—Qu'attendez-vous de cette histoire? La vérité, avec un V majuscule? Je suis prêt à tout pour vous aider! Mais pas dans le brouillard... Si vous avez tu quelque chose, c'est le moment de me le dire, continuez de me faire confiance...

Elle sanglotait, recroquevillée sur la moquette. J'en étais accablé. Je me suis approché d'elle, je l'ai soulevée doucement, je l'ai réinstallée dans son fauteuil et j'ai arpenté le salon, dans un silence de cathédrale. Je me suis arrêté devant le tableau que j'avais remarqué le soir de ma première visite. Il représentait une jeune femme de dos, devant un miroir. Sur une table, près d'elle, étaient posés un luth, une partition de musique et des bijoux qui débordaient d'un coffret d'argent. Tandis qu'elle peignait ses longs cheveux, le miroir lui renvoyait l'image d'un crâne superposé à son visage. La beauté, les arts, la richesse et la mort qui attend. La contemplation de ce tableau m'a apaisé. Je suis retourné vers Katia.

—J'ai été un peu brutal. Oubliez Gaénnec, voulez-vous…

—Pardonnez-moi, je suis nerveuse, un peu épuisée par cette histoire. Bien sûr que je ne vous ai rien caché. Je ne sais rien. Rien. Mais je redoute terriblement d'avoir à répondre à toutes ces questions que l'on ne manquera pas de me poser. De reparler de ce passé obscur… Si vous dirigiez cette enquête côté français au moins, n'aurais-je pas à le faire… Vous avez toute ma confiance, vous n'ignorez pas que je me moque totalement de la mort de Van Wickers. Que seule la vérité sur ma mère m'importe…

—Mais enfin ! Dix ans sont passés depuis la mort de votre mère ! Aucun flic au monde ne pourra trouver quoi que ce soit qui puisse le mettre sur une piste.

—Il ne s'agit pas de sa mort mais de sa vie ! L'homme qui a tué Van Wickers devait le connaître, il avait un mobile… C'était peut-être un proche… Qui sait ce qu'il pourrait vous apprendre ?

—Ben voyons ! La police va retrouver l'assassin de Van Wickers et lui demander de dire ce qu'il sait de la vie de la femme de sa victime ! Vous prenez vos désirs pour des réalités !

—La police, non… Mais vous ?

—Quoi moi ? Je ne suis flic que sur le papier ! Vous avez frappé à la mauvaise porte… Gaénnec ne changera jamais d'avis !

—À plus forte raison pour essayer de…

—Je crois que vous n'avez pas compris : s'il pense que vous taisez quelque chose, votre vie va devenir un enfer, vous serez interrogée, suspectée, surveillée, il ne vous lâchera jamais… Gaénnec m'a tendu les pièges les plus pourris ! Même un traquenard mortel ! Vous croyez qu'il va se soumettre à un chantage de… de bonne femme !

Katia baissait la tête comme prise en faute.

—Je vous promets de ne plus jamais vous reposer cette question : aviez-vous un but précis lorsque vous êtes venue me voir la première fois ?

—Aucun, je vous l'affirme. Je n'ai rien prémédité. Je ne savais pas moi-même ce que j'étais venue vous demander. J'ai trouvé les déclarations de Gaénnec étranges, dans votre bureau, je n'ai fait que réfléchir à haute voix, me souvenir. Je ne cherchais qu'un conseil, une oreille attentive. Je me rendais bien compte de l'invraisemblance de ma démarche, mais vous sembliez tellement... disponible. Après ce que vous m'aviez confié sur vous, j'étais persuadée que vous pouviez m'aider. Comprenez-moi, cette lettre a détruit mon identité... Depuis dix ans, je me demande qui je suis...

Puis en sanglotant, elle répéta :

—Je ne veux pas être la fille d'une putain... Je ne veux pas...

Si j'avais pu le faire, je me serais caché deux mètres sous terre, tant je me sentais responsable de ce désastre ! J'étais là, honteux de mon impuissance, comme humilié par cette condition de sous-flic. Moi ! À cet instant précis, je me suis juré que quoi qu'il puisse m'en coûter, j'irai au bout de cette histoire. J'ai eu comme une illumination. Je tenais l'idée.

—Je vais affronter Gaénnec. J'ai de bien meilleurs moyens que vous de le faire revenir sur sa décision. Je vous le promets, je serai dans cette enquête, je ne laisserai pas tomber.

—J'ai honte de moi, dit-elle en reniflant délicatement, je ne voudrais pas vous voir courir de risques... Je me sentirais responsable...

—Quand on a un riche et douteux notable assassiné, un directeur de Cabinet ministériel, quasiment le premier flic de France, et un mode opératoire sorti d'un roman de science-fiction, les risques sont toujours au rendez-vous !

Elle avait retrouvé son calme. Ses yeux encore humides avaient pris une couleur vert clair.

— J'ai rencontré ce matin Bernardini, l'homme d'affaires de Van Wickers. J'ai essayé de le faire parler, de lui soutirer quelques confidences. En vain. Il n'a jamais connu ma mère.

— C'est le beau gosse qui était là hier ? Il risque d'être aux premières loges, on commence toujours par regarder du côté du fric après un assassinat… Vous ne lui avez rien dit, j'espère !

— Bien sûr que non ! Dois-je porter plainte ? Si vous êtes écarté de cette affaire, il me faudra abandonner. Autant attendre que vous ayez trouvé une solution…

— Le Parquet belge va certainement délivrer une commission rogatoire pour pouvoir enquêter en France, s'il le juge nécessaire… et que vous le vouliez ou non, vous serez interrogée. Je vais tout faire pour vous l'éviter. C'est promis.

— Je suis désolée de vous avoir plongé dans cette sinistre histoire.

— N'anticipons pas… Je vous en reparlerai demain.

Devant sa porte, nous nous sommes regardés longuement comme si nous nous interrogions sur des lendemains incertains. J'ai hoché la tête et je suis parti.

J'ai marché jusqu'à la station de taxi du Trocadéro. Songeur. Dans quoi avais-je mis les pieds ? Dans quoi allais-je tenter de les mettre ? Mais Katia Van Wickers m'était devenue indispensable. Un hameçon était planté dans ma chair. Profondément. Inutile de me débattre. J'étais consentant. Je ne me faisais pas la moindre illusion. Conscient de ce que j'étais. Je ne cessais de me dire que je n'attendais rien en retour mais je me mentais. Je n'étais pas capable d'un amour platonique. Un jour, je m'effondrerais dans un abîme d'amertume. En attendant, personne au monde n'aurait pu me faire entendre raison. « Demain sera un autre jour… » était devenu mon leitmotiv.

V

Le taxi me débarqua devant le Montana. Sous le coup de l'émotion, j'avais promis à Katia de ne pas laisser tomber… J'avais bien eu une idée mais à présent, au calme, elle me semblait complètement suicidaire. Faire chanter Gaénnec comportait de lourdes incertitudes. C'était ça, mon idée, lui restituer les preuves de la compromission de cette femme de ministre, preuves que j'avais exigé de garder en partie, comme garantie de ma survie… jusqu'à la retraite. Mais ce genre de « négociations » suppose une confiance réciproque et avec Gaénnec, la confiance… Le Lagavulin et le mélancolique saxo de John Coltrane ne me furent d'aucun secours. Panne sèche. Je décidai de rentrer.

Était-ce pendant mon sommeil que l'idée m'était venue ? À peine réveillé, j'appelais Léo.

—Léo, Gaénnec m'a envoyé dans les cordes.

—Tu ne t'attendais pas à autre chose quand même ! Qu'est-ce que tu veux faire ! Démissionne et installe-toi comme privé…

—Je me retrouverais sans un sou avec une retraite de merde ! Sérieux, j'ai envie d'opter pour la manière forte, j'ai un plan…

—Tes plans m'ont toujours fait peur, Max…

—Je vais faire chanter Gaénnec, je lui restitue toutes les preuves des partouzes à la coke de madame…

—Arrête tes conneries, Max ! C'est de la folie ! Il va te dire oui et après ça, quand tu lui auras rendu ces documents, tu es un homme mort, au mieux : viré sans aucun droit, tintin la retraite et les antiquités ! Laisse tomber !

—Mon plan, c'est de te mettre dans le coup…

—Quoi ?

—Je te confie ces pièces, s'il est d'accord, tu les lui remets ; s'il refuse, tu me les rends. Tu serais l'homme de confiance…

—Maxime, tu délires ! Je deviendrais ton complice, ni plus ni moins ! Je te rejoindrais dans ton placard ! Oublie !

—Honnêtement, tu ferais quoi à ma place ?

—Arrête de foncer, bille en tête ! Prends un chemin de traverse, trouve un autre interlocuteur… Gaénnec collectionne les haines, dans ses placards, il doit y avoir une dizaine de cadavres. Je suis sûr qu'il doit bien y avoir quelqu'un décidé à les venger… Cherche !

—Des noms…

—Pourquoi tu n'en parlerais pas à De Morsang…

—De Morsang ?

—Gaénnec est un politique, De Morsang lui, il est de la maison, pour une fois qu'un flic de base est à la tête du renseignement français !

—Tu n'aurais pas quelque chose de plus modeste ! De Morsang, c'est l'Himalaya de la police…

—Je t'ai connu autrement plus gonflé, Max ! Je te donne un tuyau mais je ne t'ai rien dit : il y a au moins un cadavre qui était un ami de De Morsang, un gros cadavre… et d'après moi, il ne l'a pas oublié. Essaye ! Qu'est-ce que tu pourrais bien perdre ? En plus, si je me souviens bien, il t'avait à la bonne…

—C'est vrai.

Je raccrochai, songeur. Léo avait raison. En d'autres temps, je n'aurais pas hésité. Ces dix mois de placard m'avaient sérieusement rétréci.

Yan De Morsang était le patron de la DGSE. Il était entré dans la maison à l'âge de vingt-quatre ans. Une carrière époustouflante. Un mythe. Il avait gravi tous les échelons :

commissaire à la criminelle, directeur central de la PJ, directeur central de la sécurité publique, et depuis deux ans à la tête de la DGSE ! Il partageait son temps entre le siège de la DGSE porte de Lilas et un bureau au ministère de l'Intérieur.

Je l'avais eu comme patron à mes débuts à la Criminelle. J'avais eu affaire à lui des années plus tard en d'autres occasions. Malheureusement, la dernière était cette affaire de femme de ministre que je traînais maintenant comme un boulet. De Morsang était un type d'une intelligence hors du commun. Humain et fin psychologue. Je savais qu'il ne m'avait pas jugé. Depuis que j'étais au ministère, je le croisais de temps à autre. Il me gratifiait toujours d'un sourire ou d'un petit signe de la main. Ma décision était prise : j'irai voir De Morsang. Je n'avais rien à perdre.

Arrivé à mon bureau, je regardai mon téléphone avec suspicion. J'inspectai les moindres recoins à la recherche d'un hypothétique micro. Finalement, j'optai pour une démarche directe. Je dévalai l'escalier, traversai la cour pour rejoindre l'aile d'honneur, celle où se trouvent les bureaux des pontes. Le cœur battant, je poussai la porte du secrétariat. De Morsang n'était pas imbu de sa fonction. J'ai attendu quelques minutes et il est venu à ma rencontre avec simplicité. Il semblait toujours mal à l'aise dans ses costumes trois-pièces. Avant sa nomination à la tête de la DGSE, il ne quittait jamais son blouson Mac Douglas... Des cheveux raides, relativement longs, d'une couleur indéfinissable entre gris et blond comme ceux d'un albinos vieillissant, cette étrangeté adoucissait les traits d'un visage anguleux qu'un nez busqué et des yeux légèrement bridés, intensément bleus, faisaient immanquablement penser à un aigle. Paisible, sûr de sa force et sans arrogance.

—Alors Hobart, bientôt la retraite ? me dit-il en me prenant par l'épaule.

De Morsang me proposa de m'asseoir.

—Est-ce que dix minutes vous suffisent Hobart ? J'ai une réunion à Interpol.

—Je tâcherai de faire court, monsieur le directeur.

—Pas de ça entre nous, Hobart. Que puis-je faire pour vous ?

—C'est une démarche personnelle. Je voudrais solliciter votre avis et peut-être votre aide.

—Tout ce que vous me direz sera reçu comme confidentiel. Je vous écoute.

—Est-ce que le nom de Van Wickers vous dit quelque chose ?

—Non.

—Une relation de Gaénnec, il est mort d'un infarctus chez lui en Belgique.

—En quoi cela vous concerne-t-il ?

—J'ai reçu la fille de Van Wickers à la demande de Gaénnec, elle vit en France depuis des années, elle n'entretenait aucune relation avec son père, elle souhaitait avoir quelques détails sur les circonstances du décès. Quand Gaénnec me l'a envoyée, il ignorait les causes réelles du décès, il s'agissait de retarder l'incinération… comme je parle flamand, je devais juste aider mademoiselle Van Wickers dans une démarche administrative. C'est dans mon bureau que lui est venue l'idée de demander une autopsie… sans raison valable. Je l'ai accompagnée chez un avocat d'Ostende qui a obtenu du procureur une autopsie scientifique. Résultat : mort des suites de l'ingestion d'une micro-bombe…

—Une quoi ?

—Une micro-bombe, une gélule bourrée de plastic… Un truc made in Mossad…

—Attendez ! Attendez Hobart, reprenons pas à pas…

—Vous avez bien entendu. On a assassiné Van Wickers, un « ami » de Gaénnec, en lui faisant avaler une petite bombe. Quand j'ai mis Gaénnec au courant, il m'a prié de retourner faire joujou avec les demandes de visa et les excès de vitesse.

De Morsang arracha d'un coup de dents l'extrémité d'un interminable cigare, il l'alluma à l'aide d'un briquet de la taille d'un chalumeau et rejeta un stratocumulus de fumée vers le plafond.

—Qu'est-ce que c'est que ce merdier Hobart? Vous avez le chic pour mettre les pieds dans des histoires scabreuses!

—Je ne l'ai pas cherché!

De Morsang activa son interphone.

—Mademoiselle, retardez ma réunion d'une demi-heure. Gaénnec n'est évidemment pas au courant de notre entrevue?

—Bien entendu…

—Vous avez parlé d'une micro-bombe, en êtes-vous certain?

—J'ai rencontré le pathologiste de l'hôpital d'Anvers. Aucun doute n'est permis.

—Et ce monsieur…

—Van Wickers, Joseph Van Wickers…

—Était une relation de Gaénnec?

—Le notaire d'un mort ne prévient pas des inconnus… dans les vingt-quatre heures!

—Mouais… Et vous? Qu'est-ce qui motive votre intérêt pour cette affaire? Dans deux mois, si je ne m'abuse, vous quittez la maison…

—Franchement?

—Ce n'est pas le moment de me cacher quelque chose Hobart!

—Une sortie honorable, expier une faute peut-être, effacer ces dix mois de placard…

—Rien d'autre?

—Gaénnec m'a fait payer très cher ma curiosité! Et on ne m'ôtera pas de l'idée que…

—Que…

—Qu'il cache des informations sur Van Wickers. J'ai la certitude qu'il en fait une affaire personnelle de plus… J'ai eu l'imprudence de promettre à sa fille que je l'aiderais et maintenant…

De Morsang m'observait silencieusement. Subitement, j'ai pensé que je venais de faire la plus grosse erreur de ma vie.

Je l'avais mis dans une de ces alternatives qui ne trouvent d'issue que dans la mise à mort du messager. Je maudissais Léo de m'avoir soufflé une pareille idée.

—Quel dommage que vous ayez fait cette bêtise ! J'étais contre ces arrangements avec Gaénnec. Quel gâchis ! Pourquoi avoir accepté ces tripatouillages ? Vous étiez un de nos meilleurs éléments à la Criminelle…

Était-ce le prélude à mon exécution ? Je répondis comme un repenti, plein d'espoir en la clémence du tribunal :

—Vous savez bien que je n'ai jamais eu l'intention de révéler quoi que ce soit de cette affaire, mais j'étais déjà usé. Trop de règles, de lignes jaunes ! Et un matin, le bilan… ma vie se résumait à cinquante types en taule. 315 ans de prison cumulés. Quelques morts. Les premières nausées. Les doutes.

—Pour être à ma place, il m'a bien fallu avaler quelques couleuvres, Hobart. Vous auriez dû en faire autant. Il faut savoir ce que l'on veut. Ce n'est pas du cynisme, simplement du réalisme.

—Je ne pleure pas sur mon sort, mais j'aimerais bien quitter la maison la tête haute.

—Vos confidences témoignent d'une certaine confiance en ma personne pour autant, je ne suis pas certain de pouvoir vous aider… Gaénnec ne m'aime pas. D'ailleurs, qui aime-t-il en dehors du ministre ? Je ne suis pas issu de son milieu. Mon « De » s'écrit avec une majuscule, pour lui c'est un monde de différences. Il ne manque jamais une occasion de me le faire sentir. C'est un technocrate pur jus. Je suis plutôt du genre terrain et mains dans le cambouis. Heureusement, nous n'avons pas de rapport hiérarchique… en théorie. Mais il a une influence qui déborde largement ses attributions. Je m'en méfie comme de la peste. À cette heure, c'est une affaire 100 % belge, non ?

—Dans les jours qui viennent, ce sera une affaire franco-belge. Katia Van Wickers est Française, elle a l'intention de se porter partie civile. Les Belges vont délivrer une commission rogatoire à coup sûr.

—Je n'ai aucune munition pour aller à la bagarre avec Gaénnec. Je ne suis pas censé être au courant de cette affaire. Je n'ai aucun prétexte pour lui en parler.

—Vous pourriez demander que l'on mette fin à ma punition…

—Pour le peu de temps qu'il vous reste à faire? Ce ne serait pas crédible. Quand bien même, s'il obtient l'arbitrage du ministre, il gagnera et vous resterez sur la touche. Non. Il faut trouver autre chose.

Cette dernière phrase a bien failli m'arracher un cri de joie. De Morsang cherchait « autre chose » et j'en étais certain, il allait trouver!

De Morsang tétait son cigare, l'air songeur.

—Qui d'autre est au courant?

—Léo Hartman. J'ai une totale confiance en lui.

—Hartman? C'est chez moi! C'est votre camarade de promotion, je crois?

—Oui. Il sait tout ce que je vous en ai dit. Il m'a révélé qu'il y a eu un précédent, il y a cinq ans, même mode opératoire. Un responsable palestinien…

—Oui. J'ai suivi l'enquête de près. J'espère qu'ils ne sont pas dans le coup…

—Qui?

—Les Israéliens. Si c'est le cas, on peut refermer le dossier tout de suite.

—Léo est persuadé qu'ils ne sont pas concernés.

—Bien. Alors demandez-lui de faire une note blanche à sa direction. Elle atterrira sur mon bureau. Je m'étonne qu'il ne l'ait pas déjà fait.

—Je suis certain qu'il a l'intention de le faire. Il essaie d'en savoir plus sur cette micro-bombe.

—Il est bien placé pour cela.

—Monsieur De Morsang, j'ai une confidence à vous faire, d'homme à homme. J'ai conservé certaines pièces de l'affaire de madame X…

—Vous n'auriez pas dû, Hobart!

—Je ne pouvais pas faire confiance à Gaénnec, je n'avais aucune garantie quant aux respects de nos accords…

—Sur ce point, je ne peux vous donner tort…

—J'avais l'intention de les restituer à Gaénnec en échange de ma réintégration à la brigade. Je préfère vous les remettre en gage de ma bonne foi.

—Qu'il accepte ou qu'il refuse, remettez-lui ces pièces ! C'est ma condition. Sitôt que j'aurai la note d'Hartman, j'en parlerai à Gaénnec. En attendant, soyez sage. Pas de conneries. Et surtout, débarrassez-vous de ces pièces, sans quoi je ne vous connais plus !

De Morsang contemplait silencieusement l'extrémité de son havane puis avec un étrange sourire, il lâcha dans un nuage de fumée :

—À la réflexion… Allez-y quand même de votre chantage, juste pour voir sa réaction mais vous lui restituez ces documents. Quelle que soit sa décision ! Et vous me direz comment s'est passée cette séance avec Gaénnec. Nous sommes bien d'accord, Hobart ?

—Comptez sur moi monsieur.

Et voilà ! J'étais parti pour la partie la plus acrobatique de mon existence. Une jonglerie sur un fil au-dessus des chutes du Niagara… sur une jambe !

VI

De retour à mon bureau, j'appelai le secrétariat de Gaénnec, j'insistai en prétextant une communication des plus importantes. Je l'obtins.

—Que se passe-t-il Hobart ? Je n'ai pas de temps à vous consacrer, je prépare un conseil restreint à Matignon…

—Je n'en ai que pour quelques minutes…

—Je vous écoute…

—Je préfère vous en parler en tête à tête, cinq minutes…

—Pas plus.

Gaénnec était assis à son bureau, lunettes sur le bout du nez. Il inclina fortement le dossier de son fauteuil et dans un soupir excédé, presque à l'horizontal, regarda sa montre.

—Je n'ai pas beaucoup de temps, je vous écoute, soyez bref.

—Je souhaite être réintégré à la brigade criminelle et m'occuper de l'affaire Van Wickers.

Il se redressa violemment comme propulsé par le dossier de son fauteuil.

—Hobart ! Vous ne manquez pas de culot ! Il n'y a pas d'affaire Van Wickers ! Ne vous l'ai-je pas déjà dit ? Je ne suis pas homme à changer d'opinion sans raison. Vous me faites perdre mon temps !

—Précisément. J'ai une proposition de nature à vous faire changer d'avis…

—Cela m'étonnerait !

—J'en suis certain.

L'orage en préparation ne m'inquiétait pas. Je parlais sous le parapluie de De Morsang !

—Hobart ! À qui croyez-vous parler ! Quelle outrecuidance !

—Je ne me serais pas aventuré à vous faire une pareille demande, sans quelques arguments convaincants.

—Ben voyons ! Des arguments convaincants ! Du genre ?

Après tout, De Morsang m'avait bien dit : « Allez-y de votre chantage… juste pour voir… » On allait voir !

—L'affaire de madame X… Je ne vous ai pas tout restitué. J'ai gardé, vous le savez, quelques photos et adresses de témoins… et surtout de complices… enfin, je veux dire des partenaires, et pas des moindres, de madame…

Gaénnec était au bord de l'apoplexie.

—Comment osez-vous revenir sur cette histoire lamentable ! Dans mon bureau !

À présent, il éructait. Moi, je jubilais !

—C'est un comble ! Venir ici, me rappeler votre odieuse attitude ! Avez-vous oublié ce qu'il vous en a coûté ? Cela s'appelle du chantage, Hobart. C'est d'une extrême gravité !

—Non. Un échange de bons procédés. Après cette affaire, vous n'entendrez plus parler de moi.

—Il n'en est pas question !

Et maintenant l'estocade ! me suis-je dit.

—Imaginez les conséquences si par mégarde, j'avais égaré ces documents… À deux mois des élections législatives !

Gaénnec se tenait debout derrière son bureau les deux bras tendus, poings fermés appuyés sur l'écritoire, buste penché vers moi.

—Vous jouez un jeu dangereux, Hobart ! dit-il les mâchoires serrées.

—J'ai si peu à perdre…

Gaénnec avait quitté son bureau et se tenait près de la fenêtre puis, se retournant, il lâcha calmement :

—Mais bon sang ! Pour quelles raisons y tenez-vous tant ?

J'en serais tombé de mon fauteuil ! Je ne m'attendais pas à une question aussi banale. S'il voulait me déstabiliser, il avait réussi ! Subitement, j'ai senti remonter en moi des mois de frustrations, d'humiliations et comme une colère froide.

—Parce que vous m'avez mis dans un placard à balais ! Que vous éprouvez un malin plaisir à me confier les boulots les plus minables ! J'en suis à me demander si vous ne m'avez pas adressé Katia Van Wickers que pour me faire saliver et m'en éloigner. Je vous demande de me rendre ce que vous m'avez volé : une vie de flic, deux mois d'une vie de flic !

—J'ignorais que vous étiez à ce point affecté par votre travail, dit-il innocemment, je croyais que nos « arrangements » vous donnaient toutes satisfactions…

Un ange m'empêcha de lui sauter à la gorge, mais ce n'était pas le but. Il regagna son fauteuil et recommença à faire tourner son stylo entre ses doigts.

—Ce genre de tractations me répugne, je n'y ai consenti dans le passé que par souci de l'intérêt supérieur de l'État…

—Alors pourquoi en serait-il autrement aujourd'hui ? De plus, si l'on met de côté nos dissensions, je crois avoir été un flic à la hauteur…

—Dissension ? Comme euphémisme l'on ne saurait faire mieux, Hobart ! Vous avez manqué de faire démissionner un ministre et peut-être plus. Dissension ! Vous ne manquez pas d'humour… Vous avez été un policier au-dessus du lot, je le concède, mais vous n'avez eu de cesse de compromettre votre carrière par des considérations de moraliste d'un autre âge ! Et voilà qu'aujourd'hui, vous venez me faire chanter ! Beau retournement de tendance, Hobart !

Il me contemplait par-dessus ses lunettes, dans un silence de plomb, Gaénnec n'était pas du genre à hésiter, à cet instant dans sa tête devait s'échafauder un plan comme un problème d'algèbre. Quelles équations était-il en train de résoudre ?

—Je n'ai pas le temps de m'attarder sur cette requête scandaleuse. Je dois réfléchir aux suites qu'il convient de donner à votre attitude. Elles pourraient être bien plus graves que vous ne l'imaginez. Je tiendrai compte du peu de temps qu'il vous reste à passer dans notre maison. Présentez-vous à mon bureau demain à la même heure.

Nous nous sommes regardés longuement, lui semblait me défier, je n'ai pas baissé les yeux. Puis, sans dire un mot, il se replongea dans ses dossiers pour me signifier que l'entretien était terminé.

J'ai quitté le bureau de Gaénnec dans un état d'agitation intérieure indescriptible. Je me sentais dans la peau d'un agent double ! Je me demandais qui allait me faire la meilleure offre ! Ou qui allait m'envoyer en taule…

Vingt-quatre heures à tuer. Il me fallait récupérer les documents, puisque dans tous les cas, je devais les restituer à Gaénnec, ils étaient planqués chez un ami manouche à Saint-Ouen. Je devais beaucoup de choses à Youri. J'arrivais rue des Rosiers en priant pour qu'il ne soit pas absent. J'étais rassuré en entendant depuis le portail la guitare de Youri. C'était de bon augure.

—Max ! Tu te fais rare, qu'est-ce qui t'amène ?

—L'enveloppe que je t'ai confiée, j'ai besoin de la récupérer.

—Ne t'inquiète pas, elle n'a pas bougé.

Youri posa sa guitare et se dirigea vers la grosse caisse d'une batterie, il en dévissa une peau et me tendit la grosse enveloppe de kraft.

—Tu n'imagines pas ce qu'elle représente pour moi…

—Je ne veux surtout pas le savoir, Max. Ce soir, on joue chez Louisette au marché Vernaison, ça te dit ?

—C'est une idée ! Je peux téléphoner…

J'appelai Katia. J'avais hâte de lui dire que la partie était bien engagée.

—J'aurais peut-être une bonne nouvelle demain soir…

—Je patienterai jusque-là… Mais pas beaucoup plus, dit-elle en riant.

La soirée manouche fut mémorable. Les meilleurs guitaristes étaient là. Un bœuf historique. Vers minuit un cymbalum hongrois s'était invité à la fête avec un violoniste. À trois heures du matin, il n'y avait plus rien à boire et Louisette a viré tout le monde. En regagnant mon domicile, j'avais tout oublié de l'affaire Van Wickers. À peine réveillé, j'appelai Léo.

—Tu as eu une grande idée, Léo. De Morsang m'a reçu. Je crois qu'il va arranger le coup. Tu dois faire une note blanche à ta direction tout de suite si possible, il attend ça pour parler à Gaénnec.

—C'est déjà fait depuis hier matin.

—Qu'est-ce qu'elle dit ?

—Classique. Assassinat d'une personnalité belge importante ayant des relations françaises. Mode opératoire susceptible d'impliquer des services étrangers…

—J'ai l'impression qu'on ne va pas tarder à se revoir, Léo.

En attendant l'heure de mon rendez-vous avec Gaénnec, je passai ma journée à l'Hôtel des ventes. Je me demandais avec anxiété si De Morsang avait eu le temps de voir Gaénnec. Si tel n'était pas le cas, je risquais gros ! Mais je ne pouvais plus reculer. Vers 16 heures, en traversant la cour pour me rendre à mon bureau, je croisai De Morsang. Il m'adressa un clin d'œil complice et sans s'arrêter ni se retourner, il murmura :

—Allez-y… C'est gagné…

À dix-sept heures, je me présentais chez Gaénnec. J'allais à la bagarre, l'humeur légère. Il m'accueillit avec une moue entre grimace et sourire.

—Bien, me dit-il, j'ai eu le temps de réfléchir à notre affaire. Sachez que j'ai longuement hésité entre une sanction sévère et mon oubli, compte tenu de vos états de service. En définitive, je vais accéder à votre demande, ne serait-ce que pour vous donner l'occasion de racheter votre conduite passée. J'accepte votre proposition, mais…

Gaénnec s'était levé et arpentait la pièce, les mains dans le dos en scrutant le parquet Versailles de son bureau, façon Bonaparte en campagne.

—J'accepte mais… je dois au préalable m'assurer de votre entière loyauté, ce qui dans le contexte de nos relations ne va pas sans peine, vous le reconnaîtrez…

—Je ne vous contredirai pas sur ce point. Mais les rancunes ne sont pas inextinguibles, l'histoire ne manque pas d'exemples spectaculaires de réconciliations… « Pour peu que la confiance y soit équitablement partagée… »

—Tel est mon souhait, Hobart ! Vous êtes-vous ouvert de cette affaire à quelques personnes ?

La question était insidieuse. Que savait-il ? Au moindre faux pas, mes plans s'effondraient, je risquais une réponse ambiguë :

—Non. Pas particulièrement… J'ai fait part incidemment de mon désœuvrement à monsieur De Morsang qui m'a demandé ce que je faisais de mes journées…

—En quelle occasion ?

—Dans la cour, alors que nous nous croisions…

—Ce n'est pas un endroit où étaler ses états d'âme…

—Je n'ai pas été jusque-là…

—Toujours est-il que monsieur De Morsang porte un intérêt particulier à cette affaire. Il dit avoir été informé par la DR.[1] Il souhaiterait que nous disposions d'un homme sur place. Hartman étant sur une affaire classée « Confidentiel Défense », je ne m'y suis pas opposé. J'en reviens à cette importante question : la loyauté. Je mets quelques conditions à votre réintégration : je dois être informé de vos investigations en priorité, heure par heure, si nécessaire. Vous ne rendrez compte de votre travail qu'à moi et à moi seul. Si vous les acceptez, j'accéderai à la demande de monsieur De Morsang.

Le summum de l'escroquerie morale ! Gaénnec voulait me faire croire qu'il était maître de la décision alors que, j'en étais persuadé, il n'avait plus le choix. De Morsang avait dû être efficace. Mais mieux valait entrer dans son jeu.

1. Direction du Renseignement. Une des directions de la DGSE.

— Mais monsieur De Morsang souhaite-t-il que je sois cet homme sur place ?

— Il me semble… il a cité votre nom parmi d'autres, mais puisque vous semblez y tenir, autant que ce soit vous et puis vous avez déjà fait quelques pas dans ce sens, non ?

— Bien. J'espère que monsieur De Morsang sera d'accord avec votre choix…

En matière d'hypocrisie, j'avais fait de sérieux progrès au contact de Gaénnec.

— Le parquet belge a délivré une commission rogatoire. Des instructions ont été données au plus haut niveau pour faciliter votre travail. J'ai fait savoir aux Belges que nous leur déléguerons un haut fonctionnaire de police. Ils ont accepté notre offre compte tenu de la personnalité de la victime et de ses attaches avec notre pays. Après tout n'êtes-vous pas commissaire chargé de missions auprès du ministre de l'Intérieur ?

— Dois-je comprendre que ma carte de visite reprend toute sa signification ?

— Et même au-delà, mon cher ! D'ailleurs, vous garderez votre bureau, ici au ministère.

Mon cher ! Pour un peu, il me tombait dans les bras…

— Cela va sans dire, mademoiselle Van Wickers ne doit en aucun cas être au courant de vos investigations. Pour elle, cela doit rester une affaire belge.

Gaénnec finit par s'asseoir et, me regardant droit dans les yeux dit calmement :

— Un dernier point. Nous ne sommes pas intéressés par l'arrestation du meurtrier de monsieur Van Wickers. C'est l'affaire des Belges. Mais nous devons absolument l'identifier avant les Belges…

— Pour quelles raisons avant les Belges ?

— C'est une précaution. L'assassinat de monsieur Van Wickers pourrait relever d'activités impliquant une puissance étrangère. Autant être les premiers sur le coup…

— Bien, dis-je, il ne me reste plus qu'à me mettre au travail. Mais me permettez-vous de vous poser une question ?

—Je vous écoute.

—Que pouvez-vous me dire de monsieur Van Wickers ? Cela peut m'être utile...

Je guettais sa réaction. Rien. Pas le moindre tressautement de paupières.

—J'ai été présenté à monsieur Van Wickers, il y a longtemps lors d'une réception officielle. Nous nous sommes revus quelquefois au gré de circonstances le plus souvent hasardeuses. Je ne le connaissais pas plus que cela...

Au point où j'en étais, autant enfoncer le clou, me suis-je dit.

—Suffisamment pour que son notaire vous prévienne de sa mort ?

—J'en ai été surpris, je l'avoue. Peut-être voyait-il de l'amitié dans une relation qui n'était pour moi que superficielle, disons cordiale...

—Rien d'autre ?

—Rien, sinon que nous savons qu'il entretenait en France où il a vécu de nombreuses années, des relations importantes avec certains milieux financiers et diplomatiques. Disons avec des ambassades « sensibles » sur lesquelles les renseignements généraux exercent une surveillance étroite. D'où l'objectif de cette mission : devancer les Belges... Et même davantage... neutraliser l'assassin de monsieur Van Wickers... Est-ce clair ?

—Limpide ! Je vous remercie de ces précisions, dis-je en me levant.

—Hobart... les documents... Les documents dont vous m'avez parlé.

Je n'avais aucune garantie. En lui restituant les instruments de mon chantage, je devenais vulnérable, dangereusement vulnérable... Je me suis demandé si De Morsang pouvait me trahir, puis je me suis traité de paranoïaque. Je tentai une dernière manœuvre pour voir jusqu'où il était décidé à aller, puisqu'en définitive, je devais lui remettre ces documents.

—Monsieur Gaénnec...

—Hobart, pour sordide que soit ce marché, il nous faudra le respecter… en me restituant ces documents, nous mettons un terme à nos « dissensions » comme vous dites. Je vous confie l'affaire Van Wickers. Je ne reviendrai pas sur ma décision. Vous avez ma parole. N'avez-vous pas dit que la confiance devait être partagée ?

J'ai déposé la grosse enveloppe sur son bureau comme on pousse son tapis au poker avec une paire de cinq… en priant pour que le parapluie de De Morsang ne soit pas une passoire.

—Voilà, vous pouvez vérifier, tout y est, je n'ai fait aucune copie.

—Donnant donnant, dit-il en ouvrant un tiroir…

Il retira d'un tiroir une minuscule cassette de magnétophone et la déposa sur son bureau.

—Notre conversation d'hier était enregistrée. Simple précaution, mais puisqu'aujourd'hui nous sommes d'accord… N'oubliez pas : m'informer au jour le jour…

J'ai pris la cassette et j'ai quitté son bureau. Jamais au grand jamais, Gaénnec ne m'aurait restitué les preuves de mon chantage. Il y avait là de quoi m'envoyer dans un trou ! Rétention de preuves. Dissimulation de pièces à conviction. Tentative d'intimidation et d'extorsion d'avantages professionnels… L'addition pouvait être lourde ! Au lieu de ça, il me remet cette cassette. De Morsang avait dû avoir recours à des arguments… convaincants !

Pas un instant, je n'ai avalé ses explications sur ses liens avec Van Wickers. Si j'avais bien compris, je devenais un bon chien de chasse. Un chien d'arrêt. Je devais débusquer le gibier et attendre que mon maître vienne l'abattre… Avant les Belges. Réjouissant ! J'ai quitté mon bureau passablement satisfait. Direction le Montana. J'en avais besoin.

—Et ce soir, La Flicaille ?

—Un double antillais.

J'avais besoin de quelque chose de fort. Il fallait que je prévienne Katia. La question ne se posait même pas, elle devait déjà être sur écoute, comme moi. L'accord de Gaénnec n'allait quand même pas me faire oublier de quoi il était capable. Elle était peut-être chez elle. Je décrochai le combiné au bout du comptoir et composai son numéro, Katia répondit et je raccrochai aussitôt. J'ai avalé d'un trait mon double rhum, j'ai quitté le Montana en hâte et me suis dirigé vers la chaussée de la Muette. L'interphone était le moyen le plus sûr de lui parler.

— Maxime Hobart, pouvez-vous descendre ?

Deux minutes plus tard, elle sortait de l'immeuble et me cherchait du regard. Elle m'aperçut sur le trottoir d'en face et me rejoignit. Je l'ai prise par le bras et nous sommes entrés dans une brasserie voisine.

— Désolé de ne pas vous avoir prévenue par téléphone mais croyez-moi, j'ai de bonnes raisons d'agir ainsi.

Elle m'écoutait, inquiète, les yeux plongés dans les miens. Je lui rapportai mon entretien avec Gaénnec sans omettre un seul détail.

— Vous avez réussi à le faire changer d'avis ? Mais vous avez pris d'énormes risques !

— Pour vous éviter de faire une bêtise. Mais rassurez-vous, j'ai bénéficié d'une solide protection. Un allié de taille. Je vous avais promis de ne pas laisser tomber, non ? Maintenant, je suis plus qu'impliqué dans cette affaire, j'en suis devenu le seul responsable, du moins côté français.

— C'est une chance pour moi, je n'aurai pas à répondre à des questions interminables et dérangeantes sur ma vie... Et j'en suis certaine, vous éclaircirez cette affaire.

— L'affaire... Van Wickers... ou l'histoire de madame Van Wickers ?

— L'une ne pourra que servir l'autre. Je l'espère.

— J'ai peur de votre optimisme, imaginez votre déception si...

— Si quoi ? Si vous découvrez que ma mère n'était qu'une putain ? Même les putains ont une histoire, une vie, je m'en contenterai...

— Quoi qu'il en soit, je vous promets de ne pas oublier votre mère dans cette affaire. En attendant, nous sommes déjà, j'en suis certain, sous surveillance. Moi parce que je suis le chien pisteur, et vous parce que vous avez émis des doutes sur les circonstances de la mort de Van Wickers.

—Mais rien ne m'obligeait à croire en la version officielle.

—Non. Mais, vous reconnaîtrez que rien de sérieux ne pouvait vous en faire douter. Qui pouvait croire que sans raison, vous aviez des doutes sur les causes de cette mort? Personne. Si vous avez demandé cette autopsie, c'est parce que vous saviez quelque chose qui vous a mise sur la voie. Gaénnec ne peut raisonner autrement Il ne peut imaginer que vous n'étiez guidée que par des questions sur votre mère dont il ignore peut-être même l'existence…

—Mais vous? Vous m'avez toujours cru, n'est-ce pas?

—Honnêtement, le premier jour, j'ai eu du mal… Mettez-vous à ma place. Aujourd'hui, je n'ai aucun doute.

—Comment les choses vont se passer maintenant?

—Je vais devoir rester quelques jours en Belgique. Recueillir les premières informations auprès de la police belge, sans nécessairement faire preuve de loyauté à son égard…

—Mais pour quelles raisons?

—Si je pouvais répondre à cette question ce serait un grand progrès. Ce sont les instructions de Gaénnec : devancer les Belges quitte à ne pas traverser dans les clous, ça, j'ai l'habitude! Enfin, j'avais l'habitude… J'espère ne pas être trop rouillé. L'autre directive de Gaénnec est de ne pas vous informer de cette enquête.

—Pourquoi?

—Les résultats pourraient relever du secret défense. C'est sa version. Rassurez-vous, je n'obéirai pas sur ce point. Je vous tiendrai au courant de la moindre avancée. Et puis, il y a votre mère et cela ne regarde personne d'autre que vous et moi…

Je n'ai jamais oublié le regard qu'elle posa sur moi, tandis que je sentais déborder en moi l'envie de lui dire ce qu'elle m'inspirait. Depuis le début.

—J'aimerais tant vous satisfaire... Je... Je ne sais comment vous le dire, Katia...

Je l'appelais par son prénom pour la première fois, c'était comme transgresser un tabou, ma voix s'étranglait, je répétai :

—Katia...

Rien ne sortait. J'étais ridicule.

Elle devina mon embarras, elle avait posé sa main délicatement sur la mienne comme pour me prier de me taire.

—Vous n'aurez pas de mes nouvelles pendant les deux ou trois jours qui viennent. Si vous avez besoin de me joindre, essayez au Hilton à Bruxelles, en cas de nécessité voici le numéro de téléphone de Léo, j'ai toute confiance en lui, n'appelez que d'une cabine. C'est une simple précaution, ne vous inquiétez pas.

J'ai raccompagné Katia jusqu'au pied de son immeuble, nous étions maladroits, ne sachant comment nous dire au revoir, lui tendre la main me semblait stupide. Il faisait froid. Alors j'ai mis les deux mains dans mes poches, nous nous sommes regardés longuement, sans rien dire, nous nous sommes souri et je suis parti.

La nuit suivante aucun somnifère n'aurait pu venir à bout de mon insomnie. Qu'avait fait De Morsang ? Il me semblait impossible de me mettre au travail sans en avoir le cœur net. Et De Morsang m'avait bien dit de le tenir informé.

VII

Le lendemain, j'arrivais au ministère à la première heure. Par ma fenêtre, je guettais la place de parking réservée à De Morsang. Quand vers neuf heures, je l'aperçus enfin, je me précipitai vers l'aile d'honneur, grimpai quatre à quatre l'escalier monumental et essoufflé, je poussai la porte du secrétariat. De Morsang était en train d'ôter son par-dessus. Il me fit signe de le suivre.

—Mademoiselle… deux cafés… Alors, Hobart ça s'est bien passé ?

—À merveille monsieur, comment vous remercier et…

—Et comment je m'y suis pris ? Vous resterez sur votre faim, Hobart. Je suis désolé, il y a des choses que je ne peux pas vous dire. Pas pour le moment… L'essentiel est que vous soyez dans le coup, c'est ce que vous souhaitiez, non ?

—Il y a un aspect qui doit être éclairci. Gaénnec a insisté sur deux points. Je ne dois rendre compte de mes investigations qu'à lui et à lui seul…

—Et l'autre ?

—Je dois devancer les Belges… et neutraliser l'assassin de Van Wickers.

—« Neutraliser » ? Il ne m'en a pas parlé… Serait-ce sa première erreur ? On va y revenir. « Officiellement », vous ne rendrez de compte qu'à lui. Mais vous vous arrangerez pour que Léo Hartman soit au courant de tout. C'est lui qui fera le lien entre vous et moi. Je dois vous mettre en garde Hobart, Gaénnec ne voulait rien entendre de votre retour aux affaires, j'ai dû employer des arguments extrêmes. Quand à ce curieux objectif de neutraliser l'assassin dans le dos des Belges ? Que craint-il que les Belges puissent découvrir ?

—Je n'en ai aucune idée, sauf que cela confirme ce que je pense depuis le premier jour : Gaénnec est au pire mouillé dans cette histoire et au mieux concerné d'une manière ou d'une autre...

—Dans la première hypothèse, c'est de la dynamite ! Dans l'autre cas, ce sera au moins l'occasion pour moi de prendre une revanche que j'attends depuis cinq ans ! Je vous en reparlerai un jour.

—J'ai remis les documents à Gaénnec. En échange, il m'a remis ceci, dis-je en tendant la cassette...

—Je sais. Je l'ai écoutée. J'ai exigé qu'il vous la rende. Vous avez été très convaincant... Bonne chance Hobart.

—Merci monsieur. Je ne l'oublierai pas.

De retour à mon bureau, j'étais pris d'une étrange sensation de calme. Je mesurais la force que peut donner le sentiment d'être protégé. Je prenais rendez-vous avec Bernardini pour l'après-midi même. Je devais essayer d'en savoir plus sur les activités de Van Wickers. Puis j'appelais Léo et lui demandais s'il pouvait se procurer toutes les informations possibles auprès des Services belges. Enfin je demandais à mes collègues des renseignements généraux s'ils avaient un dossier sur un certain Joseph Van Wickers, citoyen belge, ayant probablement vécu en France.

À quatorze heures, je sonnais à la porte du cabinet Bernardini & Associés. Une secrétaire tout droit sortie d'un magazine de mode vint m'ouvrir. Tailleur et cheveux roux au carré, escarpins rouges et lunettes à grosses montures de même couleur. Un cliché. Elle me gratifia d'un sourire artificiel, nous sommes passés devant une demi-douzaine de bureaux avant d'entrer dans celui de Bernardini.

À en juger par le luxe des lieux, les honoraires de Bernardini & Associés devaient être pharaoniques ! Son bureau donnait sur un jardin arboré et parfaitement entretenu, des murs laqués noirs mettaient en valeur un mobilier design de la meilleure facture, des tableaux contemporains attestaient d'une connaissance évidente des valeurs sûres du marché de l'art... J'ai reconnu un Poliakoff, un Hartung de la meilleure période, un bronze de César occupait un angle de la pièce. Et derrière son bureau, une toile de Lucio Fontana représentait une déchirure parfaite sur un fond rouge sang. De quoi ouvrir une galerie d'art...

Bernardini m'invita à m'asseoir, me proposa un café et donna à sa secrétaire des instructions pour qu'on ne le dérange pas.

—J'ai fait préparer une liste des affaires que nous gérons pour le compte de monsieur Van Wickers, je pense que vous vous y retrouverez.

Je me demandais si je devais lui annoncer que son client avait été assassiné. Je décidais de ne rien lui en dire.

—Je ne voudrais pas être indiscret monsieur Hobart, mais pourquoi la police s'intéresse-t-elle aux activités de monsieur Van Wickers ? Aucune d'entre elles ne s'écarte de la légalité. Nous y veillons scrupuleusement.

J'en étais pour mes frais. Je ne devais pas jouer au plus fin. On ne s'offre pas un petit musée en se laissant raconter des sornettes.

—Il se trouve que la mort de votre client n'est pas due à une cause naturelle, sans que l'on sache s'il s'agit d'un suicide ou d'un assassinat. Je ne peux malheureusement vous en dire plus pour le moment, l'enquête que je mène n'a d'autre but que de savoir s'il avait des raisons d'attenter à sa vie ou s'il avait des ennemis susceptibles de le faire.

—C'est tout simplement énorme ce que vous me racontez là... Van Wickers ! Assassiné ?

—Ou suicidé...

—Monsieur le commissaire, Van Wickers n'était pas homme à se suicider, il consultait un médecin toutes les semaines, faisait un check-up deux fois par an, il était encore très séduisant et ne dédaignait pas les escapades avec de jeunes et jolies jeunes femmes avec lesquelles il aimait se montrer dans les restaurants chics de Knokke-le-Zoute, le Saint-Tropez belge... Est-ce là le portrait d'un candidat au suicide? Certainement pas. Quant à ses ennemis... je ne lui en connaissais aucun, tout au plus des adversaires... Je le reconnais bien volontiers, il ne s'embarrassait pas de scrupules, n'est-ce pas la dure loi des affaires? Mais c'est de l'histoire ancienne, monsieur Van Wickers n'avait plus le même appétit d'argent, il avait amassé un patrimoine considérable. Il se contentait d'en tirer le meilleur profit. Il n'avait aucune raison de se suicider. En tout cas, pas pour des raisons d'argent!

—Vous étiez son homme de confiance, vous a-t-il fait quelques confidences ces derniers temps?

—J'avais toute sa confiance, même la signature sur ses comptes français, mais il protégeait fermement son intimité, je ne dois ce que je sais qu'à mes observations et aux circonstances de nos rencontres; je ne le voyais qu'une fois par mois et seul. La dernière fois, c'était la veille de Noël chez lui à Ostende.

—Monsieur Van Wickers a-t-il été impliqué dans quelques procédures judiciaires?

—Une ou deux sans grand intérêt. Je ne plaide plus depuis dix ans. À l'époque, c'est moi qui préparais tous les dossiers. J'étais avocat spécialisé en droit des affaires. J'ai demandé ma radiation du barreau pour me consacrer entièrement à la gestion de patrimoine. Je confiais les plaidoiries à un confrère, maître Gimoutier, quand un accord transactionnel n'aboutissait pas. Il pourra vous en dire plus si vous le souhaitez.

—Rien ne vous revient à l'esprit? Vous n'auriez pas noté un détail, une contrariété ou une inquiétude dans ses propos?

—Non. Vraiment rien, j'en suis désolé.

Je notais les coordonnées de maître Gimoutier et prenais congé. Bernardini, comme je m'y attendais ne m'avait rien appris d'intéressant, hormis le fait que Van Wickers était encore un séducteur, un noceur. De retour à mon bureau, j'appelais Léo pour lui annoncer mon arrivée pour le lendemain. Tandis que je lui parlais, un huissier est entré et a déposé une grande enveloppe kraft sur mon bureau ; elle portait simplement mon nom avec en caractères gras la mention « Strictement confidentiel ». Je raccrochais et ouvrais le pli, c'était le dossier des RG. Une simple page comme un formulaire d'état civil m'apprenait que Van Wickers se prénommait Joseph, qu'il était né en 1916 à Gand, de nationalité belge, qu'il avait résidé par intermittence en France de 1956 à 1976, qu'il n'avait fait l'objet d'aucune condamnation en France. Il était catholique pratiquant, membre de la Fraternité Saint Pie X, enfin qu'il était dirigeant de sociétés financières et immobilières.

À part ce penchant très catho dont m'avait parlé Katia, c'était un dossier vide. Il semblait bien que Van Wickers avait mené en France une vie banale. J'avais du mal à le croire. J'espérais autre chose du côté belge. J'emportais chez moi le dossier de Bernardini. Il fallait être expert-comptable pour s'y retrouver. Cinq sociétés et pour chacune d'elles, un organigramme compliqué de filiales, de sociétés mères. Je me demandais ce que j'allais bien pouvoir en tirer. À mes yeux, ce n'était que paperasserie inutile. Si une magouille financière était à l'origine de l'assassinat de Van Wickers, ce n'était pas du côté du cabinet Bernardini qu'il fallait chercher. Ce n'était visiblement pas le genre de la maison. Je me suis promené d'une chaîne de télé à l'autre. Mon esprit vagabondait entre Gaénnec et le fantôme de Van Wickers, je lui donnais des visages changeants au gré de mes hypothèses. Puis celui de Katia prenait quelques rides imperceptibles pour devenir madame Van Wickers.

Je quittais Paris à l'aube. J'avais récupéré ma Jaguar MK II que je ne sortais que pour les grandes occasions. Sa restauration m'avait coûté six mois de salaire. Pour une voiture de vingt-cinq ans d'âge, elle était comme neuve. En fait de grandes occasions, c'en était une ! Je redevenais un flic. J'étais mis sur une affaire hors-norme, autour d'une femme de rêve. Je sentais se déployer sous mes omoplates des ailes d'albatros. Les six cylindres du 3L8 feulaient sur l'autoroute du Nord, dans un parfum de cuir et de bois verni. J'avais hâte de retrouver Léo. Il n'avait pas été catégorique quant à l'hypothèse Mossad, elle ne pouvait être complètement exclue. Van Wickers pouvait s'être compromis dans un trafic d'armes avec un des nombreux pays hostiles à Israël ? Mais dans ce cas, la partie était perdue d'avance. De Morsang avait raison, depuis la création de l'État d'Israël, jamais aucun agent du Mossad n'avait été arrêté, ni même inquiété. À l'exception d'Éli Cohen pendu à Damas en 1965. Côté Gaénnec, les choses n'étaient pas très claires. S'il souhaitait que je retrouve l'assassin de Van Wickers, il n'avait aucun intérêt à me cacher quoi que ce soit qui me faciliterait la tâche… Mais il taisait sa relation à Van Wickers ça, c'était une certitude. Ce lien entre Gaénnec et un ex-proxénète milliardaire m'obsédait. Je ressentais confusément que là était le début de toutes solutions. Et cette étrange crainte que les Belges ne règlent l'affaire seuls… avant moi. Avant lui ? Le brouillard n'était pas que sur l'autoroute… J'arrivais à l'ambassade de France vers dix heures. Après avoir exhibé ma carte au service de sécurité, on me dirigea vers le bureau de Léo.

— Alors ? On a repris du service à ce qu'il semble…

— Tu es déjà au courant ? Gaénnec ? De Morsang ?

— Les deux, mon général ! dit-il en me tendant une enveloppe kraft.

J'ouvrais le pli avec une certaine appréhension. Deux feuillets m'apprenaient ce que je savais déjà, plus deux ou trois informations que la fiche française ne contenait pas, concernant une condamnation pour dissimulation fiscale datant de 1976, une condamnation à huit jours de prison avec sursis pour insulte à agent de la force publique, des broutilles.

— C'est maigre ! dis-je en laissant tomber les feuillets sur le bureau.

— Ça, c'est après passage par la blanchisserie !

— Que veux-tu dire Léo ?

— Qu'ici comme chez nous, on se sert d'une grosse

gomme quand c'est nécessaire. Tiens, voilà la version avant nettoyage dit Léo en ouvrant un tiroir.

J'ai pris une chemise cartonnée sur laquelle figurait au feutre noir J. V.W.

—Attends-toi au pire ! lâcha Léo.

La chemise comportait plusieurs feuillets dactylographiés sans en-tête, le tout était rédigé en français dans un style télégraphique.

J.V.W. né le 21 janvier 1916 à Gand. Adolescence chaotique, séjour en maison d'éducation surveillée. Fréquente le milieu ostendais de la prostitution, une première fois condamné pour proxénétisme en 1936. Libéré en 1940 dans la débâcle de l'invasion allemande. Au lendemain de l'Occupation de la Belgique, adhère au mouvement nationaliste flamand VNV.[1] S'installe dans un hôtel particulier à Bruxelles dès 1941, donne des réceptions où se côtoie le gratin de la collaboration, les plus hauts responsables de la Wehrmacht et les plus luxueuses prostituées de Bruxelles et d'Ostende.

Après la mort en 1942 de Gustaaf De Clercq, fondateur du VNV, s'engage dans la SS-Freiwilligen-Sturmbrigade Langemark. On perd sa trace jusqu'à la fin 1945. À la fin de cette année réapparaît à Ostende, arrêté et accusé de collaboration. Soupçonné d'avoir été responsable d'un camp de déportation en Hollande. Lors de son procès, une rescapée du camp d'Hertogenbosch a cru le reconnaître... Cette accusation, faute de preuve, n'a pas été retenue. Prétend avoir été un informateur du gouvernement belge en exil à Londres. Condamné à 10 ans de prison et libéré en 1949. En 1950 épouse Juliette Vrims propriétaire d'un hôtel à Ostende. Officiellement promoteur immobilier. Dans les faits, a transformé l'hôtel en bordel de luxe. Des personnalités belges et étrangères de premier plan sont des habitués de l'hôtel de Juliette Vrims. En 1952, cette dernière en tant que propriétaire

1. Vlaams Nationaal Verbond. Mouvement nationaliste flamand partisan de l'Allemagne nazie.

légale est soupçonnée d'avoir prostitué des mineurs dans son établissement. Affaire classée sans suite sur intervention de certains clients. En 1953, fait l'acquisition d'une propriété à Ostende et en 1955 d'une autre à cheval sur la frontière entre la France et la Belgique ; cette dernière propriété est le club échangiste le plus chic d'Europe. A résidé périodiquement en France de 1956 à 1975. En 1976 a revendu l'hôtel d'Ostende et la propriété sur la frontière. La même année, sa femme Juliette Vrims trouve la mort dans un accident de voiture, son passager et amant Willy Beck musicien est grièvement blessé. À partir de1976, J.V.W. s'installe définitivement dans sa propriété d'Ostende.

Je restais silencieux. Léo me regardait et guettait ma réaction. Voilà qui dépassait tout ce que j'avais imaginé ! Mais aussi ce que je redoutais le plus : Katia était bien la fille d'une prostituée et d'un proxénète collabo. Comme ascendance nauséeuse, on ne pouvait rêver pire.

—Ils n'ont pas eu le temps de rajouter : assassiné, mais ils sont au courant, me dit Léo.

—Qui ça, ils ?

—Mes potes de la sécurité intérieure belge…

—Tu es certain de ces infos ?

—Du béton ! Comme en France, quand on blanchit une fiche RG, on oublie toujours une copie de l'original quelque part…

—C'est plus que des potes que tu as !

—Renvoi d'ascenseur. J'ai une autre info pour toi.

—Arrête de me faire cuire Léo…

—Cette fiche a été blanchie, il y a moins d'une semaine.

—Quoi ?

—J'ai l'impression que la mort de Van Wickers ennuie déjà beaucoup de monde et pas n'importe qui ! C'est la seule explication à ce blanchiment express !

—Ça promet !

—Tu t'attendais à quoi ? Je te l'ai dit le premier jour : ça va puer. Pas déçu, j'espère ?

—Oui et non…

—Explique-toi…

—Pas ici, as-tu un coffre ? Katia ne doit jamais être au courant de ça…

—Pas de problème.

—Cela t'ennuierait d'aller boire un verre dehors ? J'ai besoin d'air…

Léo rangea le dossier J.V.W. dans un coffre mural et nous avons quitté l'ambassade. Nous nous sommes dirigés à pied vers la vieille ville. Léo ne disait mot. Moi, j'étais incapable de penser à autre chose qu'à cette fiche de la Sûreté belge. Que Gaénnec ait pu fréquenter ou, simplement connaître, un type ayant un tel passé me plongeait dans un abîme de perplexité. De plus, ces renseignements de la Sûreté intérieure belge mettaient un terme aux espoirs de Katia. Elle devra l'accepter ou vivre avec ses obsessions…

—J'ai l'impression que ce dossier de la Sûreté Belge te pose un problème.

—Oui. Je déteste jouer les porteurs de mauvaises nouvelles et en fait de mauvaises nouvelles là, je suis gâté !

—Mais tu espérais quoi ? Un mec qui se fait exploser de l'intérieur ne pouvait pas avoir le CV d'un enfant de chœur…

—Il ne s'agit pas de ça ! Patiente un peu, on y est…

Nous étions arrivés aux Marolles, l'équivalent bruxellois de Belleville à Paris. Nous avons zigzagué entre les pavés dangereusement déchaussés d'une rue étroite et poussé la porte du « Resto-Bière ».

—Tu as l'intention de m'empoisonner… dit Léo inquiet, je connais l'endroit mais je n'y suis jamais entré…

—Tu aurais dû ! Fais-moi confiance, la bouffe est exceptionnelle ! J'y viens à chacun de mes passages à Bruxelles.

Le patron est venu me saluer en s'essuyant les mains sur un tablier douteux. Nous nous sommes laissés imposer des ris de veau sauce spéculoos. Le patron a déposé une bouteille de juliénas en précisant :

—On facture au centimètre, buvez ce que vous voulez…

—Vous pouvez facturer à la bouteille, patron, répliqua Léo, après avoir goûté le vin.

—De Morsang a été efficace. Je ne sais pas comment il s'y est pris. Gaénnec m'a mis sur le coup contraint et forcé. Mais j'y suis quand même allé de mon chantage. Avec la bénédiction de De Morsang, « juste pour voir »… j'ai rendu toutes les pièces. Le plus incroyable, c'est qu'il avait enregistré mes menaces, toute notre conversation… Et qu'il m'a rendu la cassette…

—C'est pas son genre. Ou alors, il n'a rien à cacher dans cette histoire…

—Lui ? Rien à cacher ? Gaénnec n'a qu'une religion : la raison d'État. Il est dans le secret comme un poisson dans l'eau. C'est son élément naturel. Bien sûr qu'il n'est pas impliqué dans l'assassinat de Van Wickers mais ça le concerne au plus haut point… Pourquoi vouloir que je devance les Belges ? Je dois neutraliser l'assassin… Un euphémisme de technocrate !

—Et alors ? Va au bout de ton raisonnement… Merci monsieur Hobart, vous avez fait du bon boulot ! Une fois que tu auras retrouvé ce type et que tu l'auras « neutralisé », tu deviendras l'homme le plus dangereux de la planète. L'homme qui sait… Tu as des antécédents, ne l'oublie pas… le chantage, ça te connaît !

—Arrête ! Je ne suis pas un tueur ! Quand je serai près du but, je livrerai le paquet à De Morsang et au revoir la compagnie !

—N'oublie pas qu'on a retrouvé un ministre noyé dans une flaque d'eau à Rambouillet. Qu'un autre s'est fait flinguer un soir de réveillon. Et encore un autre tué d'une balle dans le dos devant son domicile.[1] Jamais éclaircis… Alors quand il s'agira d'un flic à deux mois de la retraite… Tu es le rabatteur. Tu seras entre le gibier et le fusil. Une bavure de plus…

—Je suis sur mes gardes. Je pars du principe que je suis manipulé. J'ai un coup d'avance.

---

1. Il s'agit des assassinats de Robert Boulin, Jean de Broglie et Joseph Fontanet.

—Ouais... Essaye d'en avoir deux ou trois... Avec Gaénnec, c'est pas de trop.

—Et maintenant, j'ai De Morsang. Il sait. S'il m'arrive un « accident », il saura où chercher.

—Ça te fera une belle jambe! Une fois mort!

—Tu ne crois pas que tu forces un peu la dose?

—Je m'inquiète pour toi. Cette femme me fiche la trouille... trop belle... Cette idée d'autopsie...

—Léo, j'ai passé près de vingt ans à la Crime... tu me prends pour un bleu sous prétexte que je suis dans un frigo depuis dix mois!

—OK. Ne le prends pas mal. Si on reparlait boulot...

—Cette affaire est aussi un prétexte pour pouvoir enquêter en Belgique sur autre chose... Enfin, c'était un prétexte parce que maintenant, ça me semble inutile. C'est ça ma déception à propos du dossier de la Sûreté belge... Je croyais commencer une partie de billard à trois bandes.

—Gaénnec, Van Wickers, troisième?

—Sa femme.

—Sa femme? Tu veux dire la mère de Katia? Mais elle est morte il y a dix ans d'après le dossier de la Sûreté belge.

J'expliquai du mieux que je pus :

—Katia s'accroche à une autre vérité sur sa mère. La mort de Van Wickers est le dernier de ses soucis. Je te l'ai déjà dit.

—Elle était au courant?

—Pas pour le passé de collabo, pour le reste oui. Elle l'a découvert dans une lettre, il y a dix ans. Elle refuse cette vérité. Elle espère que l'enquête sur Van Wickers lui apprendra autre chose sur sa mère. Je lui ai promis de ne pas l'oublier... Mais les renseignements de la Sûreté belge ne me laissent plus de marge, Katia est bien la fille d'une pute et d'un proxo.

—Avec une telle classe, on a du mal à imaginer ça...

—Elle a été élevée dans un pensionnat suisse, le genre d'école pour le gratin européen...

—Ils n'ont pas dû demander le CV de son père! Tu vas lui dire?

—C'est difficile, je vais attendre d'en savoir plus, sait-on jamais… Cela dit, l'affaire Van Wickers me donne des ailes, j'ai envie de finir en beauté, la résoudre effacera dix mois d'humiliations. Ces derniers temps, je me suis souvent dégoûté d'avoir été ramené au niveau d'un fonctionnaire subalterne qui a accepté quelques tripatouillages pour partir en retraite… De plus, je reste persuadé que Gaénnec n'est pas blanc bleu dans cette affaire, si je peux lui mettre la tête dans le sac, ce sera l'apothéose de ma carrière…

—Tu t'emmerdes pour rien, dans deux mois, la gauche perdra les législatives ! On a les sondages des RG tous les jours, Gaénnec retournera dans sa Bretagne natale… au mieux à son siège de député.

—Il retournera sa veste. Il la remettra à l'endroit. En attendant, l'occasion est trop belle.

—J'espère que tu sais ce que tu fais et à quoi tu t'exposes, dit Léo dans un soupir. Tu es drôlement mordu !

—Je ne me fais pas d'illusion mais ce sentiment amoureux, c'est ma résurrection. Je le sais, vingt ans d'écart aujourd'hui, c'est un fossé, et un jour ce sera un gouffre… mais je m'en moque, je veux vivre cette histoire jusqu'au bout, comme elle se présente, au jour le jour.

—Tu as quand même un espoir…

—Par moments, je me surprends à en rêver. En attendant, je veux être là. C'est tout.

—Tu risques de souffrir. Terriblement souffrir… On ne sort pas indemne des mains d'une pareille femme…

—Bon… revenons à nos moutons…

—Que les choses soient claires Max, tout ce que tu me diras sera retransmis à De Morsang.

—C'est convenu avec lui. Pour ne rien te cacher, ça me rassure. Il paraît que tu es sur une affaire « Confidentiel Défense » ?

—Juste pour te faciliter le travail pour que Gaénnec m'oublie pendant quelques semaines…

—Merci Léo !

—Je ne suis pas sûr que ce soit un bon service !

—Rien de nouveau côté micro-bombe diabolique ?

—J'ai été à la pêche. Mon « alter ego » ici est un certain Avner Zakin. Il est en poste depuis six ans. « Attaché culturel » à l'ambassade d'Israël, dit Léo dans un sourire ironique, nous nous voyons souvent, c'est un ami. Le Mossad n'est pas concerné. Par contre, cela l'a beaucoup intéressé à cause de la micro-bombe. Il souhaite te rencontrer…

—J'allais te le demander, ça n'est jamais inintéressant de discuter avec un type du Mossad.

—Ce soir ?

—Ce soir, si tu veux. Au Hilton. Pas avant 19 heures. J'ai rendez-vous avec un certain Mollens à la brigade criminelle d'Ostende. Au fait, j'ai donné ton téléphone à Katia…

—Tu as bien fait. J'espère qu'elle me téléphonera…

—Léo. Si tu tournes autour d'elle, je t'étripe !

—Seulement quand la place sera libre… après ta mort… Promis !

Nous sommes partis d'un grand éclat de rire et avons quitté le restaurant. J'ai récupéré ma voiture devant l'ambassade de France. Direction Ostende.

VIII

Mollens était le patron de la brigade criminelle d'Ostende. Je devais savoir où en étaient les Belges de leurs investigations, de plus il me fallait faire preuve d'esprit de collaboration. Mais cette histoire de fiche blanchie récemment me perturbait. Cet entretien promettait d'être délicat. Je n'étais pas supposé savoir autre chose que ce que disait cette version blanchie de la vie de Van Wickers. Mollens pouvait-il ignorer la version originale ? J'en doutais. Devais-je en déduire que je n'étais pas forcément le bienvenu en Belgique ?

Gerrit Mollens était un type imposant. Une quarantaine d'années, un mètre quatre-vingt-dix, le crâne complètement rasé, une belle gueule de boxeur pas encore abîmée, des yeux d'acier entre le gris et le bleu. Un tee-shirt très ajusté laissait deviner une musculature impressionnante à côté de laquelle son holster garni d'un 44 semblait un jouet. Sûrement talentueux pour occuper ce poste si jeune.

— Monsieur Hobart, j'avais hâte de vous rencontrer, dit-il dans un français impeccable, j'ai reçu des instructions me demandant de faciliter votre travail ici. Je vais être clair, l'enquête sur l'assassinat de Van Wickers c'est nous, mais la collaboration d'un expert français est la bienvenue. Nous vous communiquerons toutes les informations dont nous disposerons en Belgique, j'attends de vous une parfaite réciprocité pour tout ce que vous pourrez découvrir en France concernant Van Wickers. Un premier signe de bonne volonté serait par exemple de me dire ce qui a poussé mademoiselle Van

Wickers à émettre des doutes sur les causes du décès de son père et à faire pratiquer cette autopsie ? Nous aimerions bien l'interroger à ce sujet… Vous l'avez accompagnée chez maître Straeten, je crois savoir ?

—Si elle n'avait pas eu de doute, c'est un assassinat qui vous serait passé sous le nez…

Mollens encaissa sans rien dire.

—Quant aux raisons qui l'ont poussée à demander une autopsie, elles sont purement médicales, dis-je, cette autopsie pouvait révéler une anomalie génétique, quelque chose d'héréditaire. Il y a plusieurs causes d'infarctus ou d'arrêt cardiaque. Mais naturellement, elle répondra à toutes vos questions si vous le souhaitez… Bien qu'elle ait été très choquée d'apprendre que son père avait été assassiné…

—Je pense que vous l'avez interrogée sur ses relations avec son père, les fréquentations qu'elle lui connaissait…

—Elle n'entretenait aucune relation avec son père depuis dix ans, depuis la mort de sa mère, en fait.

—J'espère avoir le plaisir de la rencontrer. Nous l'entendrons… en votre présence. Avez-vous besoin d'une aide quelconque ?

—Que pouvez-vous m'apprendre de votre côté ?

—Rien de bien particulier, Van Wickers menait ici une vie parfaitement calme.

Si Mollens était parti pour me faire avaler un Van Wickers enfant de chœur, la collaboration franco-belge commençait mal. Mieux valait mettre les pieds dans le plat, voir jusqu'où pouvait aller Mollens.

—Depuis toujours ?

—Que voulez-vous dire ?

—Nous disposons en France de renseignements peu flatteurs sur le passé de monsieur Van Wickers. J'ai du mal à imaginer que vous l'ignorez…

Mollens marqua sa surprise, il me jeta un regard inquisiteur, il caressa sa calvitie et reprit d'un ton calme avec un imperceptible sourire :

—Nous gagnerions à jouer cartes sur table, monsieur Hobart.

—J'allais vous le proposer. Nous avons connaissance de deux versions du CV de monsieur Van Wickers, l'originale et une version plus récente très allégée, je pense que nous pouvons oublier cette dernière.

—Nous n'avons jamais sous-estimé l'efficacité de vos services de renseignements. Je n'avais pas l'intention de vous dissimuler les anciennes activités de Van Wickers. Nous n'ignorons rien de son passé de collabo, pour lequel il a effectué cinq ans de prison mais ses anciennes activités n'ont aucun rapport avec son assassinat. Ici comme chez vous, quarante ans après, la page est tournée.

—La page n'est peut-être pas tournée pour tout le monde. Van Wickers a été plus qu'un collabo, il s'était engagé dans une brigade de SS, aurait été l'un des responsables d'un camp d'internement en Hollande. Il se peut que quelqu'un l'ait retrouvé quarante ans après, les exemples sont nombreux.

—Peut-être, mais cette histoire de camp n'a jamais été établie. Ce n'était qu'un témoignage isolé. Quant à son engagement dans cette brigade SS, qui était supposée combattre en Russie, on imagine mal une victime russe de Van Wickers venir régler ses comptes à Ostende quarante ans après...

—Et côté proxénétisme ? C'est une histoire plus récente...

—Depuis une dizaine d'années, il était retiré de ces « affaires ». Sur ce plan, il était incoinçable. À l'époque de ses activités, il bénéficiait de protections solides... Si vous voyez ce que je veux dire. Il faisait dans le très haut de gamme. Aucun rapport avec le milieu de la prostitution de rue ou des bordels sordides de la gare du Nord à Bruxelles. De toute façon, je n'imagine pas un truand avoir recours à une méthode pareille, méthode dont nous ne savons rien. Nous avons analysé les débris métalliques que le pathologiste d'Anvers vous a montrés, ce sont des fragments d'une très petite pile au cadmium de nickel. C'est un meurtre extrêmement sophistiqué. Jamais vu !

Au passage, j'appréciais sa façon discrète de me dire qu'il n'ignorait pas ma visite à l'hôpital d'Anvers.

—Vos laboratoires n'ont pas pu être plus précis sur les origines des blessures?

—Pas pour le moment. Probablement la combinaison de deux produits qu'on lui aurait fait avaler et qui auraient produit cette explosion par auto-combustion. Je ne suis pas convaincu…

—Si vous écartez la période de collabo et celle de proxénète… Que reste-t-il?

—Le passé de proxénète de Van Wickers, c'est de l'histoire ancienne, dit Mollens.

—Où se situe la frontière entre l'ancien et le récent? Ce meurtre est lié de façon évidente au passé de Van Wickers, de collabo ou de proxénète, dans les deux cas, c'est de l'histoire ancienne…

—Peut-être une histoire de gros sous. Van Wickers était plus que riche. L'argent est le mobile le plus fréquent dans les affaires d'homicides…

—La plupart de ses affaires étaient en France, la brigade financière les passe à la loupe. Mais j'ai toutes les raisons de croire qu'elles sont parfaitement licites. Ce n'est pas de ce côté qu'il faut chercher. Un ancien nazi, ancien proxénète se fait trucider, pourquoi chercher ailleurs que dans ce passé tumultueux?

—Je ne dis pas qu'il faille chercher ailleurs, mais qu'aucune piste ne peut être écartée.

Il avait raison. Mais moi, je ne pouvais oublier ma promesse. Il me fallait trouver un fil conducteur, une piste vers la mère de Katia. J'étais aussi ici pour ça. C'était peut-être même une priorité que je ne m'avouais pas.

—Un mobile lié aux activités de proxénétisme ne peut être complètement écarté, j'aimerais bien rencontrer une de ses anciennes protégées. Il doit bien en rester une?

—Vous me surprenez, monsieur Hobart. Mais si cela peut vous aider, pourquoi pas? Elles ont toutes été tondues à la

Libération, comme chez vous, elles en gardent une certaine rancune… Quand elles entendent le mot police…

—Je pensais à celles qui ont exercé après-guerre, après 1950, elles devraient avoir entre 50 et 60 ans aujourd'hui…

—Je vois, vous faites allusion à l'hôtel de Juliette Vrims. Je ne vois pas ce qu'une pute à la retraite pourrait vous apprendre. Mais si vous y tenez… Je vais consulter nos fichiers et vous le ferai savoir.

—Je crois que c'est sa femme de ménage qui a découvert le corps de monsieur Van Wickers…

—Oui, Anna Gréoult, une francophone, c'est elle qui a prévenu le notaire de Bruges. Je n'avais aucune raison de la convoquer à ce moment-là. Tout semblait normal au moment de la découverte du corps, le permis d'inhumer avait été signé par un officier de police après constat du médecin. Évidemment, maintenant les choses sont différentes. Mais je doute qu'elle nous apprenne quoi que ce soit d'intéressant. Je l'ai convoquée, elle sera ici d'un moment à l'autre.

Je répondis en néerlandais sans l'ombre d'une hésitation :

—Si vous n'y voyez pas d'inconvénient, j'aimerais assister à cet entretien.

Mollens m'a regardé interloqué et a poursuivi en flamand :

—Je n'en reviens pas ! Avez-vous des origines flamandes ?

—Non. J'ai été marié à une Hollandaise.

Puis nous avons repris notre conversation en français.

—Le médecin qui a constaté le décès était son médecin attitré ?

—Non. Il s'agit d'un généraliste que le notaire a envoyé dès qu'il a été prévenu par la femme de ménage de Van Wickers. Nous n'avions aucune raison de contester son diagnostic. Le médecin de l'hôpital d'Anvers a dû vous le confirmer : extérieurement, rien ne pouvait laisser supposer une autre cause de décès.

L'interphone sur le bureau de Mollens annonçait l'arrivée de la femme de ménage. Quelques instants plus tard, elle frappait timidement à la porte entrouverte.

— Goedendag Mevrow Gréoult, lança Mollens.

Entre Belges, Flamands et Wallons, les choses n'étaient jamais simples. J'étais le témoin de sa mauvaise foi, il se reprit très vite :

— Bonjour madame Gréoult, asseyez-vous, monsieur Hobart est un collègue français.

Madame Gréoult était une vieille dame, grise des pieds à la tête. Comme le font les humbles face aux puissants, elle s'assit sur le bord de la chaise, droite comme une équerre, sans même s'appuyer au dossier et posa son sac sur ses genoux après en avoir retiré une paire de lunettes.

— Excusez-moi monsieur le commissaire, je suis francophone, cela ne vous ennuie pas de m'interroger en français ?

— Avant toute chose, madame Gréoult, je dois vous dire que les causes de la mort de monsieur Van Wickers ne sont pas clairement établies... Il pourrait s'agir d'un assassinat... Tout ce que vous pouvez nous dire pourra nous aider.

J'ai bien cru que la vieille dame allait défaillir.

— Assassiné ? Mais comment ? On m'avait dit que c'était son cœur qui...

J'ai imaginé Mollens tentant d'expliquer le mode opératoire de ce meurtre hors-norme à une femme de ménage. J'ai réprimé une forte envie d'en rire et me suis contenté de toussoter.

— Peu importe. Disons qu'il a été empoisonné... Quand êtes-vous entrée au service de monsieur Van Wickers ?

— Il y a dix ans de cela. Après la mort de sa femme. Je prenais mon service vers huit heures, je préparais le petit déjeuner de monsieur et je faisais deux heures de ménage.

— Et ce matin du 13 janvier ?

— Je suis arrivée comme d'habitude vers huit heures, j'ai préparé le petit déjeuner et je lui ai apporté son plateau dans sa chambre, mais il n'y était pas. Le lit n'était pas défait, ça m'a paru curieux, alors je suis allée voir dans son bureau, j'ai tout de suite compris qu'un malheur était arrivé. Il était allongé sur le dos près du coffre, les bras en croix.

— Vous saviez qu'il fallait prévenir son notaire ?

—Oui. Monsieur Van Wickers m'avait donné des instructions. Un jour, il m'a demandé de le suivre dans son bureau et il m'a dit : « Anna, comme vous le savez, je vis seul ici, s'il m'arrivait quelque chose, personne ne s'en rendrait compte à part vous. Si cela était, vous préviendrez en priorité mon notaire qui s'occupera de tout. Gardez son téléphone avec vous. N'oubliez pas. » Et il m'a remis une carte de visite avec le numéro de téléphone du notaire. Je l'ai toujours gardée dans mon sac.

—Vous n'avez rien remarqué d'anormal dans la maison, un désordre ? Tout était à sa place ?

—Non, rien d'anormal. Si, peut-être une chose, la porte d'entrée n'était pas verrouillée, monsieur la fermait toujours.

—Au cours de ses années, monsieur Van Wickers recevait-il des visites ?

—Entre huit heures et onze heures, ce n'est pas vraiment l'heure. Une fois, un monsieur s'est présenté au moment où je partais, il a demandé à voir monsieur...

—C'était quand ?

—C'était il y a plusieurs mois, en octobre, je crois. Je lui ai demandé de la part de qui, il m'a donné un nom, je ne m'en souviens pas.

—Faites un effort, madame Gréoult, c'est très important. Je vous rappelle qu'il s'agit d'un meurtre !

—Un nom allemand ou flamand, je ne peux pas m'en souvenir, pardonnez-moi.

—Monsieur Van Wickers l'a-t-il reçu ?

—Non, ça, je m'en souviens très bien, quand je lui ai annoncé ce visiteur, il m'a dit de déclarer qu'il n'était pas là.

—Ensuite ?

—Ensuite, le visiteur m'a dit : « Vous direz à monsieur Hottig ou Mottig, je ne me rappelle pas exactement, que je reviendrai le voir. » Je lui ai dit qu'il devait se tromper qu'il n'y avait personne de ce nom ici et il a répondu : « Non, je ne me trompe pas ! » et il est parti en criant assez fort : « Je reviendrai ! »

—Attendez, attendez ! C'est quoi Hottig, Mottig ?

—Mais je n'en sais rien, monsieur le commissaire, je suis sûre qu'il se trompait d'adresse...

—Vous avez rapporté ses propos à monsieur Van Wickers ?

—Oui, enfin il me semble. Oui... J'ai fait la commission à Monsieur, il m'a dit de ne pas faire attention, qu'il devait s'agir d'une erreur.

La vieille dame semblait terrorisée, Mollens était un peu brutal dans sa façon de poser ses questions, cela ne pouvait pas l'aider à retrouver ses souvenirs.

—Quand ce visiteur a crié : je reviendrai ! Est-ce que monsieur Van Wickers a pu l'entendre ?

—Je crois. Il était sur le pas de la porte et Monsieur n'était pas très loin dans son bureau.

—Et ce visiteur, vous pourriez le décrire ?

—Oui... enfin le décrire... pas vraiment...

—Comment ça, pas vraiment ?

—C'était un monsieur grand, très fort. J'ai cru que c'était un aveugle... à cause de ses lunettes...

Mollens a marqué un temps d'arrêt en plissant le front, puis il reprit en me regardant furtivement :

—Madame Gréoult, essayez d'être plus claire...

—Vous savez... comme des lunettes de motard, ou plutôt des lunettes d'alpiniste, il était habillé de noir avec un chapeau noir aussi.

—C'est tout ? Vous l'avez vu repartir ? À pied ? En voiture ?

—En voiture, je crois...

—Quelle voiture ?

—J'ai pas fait attention, j'ai juste entendu le bruit...

—Bien. Madame Gréoult, si jamais quelque chose vous revient, en particulier le nom de ce visiteur, appelez-moi.

Madame Gréoult m'adressa un sourire timide et s'est dirigée vers la porte sur la pointe des pieds en inclinant légèrement la tête.

Mollens passait sa main sur son crâne.

—Deux choses, la porte n'était pas verrouillée, normal l'assassin l'a simplement fermée derrière lui. Donc Van Wickers lui a ouvert, possible qu'il connaissait son visiteur, le deuxième événement me semble plus intéressant, ce visiteur apparemment menaçant ? C'est quoi ce nom Mottig ou Hottig ?

—Est-ce que cela veut dire quelque chose en allemand ou en flamand ? Peut-être qu'elle ne l'a pas bien entendu ?

—Non. Je parle couramment les deux langues. Je ne vois rien qui se rapproche de ces mots. D'autre part, je ne vois pas pourquoi ce type aurait donné son nom à cette femme, s'il venait avec de mauvaises intentions ? Ce qui semble pourtant être le cas.

—Il a pu donner n'importe quel nom !

—Cette femme ne nous apprendra rien de plus, je le crains. Mais sait-on jamais, un nom lui reviendra peut être ? On a déjà un signalement…

—S'il retire ses lunettes d'aveugle ou de motard, il ne vous reste pas grand-chose comme signalement…

Il me fallait le quitter. J'avais hâte de retrouver Léo et son ami du Mossad.

—Un dernier point avant de vous quitter monsieur Mollens, mademoiselle Van Wickers ignore tout du passé de collaborateur de son père et j'espère qu'elle l'ignorera toujours. Puis-je compter sur vous ?

—Et de celui de proxénète ?

—Pas davantage ! Vous vous en doutez.

—Je comprends. Je m'y engage.

Je laissai ma carte à Mollens en lui précisant que j'étais à l'hôtel Hilton de Bruxelles pour encore vingt-quatre heures.

IX

D'Ostende à Bruxelles, j'étais en pilotage automatique. À un moment ou un autre, il me faudra bien détruire le rêve de Katia, elle était évidemment la fille d'une prostituée, Juliette Vrims et d'un père collabo, homme à tout faire du patron du VNV, engagé dans la brigade SS des volontaires flamands. Déjà tenancier d'un bordel en 1941 pour l'occupant allemand. Patron d'une boîte à partouzes… On ne pouvait imaginer ascendance plus abjecte. Mais ne dit-on pas que les plus belles roses peuvent éclore sur un tas de fumier ? Quelque chose de ce dossier belge me revenait à l'esprit, contrairement à ce que m'avait dit Katia, l'amant de sa mère n'était pas mort dans cet accident mais grièvement blessé… Une erreur comme un petit caillou sur un chemin tortueux ? Et cette histoire de camp en Hollande ? Je pensais que Mollens négligeait un peu trop facilement cette piste. Mais inutile de le lui faire remarquer. « Avant les Belges… » Je ne pouvais oublier cette « recommandation » de Gaénnec. Le double jeu devait commencer. Il avait déjà commencé : la fiche de Van Wickers blanchie récemment le prouvait et j'avais du mal à croire que Mollens ignorait ce blanchiment de dernière minute. Apparemment, les Belges ne souhaitaient pas me faciliter le travail, ajoutée aux obstacles qu'avait dressés Gaénnec, cette affaire risquait de faire du surplace !

J'arrivais à l'hôtel vers 18 heures. J'ai fait couler un bain brûlant et m'y suis plongé avec volupté. Je me demandais si

Mollens avait accepté mes explications sur la démarche de Katia. N'avait-il pas trouvé curieux que je m'intéresse aux anciennes putes de Van Wickers ? Ou de Juliette Vrims ? Je ne pouvais pas oublier ce pacte implicite entre Katia et moi, en savoir le plus possible sur sa mère, son obsession était contagieuse, je me surprenais à refuser cette vérité, tant j'aurais aimé lui redonner une autre histoire, lui rendre une autre mère... Comment une femme d'une telle beauté a pu en arriver là ? Qui aurait pu résister à tant d'attraits ?

Le téléphone sonnait depuis un moment, sans que je ne m'en aperçoive immédiatement. Léo était à la réception. Je m'habillais à la hâte et le retrouvais au bar. Il était en compagnie d'un homme que je devinais être Avner Zakin. Nous nous sommes installés dans un des nombreux salons, bien à l'écart du passage des clients.

—Avner, laisse-moi te présenter mon vieil ami le commissaire Hobart, Avner Zakin est attaché culturel à l'ambassade d'Israël.

Avner Zakin avait des cheveux noirs bouclés assez longs, des petites lunettes rondes cerclées de métal, des yeux noirs, la peau mate. Il devait être âgé tout au plus de quarante ans. Il portait un jean, des chaussures de sport et un blouson de cuir genre bombardier. Il avait l'air de tout sauf d'un attaché culturel. Mais c'est la règle, personne n'est dupe de ces titres dans le milieu du renseignement ou diplomatique. Léo n'allait tout de même pas me le présenter comme agent du Mossad.

—Monsieur Hobart, Léo m'a parlé de votre affaire.

Il parlait avec un léger accent d'une voix grave.

—Je comprends que l'on puisse imaginer que nous soyons impliqués dans ce type d'assassinat, on ne prête qu'aux riches, n'est-ce pas ? Sous prétexte que nous maîtrisons l'extrême miniaturisation d'armes ou d'instruments médicaux, on voit la main des Israéliens partout. Cette affaire nous intéresse uniquement pour la technique utilisée, de deux choses l'une, soit cette micro-bombe a été dérobée en Israël, soit elle a été confectionnée par un amateur hyper-doué. J'ai demandé à l'I.N.M.I. s'il avait constaté la disparition de matériel, je n'ai pas encore eu de réponse.

—J'entends pour la première fois un « attaché culturel » reconnaître qu'Israël dispose de ce type d'engin… Merci de votre confiance, monsieur Zakin.

—Comme pour les armes nucléaires, nous n'avons jamais déclaré les posséder mais tout le monde sait que nous les détenons alors à quoi bon tourner autour du pot ? Et puis nous sommes entre amis, n'est-ce pas ?

—Je n'ai malheureusement aucune information à vous donner, la seule chose que je sais est que c'est bien une micro-bombe qui a été utilisée. Selon vous, est-ce que d'autres pays disposent de ce type d'engin ?

—Je ne le crois pas, mais sait-on jamais, ce n'est pas le genre de brevet que l'on peut protéger !

—Je ne vous demande pas de me dévoiler un secret de fabrication mais quel est le principe de cette micro-bombe ?

—C'est un matériel que nous n'utilisons plus, nous en gardons quelques exemplaires pour archives en quelque sorte. Depuis des années, aucun service israélien n'a utilisé cette micro-bombe. Aujourd'hui, nous disposons de moyens plus sophistiqués… Le principe est assez simple, mais sa réalisation est plutôt difficile, quelques grammes de C4 fortement comprimés, c'est la plus grosse difficulté, entourent un détonateur de deux millimètres de diamètre sur un centimètre de longueur, à peine plus gros qu'une mine de crayon, la dissolution de l'enveloppe libère un contacteur entre une micro-pile et un filament relié au détonateur, le tout a la taille d'une petite olive.

—Et vous pensez sérieusement qu'un bricoleur doué peut faire ça ?

—Non. Je le reconnais, c'est une hypothèse de pure forme. S'il est compressé, le C4 n'explose pas… Il faut au préalable modifier sa composition et peu de laboratoires dans le monde en sont capables. La manipulation est extrêmement délicate, l'enveloppe en deux parties est constituée de gélatine et de glycérol comme une gélule médicale, une des deux parties n'est pas sensible à l'humidité. Il suffit d'une très faible humidification pour dissoudre l'autre partie de la gélule, alors un contact s'établit entre la pile et le détonateur et provoque l'explosion. C'est évidemment le montage des différentes parties qui présente le plus de danger. Avant utilisation, l'ensemble nécessite une conservation méticuleuse, à l'abri de l'humidité et des chocs. Une simple goutte d'eau peut déclencher l'explosion.

—Tu m'avais caché ça Avner, dit Léo, on n'a jamais imaginé le système de déclenchement de l'explosion. Je vais me faire mousser !

—Ça n'intéresse plus personne aujourd'hui... Et tu ne me l'as jamais demandé...

—Est-ce que vos services se sont intéressés à Van Wickers ?

—Monsieur Hobart... c'est une conversation amicale, pas un interrogatoire !

—Pardonnez-moi, c'était maladroit, je voulais dire...

Zakin ne me laissa pas finir ma phrase. C'était mieux. J'avais été un peu trop direct.

—Je peux quand même répondre à cette question : non ! Mais depuis que Léo m'en a parlé, j'ai interrogé notre centre de documentation, j'ai reçu dès hier une fiche détaillée. Je pense que vous avez les mêmes informations, il était dès 1941 membre du VNV et s'est engagé dans la SS-Freiwilligen-Sturmbrigade, autres ennemis du peuple juif, mais s'il nous fallait éliminer tous les collabos de Belgique et de France, un siècle ne suffirait pas... Van Wickers n'a jamais suscité l'intérêt des services israéliens. D'après nos renseignements, il n'était qu'un collaborateur opportuniste, pas un idéologue du nazisme.

—Et cette histoire de camp de déportation en Hollande ? Une ancienne détenue l'aurait reconnu...

—Je ne crois pas à cette histoire de camp. Grâce au centre de documentation juive de Simon Wiesenthal, nous possédons toutes les archives des camps de déportations. Aucun Van Wickers n'y figure.

—Vous comprendrez que l'on pouvait aussi imaginer l'hypothèse selon laquelle Van Wickers aurait été compromis dans un trafic d'armes à destination de groupes terroristes tels que le Fatah ou Septembre Noir.

—Monsieur Hobart, lorsque nous avons connaissance de ce type de trafic, c'est-à-dire presque toujours, on laisse faire et on s'empare de la cargaison, c'est tout aussi efficace et plus rentable ! Vous avez entendu parler du METSADA ?[1] C'est notre division actions spéciales, chargée des opérations paramilitaires et des sabotages, ses agents ont déjà arraisonné des cargos au large des côtes libanaises, et si l'arraisonnement n'est pas possible... le cargo coule en mer... Une avarie soudaine... Mais il y a tant de conflits dans le monde, nous ne nous intéressons qu'à ce qui touche à la sécurité d'Israël. Nous connaissons toutes les sources d'approvisionnement en armes de nos ennemis ; Van Wickers n'en était pas une. Peut-être l'ignorez-vous mais seul le premier ministre peut autoriser le Mossad à avoir recours à un assassinat.

—Je n'ai aucune raison de ne pas vous croire, j'avais simplement besoin d'être conforté dans ce qui était déjà ma conviction, mais vous ne l'ignorez pas, notre métier a besoin de certitudes. Disons à cent dix pour cent...

—Vous pouvez maintenant dire à mille pour cent... Si vous avez du nouveau, faites-le-moi savoir. Si je peux vous aider, n'hésitez pas. Cette affaire ne peut pas nous laisser indifférents...

—De votre côté aussi ; je loge ici, mais vous pouvez le faire savoir à Léo.

J'ai accompagné Léo et Zakin sur l'avenue et j'ai regagné ma chambre. Je n'avais envie de rien. Je me suis allongé. L'hypothèse Mossad était définitivement balayée. Zakin disait vrai. Je sentais comme un découragement me gagner. Qui un soir du 12 janvier à Ostende, avait fait avaler à Van Wickers une grosse gélule bourrée de C4 ? Comment ? Pourquoi ? Rien.

1. Section ultra-secrète des services israéliens chargée des opérations hors-norme.

Pas une piste, pas un indice… Il n'y avait aucune explication rationnelle à cette façon de tuer et j'étais en droit d'imaginer que les ennemis de Van Wickers pourraient constituer à eux seuls un annuaire téléphonique. Décourageant. Mais je raisonnais de travers. Une petite lueur de lucidité me le disait. Autant ne pas tricher avec moi-même : dix mois de placard m'avaient couvert de toiles d'araignées. Je me suis approché de la fenêtre de ma chambre. Du dixième étage, je contemplais le boulevard. J'observais les voitures comme des jouets mécaniques. Puis j'ai eu subitement l'impression que je tenais un raisonnement, comme une idée fugitive, à peine perçue, elle s'échappait. Puis c'est devenu plus clair : s'il s'était agi de faire payer à Van Wickers une histoire ancienne, en rapport à la période de l'Occupation, ou de ses activités de tenancier de bordel, le meurtrier n'avait nul besoin de s'embarrasser d'une méthode aussi sophistiquée, une balle au détour d'une rue et l'affaire était réglée. Il n'y a rien de plus facile au monde que de tuer quelqu'un. Allez donc retrouver un homme qui règle ses comptes vingt ou quarante ans après ! Non, l'assassin avait pensé qu'il serait soupçonné en cas de mort « visiblement » violente parce que son mobile devait être récent. Il ignorait qu'en le tuant brutalement, violemment, les soupçons se perdraient à coup sûr dans cette nébuleuse de la collaboration ou du proxénétisme. Il ignorait tout du passé de Van Wickers. C'est dans l'entourage récent de Van Wickers qu'il fallait chercher. Ou alors, il s'agissait d'un crime d'État lié à un trafic quelconque et dans cette hypothèse, on pouvait tirer un trait sur cette affaire, et pour la première fois, Gaénnec disait vrai quand il avait fait allusion aux relations de Van Wickers avec des ambassades « sensibles ». L'hypothèse d'un crime d'État ne pouvait être écartée. De plus, cette façon de tuer nécessitait un scénario parfaitement au point. Faire gober cette gélule à Van Wickers n'avait pas dû être chose simple. Quelle mise en scène avait pu le contraindre à le faire ? Ce meurtre supposait une préparation méticuleuse, seule la logistique des services d'un État pouvait le mettre en œuvre.

J'ai regagné mon lit, persuadé que mes raisonnements étaient à l'épreuve des balles. Crime d'État ou mobile récent.

J'ai abandonné la fenêtre et regagné mon lit avec le sentiment que la rouille semblait disparaître de mes neurones.

En m'endormant, j'imaginais que cette histoire finissait comme un conte de fée, Katia était une enfant adoptée, le criminel était son véritable père et s'était vengé du sort qu'elle avait subi entre les mains de ce vilain proxénète... Il fallait bien que je dorme... C'était mieux que de compter des moutons.

C'est le téléphone qui m'a réveillé le lendemain. Il pouvait être neuf heures. J'éprouvais le bonheur d'être réveillé par la femme avec laquelle, on s'est endormi dans ses rêves.

—Je ne vous réveille pas ? me dit-elle, sa voix était un peu plus haute, elle me semblait enjouée.

—Si si, vous m'avez sorti d'un cauchemar, je rêvais que Gaénnec vous poursuivait de ses assiduités.

—Cauchemardesque en effet, dit-elle en riant, je dois me rendre à Bruges, maître Hapter doit me faire signer un tas de documents concernant la succession.

—Dites-moi que c'est pour aujourd'hui, j'ai hâte de vous revoir. Et je souhaitais rencontrer ce notaire, quelle chance !

—Cet après-midi, j'ai un train dans une heure, je serai à Bruxelles vers midi, je crois.

—Je vous y attendrai, connaissez-vous Bruges ?

—Mieux que cela. C'est une ville que j'adore. À tout à l'heure.

Sous ma douche, je sifflais. Je ne l'avais jamais fait auparavant. Quel homme ne s'est pas interrogé une fois dans sa vie sur son aspect physique avant un rendez-vous avec un rêve ? Une fois habillé, je me suis regardé dans le miroir du vestiaire. Je n'ai jamais été capable d'émettre un jugement sur moi-même. J'avais un visage régulier, des traits assez marqués, quelques rides au front, une peau mate, des cheveux noirs raides, coiffés en arrière et quelques mèches grises çà et là, des yeux plutôt gris. Ni gros, ni maigre, plutôt grand. Au moment de quitter ma chambre, une femme de ménage est entrée. Considérant sa taille et son âge, elle ne pouvait pas se tromper sur le sens de ma question :

—Madame, j'aimerais vous poser une question, promettez-moi de répondre franchement, surtout ne trichez pas. Comment me trouvez-vous ?

—Vous êtes très bien, ce costume vous va très bien...

—Mais non, je veux dire physiquement, est-ce que vous aimeriez m'avoir pour gendre par exemple, si vous étiez un peu plus âgée ?

—Monsieur est vraiment un bel homme, vous ressemblez à cet artiste américain, comment déjà... Gable, Clark Gable, on ne vous l'a jamais dit ?

—Si tous les jours ! Sauf que je n'ai pas de moustache...

Je l'ai embrassée et j'ai quitté la chambre, laissant derrière moi une femme interloquée. Alors que je lui confiais ma clef, le réceptionniste me remit une enveloppe contenant un fax que m'adressait Mollens :

« Cher Monsieur Hobart,

Vous pouvez trouver une certaine Maria Dickers à Zeebrugge, elle tient un petit restaurant sur le Neederlandsekaaï, le quai de la Hollande. Vous pouvez vous recommander de moi, elle m'est redevable de quelques faveurs. Ne manquez pas de venir me voir lors de votre prochain passage à Ostende, ce qui ne saurait tarder, je suppose.

Bien à vous.

Gerrit Mollens. »

J'avais ma première piste vers Juliette Vrims. Vers la mère de Katia. La journée commençait bien.

Tandis que j'attendais Katia gare du Midi, je me tourmentais en imaginant toutes les façons de lui dire bonjour, j'étais aussi empoté que lorsque je l'avais quittée sur le trottoir de la chaussée de la Muette. Elle est arrivée dans mon dos, j'ai sursauté en entendant sa voix.

—Par où êtes-vous arrivée ? Je ne vous ai pas aperçue sur l'escalator...

Elle se dressa légèrement sur la pointe des pieds et m'embrassa sur la joue. Je crois que j'en ai rougi.

—Par l'autre escalier, tout simplement.

Nous avons cherché ma voiture pendant de longues minutes dans le parking souterrain de la gare.

—Je hais ces parkings, je n'y retrouve jamais ma place, dis-je en apercevant la Jaguar.

—Ce n'est pas une voiture de fonctionnaire ! s'exclama Katia, c'est une merveille ! J'adore les voitures anciennes.

—Un rêve d'adolescent... dix ans pour le réaliser et six mois de salaire pour la restaurer ! Mais attention ce n'est pas une antiquité, elle roule encore à deux cent vingt kilomètres heure et sans forcer !

Sur la route de Bruges, je résumai ma journée de la veille. Ma visite à Léo et à Mollens.

—Mollens aimerait bien vous entendre à propos de votre décision d'autopsie, je m'en doutais mais pour l'instant, il ne semble pas pressé de le faire, je lui ai servi un gros mensonge, je vous en parlerai. Léo m'a fait rencontrer un agent du Mossad, il est catégorique, les services israéliens n'ont rien à voir dans cette affaire. Je le crois sincère.

—Mais, s'ils étaient impliqués, croyez-vous qu'il vous le dirait ?

—Je crois simplement qu'ils n'avaient aucune raison d'éliminer Van Wickers. Je voudrais vous expliquer mon raisonnement. Quelquefois les données d'un problème sont si nombreuses ou compliquées que très vite en s'attardant sur celles-ci, on en arrive à oublier le problème. Il faut le réduire à une seule question.

—Laquelle ?

—Pourquoi cette mort devait passer pour naturelle ?

—Tout assassin rêve d'un crime parfait, non ? Avez-vous une autre réponse, monsieur le commissaire ?

—Parce qu'une mort visiblement violente aurait conduit n'importe quel flic débutant sur la piste d'un règlement de compte or, depuis dix ans, Van Wickers menait une vie irréprochable, les seules ardoises qu'il aurait pu laisser datent de sa période disons… trouble.

—Celle de proxénète, n'ayez pas peur de le dire.

—Pas seulement hélas ! En dehors de cette activité, je crois savoir qu'il a eu des fréquentations peu recommandables pendant l'Occupation, il s'était fortement impliqué dans la collaboration, je regrette d'avoir à vous le dire.

—J'ignore tout de sa vie mais cela ne peut m'étonner.

—Cet assassinat ne peut être lié à son passé. Faire payer une dette vieille de dizaines d'années ne nécessite pas un tel scénario.

—Conclusion ?

—Le mobile est récent. Le crime devait être insoupçonnable parce que l'assassin pouvait l'être. Il ignorait tout du passé de Van Wickers ; dans le cas contraire, il se serait contenté d'une balle au détour d'une rue. Mais l'arme utilisée pose d'autres questions. C'est peut-être un crime commandité par un État, lié à un trafic d'armes par exemple, ou à un trafic d'influence. Dans ces conditions, cette affaire sera enterrée comme tant d'autres avant elle.

—Je n'imagine pas Van Wickers se livrer à un trafic d'armes même à grande échelle, il avait suffisamment d'argent, croyez-moi ! D'après le notaire, son patrimoine dépasse les cent millions de francs… français !

—Arrivé à un certain stade, gagner de l'argent devient un jeu… Je voudrais vous poser une question. Je crois me souvenir que votre mère était en compagnie d'un homme lors de cet accident, vous m'avez dit qu'il était mort ?

—Oui. C'est ce que j'ai eu comme version par Van Wickers… Pourquoi cette question ?

—Parce qu'il n'est pas mort, si j'en crois mes renseignements.

—En êtes-vous sûr ? Pourquoi m'aurait-il dit cela ?

—Peut-être pour vous convaincre que votre mère n'était pas irréprochable… Le connaissiez-vous ?

—Bien sûr que non ! Je me souviens de ce jour, lorsqu'il

m'a annoncé l'accident et la mort de ma mère, il a rajouté : « Morte avec son amant. » Le pire, c'est que cela m'a consolée. Je me souviens avoir répondu : « Au moins a-t-elle profité de sa vie. »

—Je vous en reparlerai, je crois que nous arrivons à destination.

—J'y compte bien, tout ce qui touche à ma mère m'est très cher, vous le savez. La prochaine fois que je viendrai à Bruxelles, j'irai voir sa tombe au cimetière d'Ixelles. Je ne l'ai jamais vue. Je n'ai pas assisté à ses obsèques. J'étais aux États-Unis dans une université. Van Wickers a attendu qu'elle soit enterrée pour me prévenir. Une vilenie de plus.

—Mais pourquoi est-elle enterrée à Ixelles ?

—Van Wickers prétendait qu'elle le souhaitait.

X

Une épaisse couche de neige embellissait les faubourgs de Bruges. Nous nous sommes dirigés vers le centre-ville à la recherche d'un parking. La vieille ville offrait un spectacle enchanteur. Sur les canaux gelés, des patineurs filaient dans un léger crissement, le beffroi carillonnait 14 heures. L'étude de maître Hapter occupait la totalité d'une ancienne maison brugeoise dans la Speelmansrei, une petite rue calme, le long d'un canal. Une discrète plaque indiquait « Gustaf Hapter Notaris ». La maison sentait bon l'encaustique, tout était net et respirait la propreté. Un soleil d'hiver filtrait par quelques minuscules fenêtres aux petites vitres multicolores. La neige retenait les bruits de l'extérieur, rajoutant au silence naturel de l'endroit, quelque chose d'apaisant, comme un sentiment de sécurité amicale. Le bureau de maître Hapter occupait le centre d'une vaste pièce au plafond cathédrale, un escalier d'acajou accédait à une mezzanine qui courait tout autour de la pièce. Une imposante bibliothèque couvrait la totalité des quatre murs sous la mezzanine, à l'exception de la porte et de deux étroites fenêtres aux contours gothiques. Des centaines de dossiers identiques de couleur et de taille étaient rigoureusement rangées dans les rayonnages par ordre alphabétique.

Hapter ressemblait à son étude. Il était impeccablement notaire et instantanément sympathique. Sa calvitie rutilait, ses petites lunettes cerclées d'or laissaient passer un regard bleu malicieux. Il arborait une imposante moustache à la gauloise dont les extrémités parfaitement lissées semblaient se perdre à l'arrière de son visage. Une peau légèrement couperosée, un estomac proéminent que tentaient de retenir de larges bretelles, laissaient deviner un bon vivant amateur de bonnes bières et de bonne chère. Un notaire flamand.

—Je suis heureux de vous rencontrer mademoiselle Van Wickers, monsieur?

—Maxime Hobart… Monsieur Hobart est un ami, vous ne voyez pas d'inconvénient à ce qu'il assiste à notre entretien?

—Aucunement, si vous le souhaitez. Je voudrais vous dire combien je suis désolé des conditions de ce décès. L'incinération s'est déroulée comme prévu, l'urne a été déposée au columbarium du cimetière d'Ostende. J'ai été profondément bouleversé d'apprendre qu'il avait été…

—Assassiné, maître, n'ayons pas peur du mot.

—Oui, c'est terrible d'imaginer cela. La disposition des biens dont vous héritez en sera retardée. Jusqu'à la fin de l'enquête, je le crains. Comme je vous l'ai dit au téléphone, votre père a rédigé un testament un an avant sa mort… Compte tenu de l'importance des biens situés à l'étranger, il s'agit d'un testament international régi par la convention de Washington, il est signé de deux témoins, mon premier clerc ainsi que par mon ex-associé, disparu depuis lors.

—Maître, j'ai l'intention de renoncer à cet héritage, certainement au profit d'une fondation caritative dont je vous parlerai le moment venu.

Hapter en aurait avalé sa moustache. Renoncer à des dizaines de millions de francs, il n'avait pas dû voir cela souvent. Moi, je n'étais pas surpris. Je l'avais imaginé depuis notre première rencontre chez elle.

—Cette intention vous honore mais y avez-vous suffisamment réfléchi?

—Oui. Et depuis bien avant sa mort. Je vous signerai tous les documents nécessaires aussitôt que la succession sera disponible. En attendant, monsieur Hobart aimerait vous poser quelques questions, je dois vous préciser auparavant qu'il est fonctionnaire de police chargé de l'enquête côté français, il est un ami en qui j'ai toute confiance.

Le notaire se tortilla sur son fauteuil avant de répondre en lissant sa moustache :

—Je répondrai dans toute la mesure du possible…

—Maître, je m'empresse de vous dire que rien ne vous oblige à répondre à mes questions, je ne peux enquêter en Belgique que sous l'autorité de la brigade criminelle d'Ostende.

—Je ne l'ignore pas. J'ai déjà été interrogé par monsieur Mollens, c'est d'ailleurs lui qui m'a fait part des conditions dans lesquelles monsieur Van Wickers est décédé. Mais vous êtes ici en tant qu'ami de mademoiselle Van Wickers n'est-ce pas ? me dit-il d'un air entendu.

—Je crois que vous ne connaissiez monsieur Van Wickers que depuis un an, mais ne l'avez-vous pas revu depuis la rédaction de son testament ? Je veux dire récemment ?

—Pas récemment, mais il est revenu me voir quelque temps après. Il m'a demandé quelles seraient les conséquences sur ses dispositions testamentaires en cas de mort non naturelle. Je lui ai expliqué qu'une mort non naturelle entraîne une enquête et une mise sous scellés des biens du défunt jusqu'à éclaircissement des causes du décès. Et que la justice peut saisir tous les documents notariés concernant le défunt y compris son testament. Il m'a paru rassuré et m'a demandé si j'en étais absolument certain.

—Curieuse requête. Se sentait-il menacé ?

—Effectivement. J'ai trouvé cette inquiétude étrange. Mais nous, notaires, sommes habitués à toutes sortes de demandes en matière de testaments, vous n'imaginez pas ce que l'on peut entendre… En l'occurrence, j'ai pensé qu'il souhaitait prendre des précautions en faisant une donation de son vivant. Il arrive qu'une mort suspecte pose des problèmes financiers aux héritiers.

Je ne savais comment risquer la question la plus importante, celle qui m'obsédait depuis le premier jour. J'optai pour une formulation directe :

—Pourquoi avez-vous prévenu un certain monsieur Hubert Gaénnec du décès de monsieur Van Wickers ?

Le notaire s'agita sur son siège, il jeta un regard interrogateur à Katia qui acquiesça d'un hochement de tête, puis il ouvrit un épais dossier duquel il retira quelques feuillets.

—C'est une disposition de son testament, elle prévoyait que je devais prévenir ce monsieur, et lui remettre un dossier à son nom, qui se trouvait dans son coffre dont il me remit une clef ainsi que le code d'ouverture. Voilà... Monsieur Hubert Gaénnec de Kervas. Manoir de Kervas. Le Guilvinec 29220 Finistère, etc., etc. Lorsque j'ai été prévenu du décès de monsieur Van Wickers par sa femme de ménage, j'ai dépêché un médecin et me suis fait confirmer les causes de la mort. J'ai alors téléphoné à monsieur Gaénnec pour le prévenir que je l'inviterai sous peu à être présent au moment de l'ouverture du testament. Je me suis rendu le jour même au domicile de monsieur Van Wickers, en compagnie d'un huissier de justice, j'ai procédé à l'inventaire des biens. J'ai ouvert le coffre, il ne contenait que quelques devises étrangères, mais aucun dossier au nom de Gaénnec ni quoi que ce soit du même genre.

Ce fut la première fois que je frôlais l'infarctus. Gaénnec mentionné dans le testament de Van Wickers ! Héritier d'un dossier !

Katia écoutait en écarquillant les yeux et se tournait vers moi sans cesse, comme pour me demander si elle ne rêvait pas. Je craignais que cette évocation de Gaénnec ne dérape. Je revins au sujet.

—Mais la présence d'un officier de police n'est-elle pas requise dans ces cas ?

—Pas dans le cas d'une mort naturelle, le permis d'inhumer avait été délivré. J'agissais dans le cadre d'une succession ordinaire et j'en avais le droit, je suis son exécuteur testamentaire !

—Monsieur Van Wickers ne vous a rien révélé du contenu de ce dossier ?

—Il m'a parlé de documents historiques, d'archives personnelles susceptibles d'aider à la rédaction d'un ouvrage auquel travaillait monsieur Gaénnec…

—Mais, comment allez-vous justifier de l'absence de ce dossier auprès de monsieur Gaénnec ?

—Le constat de l'huissier est fait pour ça ! Ce n'est pas la première fois que des biens disparaissent entre la rédaction d'un testament et le décès du testateur.

Je me demandais comment savoir ce que ce notaire avait bien pu dire à Mollens. C'était une information capitale. J'allai à la pêche.

—M'autorisez-vous à faire état de ses informations auprès de monsieur Mollens ?

—Cela me gênerait. Je n'ai pas répondu à toutes les questions que m'a posées monsieur Mollens, vous comprenez… un testament est une disposition d'ordre privé. Sauf sur injonction d'un juge d'instruction, je n'ai pas à en dévoiler le contenu à la police. Je ne l'ai fait ici qu'en raison de la présence de mademoiselle et avec son accord, rajouta-t-il en se tournant vers Katia. Mais si vous estimez que c'est indispensable…

J'ai instantanément flairé le danger : l'injonction du juge d'instruction n'allait pas tarder et Mollens ne pourra ignorer l'implication de Gaénnec dans cette histoire. Intérieurement, j'étais totalement paniqué. Pas plus que moi, Mollens n'avalerait jamais cette histoire d'archives personnelles.

—Non, ce n'est pas indispensable. J'attendrai que le juge d'instruction vous le notifie. Ce qui ne saurait tarder je suppose…

—Certainement dans les jours qui viennent. La lenteur de la justice est notoire…

Que Dieu l'entende ! J'avais quelques jours pour trouver une sortie.

—À cette heure, monsieur Gaénnec ignore que ce dossier a disparu ?

Hapter semblait gêné par cette question. Il ajusta ses lunettes, puis il les ôta et prit le temps d'en nettoyer les verres.

—J'étais ennuyé… J'ai pensé qu'entre-temps, monsieur Van Wickers l'avait remis à monsieur Gaénnec. Je l'ai rappelé pour le vérifier. Il m'a affirmé qu'il n'en était rien. Je lui ai dit qu'on le retrouverait d'ici l'ouverture de la succession.

—Quand l'avez-vous appelé ?

—Il y a quatre jours, je crois… Je peux le vérifier…

—Inutile. C'est tout ?

—Oui. Monsieur Gaénnec ne m'a pas semblé très contrarié.

Il en fallait bien plus pour que ce faux-cul étale ses états d'âme ! me suis-je dit.

—Encore une question maître, ce testament contient-il d'autres dispositions ? D'autres personnes y sont-elles mentionnées ?

Hapter s'est retourné vers Katia et l'interrogeait du regard.

—Je vous autorise à répondre maître, dit Katia.

—Non. Aucune disposition particulière. Vous êtes son unique héritière. Personne d'autre n'est mentionné dans ce testament. En fait, c'est un testament banal, hormis l'importance des biens dont vous héritez.

—Avant de vous quitter, maître, intervint Katia, j'aimerais bien aborder un sujet qui me tient à cœur, je trouve étrange cette volonté d'être incinéré, mon père était catholique pratiquant, c'est le moins que l'on puisse dire, vous comprenez mon étonnement…

—Nous en avons longuement parlé, je m'en souviens très bien. Je m'intéresse beaucoup à ces questions. Il m'avait alors confié qu'il n'avait plus le même goût pour la religion et qu'il souhaitait être incinéré, mais il semblait hésitant. Je me suis autorisé à lui dire que l'Église aujourd'hui tolérait la crémation pourvu qu'elle ne soit pas pratiquée comme un signe d'opposition à la doctrine chrétienne. Finalement, il y consentit.

—Je suppose que vous avez assisté à l'incinération…

—Bien entendu… J'imagine que de votre côté, vous avez été empêchée…

—Non. Je n'y tenais pas…

Une question me vint à l'esprit, j'interrompis Katia.

—Personne d'autre que vous à cette cérémonie?

—Non... à part le personnel des pompes funèbres... Si... Un homme... il a regardé longuement la dépouille de monsieur Van Wickers, alors que le cercueil était encore ouvert puis il est venu me saluer à la fin de la crémation.

—Qui était-il pour monsieur Van Wickers?

—Je n'en sais rien... Il m'a demandé si j'étais de la famille. J'ai répondu que j'étais son notaire.

—Vous pourriez le décrire?

—Difficilement oubliable. Un type très costaud, grand, un chapeau noir et des lunettes invraisemblables, intégrales comme celles que portent les soudeurs, vous voyez ce que je veux dire, fermées sur les côtés... comme certains aveugles... et donc un visage que je ne pouvais pas distinguer complètement.

Si dans ma vie, je n'avais éprouvé qu'une fois le sentiment que la terre avait cessé de tourner, ce fut jour-là. Et malheureusement, ce genre de sensation n'est pas dissimulable.

—Quelque chose ne va pas? me dit Katia.

—Tout va bien, une brusque hypoglycémie... Rien d'autre, maître?

—Non, vraiment rien. Il m'a demandé si j'attendais d'autres personnes ou si d'autres étaient venues... puis il est parti... sans se présenter.

—Selon vous, monsieur Van Wickers avait-il des parents?

—Non. Je lui ai posé la question, nous le faisons toujours pour le cas où l'unique héritier viendrait à décéder... Pardonnez-moi, mademoiselle, c'est une précaution indispensable, cela nous évite d'avoir à faire des recherches parfois longues et toujours très coûteuses. Non. Monsieur Van Wickers était fils unique comme d'ailleurs chacun de ses parents qu'il a perdu à l'âge de quinze ans... Vous le saviez peut-être mademoiselle?

—Je ne me suis jamais intéressée à mon ascendance, côté paternel! J'ai toujours eu le sentiment qu'il valait mieux ne pas le faire...

Maître Hapter avala cette réponse non sans un toussotement édifiant. Quelle ingrate fille ! devait-il penser…

Nous avons remercié le notaire, qui promit de tenir Katia au courant de l'avancée de la succession, il lui fit signer quelques documents, procurations, demandes de relevés de comptes bancaires et autres papiers.

Sitôt à l'extérieur, la tension accumulée pendant cet entretien, comme un élastique trop tendu, a cédé brutalement.

—Vous avez entendu comme moi ? Il y a urgence à réfléchir calmement.

Katia était aussi perplexe que moi.

—Lorsque j'ai téléphoné à Gaénnec, me dit-elle, il savait qu'il héritait de documents peut-être importants ! Il aurait pu être plus prévenant, m'en dire un mot, me dire qu'on se verrait bientôt pour l'ouverture du testament puisque maître Hapter l'y avait invité ? Non. Au lieu de cela, il me présente ses condoléances et au revoir et merci ! Quel goujat !

—On voit bien que vous ne le connaissez pas ! Cela dit, nous avons appris que Van Wickers avait au moins un ami à ses obsèques…

Nous avons marché le long du canal lentement, comme un couple de promeneurs, Katia me tenait le bras, la tête légèrement appuyée contre mon épaule.

—Je suis extrêmement surprise de ce changement d'attitude. Mais depuis dix ans, il a bien pu revenir sur ses croyances religieuses. Après tout, il est vrai que l'Église ne condamne plus l'incinération. Dire que sans cette disposition, je n'aurais peut-être pas pris la décision de venir vous voir. À quoi tiennent les choses…

—Pour arriver à ses fins, le destin suit des chemins insoupçonnables, je ne m'en plains pas, dis-je, en lui souriant.

—Je me souviens de ce coffre, il est énorme, il se trouve dans son bureau. Lorsqu'il l'avait laissé entrouvert ce maudit jour, j'avais eu tout le temps de voir son contenu, il y avait une grosse somme d'argent, des grosses liasses, un pistolet, plusieurs dossiers et cette lettre posée sur le devant…

—Avez-vous conservé les clefs de la maison d'Ostende ?

—Non. Pourquoi ?

—J'aimerais m'y rendre, si cela n'est pas trop désagréable pour vous.

—Je peux retourner chez le notaire les lui demander… Attendez-moi.

J'attendais Katia l'esprit en ébullition. Apparemment, le type qui avait assisté à l'incinération semblait bien être celui dont avait parlé la femme de ménage. Il ne pouvait pas y avoir des dizaines de grands balaises portant des lunettes de soudeur ! Enfin un début de commencement de piste. Katia était de retour.

—Une chance, la police a retiré les scellés hier soir, sans cela, pas de visite. Promenons-nous avant d'aller à Ostende. Je voudrais revoir la Vierge à l'Enfant de Michel Ange à l'église Notre-Dame, me proposa Katia.

—Je l'ai admirée un grand nombre de fois, lui dis-je, savez-vous qu'elle est la seule œuvre qui a quitté l'Italie du vivant de Michel Ange ?

—Un commissaire de police sensible à l'art et à son histoire, plutôt original…

—J'ai toujours aimé les arts plastiques, la peinture, avec une petite préférence pour la peinture ancienne. En fait, j'ai raté ma vocation, je voulais être commissaire… priseur ! J'ai dû me tromper d'école, c'est bête non ?

—Le regrettez-vous ?

Ces trois simples mots m'ont fait chavirer.

Après l'église Notre-Dame, nous avons pris la route d'Ostende. J'espérais que ce retour dans la maison d'un père haï n'allait pas la bouleverser. J'avais toujours présent à l'esprit notre première rencontre dans mon bureau.

La maison de Van Wickers se trouvait assez loin des dernières habitations, au nord d'Ostende. D'une architecture imposante, elle surplombait la digue et la plage. On accédait à la maison par un portail qui ouvrait sur un grand jardin.

Katia me précédait, elle semblait incertaine. Elle finit par se décider et poussa la lourde porte de chêne.

Katia déambulait dans la maison, silencieuse, elle poussait une porte, regardait la pièce et repartait pensive vers une autre pièce, je la suivais sans faire le moindre bruit, comme on suit un convoi funéraire lorsque l'on n'est pas de la famille, de loin. Je voulais faire oublier ma présence, respecter ce pèlerinage vers son passé. Hélas ! Il a bien fallu qu'elle pousse la porte de ce qui avait été sa chambre. Elle s'était arrêtée hésitante, je regardais par-dessus son épaule des murs tapissés de tissus rose pâle, un secrétaire, un crucifix d'ivoire au-dessus d'un lit de cuivre. Elle est entrée dans la pièce, s'est assise au bord du lit et s'est effondrée en larmes. J'avais la gorge serrée, je me maudissais d'avoir eu cette idée. Me le pardonnerait-elle ? J'étais indigne de ses confidences. Que pouvais-je faire ? Que pouvais-je dire ? Allais-je blasphémer ce chagrin en bredouillant quelques paroles maladroites ? Je me suis tu. Je me suis approché du lit, j'ai pris ses deux mains dans les miennes. Nous sommes restés comme cela un moment.

—Je suis impardonnable. Je suis la seule personne au monde qui n'aurait pas dû avoir cette idée. Venez, allons marcher un peu.

Elle m'a suivi sans rien dire.

La plage était blanche. Sur le rivage, les vagues venaient mourir sur la neige, découvrant à chaque ressac l'ocre du sable. Au sud, la blancheur du phare d'Ostende se détachait sur un ciel sombre qui semblait ne faire qu'un avec la mer.

—Dites-moi que vous ne m'en voulez pas.

—Vous n'y êtes pour rien. Il faut bien que j'affronte mes souvenirs et mes cauchemars. Cette maison où je ne venais qu'une fois l'an pour les vacances d'été, dès l'âge de six ans jusqu'à cet inoubliable jour, il y a 10 ans déjà, cette maison ne m'a jamais vue heureuse, excepté les rares moments où j'y étais seule avec ma mère, alors elle redoublait d'attentions pour moi. Cette chambre était mon refuge, je m'y enfermais pour cacher mes larmes d'enfant et mes chagrins…

La nuit n'allait pas tarder, le fanal du phare clignotait faiblement. Le vent charriait le bruit métallique des élingues des voiliers amarrés le long des quais. Une noria de mouettes suivait bruyamment un chalutier entrant au port. Il faisait froid. Il nous fallait rentrer.

XI

—Visitez la maison à votre aise pendant que je nous prépare un café et un bon feu.

La maison était vaste, l'ameublement quoiqu'un peu hétéroclite offrait un confort chaleureux, comme souvent dans les pays du nord. Un large vestibule desservait sur la droite un grand salon qui se poursuivait par deux autres pièces en enfilade, la première faisant office de salle à manger, la seconde devait être le bureau de Van Wickers, je m'y étais attardé. Un imposant bureau de style empire occupait le centre d'un immense tapis chinois qui recouvrait presque la totalité du sol. Deux très hauts candélabres de bronze éclairaient la pièce de part et d'autre du bureau. Une table basse entourée de fauteuils du même style et dans un angle de la pièce, un coffre-fort aux dimensions impressionnantes. Parfaitement incongru dans ce décor. Je suis revenu vers Katia dans le salon. Les flammes dansaient dans une haute cheminée, Katia contemplait le feu, elle me semblait plus sereine à présent.

—Savez-vous que votre présence m'aide beaucoup dans mes raisonnements, lui dis-je, j'aimerais faire le point après cette conversation avec le notaire.

—Je suis ravie d'être votre muse.

—Pourquoi Gaénnec ne m'a pas parlé de ce dossier? S'il s'agit de banales archives, il m'en aurait parlé. S'il s'agit de quelque chose de compromettant, il ne peut pas ignorer qu'en cas de mort violente, la justice se fait toujours communiquer les dispositions testamentaires. Et dans quelques jours, la brigade criminelle d'Ostende aura connaissance de cette disposition. Mollens n'est pas un idiot, il va demander au notaire des explications sur ce dossier et sa disparition pourrait lui faire croire qu'elle est en relation avec l'assassinat de Van Wickers... J'imagine Mollens allant interroger Gaénnec au ministère de l'intérieur! L'affaire prendrait une tournure inquiétante... Tant que ce dossier reste introuvable, Gaénnec pourra toujours en minimiser le contenu. Si les Belges le retrouvent...

Je me suis tu. Katia me regardait.

—Si les Belges le retrouvent? dit-elle.

Je revoyais Gaénnec assis dans son bureau : me prévenir avant... Avant les Belges...

—Si les Belges le retrouvent, il faut espérer qu'il ne contient rien de compromettant pour Gaénnec, dis-je d'un air désinvolte.

—Est-il du genre à oublier de vous en parler, même s'il s'agit de papiers sans intérêt?

—Non. Je ne le crois pas. Le notaire dit avoir appelé Gaénnec pour s'enquérir de ce dossier, il y a quatre jours, au moment où j'étais en pleine bagarre avec lui, il ne pouvait pas l'avoir oublié.

—Alors, il vous manipule. Je sais que vous avez utilisé des moyens... convaincants, mais tout de même, il a accepté de vous confier cette enquête.

—Il n'avait pas le choix. N'oubliez pas l'intervention de De Morsang. C'est le patron de la DGSE, c'est à lui que je dois d'être ici aujourd'hui. Gaénnec croit me manipuler mais je le sais. C'est un avantage. Je vous l'ai déjà dit : je suis le rabatteur, dès que j'aurais débusqué le gibier, il s'en emparera. Mais qui est le gibier? Ce dossier égaré est peut-être sans rapport avec l'assassinat de Van Wickers. Ce n'est qu'une piste. Mais pourquoi Van Wickers s'était inquiété des conséquences d'une mort non naturelle? Il était revenu voir son notaire que pour lui poser cette question? Difficile à croire... La seule conclusion que l'on peut tirer de cet entretien avec le notaire est que Van Wickers se sentait menacé, et qu'un type bizarre a assisté à son incinération…

—En attendant, je me demande bien où est ma mère dans cette histoire ?

Je n'avais rien de bien joli à lui dire. Mais comment me dérober ? Attendre d'en savoir plus ? Et au besoin lui mentir, inventer une histoire acceptable…

—Soyez patiente. Je n'ai pas oublié ma promesse. Mais je sais déjà qu'elle s'appelait Juliette, Juliette Vrims, elle était propriétaire d'un hôtel à Ostende. En 1950, elle a épousé Van Wickers… Ne m'en demandez pas plus pour le moment mais je vous promets d'en savoir davantage.

Je ne l'oublierai pas, son visage s'était illuminé. Ce n'était pourtant pas grand-chose, mais elle reçut cela comme un cadeau, un témoignage de l'intérêt que je portais à tout ce qui la concernait.

—Juliette… voilà longtemps que je n'ai pas entendu ce nom. Cela me trouble de vous l'entendre prononcer. Juliette. Je suis certaine qu'elle méritait mieux que cet homme.

—Katia, il se fait tard, je n'y pensais plus, avez-vous prévu de rentrer à Paris ce soir ? Je crains que vous n'ayez plus le temps de regagner Bruxelles.

—Non, je n'ai rien prévu. Je me suis mise en congé pour un mois. J'ai beaucoup de mal à assurer mes cours.

—Si vous souhaitez rester ici pour la nuit, je trouverai facilement un hôtel en ville et je viendrai vous prendre demain pour vous conduire à Bruxelles.

—Non… Restons ici, ne soyez pas sot, acceptez, les chambres ne manquent pas.

—Je n'ai même pas de quoi me raser… mes affaires sont à Bruxelles… Je…

—Vous irez faire quelques emplettes demain en ville.

—D'accord, mais à une condition, je vous invite à dîner, et si possible dans le meilleur restaurant d'Ostende.

—Avec joie, j'ai une faim de loup.

Nous avons dîné sur le port dans un excellent restaurant

de poissons, juste en face du phare. Nous étions pratiquement les seuls clients. Ce tête-à-tête me ravissait. J'éprouvais comme une excitation de mon esprit, j'étais volubile. Je ne cessais de parler. Je désirais la distraire, lui faire oublier cette histoire.

—Connaissez-vous « Le Bal du Rat Mort » ?

—Non... Quel étrange nom...

—J'oubliais... Vous êtes Française... Pourtant, vous avez vécu à Ostende...

—Très peu... un mois par an, en tout cas pas à l'âge où on fréquente les bals...

—C'est quelque chose qu'il faut avoir vu au moins une fois dans sa vie... C'est un bal masqué et costumé. Qui a lieu à la fin du carnaval d'Ostende. Les costumes sont délirants, aujourd'hui beaucoup s'inspirent de l'œuvre de James Ensor qui est l'un des créateurs de ce bal, avec une bande de doux dingues comme lui. Les Ostendais prétendent qu'au cours de cette nuit, les rois sont fous, les idiots sont heureux et les maris trompés sont amoureux. Le lendemain du bal se déroule le Kloeffenworp, le jet de sabots ; du balcon de la salle des fêtes, on jette des milliers de bonbons en forme de petits sabots. Tous les enfants de la ville sont là...

Katia riait et l'entendre rire m'inondait de plaisir.

—Vous en connaissez des choses sur ce pays !

—Peut-être parce que j'aime ses peintres et Jacques Brel... quand il chante le Plat Pays...

Nous sommes rentrés, quelques braises subsistaient dans la cheminée, Katia raviva le feu. Elle contemplait l'âtre, pensive. Dans la pénombre, seul son visage était éclairé. Lorsqu'elle me regardait, je voyais se refléter le feu dans ses yeux verts, la moindre lumière exaltait sa beauté.

—Je ne vous ai pas surpris lorsque j'ai fait part au notaire de mon intention de renoncer à la succession de Van Wickers ?

—Non. Vous me l'aviez laissé entendre chez vous le premier soir.

—Je ne veux pas de cet argent, au moins servira-t-il à adoucir la vie d'autres enfants.

—Je vous ai souvent imaginée dans ce pensionnat suisse en petit tailleur bleu marine… votre enfance a-t-elle été si malheureuse ?

—Sûrement plus que vous ne pouvez le concevoir…

Katia était ailleurs. Dans des souvenirs que je devinais amers.

—Il y a des ignominies que l'on tait, dit-elle, comme si en avoir été victime vous en rendait complice… alors que la honte vous étouffe… J'avais 13 ans. Il est entré dans la salle de bain, j'étais debout dans la baignoire, il s'est approché de moi, m'a proposé de me savonner le dos… J'étais terrorisée, paralysée. Il souriait tandis que ses mains allaient et venaient partout sur mon corps, sur mes seins naissants, entre mes jambes…

Tout mais pas ça ! J'ai failli hurler : « Katia ! Arrêtez ! » Mais une lame m'avait transpercé et cloué à mon fauteuil… Elle continua les yeux dans le vague.

—Puis il continuait d'une seule main tandis que l'autre s'activait sur lui. Je ne l'ai jamais dit à ma mère, j'en avais trop honte. Depuis lors, je m'enfermais, ou ne prenais de bain que lorsque ma mère était présente. Toutes les nuits, j'étais terrorisée car ma chambre ne fermait pas à clef. Lorsque des années plus tard, j'ai découvert la lettre de ma mère, ces images que je croyais enfouies au plus profond de moi, me sont revenues avec toute la force d'un moment présent. Ce jour-là, j'ai manqué de courage, cette arme était là comme une invitation, je n'ai pas su y voir le signe que le destin m'adressait.

J'en aurais hurlé de rage. Mais rien. Comme si j'assistais ligoté, bâillonné, au viol de cette femme que j'aimais, sans retour, mais follement. Je ne savais pas si un jour je retrouverais l'assassin de Van Wickers mais quelles que puissent être ses raisons, à mes yeux, il ne serait jamais qu'un justicier. Il ne manquait plus que l'inceste au tableau des infamies de Van Wickers. Voilà qui était fait.

—Je suis incapable de vous dire ce que je ressens, je donnerais le reste de mes jours pour que vous puissiez oublier.

—D'autres choses viendront, suffisamment fortes, pour me faire oublier, j'en suis certaine… Mais elles tardent, elles tardent… dit-elle en souriant tristement.

—J'aime vous voir sourire.

—Venez, je vais vous montrer votre chambre.

J'ai suivi Katia. La chambre était agréablement meublée, elle donnait sur la mer. Dehors, la neige tombait plus dense, on ne distinguait plus le jardin.

—Dormez bien, lui dis-je.

—Dormez bien, Maxime.

Elle m'appelait Maxime pour la première fois.

Je ne pouvais pas trouver le sommeil. J'entendais encore les mots de Katia, comme l'on sent un fer rouge vous traverser la chair. Comment aurais-je pu dormir? Quel traumatisme pour une enfant et plus tard, quand l'âge lui avait permis de comprendre ce que cette autre main faisait… La haine qui lentement a germé, qui a démoli son adolescence et peut-être sa vie de femme. J'avais envie d'envoyer au diable cette affaire, d'oublier Gaénnec, Van Wickers et de me sauver avec elle à l'autre bout du monde. Je l'imaginais de l'autre côté du couloir, si proche de moi et mon cœur s'emballait. Pour un homme amoureux, c'est un supplice. Ce n'était pas tant le désir qui me torturait mais l'idée qu'elle me resterait inaccessible. Cette femme m'avait projeté au-delà des sentiments que m'avaient inspirés toutes celles que j'avais connues et dont je mesurais aujourd'hui les limites dérisoires. Mais elle était là, et j'étais là, n'était-ce pas l'essentiel? Les heures passaient, je ne dormais toujours pas. Je ne l'ai pas entendue venir. Avec d'infinies précautions, elle s'est glissée dans le lit et s'est blottie contre moi. J'étais aux portes du sommeil. Le simple contact de ce corps nu, cette douceur qui me parcourait et m'inondait, me procuraient un bonheur que je n'ai jamais connu auparavant. Tous les pores de ma peau ressentaient une volupté paradisiaque. Nous nous sommes enlacés, elle s'est donnée à moi avec une tendresse infinie. Le moindre de ses gestes, la plus simple caresse, me procuraient un plaisir que je ne croyais pas concevable. À l'ultime moment de notre étreinte, je buvais ses larmes. Cette nuit-là, je découvrais ce que l'amour ajoutait au désir.

XII

Que dire de ce premier matin ? Je me réveillais comme un puceau qui venait de perdre sa virginité : heureux. Katia nous prépara un café. Ses longs cheveux noirs défaits, dans un peignoir de soie vert émeraude, elle était éblouissante. Je le lui ai dit.

—Ne me faites pas rougir Maxime, cela ne me va pas bien au teint…

—Au contraire avec du rouge aux joues, vous êtes un portrait de Micao Kono, c'est un artiste japonais qui peint des femmes à la peau blanche, aux cheveux noirs, et des touches de rouge sur les lèvres et les joues.

—Vous êtes un vil flatteur, Maxime !

—Katia, j'ai aujourd'hui deux rendez-vous importants, pouvez-vous m'attendre jusqu'à ce soir, je serai de retour en fin de journée, puis je vous ramènerai à Paris ? Gaénnec doit s'impatienter.

Katia accepta.

Dix minutes plus tard, j'étais à la brigade criminelle d'Ostende.

—Monsieur Hobart, quelles sont les nouvelles ? Avez-vous rencontré Maria Dickers ?

—Pas encore, j'ai l'intention de me rendre à Zeebrugge vers midi.

Mollens semblait crispé. Je me demandais si le notaire, malgré ce qu'il m'en avait dit, lui avait parlé de cette disposition concernant ce dossier et de ce type à lunettes bizarres, de toute évidence celui que la femme de ménage avait décrit. Je n'étais pas obligé de croire maître Hapter... J'improvisai. Il me fallait avancer. Je décidai de ne pas lui cacher la présence de Katia en Belgique. Il pouvait l'avoir appris.

—Mademoiselle Van Wickers était en Belgique hier, je lui avais donné rendez-vous chez maître Hapter à Bruges. Je souhaitais interroger le notaire sur le testament de Van Wickers. Il n'a rien pu m'en dire de particulier.

—Mademoiselle Van Wickers était là ? Cette visite au notaire n'était pas nécessaire. Je n'ai pas pris la peine de l'interroger à ce sujet. Il aurait refusé. Il en a le droit. La présence de sa fille n'a-t-elle pas facilité votre demande ?

—Apparemment non. Il lui a précisé que la disposition de son héritage serait retardée jusqu'à la fin de l'enquête.

—C'est la règle, effectivement. J'ai demandé ce matin au juge d'instruction un mandat de perquisition de son étude et au besoin de son domicile. Nous aurons communication de toutes les pièces et de ce testament.

Je m'y attendais. Au moins avais-je maintenant la certitude que Mollens n'était au courant ni de ce dossier disparu ni de la présence au cimetière d'Ostende de cet homme aux lunettes étranges. J'avais un coup d'avance. C'était toujours ça de gagné. Pour quelques jours seulement... Je continuai la conversation sur un ton banal.

—Du côté français, les renseignements généraux m'ont communiqué tout ce dont ils disposaient sur Van Wickers. Rien. Ces dix années passées en France sont parfaitement claires. Même sur le plan fiscal.

—Autrement dit, cette affaire serait purement belge... Nous vous faisons perdre votre temps, monsieur Hobart... rajouta Mollens d'un air détaché. De plus mademoiselle Van Wickers n'a toujours pas déposé de plainte à ce jour...

J'ai traduit : qu'est-ce que vous foutez là ! J'ai repensé à la fiche blanchie, la Belgique voulait-elle me renvoyer chez moi ? Déjà...

— Si vous souhaitez mettre un terme à notre collaboration, rien de plus simple, faites-en la demande à votre ministre...

— Qu'allez-vous chercher là ! Abondance de biens ne nuit pas... Du moment que vous jouez le jeu loyalement...

— Et réciproquement...

Un ange s'éloigna à tire d'ailes...

— Revenons à notre affaire, dit Mollens, nous n'avons que trois pistes : celle du proxénétisme. Nous pouvons l'écarter, c'est un milieu truffé d'indicateurs, rien ne nous est parvenu de ce côté, de plus les proxénètes ne connaissent que le revolver ou le couteau... et ils ne règlent pas leurs comptes dix ans après ! La piste de la collaboration, et là, tout est envisageable : une vengeance tardive, la crainte de révélations sur cette période... Enfin, probablement la meilleure piste, une compromission dans une affaire impliquant un pays étranger...

À cet instant, j'ai eu l'impression que Mollens me jetait un regard soupçonneux. Pouvait-il connaître ma rencontre avec Zakin ?

— À quoi pensez-vous ?

— Commissions ou rétro-commissions sur de ventes de fournitures ou d'équipements...

— Des armes par exemple ?

— Par exemple...

— La piste de la collaboration placerait la France aux premières loges, nous avons été, hélas, un pays objectivement collaborateur de l'Allemagne hitlérienne !

— Sauf que chez vous, tout cela est amnistié.

— Pas les crimes contre l'humanité, déclarés imprescriptibles. Voyez l'affaire Papon, en ce moment... Quant à l'implication d'un pays étranger... autant tirer un trait ! Dans cette hypothèse, l'assassin est déjà loin chez lui ou planqué dans une ambassade quelque part dans le monde ! Mais n'avez-vous recueilli aucun témoignage sur les fréquentations de Van Wickers ? Ostende n'est pas si grand, qu'on ne l'ait jamais vu en compagnie d'un homme, d'une femme ?

—Van Wickers ne fréquentait personne. C'était un solitaire. On le voyait de temps en temps à Knokke en compagnie de call-girls... de putes de luxe. Jamais la moindre présence masculine à ses côtés.

—Pas moyen de retrouver une de ces filles ?

—Non. On a bien cherché dans un agenda qui traînait sur son bureau. Rien. C'était un type méfiant.

—Qu'est devenu l'hôtel de Juliette Vrims ?

—Il est tenu par une femme qui en a fait l'acquisition, il y a dix ans. Une certaine Tatiana Fedorov. Elle se prétend comtesse russe, fille d'immigrés.

—Mêmes activités ?

—Oui. Plus ou moins...

—C'est-à-dire ?

—Officiellement, c'est un institut d'éducation sexuelle... Ne riez pas.

—Expliquez-moi cela...

—Apprentissage des pratiques sadomasochistes, domination, soumission...

—Légal en Belgique ?

—C'est la zone floue de notre législation, nous avons adopté une attitude ambiguë. Ce n'est pas la prostitution qui est illégale en Belgique, mais l'exploitation dont elle fait l'objet. Ou lorsqu'elle se double d'activités criminelles. Évidemment, cela n'a jamais été le cas en ce qui concerne l'ex-hôtel de Juliette Vrims...

—J'imagine que vous vous y êtes rendu...

—Non. Nous savons que Van Wickers s'y rendait assez régulièrement. Nous avons interrogé à l'extérieur deux des pensionnaires de cet « institut » sans résultat.

—Pourquoi ne pas y être allé ? Il y a sûrement d'autres filles...

Mollens me semblait subitement gêné.

—Ça n'aurait servi à rien, tous les flics d'Ostende sont connus. Dès qu'on s'amène quelque part, les bouches se ferment. Rien vu rien entendu. De plus, quand on prononce le nom de Van Wickers, on a l'impression d'avoir évoqué le diable ou un saint, selon la personne à qui l'on s'adresse. La plupart des filles restent là quelques mois puis elles disparaissent. Elles trouvent un mari, ou vont exercer ailleurs. C'est délicat Hobart... Disons que cet établissement bénéficie de protections bienveillantes. Certaines rencontres produiraient le plus mauvais effet. Madame Fedorov rend pas mal de services...

—Je comprends... Je sais ce que peut ressentir un flic qui doit avaler son chapeau, je l'ai vécu. Donc côté bordel, il n'y a rien à tirer...

—Au sens figuré! s'exclama Mollens en éclatant de rire, pour le reste, c'est pas mal du tout!

Ce mot involontaire me consterna mais le rire de Mollens me consola aussitôt de cette étourderie. Je repris sérieusement la conversation.

—Et si je m'y rendais? Personne ne me connaît ici...

—Vous perdez votre temps, Hobart, la prostitution n'a rien à voir dans cette histoire, les bordels en Belgique, c'est banal.

—Nous n'avons pas grand-chose d'autre à notre disposition.

—Laissez-moi y réfléchir.

—Je saurais jouer le jeu, j'ai été stagiaire à la brigade mondaine, Paris ne manque pas de boîtes spéciales, j'en ai gardé quelques souvenirs...

—D'accord, mais je dois préparer le terrain, vous n'y entrerez pas facilement, il faut être recommandé.

—La semaine prochaine?

—Disons samedi soir, c'est le jour où toutes les filles sont là.

—J'allais oublier, je voudrais vous demander une faveur. Vous n'ignorez pas que monsieur Van Wickers laisse un patrimoine plus que considérable à sa fille. Elle souhaite faire un geste pour cet homme en compagnie de qui sa mère était quand elle a trouvé la mort dans cet accident, un certain Willy

Beck, je crois. Mademoiselle Van Wickers est persuadée que sa mère en était complètement responsable. Elle aimerait bien le retrouver… J'ai promis, vous me comprenez ?

— C'est tout à son honneur. Willy Beck est connu. C'est un excellent jazzman, saxo ténor. J'en suis fan. Il est dans un fauteuil roulant. Dans cet accident, il a perdu l'usage de ses deux jambes. Triste histoire. Il n'a jamais été aussi bon, comme si cent pour cent de son être s'était reporté sur la musique. Je vous ferai parvenir ses coordonnées.

— C'est une aubaine. Je suis également amateur de jazz. Avec une tendresse pour le jazz manouche.

J'ai laissé Mollens pensif et préoccupé par ma proposition. Je me suis dirigé vers le restaurant de Maria Dickers. La topographie du port de Zeebrugge ressemble à un labyrinthe de canaux, de quais et de docks. J'ai fini par trouver le restaurant perdu sur un quai entre deux grues et des hangars démesurés. Il s'appelait simplement « Chez Maria ». Une devanture blanche, une simple porte entre deux baies vitrées masquées par des rideaux de tulle bleu ciel, quelques plantes artificielles de part et d'autre de la porte. Ce décor tout campagnard brisait avec brutalité la monotonie industrieuse de l'endroit. Je me demandais bien ce que l'on pouvait manger dans un pareil estaminet et comment l'on pouvait en vivre, mais à peine avais-je poussé la porte que je revenais sur mon impression. D'agréables fumets de cuisine ont immédiatement sollicité mon imagination et la salle était absolument bondée. Une serveuse est venue vers moi et m'a proposé de m'installer au comptoir, faute de table disponible. Ce restaurant était une vraie tour de Babel. On entendait parler espagnol, russe, anglais, allemand. Autant de bateaux aux pavillons exotiques, pétroliers, porte-containers, méthaniers, autant de langues. À l'extrémité du comptoir, derrière un antique tiroir-caisse sur un haut tabouret, une cigarette aux lèvres, s'affairait une femme d'une soixantaine d'années. Ce ne pouvait qu'être Maria. Elle me semblait grande. Des cheveux auburn assez courts. Des taches de rousseur. Je lui ai adressé un petit sourire et un petit signe de la main. Elle m'a rendu mon sourire et s'est approchée de moi.

—Je vais prendre votre commande, me dit-elle, tandis qu'elle me tendait la carte.

J'ai fait un excellent repas. Tout était frais, bon et cuisiné simplement. Il me fallait laisser passer l'heure de pleine affluence pour lui parler. Vers 14 heures, il ne restait plus que deux clients qui semblaient comploter au fond de la salle. Maria finissait sa caisse. Enfin, nous étions seuls. Les deux serveuses avaient disparu dans la cuisine. Maria devait trouver ce client bien curieux. Je ne faisais pas vraiment couleur locale.

—Maria Dickers ?

—Oui, et vous êtes certainement l'ami de Gerrit Mollens… Je me trompe ?

—Pas du tout. Pouvons-nous nous asseoir un moment ?

—Installez-vous à la table près de la fenêtre, je vous rejoins dès que les filles et le chef seront partis.

Cinq minutes plus tard, les deux serveuses et le cuisinier quittaient le restaurant. Maria poussa le verrou et revint vers moi avec une bouteille et deux verres.

—C'est la réserve de la patronne. Un très vieil Armagnac, ça vous va ?

—Et comment ! Avec un petit café serré, ce sera parfait.

—Alors, me dit-elle en déposant les tasses, vous enquêtez sur la mort de Jef ? Mollens m'a dit qu'il était mort d'une crise cardiaque… Alors pourquoi une enquête ?

—Je n'enquête pas, j'aimerais en savoir un peu plus sur sa vie. Je ne suis pas ici pour vous importuner avec un passé sur lequel vous avez vous-même tiré un trait.

—Ce n'est pas moi qui ai tiré un trait sur le passé, c'est mon corps, c'est lui qui a sonné l'heure de la retraite, il faut voir la vérité en face, monsieur…

—Maxime Hobart…

—Quand on fait de son corps son instrument de travail… passé la quarantaine, les clients se font rares… La concurrence est de plus en plus jeune !

—Quand avez-vous commencé à… travailler?

—Pour Van Wickers? En 1950 ou 51.

—C'était à l'hôtel de Juliette Vrims?

—Oui… Juju. C'est comme ça que je l'appelais.

—Parlez-moi d'elle…

—Elle vous intéresse? Pauvre Juliette, c'est trop bête de mourir dans un accident de voiture. Encore jeune et si belle…

Je ne savais pas comment m'y prendre, pourquoi parler de Juliette alors que j'étais censé n'être ici que pour Van Wickers? Quand les chemins sont tordus, mieux vaut prendre la ligne droite, me suis-je dit.

—Madame Dickers, je vais vous donner un gage de confiance. Vous l'apprendrez un jour ou l'autre. Ce n'est pas d'une crise cardiaque qu'est mort Van Wickers, il a été assassiné. Si on apprenait que je vous l'ai révélé, j'aurais les pires ennuis, vous voyez?

Maria eut un léger mouvement de recul, j'ai cru qu'elle allait mettre un terme à cette conversation. Elle se ravisa, remplit nos verres, reposa la bouteille, vida son verre d'un trait, alluma une cigarette, rejeta la fumée avec force et m'observa en silence un long moment.

—Et comme ça, vous faites confiance à une ancienne pute?

—Pourquoi pas? Pour moi, cela n'est pas un critère, je n'ai jamais été trahi que par des femmes honnêtes… Alors…

—Jef assassiné à soixante-dix ans, je reconnais que j'ai du mal à l'encaisser. Il y a dix ou vingt ans, je n'en aurais pas été surprise… Mais là…

—Vous voulez bien me reparler de vous et de Juliette? On reviendra à Jef.

—Je ne vois pas où vous voulez en venir avec Juliette et moi…

—J'aimerais écrire une histoire, peut-être la réécrire… Je vous expliquerai, promis!

—Puisque vous semblez y tenir… Moi je suis entrée dans le métier comme quelqu'un qui pousse toutes les portes à la recherche de n'importe quel travail. En 1946. J'avais commencé des études universitaires... Mais oui ! J'avais vingt ans, la seule porte qui ne s'est pas refermée était celle d'un bar de nuit à Bruxelles. Lorsque des clients étaient trop entreprenants, je les repoussais, jusqu'à ce que le patron m'ait clairement menacée de me virer, je ne voulais pas retourner à ma misère avec la faim et les incertitudes de la rue. J'ai été plus tolérante.

Maria alluma une nouvelle cigarette avec le mégot de la précédente et poursuivit :

—Quand j'ai vu ce que cela me rapportait, j'ai compris. Il faut dire qu'à l'époque, au lendemain de la guerre, le meilleur des boulots ne vous rapportait que de quoi survivre, moi je pouvais m'offrir le superflu, des toilettes, et même quelques bijoux. Voilà comment on devient une prostituée. Les circonstances, la nécessité et pour finir, la facilité. Puis le temps passe et on repousse sans cesse les bonnes résolutions...

Maria vida son verre, je l'imitai et sans me le demander, elle nous reversa de sa réserve.

—Un soir, des années plus tard, peut-être au début des années cinquante, j'ai vu entrer un grand gaillard beau gosse, un peu arrogant, il offrait à boire à tout le monde, il s'est intéressé à moi plus qu'aux deux autres entraîneuses, il faut dire que je n'étais pas la plus moche...

—Mais, ce qu'il en reste est encore très agréable...

—Ces Français ! Toujours flatteurs... Quand nous nous sommes retrouvés seuls, il a commencé à me parler d'Ostende, à me faire miroiter des revenus bien plus importants que dans ce bar minable, qu'il avait un établissement fabuleux, où les clients étaient triés sur le volet. Moi les miens commençaient à me lasser. J'ai dit au patron que j'avais besoin d'un mois de vacances et j'ai accepté.

Je me demandais à quel moment arriverait Juliette mais son histoire n'était pas inintéressante. Maria nous resservit de son Armagnac puis elle reprit :

—L'hôtel d'Ostende était très luxueux, il ne m'avait pas menti. Tout était exceptionnel, le mobilier, les salles de bains, les miroirs de Murano… jusqu'au plafond bien entendu… bref c'était un vrai petit palace porno ! Dès le premier soir, j'ai su que je ne retournerai pas à Bruxelles. Quant aux clients, vous ne le croiriez pas ! Rien que de la haute ! Des armateurs belges et hollandais, des hommes politiques en vue, des diamantaires d'Anvers, tous des relations de Jef. Il en connaissait du monde ! Nous étions cinq femmes pour nous occuper des clients. C'était pas une maison de passe, on avait plutôt l'impression d'être invitées à des soirées coquines entre amis…

—Cinq femmes… plus Juliette ?

C'est tout ce que j'avais trouvé pour ramener la conversation à Juliette…

—Non, je ne la connaissais pas encore, je l'apercevais de temps en temps…

—Je croyais que…

—Non… Juliette était la patronne mais pas comme on pourrait le croire… C'est pas une histoire banale !

—Avec un mari comme Van Wickers, ça ne pouvait pas l'être…

—C'est même une histoire très compliquée…

—Essayez tout de même de me la raconter…

—Cet hôtel appartenait à Juliette. Elle en avait hérité à la fin de la guerre. Il était presque à l'abandon. Pendant quatre ans, elle a essayé désespérément de le faire marcher, elle faisait le ménage, les petits déjeuners ; à cette époque, les touristes n'étaient pas nombreux. Elle ne pouvait plus s'en sortir. Elle avait rencontré Jef en 1950, d'après ce que je sais. Ils se voyaient régulièrement. Il avait une agence immobilière. Un jour, Juliette lui a demandé de lui trouver un associé. C'était la meilleure solution pour elle. Jef lui avait proposé de l'aider financièrement, elle a accepté. C'est comme ça qu'il a financé tous les travaux et la rénovation de l'hôtel, mais Juliette n'arrivait pas à le rembourser. Jef a commencé à se montrer exigeant. Quand il lui a proposé de l'épouser, c'était la fin de ses problèmes, on peut le comprendre, elle tenait plus que tout au monde à cet hôtel et Jef était un sacré beau type. Un jour, elle a vu arriver quelques jolies filles, des clientes qui s'étaient installées là pour quelques jours, puis des messieurs qui venaient l'après-midi ou le soir ; au début, elle trouvait ça normal, un hôtel de nuit ou un hôtel de jour, la différence n'était pas bien grande.

Maria évalua ce qu'il restait d'Armagnac en soulevant la bouteille puis elle la reposa à regret et reprit son récit.

—Mais quand les clients payaient dix fois le prix de la chambre, elle a fini par comprendre.

—C'est comme ça qu'elle est arrivée dans le… métier?

—Qui ça? Juliette? Mais non! Jamais… Elle l'a bien fait croire à Jef, c'est vrai… mais c'était pour avoir la paix en attendant…

—En attendant quoi?

Je crois que si Maria avait arrêté son récit, je lui aurais sauté à la gorge.

—Je n'ai appris l'histoire que bien plus tard de la bouche de Juliette. Quand elle a compris ce qu'était devenu son hôtel, elle a voulu tout arrêter mais Jef la tenait par l'argent et par le mariage! Elle voulait divorcer, pour Jef il n'en était pas question tant qu'il n'avait pas récupéré son investissement… En divorçant de Jef, elle perdait tout… Alors elle s'est séparée de lui et s'est installée dans une chambre au dernier étage. C'est à cette époque que je suis arrivée à Ostende. On la voyait rarement. Elle traversait le salon en nous jetant un regard méprisant et montait dans sa chambre. Ça a duré longtemps, des années… Moi, je me demandais qui était cette superbe femme toujours seule qui vivait dans un bordel! Mais Jef nous avait interdit de poser des questions… et désobéir, c'était la porte!

J'avais l'impression que j'étais suspendu au-dessus d'un précipice. J'ai rempli nos verres généreusement, Maria vida le sien en claquant la langue, puis elle reprit :

—Un jour, elle est descendue au bar boire un verre, Jef n'était pas là. Il était rarement présent. Peut-être parce que j'étais différente des autres filles, elle ne discutait qu'avec moi.

Nous sommes devenues amies. Quand elle m'a dit qu'elle était la femme de Jef, je ne l'ai pas crue.

—Autrement dit, Juliette n'était pas une...

—Non ! Juliette n'était pas une... comme vous dites, mais c'est vrai qu'elle avait fait croire à Jef que quelquefois elle montait avec des clients... Ça l'avait rendu dingue ! C'était sa vengeance, en attendant que Jef se rembourse. Quoique d'une certaine manière, elle a bien eu un client, un seul !

—Un seul ?

—Un soir, on a vu débarquer un type encore jeune, une classe folle et visiblement à l'aise. Juliette était au bar, seule, il n'a vu qu'elle ! Il est resté là à bavarder avec Juliette autour d'une coupe de champagne puis il est reparti. Rien d'autre. Ça a continué presque tous les soirs pendant des mois. Juliette était au bar à l'attendre. Quand il ne venait pas, elle remontait dans sa chambre. Quand il était là, elle rayonnait...

Maria oscillait sur sa chaise, les yeux rougis, elle réprima un hoquet, ralluma une cigarette et me lança à brûle-pourpoint :

—De fil en aiguille, on a oublié Jef ! Qu'est-ce que je disais ?

—Quand ce type était là, Juliette rayonnait...

Maria a plissé son front comme si elle s'était perdue en route puis elle reprit :

—Un soir alors que Juliette était au bar avec Salomon, c'était son nom, Jef est arrivé à l'improviste. Salomon lui a demandé de l'accompagner dehors. Jef est revenu une heure plus tard seul. Je ne sais pas ce que ces deux hommes se sont dit, mais quand Jef est revenu, je n'ai jamais oublié la gueule qu'il faisait ! Juliette était remontée dans sa chambre. Depuis le rez-de-chaussée, on a entendu la scène la plus violente qu'on puisse imaginer ! Les cris et les pleurs de Juliette, les insultes grossières de Jef... Le lendemain soir, Juliette attendait Salomon au bar, quand il est arrivé, il lui a dit quelque chose à l'oreille et Juliette s'est jetée à son cou comme s'il lui avait annoncé une nouvelle extraordinaire ! Pour la première fois, ils sont montés dans une chambre. Deux jours après, Juliette me montrait un bracelet de diamants à faire pâlir un maharadjah ! Un mois après, elle quittait l'hôtel définitivement.

— Le prince charmant avait débarqué dans un bordel... rajoutai-je en hoquetant, les yeux au fond de mon verre d'Armagnac.

— Vous ne croyez pas si bien dire ! Je n'ai pas oublié cet homme, Salomon Grunberg. Il était l'un des plus gros diamantaires d'Europe. En plus, un air de seigneur très beau et encore jeune. Le problème était que le prince charmant avait déjà une princesse et deux enfants !

— Était-ce vraiment un problème pour Juliette ? Elle était débarrassée de Van Wickers, c'était le principal non ?

— Oui et non ! Quelques jours après avoir quitté l'hôtel, elle est venue me voir. Elle cherchait un conseil, elle me semblait perdue. Elle a fini par m'avouer qu'elle était enceinte de Salomon... Elle ne savait pas comment s'en sortir, elle avait peur de l'avouer à Salomon qui était marié et père de deux enfants, elle craignait sa réaction, elle ne voulait pas le contraindre à faire un choix. Moi, je lui ai conseillé de ne rien dire et d'avorter. Elle a longtemps hésité mais elle a choisi de ne rien dire à Salomon et de garder cet enfant.

L'idée que Katia aurait pu ne pas être, sur une hésitation, ou au gré de l'influence de cette femme, m'était totalement inconcevable, inadmissible, et pour tout dire inhumaine. Je sentais l'urgence d'aller me prendre la tête à deux mains et de la cogner contre un mur jusqu'à ce que tout ça se remette en place dans mon cerveau qui n'en pouvait plus.

— Elle a trente ans aujourd'hui et elle est encore plus belle que sa mère...

C'était sorti de moi par une lézarde, par une fêlure. Ce récit m'avait brisé.

— Katia ? Vous connaissez Katia ! Mais... mais pourquoi, pourquoi ne pas me l'avoir dit plutôt ?

— Cela aurait été trop long, trop compliqué... Est-ce que vous m'auriez raconté cette histoire, si j'avais commencé par ça ?

— Peut-être pas, c'est vrai ! Elle va bien, comment est-elle ?

— Elle va très bien, elle a parfaitement réussi sa vie, vous la verrez bientôt.

— Tu parles d'une nouvelle ! Ça s'arrose ! dit Maria tandis qu'elle versait le reste de la bouteille dans nos verres en répétant :

— Ça alors ! Ça alors !

— Je crois que j'ai besoin d'un autre café... très fort, dis-je.

Maria se traîna derrière le comptoir et revint avec deux cafés et une autre bouteille d'Armagnac.

— Va falloir que j'en recommande, dit-elle en déposant le tout sur la table.

— Est-ce que Juliette connaissait tout du passé de Jef ? Je veux dire d'avant la guerre ?

— Vous voulez parler de...

Était-ce l'Armagnac ? À mon tour, je ressentais le besoin de me confier, peut-être que cette histoire devenait trop lourde.

— C'était un collabo et pas n'importe lequel, il tenait déjà un bordel pour ces messieurs de la Wehrmacht, il s'était même engagé dans une brigade de SS flamands.

— Non, elle ne le savait pas. Elle l'a découvert peu de temps après avoir quitté l'hôtel. Elle était venue chez moi où je donnais une petite fête. Elle était bouleversée. « Moi, une juive ! J'ai épousé un nazi ! » disait-elle. Elle était en larmes. Elle m'a dit pourquoi pour elle c'était la pire chose qu'elle pouvait apprendre... Tu parles ! Elle était orpheline, ses parents avaient été déportés pendant la guerre, ils étaient morts à Auschwitz comme un grand nombre de juifs belges. Elle, elle avait été cachée par des paysans dans une ferme près de Middelkerke. Découvrir ça, c'était une sacrée moutarde, non ?

— Vous pensez que c'est Salomon qui le lui avait révélé ?

— Je n'en suis pas certaine mais je l'ai toujours pensé.

— C'est après cela qu'il y a eu la boîte sur la frontière ?

— Décidément, vous savez tout ! Oui. Le Manoir des Belles au Bois Dormant comme l'appelait Jef. C'était un endroit sorti tout droit du rêve d'un proxénète millionnaire, parce qu'entre-temps Jef avait fait fortune avec des opérations immobilières, vous imaginez, c'étaient des années folles, on construisait à tour de bras, les terrains devenus libres par suite des destructions de la guerre doublaient de prix tous les six mois.

Maria s'était arrêtée de parler et me regardait en souriant.

—Mais dites-moi, quelle histoire voulez-vous écrire ?

—Celle de Katia…

—Vous n'allez pas raconter ces horreurs à Katia !

—Pas ces histoires de bordels, bien sûr ! Et donc la boîte sur la frontière ?

—Avec ce manoir, il a réalisé son rêve. Un château perdu au milieu de nulle part entre France et Belgique. Il a dépensé des millions pour le rénover, il avait fait appel aux meilleurs décorateurs et antiquaires, rien n'était trop beau pour son château. Une douzaine de chambres toutes différentes. Toutes meublées d'époque. C'était vraiment d'un luxe inouï. J'y suis restée quatre ans. Jef ne serait pas mort que je ne vous en dirais pas un mot.

Si une fois dans ma vie j'ai béni Bacchus, c'est sûrement ce jour-là. C'est dans les brumes de l'alcool qu'elle me parlait tandis que l'Armagnac diminuait dans sa bouteille.

—Mais puisqu'il n'est plus là… rajoutai-je en hoquetant.

—J'en avais vu pendant des années de prostitution, des perversions de toutes sortes. Mais là… Des hommes politiques, des grands patrons en tutu de danseuse ou en bonnes sœurs, enchaînés pendant que leurs femmes ou leurs compagnes se faisaient satisfaire par tous les orifices de leur corps. Femmes entre elles, hommes entre eux. Tout. Tout ce qu'un cerveau dépravé peut imaginer. Ces soirées n'avaient lieu que le week-end. Jef avait bien arrangé son affaire. La sécurité était absolue. C'était mieux gardé que la banque de Belgique. Il était entièrement clos de murs. Un portail énorme était actionné par un code qu'il communiquait à ses clients par téléphone. Il le changeait toutes les semaines.

—Juliette était au courant… Elle connaissait cette boîte ?

— Non. Elle le savait par moi. Ce n'était plus son problème. Elle ne vivait que pour Salomon…

Enfin, le silence s'installa dans la salle. Dans la pénombre, je ne distinguais qu'une braise qui dansait autour du visage de Maria. J'avais le vertige sans savoir si c'était l'alcool ou cette histoire qui me faisait chavirer.

— Mon Dieu, quelle histoire ! J'ai trop bu, je ne sais pas si je vais pouvoir rentrer. Heureusement que je n'ouvre pas le soir, par ici ce n'est pas très sûr la nuit.

— Je ne suis pas en meilleur état que vous mais je me sens encore capable de vous reconduire, vous habitez loin ?

— À quinze minutes de route à l'entrée de Bruges.

Nous nous sommes levés en titubant, il pouvait bien être six heures de l'après-midi. Dehors, le vent froid qui soufflait en rafales a dissipé les vapeurs d'alcool qui encombraient encore mon esprit. J'ai laissé ma vitre ouverte et c'est presque au ralenti que je prenais la route de Bruges.

— Qu'est devenu Salomon Grunberg ?

— Il est mort en 73, je crois.

— Il savait pour Katia ?

— Non. Mais Juliette a vite été prisonnière de ce mensonge ! Il faut savoir que Jef n'a jamais accepté le divorce. Officiellement, Katia était sa fille, elle portait son nom. Jef pouvait exercer des droits sur Katia… s'en servir pour pourrir la vie de Juliette… Alors Juliette a mis Katia à l'abri dans un pensionnat en Suisse. Mais Jef n'a pas lâché prise, pour emmerder Juliette, il a exigé d'avoir « sa fille » avec lui un mois par an. Que pouvait faire Juliette ? Elle a accepté… et comme aux yeux de Salomon, il était normal que Jef voit sa fille une fois par an… Tout s'est très bien passé.

— Juliette lui avait fait croire que Jef était le père de Katia ?

— Il me semble… Oui. Cette comédie a duré des années. J'ai passé plusieurs fois ces mois à Ostende. Je gardais Katia pendant que Juliette retrouvait Salomon. J'ai revu Juliette quelques jours avant sa mort en 76, elle vivait à cette époque avec un musicien, je lui ai demandé des nouvelles de Katia et je lui ai posé la question pour Salomon, elle m'a répondu qu'elle n'avait jamais eu le courage de lui avouer qu'il était le père de Katia... Je me demande comment cette gamine a vécu tout ça ?

—Mal ! Elle se doutait de quelque chose. Elle refusait l'idée que Van Wickers ait pu être son père. Elle le détestait... Elle avait découvert une lettre que Juliette avait adressée à Van Wickers, à la lecture de cette lettre, on pouvait croire que Juliette était une prostituée... Elle a passé dix ans à se poser des questions...

—Vous allez lui dire la vérité ?

—Elle l'a pressentie depuis longtemps... mais je vais devoir prendre des précautions !

—Quelle histoire, mon Dieu ! Mais quelle histoire !

—Depuis la mort de Juliette, vous avez revu Jef ?

—J'ai ouvert ce restaurant en 1975, Jef venait y déjeuner de temps à autre, toujours seul. Ces dernières années, il venait quelquefois, accompagné d'une jeune femme, une gamine, une très belle plante comme on dit. Il me l'avait présentée comme une amie, Déborah, je crois. Jef pouvait être son grand-père, j'exagère un peu disons son père, elle était très provocante, physiquement je veux dire. C'était le genre : cuissardes, mini-jupe et décolleté généreux... Dans ce restaurant, au milieu de dockers, vous imaginez la scène ! C'était très orageux entre eux, c'est souvent que leur repas finissait en esclandre, une fois elle lui avait balancé son assiette au visage. J'ai appris par Jef qu'elle s'était suicidée. Il y a deux ans de cela... Une horreur, elle s'est jetée sous un train à la gare de Blankenberge. Depuis Jef n'est plus revenu. Si, une fois l'année dernière.

—Et dites-moi, l'hôtel de Juliette, il paraît que ça continue ?

—J'ai décroché bien avant que Jef ne le revende, je sais qu'aujourd'hui c'est une boîte « spéciale », de mon temps, on ne connaissait pas le latex ni les fouets, le sadomaso n'était pas encore à la mode, les clients venaient chercher ce qu'ils n'avaient pas à la maison. Ils avaient beau être des dépravés, ça finissait toujours par du classique : je te prends, tu me prends. Autres temps, autres mœurs ! Mais c'est toujours le gratin à ce qu'il paraît.

—Maria, je ne sais comment vous remercier. Vous n'imaginez pas l'importance de ce que vous m'avez appris. Laissez-moi vous embrasser.

—Vous n'oublierez pas votre promesse, je compte bien revoir la petite Katia, la dernière fois, c'était il y a vingt ans…

—Je n'oublierai pas.

Je l'ai embrassée sur le pas de sa porte et j'ai pris la route d'Ostende. J'étais arrivé à saturation… Que devrais-je dire à Katia ? Par quoi commencer ? Comment réagira-t-elle ? La lumière est douloureuse quand brutalement, l'on rend la vue à un aveugle. Et ces vérités sur son ascendance étaient rien moins qu'éblouissantes ! Je me l'avouais, j'en avais peur. Sa mère n'était pas une putain. Van Wickers n'était pas son père. Elle était la fille d'un riche diamantaire juif. Et d'une orpheline juive. Ses grands-parents étaient morts à Auschwitz. Des bonnes nouvelles indicibles…

XIII

J'arrivai à Ostende persuadé de sentir l'Armagnac à dix mètres.

—Vous me semblez épuisé, Maxime.

—J'ai eu une journée difficile. Mollens m'a retenu plus longtemps que prévu.

—Vous avez déjeuné avec lui ?

—Oui. Très mal. Et un peu bu aussi. Peut-être que ce repas ne m'a pas convenu.

Je n'avais pas le courage de lui parler de Maria, ici dans cette maison d'Ostende qui en avait déjà bien assez vu et entendu.

—Voulez-vous rentrer à Paris ?

—Je crois qu'il le faut. Je dois absolument voir Gaénnec demain matin.

Nous sommes arrivés à Paris vers vingt et une heures. Durant le trajet, j'esquivai tant bien que mal les sujets ambigus. La peur de déraper n'était pas celle de la route. Mais Katia semblait deviner mon malaise. Elle avait un instinct infaillible. J'étais bien placé pour le savoir.

Je me suis garé chaussée de la Muette. Katia me regarda interrogative.

—Venez Maxime, je vais nous préparer un léger dîner. Nous bavarderons après. D'accord.

J'acceptai comme un enfant accepte une remontrance… Sitôt dans cet appartement, ma tension est retombée. Katia avait préparé un dîner froid. Pendant le repas, elle ne me posa aucune question. Elle sentait qu'il lui fallait attendre le moment propice. Subitement, je me suis levé. Je me suis dirigé vers la vanité que j'avais remarquée le premier soir. Ce tableau est resté gravé dans ma mémoire.

— Savez-vous que vous avez là un authentique chef-d'œuvre. Si je ne me trompe pas, il date probablement du XVIIe siècle. Peut-être une des premières vanités peintes par un maître flamand. J'aime ce tableau. Il nous rappelle le peu que nous sommes et que la seule vérité est dans la fin qui nous attend.

— Voilà bien une réflexion lugubre Maxime, que diriez-vous d'un Nocturne de Chopin ?

— C'est une excellente idée.

Tandis que le Nocturne en si mineur inondait l'appartement, Katia m'entraîna dans sa chambre avec délicatesse. Elle s'allongea sur le lit et m'invita d'un geste à la rejoindre près d'elle. Une faible veilleuse éclairait la pièce. Elle me prit la main et me dit à voix basse :

— Vous êtes un piètre menteur, Maxime… Je sais que vous craignez de me dire ce qui s'est passé aujourd'hui à Ostende.

— Restez contre moi et je vous en supplie, ne m'interrompez pas.

Katia avait posé sa tête sur ma poitrine. J'ai tout dit. D'un trait. Dans le désordre mais sans la moindre interruption. Le passé de Van Wickers, l'hôtel de Juliette, ses amours avec Salomon Grunberg… son père…

Je sentais ses sanglots silencieux. Au bout de mon récit, j'étais littéralement épuisé. J'ai eu la force de murmurer :

— Vous n'êtes pas la fille d'une putain ni celle d'un salaud. Vous ne pouviez pas l'être.

Katia m'a serré contre elle avec une force que je ne lui soupçonnais pas, puis nous nous sommes endormis.

Le lendemain, je trouvai près de moi une lettre sur l'oreiller.

« Depuis dix ans, je souhaitais oublier les vingt premières années de ma vie. Il ne me reste plus qu'à revivre. Grâce à vous, je suis une autre. J'aime cette mère que j'ai si mal connue et que vous m'avez rendue comme je la désirais dans mon enfance. Je ne connaîtrai jamais mon père mais au moins, je sais qu'il l'a aimée. Dites-vous bien que mes pleurs étaient comme la pluie après une sécheresse : une bénédiction. À ce soir. Il y a un double des clefs sur la console dans l'entrée. »

Après m'être changé chez moi, j'appelai Léo pour le prévenir de mon prochain retour à Bruxelles, puis je rejoignis le ministère. Il me fallait jouer le jeu avec Gaénnec, lui lâcher quelques informations. Il me reçut immédiatement.

—Vous vous faites bien rare, Hobart.

—Je n'avais rien d'intéressant à vous communiquer. J'essaye d'établir des relations de confiance avec les Belges. J'ai rencontré le patron de la Criminelle d'Ostende, Gerrit Mollens. Nous n'avons pas l'ombre d'une piste à ce jour. La Sûreté intérieure belge m'a communiqué le dossier de monsieur Van Wickers… C'est assez lourd !

—Mais encore ?

—Proxénétisme, avant et après l'Occupation, collaboration avec l'occupant allemand et même engagé dans une brigade SS de volontaires flamands.

—Nous n'avons jamais eu connaissance d'un tel curriculum vitae…

—L'efficacité de nos services de renseignements laisserait-elle à désirer ?

—Nous n'avions aucune raison de nous intéresser à un passé aussi lointain… Toujours est-il que ce passé ouvre des pistes probables…

—Je ne le crois pas.

—Expliquez-vous, je vous prie…

—Le mode opératoire ne milite pas en faveur d'un règlement de compte aussi vieux. Van Wickers avait cessé toutes activités liées à la prostitution, depuis dix ans au moins. Quant à sa période collabo, personne n'imagine une victime du nazisme venir régler ses comptes quarante ans après les faits… Et de quelle manière ! Faire avaler une micro-bombe à sa victime ! Je n'ai pas besoin de préciser que le patron de la Criminelle est arrivé à la même conclusion…

—Vous en déduisez quoi, Hobart ?

—Que c'est bien dans l'entourage récent de Van Wickers qu'il nous faut chercher. J'ai rencontré un contact de Léo Hartman, un certain Avner Zakin. Le Mossad ne s'est jamais intéressé à Van Wickers. Bien que l'arme utilisée soit made in Israël. Ils ont fabriqué et mis au point cette micro-bombe, il y a plusieurs années. Ils l'ont utilisée une fois, il y a cinq ans de cela. Vous devez être au courant ? Le dernier survivant du groupe Septembre Noir.

—J'ai entendu parler de cette histoire. On a toujours dit que c'était une hypothèse.

—Non. C'est une certitude. Zakin me l'a, pour ainsi dire, avoué. Je peux même vous expliquer le fonctionnement de cette micro-bombe.

Gaénnec balaya ma proposition d'un geste de la main. Il s'était levé et arpentait son bureau l'air pensif.

—Bon. Si l'on récapitule, il faut chercher dans l'entourage récent de Van Wickers. Que sait-on de ses relations ?

—Rien… Pour le moment. Il semble qu'il ne fréquentait personne régulièrement. Quelques call-girls dont on ne trouve pas trace et certainement des pensionnaires de son ancien établissement à Ostende.

—Un établissement ?

—Une sorte de maison close de luxe qu'il exploitait, il y a encore une dizaine d'années et qu'apparemment, il continuait de fréquenter comme client…

—Rien d'autre ?

—J'ai rencontré maître Hapter, le notaire de Bruges. Il ne m'a rien appris d'intéressant. Il n'a rien voulu me dire du testament de Van Wickers. La brigade criminelle d'Ostende va obtenir du juge d'instruction un mandat de perquisition de l'étude du notaire. Elle souhaite connaître les dispositions testamentaires qu'avait prises monsieur Van Wickers… Je n'imagine pas que ce testament puisse nous révéler quoi que ce soit d'intéressant mais sait-on jamais…

Gaénnec avait regagné son fauteuil, il me regardait par-dessus ses lunettes et tapotait son bureau du bout de ses ongles. Allait-il enfin me dire un mot de ce dossier ? J'étais à un croisement de l'affaire. S'il ne m'en parlait pas, alors il était mouillé jusqu'au cou dans cette histoire.

—Quand bien même il y aurait des dispositions particulières, elles pourraient être sujettes à caution… Dieu sait ce que Van Wickers a pu manigancer dans ses dernières volontés… Comme une sorte de vengeance post mortem. Avec un tel passé, on peut s'attendre à tout ! Il me semble, mais c'est très vieux, qu'il m'avait confié être en possession de documents sur la période de l'Occupation…

Il était d'une adresse diabolique ! On ne pouvait être plus ambigu. Mais cette allusion à une manœuvre, voir une vengeance, me confortait dans l'idée que Gaénnec anticipait sur la découverte de ce dossier… comme pour se protéger.

—N'avez-vous pas cherché à en savoir davantage ? dis-je.

—Non, dans ce domaine, il y a plus de ragots que de vérités… À quoi bon remuer le douloureux passé de notre pays ? La majorité des hauts fonctionnaires français a pactisé avec Pétain ; à la Libération, il fallait bien que la France se remette au travail, on avait besoin d'eux…

Pour un peu, je sortais mon mouchoir… Il valait mieux embrayer sur autre chose.

—J'ai appris par la femme de ménage de monsieur Van Wickers qu'il avait reçu une visite menaçante quelque temps avant sa mort.

—Une visite menaçante ?

—Oui. Un type que Van Wickers a refusé de recevoir et qui est reparti en proférant des menaces. Mais la femme de ménage n'a pu en donner qu'un très vague signalement.

—Bien. Poursuivez vos investigations et tenez-moi informé plus régulièrement, si possible.

J'ai quitté Gaénnec, dubitatif. Je ne pouvais être sûr

de quoi que ce soit. Il n'avait pas mentionné être héritier d'un dossier, mais il y avait fait allusion en minimisant par avance son éventuel contenu. Van Wickers pouvait en savoir beaucoup sur le rôle de certaines personnalités pendant l'Occupation. Pas de quoi fouetter un chat... La France a été majoritairement collaboratrice de l'Allemagne, mais pour certains hommes politiques, cela pouvait mettre un terme à leur carrière, voire pire. L'affaire Papon en était un bon exemple, voilà un type qui a eu la carrière la plus brillante qui soit et qui est aujourd'hui inculpé de crime contre l'humanité... Alors, pourquoi pas une affaire de chantage aux révélations sur des hauts fonctionnaires français? Tout était possible. À ce stade, ce dossier disparu prenait la consistance d'un mur de béton incontournable. Il allait falloir l'attaquer au marteau-piqueur! À cinquante ans, Gaénnec était trop jeune pour avoir été impliqué dans la collaboration. Il protégeait quelqu'un, c'était évident.

L'après-midi, je rendis visite à maître Gimoutier l'avocat que m'avait indiqué Bernardini.

Il me reçut dans une grande pièce encombrée de dizaines de classeurs à même le sol, il aménagea un peu de place sur son bureau en déposant d'autres classeurs sur le parquet.

—Désolé de vous recevoir dans ce désordre mais vous sembliez pressé de me rencontrer...

—Maître, c'est à propos d'un de vos clients, monsieur Van Wickers, il est décédé... il a été assassiné, il y a quelques jours dans sa propriété d'Ostende.

—Assassiné? C'est incroyable! Je suis sincèrement désolé d'apprendre ça. Triste nouvelle! En quoi puis-je vous aider?

—Je sais que vous n'êtes pas tenu de me communiquer la liste des procédures dans lesquelles vous êtes intervenu. Mais vous savez que je peux en faire la demande officielle auprès du doyen des juges d'instruction. Le secret professionnel a des limites que le civisme commande de transgresser quelquefois. Il s'agit d'un crime. Vous aideriez la justice en me communicant ce que vous pourriez savoir sur lui.

—Effectivement, je pourrais attendre une injonction de la justice, mais pourquoi le ferais-je ? Les affaires de monsieur Van Wickers n'ont rien de secret, ce ne sont que des procédures devant les tribunaux de commerce, la justice consulaire, comme on l'appelle. Je peux vous fournir une liste détaillée de ces procédures ; à mon sens elles sont banales, aucune ne révèle d'opération mirobolante au contraire certaines étaient plutôt de mauvaises affaires.

—Jamais une seule au pénal ?

—Une seule. Je ne m'en étais d'ailleurs jamais inquiété lorsque monsieur Van Wickers m'en avait parlé.

—Pouvez-vous m'en dire un mot ?

—Une plainte pour homicide, accompagnée d'accusations publiques et de menaces, à la suite du suicide d'une jeune femme en Belgique, une relation assez vague de monsieur Van Wickers.

Je n'en croyais pas mes oreilles ! C'était la première récompense à ma curiosité ! Les premiers fils de cette enquête peut-être. Dire que Maria ne m'avait parlé de Déborah qu'au moment où je la quittais !

—Oui, je suis au courant, elle s'est jetée sous un train en Belgique, Déborah, n'est-ce pas ?

—Je crois bien, je peux le vérifier. Un instant.

Gimoutier s'est affairé un moment dans une armoire métallique, puis il revint vers moi en feuilletant quelques pages.

—Oui, c'est bien ça, Déborah Kupfer, son père était plaignant. L'enquête n'a donné aucun résultat. Le parquet belge a classé l'affaire. Monsieur Van Wickers n'a pas souhaité poursuivre monsieur Kupfer pour cette accusation infamante et pour les menaces. Il le pouvait.

—À quelle date ce suicide ?

—Il y a environ deux ans… C'est d'ailleurs la dernière affaire dont je me suis occupé. Je n'ai plus revu monsieur Van Wickers depuis.

—Pourriez-vous me communiquer l'adresse de ce monsieur Kupfer ?

—Non. Déontologiquement, je ne peux que vous communiquer celle de son avocat. Je laisse à mon confrère le soin de le faire s'il le juge utile, maître Breitzman, voici, me dit-il, en me remettant une carte de visite, à mon tour de vous poser une question : pourquoi vous intéressez-vous au suicide de cette jeune femme ?

—Secret de l'instruction, maître... Vous savez ce que c'est !

Pourquoi pas me disais-je en quittant le bureau de Gimoutier. C'était bien le seul fait « anormal » et relativement récent dans la nébuleuse Van Wickers... De retour à mon bureau, je passais un coup de fil à Léo et lui demandais de se renseigner sur cette affaire de suicide.

—Ce se serait passé quand ? me demanda Léo.

—Je ne sais pas exactement, deux ans de cela, il ne doit pas y avoir beaucoup de suicides de jeunes femmes à la gare de Blankenberge ! Essaye d'avoir quelques détails. Faxe-moi ce que tu peux avoir. Tu t'en doutes, je ne peux pas le demander à Mollens !

—Bien chef ! me dit Léo en riant.

—Je compte être de retour en Belgique dans les jours qui viennent. Peut-être demain.

—Et avec Katia ?

—Le paradis, mais en mieux !

Je quittais le ministère avec une seule idée en tête, retrouver Katia. Elle m'attendait devant la cheminée. Elle m'a sauté au cou.

—Comment va la femme de ma vie ? lui dis-je en l'embrassant.

—Elle est heureuse. Elle est toute neuve.

—Vous n'imaginez pas à quel point je me suis torturé avant de trouver le courage de vous parler hier.

—Venez, je dois vous montrer quelque chose.

Elle me prit par la main et m'entraîna vers une chambre de l'autre côté du salon.

—C'était la chambre de ma mère.

Elle s'empara d'un vase qui était sur une commode et le renversa au-dessus du lit.

— C'est le bracelet…

— Pardon ?

— Le bracelet que Salomon a offert à ma mère ! J'ai toujours cru que c'était un bijou fantaisie… Ma mère me disait que ce serait pour moi, plus tard…

Je regardais le bracelet, les yeux écarquillés. Trois rangs de gros diamants fermés par trois gros cabochons de saphirs. Salomon Grunberg avait offert cette fortune après une nuit avec Juliette ! Il devait vraiment en être fou !

— Même en toc, à présent, il est la plus belle chose au monde !

— Je ne suis pas expert, mais c'est une pure merveille. Cet homme devait être éperdument amoureux de votre mère ! Vous devriez le mettre en sûreté !

— C'est le seul endroit où personne ne viendra le chercher !

J'ai renversé Katia sur le lit tout proche et j'ai murmuré :

— Ma chérie, je n'arriverai jamais à vous tutoyer !

— C'est tellement plus beau comme ça, Maxime !

C'est elle qui m'a dévêtu… J'étais affolé. C'est devant le deuxième saut en parachute que la peur vous étreint. Le premier est toujours inconscient.

XIV

Le lendemain, je trouvais un fax de l'ambassade de France sur mon bureau. Léo me donnait toutes les informations sur le suicide de Déborah. Déborah Kupfer de nationalité française était âgée de vingt-cinq ans. L'autopsie avait révélé que la jeune femme était droguée. Le suicide ne pouvait être clairement établi, il pouvait s'agir d'un accident. Le père avait déposé plainte pour homicide et avait déclaré aux policiers belges venus l'interroger que sa fille fréquentait régulièrement un certain Joseph Van Wickers. Qu'il ne croyait pas au suicide. Que cet homme était responsable de sa mort. Après enquête préliminaire, la plainte a été classée sans suite.

Il ne me restait plus qu'à prendre rendez-vous avec l'avocat de Kupfer. Je l'appelai en ma qualité de commissaire, tout en précisant qu'il s'agissait d'une affaire privée. Il me reçut en fin de journée.

Breitzman était visiblement un avocat qui avait réussi. Bureaux luxueux et feutrés. Une élégance très décontractée, une sûreté d'allure et de gestes que donne l'absence de contrainte, laissait deviner un adversaire redoutable.

—Maître, ma démarche est officieuse. Je souhaite rencontrer monsieur Kupfer dont la fille s'est suicidée, il y a deux ans de cela. Je crois savoir qu'il avait fait appel à vos services pour déposer une plainte pour homicide.

—Cher monsieur, je ne peux communiquer l'adresse de mes clients sans leur consentement. Je ne dérogerai pas à cette règle. Peut-être pourriez-vous me dire ce qui motive votre intérêt pour une affaire classée sans suite, il y a maintenant deux ans ?

—Disons que j'aimerais lui annoncer une bonne nouvelle, une de nos relations communes est décédée…

—Une bonne nouvelle !

—Oui. Je suis persuadé qu'il la recevra ainsi.

—Monsieur… Hobart, je crois ? Certains clients de ce cabinet attendent depuis plusieurs jours que je les reçoive, croyez-vous que je puisse consacrer du temps à des devinettes ?

C'était bien envoyé.

—Il s'agit de la mort de monsieur Van Wickers.

—Je comprends mieux à présent. Monsieur Kupfer est plus qu'un client, un ami. Je vais me charger de lui annoncer cette nouvelle. Je vous remercie en son nom de vous en être soucié.

—Maître, je DOIS le rencontrer à titre… « amical », mais si vous préférez que je le convoque à titre de témoin dans une affaire de meurtre…

Breitzman s'était radouci.

—Van Wickers a été assassiné. Monsieur Kupfer n'a rien à voir dans ce meurtre. Je souhaite le rencontrer pour d'autres raisons.

—Voulez-vous patienter dans la salle d'attente quelques minutes ?

Breitzman revint quelques instants plus tard et me tendait une carte de visite.

—J'ai noté l'adresse de monsieur Kupfer au dos, il est d'accord pour vous recevoir. Il sait que je reste à mon bureau pour le cas où…

—Votre métier consiste à vous méfier de tout le monde, maître ! dis-je d'un ton irrité.

Dans l'ascenseur, je retournai la carte : « Librairie Philosophies du Monde — 104 rue Monsieur le Prince. » Je déjeunai à la hâte dans un de ces médiocres restaurants de Saint-Michel et remontai la rue Monsieur le Prince jusqu'au numéro 104.

Une devanture impeccable, vert sombre, deux vitrines sur lesquelles on pouvait lire : Amos Kupfer. Expert. Livres rares. Éditions originales.

Je poussai la porte et me trouvai dans une immense pièce tout en longueur. Des étagères allaient du sol à un haut plafond. Une grande et large échelle de bois permettait d'accéder aux rayonnages supérieurs. Sur quatre mètres de haut et sur les trois murs, ce n'étaient que livres. Du fond de la pièce sous une verrière, assis à un petit bureau encombré de livres et de papiers, Kupfer, je le pensais, m'adressa un bonjour et se replongea dans sa lecture.

—Monsieur Kupfer ?

—Que puis-je faire pour vous ?

—Je suis Maxime Hobart.

Il s'était levé et approché de moi à pas lents en me dévisageant.

Que dire de Kupfer ? Il avait mon âge et ma taille. Il était extrêmement élégant. Des cheveux noirs légèrement ondulés, à peine grisonnants. Des lunettes à fine monture d'écaille, des yeux d'un bleu très sombre. J'avais du mal à supporter son regard. J'ai eu tout de suite la certitude que l'on ne pouvait rien dissimuler à cet homme. Il approcha une chaise de son bureau et m'invita à m'asseoir.

—Vous souhaitez me rencontrer à propos de Déborah ? J'ai toujours pensé que s'il arrivait quelque chose à Van Wickers, la police s'intéresserait à moi aussitôt…

—C'est un peu brutal comme entrée en matière. Je souhaitais simplement vous annoncer sa mort.

—C'est ce que Breitzman m'a dit.

—Il a été assassiné…

—C'est une bonne nouvelle.

Il avait prononcé cette phrase d'un ton parfaitement détaché comme pour me dire : « N'avez-vous rien de plus original à m'annoncer ? »

—Au moins, vous ne cachez pas votre satisfaction. C'est peu fréquent lorsque l'on annonce la mort de quelqu'un.

—Comment ne pas être satisfait de la mort d'un salaud. Je ne vais pas vous faire perdre votre temps. J'ai toujours été convaincu qu'il était responsable de la mort de ma fille. Quand bien même elle se serait suicidée. Il y a des façons radicales d'acculer quelqu'un au suicide, quelle différence avec un meurtre? C'est juste une façon plus subtile de tuer.

—J'essaye de reconstituer l'itinéraire de Van Wickers qui semble avoir été impliqué dans des affaires, comment dire... obscures. Mais pardonnez-moi puisque vous avez abordé le sujet, pourquoi la police devrait-elle s'intéresser à vous?

—Parce que j'ai souhaité sa mort publiquement.

—Publiquement?

—Oui. Lorsque j'ai été convoqué par la police de Blankenberge pour l'identification du corps, j'ai repoussé la version suicide et j'ai dit que je connaissais l'homme qui était responsable de la mort de ma fille et que je m'en occuperai... suicide ou pas.

—L'avez-vous rencontré?

—Non. Je l'ai aperçu.

—Dans quelles circonstances?

—Soyons simples, monsieur Hobart, s'il s'agit d'un interrogatoire dites-le — moi, nous économiserons notre temps.

—Nullement, monsieur Kupfer. Vous pouvez rassurer maître Breitzman sur ce point. Il me semblait inquiété par cette visite.

—Il ne fait que son métier. Laissons cela, voulez-vous. Dites-moi plutôt ce qui vous amène ici?

—Tout ce que je peux apprendre peut être une faille dans cette muraille opaque dont s'était entouré Van Wickers. Je ne vous suspecte pas d'être l'auteur de cet assassinat.

—Et pourquoi donc? Vous ne m'en croyez pas capable? L'idée de tuer ne me pose aucun problème dès lors que la décision se fonde sur une certitude de justice. Quand il ne subsiste aucun doute, que plus un seul raisonnement ne peut vous en dissuader alors le passage à l'acte se fera en toute sérénité. Et rien ne viendra troubler vos nuits.

Kupfer s'était interrompu le temps d'allumer un long cigare. Puis, tandis qu'il en contemplait l'extrémité incandescente, il poursuivit :

—Mais la morale… La morale ! Que d'iniquités ne commettons-nous pas en son nom ! J'ai longtemps médité sur la justice et la vengeance. C'est un sujet inépuisable ! Toutes les expériences humaines s'arrêtent là. Tu ne tueras point.

—Mais comment construire une société vivable sans cet interdit ? Si tout un chacun rend la justice… au nom d'une morale personnelle ? rajoutai-je timidement.

—C'est vrai. Tuer. Donner la mort… Cet acte ultime de l'expérience d'une vie est réservé à quelques-uns : les vulgaires assassins sans conscience et les dépositaires de la justice officielle quand la peine de mort est encore en usage.

—Nous l'avons abolie… dis-je.

—« Ils » l'ont abolie ! Au nom de la morale et du progrès. Nos sociétés ont peur de la mort. Nous ne faisons que l'éloigner de nous, nous la repoussons loin de nos regards, les cimetières sont devenus des lieux de réclusion, loin des villes, de leurs vitrines enluminées. Tout est consacré à la glorification de la vie. Nous avons réussi à repousser la mort hors du champ de l'inéluctable. C'est un signe de décadence. Notre société décline inexorablement vers la médiocrité. Je hais sa morale de pacotille. D'ailleurs, je ne vote plus, l'idée d'être comptabilisé au même titre que le premier illettré venu m'est insupportable. Autant m'extraire du jeu démocratique. Connaissez-vous Thomas Carlyle ? C'était un hystérique, un fasciste avant l'heure, il est l'auteur de cette sentence incroyable de justesse et de concision : « La démocratie, c'est le chaos avec des urnes ! »

J'avais écouté ce monologue fasciné par la force que Kupfer mettait dans ses propos. Cet homme avait une personnalité hors du commun. Il semblait ne rien craindre, être revenu de tout. Mais il n'était pas blasé.

—Avez-vous des enfants, monsieur Hobart ?

—Non. Je n'ai trouvé la femme susceptible d'être leur mère que très récemment. Hélas !

—Trouver la femme de sa vie à nos âges est une chose difficile à assumer. Moi, j'ai eu plus de chance. Je l'ai rencontrée, il y a trente ans, elle m'a donné Déborah puis elle est partie comme si son rôle devait s'arrêter là, comme si Déborah était quelque part attendant de naître. Où sont les âmes à venir ? Une fois qu'un enfant est là, on a du mal à imaginer qu'il aurait pu ne pas être.

Combien il avait raison ! Cette question, je me l'étais posée là-bas à Zeebrugge dans le restaurant de Maria, quand elle m'avait parlé de Juliette et de son hésitation à avorter de Katia.

Kupfer s'était levé pour s'occuper d'une jeune cliente. Je regardais ces milliers d'ouvrages. Il y avait dans cette librairie tout le savoir philosophique de l'humanité. Les ouvrages consacrés aux philosophes allemands occupaient une colonne entière de ces rayonnages. Kupfer avait refermé la porte et retourné une petite pancarte sur la vitrine. Puis, il est revenu vers moi.

—Cette jeune femme cherche la réédition d'un ouvrage épuisé depuis longtemps, « De la Vérité » de Protagoras, on ne vient ici que pour cela, le livre introuvable… C'est un philosophe intéressant, un présocratique. Quoique Platon le considérât comme un sophiste. Il est l'auteur d'un paradoxe passionnant. Aimez-vous la philosophie monsieur Hobart ?

—Ce serait le comble de l'infatuation de prétendre la connaître dans un endroit pareil. Non. Hélas ! Je n'en garde que des connaissances scolaires.

—Je crois avoir lu beaucoup des cinq mille ouvrages qui sont ici. Peut-être suis-je à la recherche de celui qui les contiendrait tous… J'ai un faible pour Protagoras, ne fût-ce que pour avoir écrit : « C'est par l'homme et du point de vue de l'homme que le bien et le mal, le vrai et le faux, prennent leur définition. La justice absolue ne peut donc exister car elle est relative. » Dans nos civilisations totalement judiciarisées, cette sentence devrait être gravée aux frontons de tous les palais de justice. Ainsi l'assassinat de Van Wickers, dont je me réjouis, n'est peut-être une justice que de mon point de vue.

Je me retins de lui dire que pour moi aussi, c'en était une.

—Parlez-moi de votre fille…

—En quoi ma fille peut-elle vous intéresser ?

—Comprendre son parcours, ce qui vous a amené à soupçonner Van Wickers…

—Déborah était une enfant charmante mais une écorchée, comme on dit. Trop sensible, c'est un lourd handicap dans la vie. Elle n'était pas armée pour l'affronter. Je n'ai pas été un père présent. Je l'ai négligée. Je comptais sur son intelligence, sur sa compréhension. Mais les enfants ne sont ni intelligents ni compréhensifs, la sensibilité les domine. Je m'en suis aperçu trop tard…

—Comment avez-vous appris sa mort ?

—Par un appel de la brigade criminelle de Paris qui avait été prévenue par la police d'Ostende. On m'a demandé de me rendre sur place pour l'identification du corps…

Kupfer soupira, eut une moue amère et continua :

—Un corps, dont on n'a trouvé que des morceaux épars, qu'on tente maladroitement de rassembler, de rendre plus reconnaissable. Et l'on vous demande stupidement devant ce corps qui n'est plus qu'une énigme : est-ce bien elle ? Je n'ai pas su voir que les derniers mois de sa vie étaient un réquisitoire accablant. Sa mort était une sentence. Sans appel.

—Je suis sincèrement navré de réveiller de tels souvenirs.

—Ne le soyez pas, ils n'ont jamais sommeillé. Jamais.

—Vous m'avez dit avoir aperçu Van Wickers… peut-être que les circonstances de cette rencontre…

Kupfer m'a semblé subitement récalcitrant.

—Où voulez-vous en venir, monsieur Hobart ?

—À vous de voir, monsieur Kupfer… Cette démarche n'a rien d'officiel, vous pouvez aussi bien m'envoyer paître…

—Pourquoi le ferais-je ? Je n'ai rien à cacher. Déborah ne me donnait plus de ses nouvelles depuis plusieurs semaines.

J'étais inquiet. J'ai pu rencontrer une de ses amies d'enfance, j'ai passé des heures à la questionner, je lui ai dit que Déborah était peut-être en danger, que s'il lui arrivait quelque chose, elle pourrait être très ennuyée, par la police peut-être, parce que je savais qu'elle se droguait et qu'elle aussi se droguait, Déborah me l'avait avoué. C'était un coup de poker, mais j'avais vu juste…

Kupfer prit le temps de rallumer son cigare puis il poursuivit :

—Cette amie m'a avoué qu'elle n'avait pris de cocaïne que quelquefois juste pour voir, disait-elle. Une fois, chez un ami de Déborah, un monsieur âgé et riche, avait-elle précisé, qu'elle retrouvait régulièrement chez lui en Belgique, à Ostende, deux jours auparavant, elle y avait accompagné Déborah puis, ils s'étaient rendus tous les trois dans une sorte de club. Elle se souvenait très bien de l'endroit. Un genre d'hôtel particulier en bord de mer, près d'une pharmacie. Elle m'a donné suffisamment d'explications pour que je puisse le retrouver.

Je repensais à ma conversation avec Mollens à Ostende. Il s'agissait certainement de l'ancien hôtel de Juliette tenu aujourd'hui par Tatiana Fedorov…

—Et c'est là que vous l'avez vu ?

Kupfer s'était interrompu. Il souleva une pile de livres de son bureau et tandis qu'il les rangeait, poursuivit son récit :

—Aperçu… Un dimanche, je m'étais rendu à une vente aux enchères à Bruxelles. On y dispersait un ensemble de livres et de manuscrits exceptionnels. Après la vente, frustré de n'avoir rien pu acheter, ne sachant que faire, j'ai décidé de m'y rendre. Il n'y avait qu'une pharmacie en bord de mer, ce ne pouvait qu'être un des deux ou trois immeubles voisins. J'ai attendu dans ma voiture, à quelques mètres de la pharmacie. Je ne savais pas trop ce que j'étais venu faire ici. Je m'apprêtais à partir quand je l'ai vue sortir d'un des immeubles, une villa bourgeoise, en compagnie d'un homme. Ils sont montés à bord d'une grosse voiture. Je voulais les suivre, malheureusement j'étais garé dans le sens opposé sans possibilité de faire demi-tour. J'ai vu la voiture disparaître vers le nord d'Ostende.

Kupfer finit de ranger les livres et revint vers son bureau. J'avais l'impression qu'il s'interrogeait sur la nécessité de poursuivre son récit. Puis il reprit dans un soupir :

—J'aurais mieux fait d'en rester là ! Mais j'étais un père rongé d'inquiétude. Je n'ai pas résisté. Je me suis approché de la villa, j'ai sonné longuement, une femme est venue m'ouvrir, elle m'a demandé si j'avais rendez-vous et avec qui. J'ai bredouillé quelques explications. Elle m'a dévisagé pendant un instant puis elle m'a assuré que je devais faire erreur, que c'était un institut privé. J'ai insisté puis l'idée m'est venue de dire que je venais de la part de Déborah. Elle a refermé la porte en me demandant d'attendre. Quelques minutes après, elle revenait et me priait de la suivre.

La voix de Kupfer changea. Les mots venaient du haut de sa gorge. Je devinais ses efforts pour maîtriser son émotion.

—Nous sommes arrivés dans un salon où quelques jeunes femmes s'occupaient activement de messieurs pratiquement nus. Une femme élégante s'est approchée de moi et s'est exclamée : « Enfin nous connaissons un élève de Déborah... Cette cachottière ! Mais vous arrivez trop tard, elle vient juste de nous quitter ! » Puis elle m'a proposé de me présenter d'autres « maîtresses »...

À ce moment de son récit, Kupfer m'a semblé au bord des larmes. Je m'en voulais de remuer de pareils souvenirs.

—Il ne m'a pas fallu longtemps pour comprendre, j'étais dans un claque, ma fille sortait d'un bordel. N'essayez pas d'imaginer ce que j'ai ressenti, vous ne le pourriez pas. Ma fille était une putain. Il n'y a pas de pire faillite pour un père. Tout ce que je croyais être s'est effondré.

J'avais encore présent à l'esprit la première visite de Katia à mon bureau. Une femme exceptionnelle, fille d'une putain d'Ostende et d'un proxénète. Maintenant, j'avais en face de moi le père exceptionnel d'une prostituée... Cette symétrie dans des destins aussi improbables m'envoûtait. J'étais suspendu à son récit.

—Je me demande bien pourquoi je vous raconte tout ça !

—Il n'y a rien d'indécent dans la douleur d'un père. Si cela vous soulage…

Kupfer m'a regardé longuement, puis d'un air décidé, il reprit son récit :

—J'ai joué le jeu avec une certaine Samantha, espérant lui soutirer quelques confidences. Elle m'a appris que Déborah était une régulière de la maison, une des plus demandées… qu'elle participait à des soirées échangistes avec ce monsieur qui était son ami régulier. Je l'ai questionnée sur ce type, elle ne me donnait que des réponses vagues. Puis je lui ai proposé de l'argent. Mais je ne faisais qu'accroître sa suspicion. Elle a fini par me donner le nom de ce client. En me faisant promettre de ne jamais la trahir sans quoi elle se ferait virer.

—Van Wickers… dis-je.

—Oui. Van Wickers ! J'ai erré dans Ostende jusqu'au petit jour. Je n'ai vu aucune voiture qui ressemblait à celle à bord de laquelle ils étaient partis. Je suis rentré à Paris. Ce jour-là et pour la première fois de ma vie, j'ai pensé au suicide, cette liberté ultime. Je pense souvent à cet aphorisme de Cioran : « Sans la liberté de se suicider, on se tuerait sur le champ… » Croyez-moi, ce n'est pas qu'un paradoxe… La possibilité de mettre fin à sa vie repousse très loin les limites de la souffrance… Le surlendemain, dans la nuit, j'étais réveillé par ce coup de fil de la police qui m'annonçait la mort de Déborah.

—Mais, pardonnez-moi, si Van Wickers était responsable de la dérive de votre fille, il n'était pas nécessairement responsable de sa mort…

—J'y ai pensé… Je suis retourné dans ce… cette boîte, un mois après la mort de Déborah, j'ai pu en savoir plus par Samantha ; moyennant une fortune, elle m'a affirmé que Déborah n'avait rien pris ce soir-là, ni rien bu, elle l'avait quittée une heure avant sa mort en compagnie de Van

Wickers… Comment expliquez-vous que d'après la police, Déborah était en overdose de cocaïne et d'alcool !

—Avez-vous rapporté ces faits à la police ?

—Évidemment ! Mais Samantha a nié m'avoir dit quoi que ce soit. La gare de Blanckenberg est à 20 kilomètres d'Ostende, comment une fille bourrée de cocaïne a pu effectuer ce parcours ? À deux heures du matin, à pied ! Quand j'ai fait cette remarque à la police, savez-vous ce qu'on m'a répondu ? « Qu'elle avait dû racoler un client sur la route ! » Elle était connue comme pensionnaire de ce… bordel ! Après deux mois d'enquête, l'affaire a été classée sans suite par le parquet belge.

—Je reconnais que vous êtes un assez bon suspect. Mais je ne crois pas que vous ayez attendu deux ans pour vous venger…

—Pourquoi pas ? Il en va des haines comme des incendies, certaines sont inextinguibles. Jusqu'à ce qu'il n'en reste que des cendres…

—Je vais vous étonner monsieur Kupfer, Van Wickers était bien plus salaud que vous ne pouvez l'imaginer, pour moi aussi, sa mort n'est qu'une sorte de justice. Peut-être qu'un jour je vous dirais pourquoi.

—Voilà qui nous rapprochera, monsieur Hobart ! Il ne me reste plus qu'à vous souhaiter bonne chance. Revenez me voir, nous bavarderons philosophie !

—Je crains de ne pas être au niveau.

XV

J'ai quitté Kupfer à regret. Impressionné. J'avais la certitude que ses paroles s'étaient définitivement gravées dans mon cerveau. J'aurais pu me les répéter mot à mot. S'il avait été avocat, il aurait obtenu l'acquittement du pire criminel... Avec les excuses du procureur ! Je me promettais de revenir le voir.

J'arrivai à mon bureau vers 18 heures. Je trouvai un mot de ma secrétaire me signalant que monsieur Mollens avait tenté de me joindre à plusieurs reprises et que je devais le rappeler de toute urgence. Je me demandais ce que Mollens avait découvert qui nécessitât une telle urgence.

—Monsieur Mollens ? Maxime Hobart. Désolé de ne pas vous avoir appelé plus tôt, j'étais à l'extérieur. Qu'y a-t-il de nouveau ?

—Du vilain, cher ami. Du très moche. Hapter a été assassiné cette nuit.

—Hapter ? Assassiné ? J'étais réellement sonné. K.-O. debout.

—Oui. Vous avez bien entendu.

—Je peux être à Ostende à la première heure demain.

—Merci, je vous attends.

Les événements prenaient une nouvelle tournure. Hapter était le premier mort annexe. L'idée d'en parler à Katia me terrorisait. Je décidais de ne rien lui dire. J'espérais être assez adroit pour dissimuler mon inquiétude. Mieux valait réfléchir avant de la retrouver. Je quittais mon bureau précipitamment, direction le Montana. Ce n'était pas une bonne idée. Ils étaient tous là. Le Gros, le Gosse, le Shérif. Je fus accueilli par un : « Attention ! La Flicaille ! Planquez-vous ! »

—Jean ! Sers un condamné à mort au Commissaire ! s'exclama Le Gros.

J'acceptai le rhum. Deux minutes après, prétextant un rendez-vous urgent en consultant ma montre, je laissais là cette géniale bande de dingues et je montais au premier étage du Flore, désert à cette heure de m'as-tu-vu où tout le monde est en terrasse.

L'assassinat du notaire ne pouvait qu'être en relation avec cette affaire, ça, c'était du cent pour cent. Mollens ignorait que Gaénnec était mentionné dans le testament. Mais moi, je ne pouvais m'empêcher de relier cet assassinat au testament de Van Wickers et donc à Gaénnec… J'avais dit à Gaénnec que Mollens allait d'ici peu perquisitionner l'étude du notaire et voilà que le notaire se fait trucider. Difficile de croire à une coïncidence.

Si Mollens n'avait rien découvert, je continuerais de me taire.

Je retrouvais Katia chez elle et lui proposais d'aller dîner dehors.

—Je vous emmène dîner à Saint-Germain et après, vous me feriez plaisir en acceptant d'aller boire un verre au Montana, il y a ce soir un excellent pianiste.

—Me laissez-vous le choix?

—Non.

Nous avons dîné à la brasserie Lipp. J'avais choisi l'endroit à dessein, le brouhaha des conversations interdit tout entretien autre que superficiel. Tous les moyens me semblaient bons pour cacher à Katia la mort du notaire. Dans cette promiscuité, j'espérais demeurer anonyme. Mais comment l'être en compagnie de Katia ? À peine entrés, tous les regards s'étaient tournés vers nous, vers elle. Nous avons bavardé de littérature et de peinture. Il y avait toujours parmi les clients de cet établissement des personnalités connues… Et d'autres qui n'aspiraient qu'à le devenir. Mais depuis le début de cette affaire, le hasard s'amusait à me rappeler qu'il tenait à son rôle, qu'il fallait compter avec lui. Alors que nous attendions nos desserts, j'ai aperçu Gaénnec attablé au fond de la salle en compagnie d'un homme que je ne connaissais pas. S'il n'y avait pas eu un garçon près de la porte je serais parti sans demander mon addition. C'était trop tard, il m'avait vu. Il avait terminé son repas et son imper à la main se dirigeait vers la sortie mais il ne pouvait éviter de passer devant notre table.

—Monsieur Hobart, quelle surprise ! Madame ?

Mes neurones battaient tous les records d'interconnexion. Je gagnai quelques précieuses secondes en lâchant un : « Bonsoir, comment allez-vous ? » Je me suis subitement souvenu que Katia ne connaissait pas Gaénnec, mais cet indécrottable mondain a fermé net ma porte de sortie.

—Hubert Gaénnec, dit-il en lui tendant la main.

Katia n'avait pas manifesté l'ombre d'un trouble.

—Katia Van Wickers, dit-elle avec un sourire.

Bien sûr que c'était un défi. Gaénnec encaissa le coup sans rien laisser paraître.

—Je suis positivement ravi de vous rencontrer. J'aurais aimé avoir ce plaisir plus tôt. Ces obligations envahissantes... Mais vous êtes entre de bonnes mains, si je puis oser cette expression...

—J'en suis convaincue, dit-elle en posant sa main sur la mienne.

J'en aurais rougi. Où voulait-elle en venir ? Gaénnec me jeta un regard glacé.

—Nous aurons, j'en suis certain, l'occasion de nous revoir ! dit-il à Katia.

Il nous salua et quitta le restaurant, suivi de l'homme avec lequel il avait dîné et qui était discrètement resté à l'écart de notre table.

—Katia ! Avez-vous oublié ?

—Bien sûr que non. Mais à quoi bon ? Il le sait. Ne m'avez-vous pas dit que nous étions sous surveillance ?

—Vous avez raison, mais il va me falloir inventer quelque chose, Gaënnec n'est pas homme à se laisser raconter n'importe quoi.

—Eh bien, dites-lui que vous êtes amoureux!

J'étais aux anges.

—S'agissant de vous, n'importe quel homme peut le comprendre.

Moi, je savais que ce ne serait pas une explication suffisante. Nous avons traversé le boulevard Saint-Germain et sommes entrés au Montana. Un pianiste, un bassiste, un batteur discret, le jazz dans son expression la plus pure. Tout ce que j'aimais. Ma bande de fêtards n'était pas là. Heureusement, j'imaginais les commentaires de ces dragueurs impénitents. Le barman avait eu la délicatesse de se contenter d'un « bonsoir monsieur le commissaire ».

—Vous êtes un habitué des lieux à ce qu'il semble, remarqua Katia.

—Plus que cela, c'est mon annexe. La seule femme qui ne m'ait jamais accompagné ici c'est vous, mais en pensée seulement, le premier soir à mon retour d'Ostende. La sono diffusait My Funny Valentine, vous êtes désormais associée à cette merveilleuse composition, je ne pourrais plus jamais l'écouter sans penser à vous.

—Pas seulement en ces occasions, j'espère.

—Que lorsque je serai loin de vous, le plus rarement possible. Mais hélas! Encore quelques jours. Il faut bien le reconnaître, je n'ai pas fait beaucoup de progrès. Il me reste encore trop de points à éclaircir et pas des moindres. Il y en a un qui m'intrigue particulièrement. Je ne vous en ai pas parlé.

—Me cacheriez-vous quelque chose, Maxime?

—Non. Cela s'est passé cet après-midi. J'ai rencontré un type extraordinaire. Un certain Amos Kupfer. Il tient une librairie spécialisée à Saint-Michel : « Philosophie du Monde ».

—Mais je connais cette librairie, tous les profs de Paris la connaissent. Je crois même y avoir acheté un ouvrage...

—Sa fille a entretenu une relation avec Van Wickers. Elle s'est suicidée, il y a deux ans. Elle s'est jetée sous un train, à Blankenberge. Il a accusé Van Wickers d'en être responsable. Il a porté plainte. Il n'y a pas eu de suite. Il est resté convaincu que Van Wickers était responsable de sa mort. Il a des raisons sérieuses de le penser et je crois qu'il a raison… c'est le flic qui vous parle !

—Sur quoi se base-t-il ?

—Des informations d'une amie de sa fille et le témoignage d'une prostituée d'Ostende qui s'est rétractée par la suite. Il a su de façon certaine que Van Wickers la faisait participer à des orgies, qu'il lui facilitait l'usage de drogue. Une histoire sordide.

—Il pourrait être l'assassin de Van Wickers ?

—J'ai du mal à le croire. Il avait proféré des menaces de mort à son encontre, ce serait un suspect idéal si Van Wickers avait été tué d'une balle ou d'un coup de poignard… Je n'imagine pas un type aussi raffiné, bricoler une gélule explosive entre deux paragraphes de Socrate… Au moins, cette affaire m'aura permis de rencontrer un type exceptionnel. Je ressens fortement le désir de le revoir. C'est un érudit, il est fascinant.

Nous sommes rentrés autour de minuit. Jusque-là, j'avais réussi à oublier la mort du notaire. Mais en raccompagnant Katia, j'étais moins sûr de moi. Dans le salon, je me suis encore attardé sur ce tableau obsédant. Quel peintre génial en avait eu l'idée ? Je me promettais qu'un jour, je m'y attellerai.

—Je dois me rendre à Ostende demain à la première heure, pouvez-vous m'accompagner ? Je dois respecter une promesse.

—Si vous me dites laquelle.

—J'ai promis à Maria qu'elle vous verrait, vous vous en souvenez ?

—Bien sûr. Comment l'oublierais-je ?

—Ce serait une bonne occasion, si vous acceptiez…

—J'ai hâte de connaître cette femme. Une amie de Juliette… ma mère… J'y pense tous les jours. Elle me semble être présente, mais elle me manque. Elle me manquera toujours.

—Si vous y pensez avec tendresse, n'est-ce pas le principal ?

—C'est vrai. Mais, dites-moi, à présent, vous en savez beaucoup sur ma vie... Mais moi, que sais-je de la vôtre ?

—Mais je ne sais rien de votre vie... enfin depuis que vous êtes une femme...

—J'ai été une femme très tôt, peut-être trop tôt. Commençons par vous, une vie de super-flic, ça doit être passionnant !

—Cessez de me charrier Katia ! Je ne suis pas exceptionnel ! Vous m'avez ensorcelé, c'est tout.

—Pourquoi avoir choisi cette voie ? Policier ? Moi, je vous aurais bien imaginé en marchand de tableaux, dans une belle galerie du faubourg Saint-Honoré, vous semblez tellement aimer ça...

—Policier... Peut-être parce qu'enfant, j'étais toujours du côté des voleurs ?

—Racontez-moi ça, Maxime... dit-elle.

Elle était heureuse. Moi, je ne pouvais croire ce que je vivais. Je la regardais, ses yeux pétillaient d'impatience.

—Je vivais dans un quartier populaire de Lille. À Noël, les enfants de riches, enfin les plus riches que nous, recevaient une panoplie de policier ou de cow-boy. Nous nous contentions de nous noircir le visage avec un bouchon brûlé. Nous étions les voleurs ou les bandits. Je pensais que l'année d'après, les choses changeraient. Mais elles ne changèrent pas. Mes parents étaient ce qu'il est convenu d'appeler des gens simples. Mon père ne jurait que par la République socialiste. Pour lui, il n'y avait d'avenir que dans la fonction publique, j'étais imprégné de ses idées. Après mes études de droit, j'ai hésité, le barreau me tentait. Mon père était sur sa fin. J'ai voulu lui faire plaisir. Je me souviens de sa joie lorsque je lui ai annoncé que j'avais décidé de faire l'école des officiers de police. « Tu seras commissaire, mon fils ! »

—Et ce goût pour l'art, d'où vous vient-il ?

—Je le dois à un instituteur. Il nous emmenait une fois par mois visiter un musée. Nous avons plusieurs fois fait le voyage en autocar pour Paris. Le Louvre, le musée d'art moderne. Il commentait les tableaux célèbres. J'étais son élève préféré. Je n'ai jamais pensé en faire mon métier. Je ne m'imaginais pas dire à mon père : « Je serai marchand de tableaux. » Il en serait mort de honte ! « Un commerçant ? Jamais ! » aurait-il répondu. Ce goût pour la peinture m'est resté. Depuis cette époque, je perpétue cette tradition. Une fois par mois au moins, je visite un musée, je ne rate aucune expo intéressante.

—Mais vous avez eu des satisfactions dans votre métier…

—Oui. Au début. Mais vu de l'intérieur, ce n'est pas ce que l'on imagine. Les mesquineries, les affaires bâclées sur ordre, les recommandations bienveillantes. Malheur à qui ne traverse pas dans les clous ! J'ai très vite été un flic marginal. Marginal mais efficace. J'ai quelques beaux trophées à mon palmarès.

Elle s'est jetée à mon cou. J'ai oublié la mort du notaire…

Le lendemain, je déposais Katia à Ostende tôt le matin et lui promettais d'être de retour vers midi. Je traversais les faubourgs de la ville et dix minutes plus tard, j'entrais dans le bureau de Mollens.

—Heureux de vous revoir Hobart. Bruges n'est qu'à vingt minutes. Venez.

Dans sa voiture, Mollens me résuma la situation. Il avait été prévenu la veille par le clerc de l'étude.

—Hapter est mort sous la torture, son cœur a lâché. On l'a trouvé ligoté nu sur son fauteuil. Quant à son bureau… Vous verrez vous-même. On passe d'abord par la morgue.

Nous sommes arrivés à l'institut médico-légal de Bruges. Mollens semblait connaître les lieux, je le suivais avec appréhension. Je ne m'étais jamais habitué au spectacle des macchabées en mauvais état. Je ne pouvais m'empêcher de penser à Kupfer qui avait dû contempler le corps de sa fille nue, déchiquetée. Moi, je n'en aurais pas eu le courage. Nous sommes arrivés dans la salle d'autopsie. Un préposé ôta un drap qui recouvrait une table et nous laissa seuls.

—J'ai déjà compté : 112 brûlures, y compris là, me dit Mollens en désignant les parties génitales. Des brûlures profondes. Ils ont carrément éteint leurs cigarettes dans la chair. On a ramassé une centaine de mégots de cigarettes et de cigares.

—Dégueulasse ! Comment peut-on infliger un pareil supplice ! Si cette torture était proportionnelle à ce que ces salauds cherchaient, ça devait être quelque chose de diablement important...

—Ils n'ont pas eu ce qu'ils voulaient. Pas un homme ne résiste à pareille torture. Si ce pauvre notaire avait quelque chose à leur remettre, il l'aurait fait bien avant la fin de la séance ! Il n'avait rien à dire ou à donner. Il en est mort. Venez Hobart. Allons à l'étude d'Hapter. C'est le Viêt Nam !

Nous sommes arrivés chez le notaire. Deux policiers étaient de faction devant l'immeuble et saluèrent Mollens. Le bureau d'Hapter était dans un état indescriptible. Des centaines de dossiers jonchaient le sol, deux des éléments de la bibliothèque étaient renversés sur le bureau dont on avait éparpillé le contenu. C'était un spectacle désolant.

—Il a été attaché sur ce fauteuil, cela s'est passé entre dix-huit heures et vingt-deux heures dans la nuit d'avant-hier. Hapter habitait au dernier étage de l'immeuble.

—Naturellement, personne n'a rien vu ni entendu, je pense que ce malheureux a dû hurler de douleur des brûlures de cigarette sur les seins et les testicules... difficile de serrer les dents silencieusement...

—Non. La maison donne d'un côté sur le canal et de l'autre côté, c'est un immeuble de bureaux désert à ces heures-là. De toute façon, il aurait eu du mal à crier, il était fortement bâillonné. Ils étaient au moins deux, les traces de brûlures sont très différentes.

Deux inspecteurs étaient accroupis parmi les centaines de dossiers.

—Nous allons reclasser tous les documents par ordre alphabétique avec l'aide du clerc, c'est la seule façon de vérifier qu'il n'en manque aucun mais je suis prêt à parier que ce ne sera pas le cas.

—Vous pensez que c'est ce que cherchaient ces tortionnaires ?

—Je ne sais pas ce qu'ils cherchaient ! Ils ne l'ont pas eu, ça, j'en suis certain ! Le clerc m'a confirmé qu'il n'y avait jamais de valeurs ou d'espèces à l'étude ; le cas échéant, elles étaient déposées le jour même à la banque. Le coffre ne fermait plus depuis des années, il ne contenait que de la menue monnaie et tenez-vous bien, une boîte de havanes intacte !

Sur le retour, Mollens raisonnait à voix haute.

—Deux meurtres mais des meurtriers différents.

—Pardon ?

—Je n'imagine pas des types capables de se livrer à une torture digne de la Gestapo s'embarrasser de tant de raffinement pour tuer Van Wickers mais quelque chose me dit que le meurtre de Van Wickers n'est pas sans relation avec celui du notaire.

—Ce notaire avait des centaines de clients…

—Oui, mais sûrement pas un seul qui ait le curriculum vitae de Van Wickers !

Il avait raison. Mais je ne pouvais que le laisser dans ses suppositions. Moi, ma religion était faite : Gaénnec était aux commandes.

—S'il manque un dossier dans les documents du notaire, on ne sera pas plus avancé, déclara Mollens, même si c'est le testament de Van Wickers. Quelque chose ne colle pas dans cette affaire ! Ces tortionnaires cherchaient autre chose ! S'ils ne voulaient que le testament, le notaire le leur aurait remis bien avant de subir cette séance !

—Vous en déduisez quoi ?

—Que ce pauvre type est mort parce qu'il n'avait pas ce qu'on croyait qu'il avait !

Mollens avait bien raison, les pourris qui avaient fait ça cherchaient ce dossier : l'héritage de monsieur Hubert Gaénnec de Kervas !

—J'enrage ! s'exclama Mollens en cognant son volant, j'ai reçu ce matin le mandat de perquisition. Le juge d'instruction m'a autorisé à me faire remettre une copie du testament de Van Wickers !

On était passé près de la catastrophe.

—Au fait, voici les coordonnées de Willy Beck. Il joue en ce moment au casino de Knokke.

J'ai laissé un Mollens passablement excité et repris la route vers la villa d'Ostende. Je n'avais aucun doute, après le classement des dossiers du notaire, le testament de Van Wickers manquerait à l'appel… La mort du notaire était signée Gaénnec ! Mais Gaénnec n'était pas capable de tuer un cafard de ses propres mains. Je ne devais pas reculer devant la conclusion : au moins deux tueurs étaient sur le sentier de guerre. La première chose à faire était de prévenir De Morsang. Les événements prenaient vraiment une teinte blafarde.

XVI

Katia m'attendait en lisant devant la cheminée.

—Êtes-vous prête ?

—Je suis morte d'appréhension à l'idée de rencontrer cette femme, mais tellement impatiente.

Katia s'était arrêtée devant la devanture du restaurant, étonnée.

—J'avoue que c'est un endroit surprenant. Comment peut-on avoir l'idée d'ouvrir un restaurant dans un pareil désert ?

—Les apparences sont trompeuses. Vous verrez la cuisine est excellente.

—De toute façon, nous ne sommes pas venus pour cela.

À peine étions-nous entrés que toutes les conversations s'étaient arrêtées. Un silence total s'était installé brutalement dans la salle. Katia au milieu de matelots et de dockers, le contraste était violent.

—Das ist eine Frau ![1] s'exclama un grand gaillard au fond de la salle.

C'était inévitable. Katia souriait poliment à tous ces regards… Une table était libre. Nous nous sommes installés. Je n'apercevais pas Maria. Puis elle, est sortie de la cuisine. Elle s'est approchée de moi, Katia lui tournait le dos. Maria avait contourné la table, elle a regardé Katia puis, pâle comme un linge, elle a murmuré :

1. Ça, c'est une femme !

—Juliette… C'est incroyable. Mijn God ! Mijn kleine[1] Katia !

Elle a pris Katia dans ses bras, tandis qu'elle l'étreignait, des sanglots nerveux agitaient son corps. Arrêt sur image. Leurs gestes suspendus dans un silence total, les clients regardaient ces deux femmes enlacées jusqu'à ce que Maria recule et ses deux mains sur les épaules de Katia s'exclama :

—Comme tu es belle ! C'est vrai qu'elle est encore plus belle que Juliette… Vous ne m'avez pas menti, dit-elle en se retournant vers moi.

—Je ne mens jamais, Maria.

—Vous êtes mes invités. Je vous rejoins après le service, vous m'attendrez bien sûr…

Puis les conversations reprirent plus bruyantes, comme soulagées après une interruption inquiétante.

Katia était très émue.

—Je me souviens très bien d'elle à présent. Je devais avoir neuf ou dix ans. Elle avait passé un mois à la maison en été. Mais nous ne restions pas à Ostende, aujourd'hui je comprends pourquoi, nous allions à Knokke et nous rentrions le soir. Elle me faisait nager, m'offrait des gaufres, elle était très jolie, je voulais être rousse comme elle.

Après le repas, Maria nous a rejoints. Une fois seuls, elle avait tiré le verrou. Elle avait délicatement évité de parler de Van Wickers. Entre elle et Katia, ce n'étaient qu'évocations de souvenirs de Knokke, des déjeuners sur la plage et des espiègleries de Juliette.

—Parlez-moi de Salomon, Maria. Mais si. Maxime m'a tout raconté.

—C'était un homme qui vous charmait instantanément. Élégant et raffiné, un seigneur. Il était président de la Bourse du diamant d'Anvers. Dans le monde du diamant, il était l'homme sans qui rien d'important ne pouvait se faire. Juliette m'en parlait souvent. Il avait eu une conduite héroïque

1. Mon Dieu ! Ma petite Katia !

pendant la guerre. Je sais que ses parents comme ceux de Juliette ont été déportés. Je sais aussi que sa femme légitime était au courant de sa liaison. Elle a dû l'accepter. À cette époque et dans son milieu, le divorce était inconcevable. Tu ne t'en souviens pas mais tu l'as aperçu. Il venait retrouver Juliette à Knokke pendant que je faisais la nounou pour te surveiller. Et crois-moi, ça n'était pas de tout repos ! Tu ne ratais pas une occasion de faire une bêtise.

—Mais... Pour moi ? Il ne l'a jamais su ?

—Je ne sais pas. Il est mort en 1973. Jusqu'à cette date, ils se voyaient toujours.

—Toujours ? Leur histoire a duré près de vingt ans ? C'est merveilleux ! Nous nous reverrons souvent Maria, je vous le promets.

—J'y compte bien, ma chérie.

Nous avons quitté le restaurant mais une fois dans ma voiture, une idée, comme un éclair, m'est venue à l'esprit. Je demandai à Katia de m'attendre prétextant un oubli, je retournai dans le restaurant. Maria était assise devant un verre. Elle s'essuya les yeux d'un geste rapide.

—J'ai beau essayer de me retenir... Tous ces souvenirs qui vous reviennent... Vous avez oublié quelque chose ?

—Non. Juste une question Maria. Selon vous, la femme de Salomon est toujours vivante ?

—Comment voulez-vous que je le sache ? Quand bien même, n'allez pas remuer cette histoire !

—Je n'en ai pas l'intention. Une simple curiosité. Nous reviendrons vous voir, Maria.

De retour à Ostende, nous avons passé le reste de l'après-midi à parler de Maria, de Juliette et de Salomon.

—Vous rendez-vous compte de ce que vous m'avez restitué ? Une mère, un père, une histoire ! me dit Katia

—Et quelle histoire ! Exceptionnelle, comme vous ! Dire qu'au début, je ne vous croyais pas !

—Mon instinct ne me trompait pas, je savais que vous y arriveriez, je le savais !

—Katia, il faut partir, je dois absolument voir Gaénnec demain matin.

Nous avons pris la route vers Paris. Katia s'était rapidement assoupie. Moi, j'étais complètement absorbé par la mort du notaire. Je n'arrivais pas à me débarrasser de la vision de ce cadavre à la peau laiteuse, constellé de dizaines de cratères brunâtres, ce notaire m'avait instantanément été sympathique avec ses bacchantes, son gros estomac de buveur de bière et ses bretelles, ce côté bébé grassouillet qu'ont tous les petits gros à peau blanche. Je me livrais à un calcul morbide : supposons qu'entre deux brûlures, on lui ait accordé une minute de réflexion. Le supplice aurait duré 112 minutes… Deux heures ! Il ne suffit pas d'être un tueur pour faire ça, il faut aussi avoir la sensibilité d'un bloc de marbre.

—Mais qu'est-ce que peut contenir ce putain de dossier ?

Sans m'en rendre compte, j'avais prononcé cette dernière phrase à voix haute. Katia avait sursauté.

—C'est à moi que vous vous adressez ?

—Non, pardonnez-moi, je réfléchissais…

—Vous réfléchissez à voix haute à présent ?

—Rendormez-vous, nous sommes presque arrivés.

—Mais je ne dormais pas, je pensais à ce père que je ne connaîtrais jamais… J'inventais son visage, sa voix… une histoire qui a duré vingt ans… Comment ne l'ai-je pas connu ? J'avais dix-sept ans quand il est mort… mais à cette époque, j'étais aux États-Unis.

—Et avant ?

—Avant, c'était la Suisse et une fois par an, Ostende pour un mois…

—Pourquoi votre mère ne vous en a jamais parlé ?

—C'est une question qui me hantera toujours… mais j'imaginerai toujours ce père comme l'homme qui a aimé ma mère…

—Il devait être beau, intelligent, riche et drôle, tenez-vous-en à cette image… Avec votre mère, il ne pouvait en être autrement.

— C'est gentil de me dire ça. Ma mère… Vous avez réussi au-delà de mes espérances.

— Presque… J'ai retrouvé Willy Beck.

— Pardon ?

— C'est l'homme qui était avec votre mère…

— J'ignorais son nom, vous l'avez rencontré ?

— Pas encore.

— La dernière personne qui a vu ma mère vivante ! Maxime, dites-moi que je le verrai, après cela, je ne vous demanderai plus rien, promis !

— Vous le verrez mais laissez-moi d'abord m'assurer qu'il veut bien en parler. Pour lui, cet accident ne peut être qu'un très mauvais souvenir. Il y a perdu l'usage de ses deux jambes.

— C'est horrible ! Je n'ai jamais su quelle était la responsabilité de ma mère dans cet accident… Si accident, il y a eu…

Nous étions arrivés chaussée de la Muette. Je me garais devant l'immeuble de Katia et coupais le contact.

— J'aimerais vous parler de ma visite à Mollens, ce matin.

— Nous avons tout le temps.

— M'invitez-vous à boire un verre ?

— Quelle question ! Vous espériez me quitter sur le pas de ma porte ?

Sitôt dans le salon, Katia disposa quelques bouteilles sur la table basse.

— Asseyez-vous, dis-je d'un ton ferme.

Katia obéit en me dévisageant d'un air inquiet. Je restais debout. « Arrache le pansement d'un coup sec ! » me suis-je dit.

— Maître Hapter a été assassiné…

— Maxime !

— Restez calme, je vous en conjure !

Elle était blême. Sa peau me semblait transparente. Les yeux grands ouverts, elle me dévisageait, terrorisée. Je me suis approché d'elle, j'ai pris sa tête contre moi.

— Respirez, allons respirez…

— Ça ira, me dit-elle dans un souffle, ça ira… Comment est-ce arrivé ?

—Il a été torturé à mort…
—Torturé ?
—Pendant des heures !
—Mais est-ce en rapport avec…
—Évident ! Mais je n'en ai pas la preuve…
—Ne jouez pas avec mes nerfs Maxime…
—Gaénnec.
—Gaénnec ? Mais pour quelles raisons ?
—Ce dossier disparu… Ou le testament de Van Wickers comme preuve de l'existence de ce dossier… qui lui était destiné, ne l'oublions pas !
—Mais il savait qu'il était mentionné dans ce testament et que ce dossier avait disparu avant même de vous impliquer dans cette affaire, il avait tout le temps d'agir avant ! Pourquoi aurait-il attendu que vous soyez concerné pour s'en prendre à ce pauvre Hapter ?
—Je suis persuadé que Gaénnec avait tout prévu… sauf que De Morsang se mêlerait de cette affaire et l'obligerait à me mettre dans le coup… Ce dossier disparu ne constituait pas une menace immédiate, mais récupérer ce testament devait faire partie de son programme depuis le premier jour ! Quand je lui ai dit que les Belges n'allaient pas tarder à perquisitionner l'étude, il a été pris de panique ! Il est passé à la vitesse supérieure en envoyant deux tueurs chez le notaire… Je ne crois pas qu'ils avaient l'intention de tuer Hapter mais ils ignoraient qu'il avait un problème cardiaque ! Gaénnec devait penser que le notaire détenait ce dossier, contrairement à ce qu'il lui avait déclaré… d'où cette torture de plusieurs heures ! On a maintenant la preuve que Gaénnec ne l'a pas et qu'il cherche ce dossier désespérément ! Dieu sait ce qu'il contient ! Quelque chose entre de la dynamite et une bombe H. Vous avez fichu une belle pagaille avec cette idée d'autopsie !
—Cette histoire est très dangereuse, Maxime. Elle me fait peur. Arrêtons ! Arrêtons tout ! Vous avez réussi, j'ai ce que je voulais… Pourquoi continuer ?

—Allons donc ! Que peut-il arriver maintenant ? Paradoxalement, nous sommes à l'abri : Gaénnec dort tranquille, plus de dossier, plus de trace du testament, plus d'affaire Van Wickers ! Mais je dois aller au bout, pour le notaire et pour De Morsang qui m'a fait confiance, qui a pris un risque énorme pour me sortir du placard dans lequel je pourrissais depuis des mois, l'homme sans qui je ne serais peut-être pas là aujourd'hui… près de vous…

Katia était épuisée. Elle s'était endormie habillée. Moi, je tournais en rond dans le salon. J'étais en ébullition, mes raisonnements se bousculaient, ils s'enchevêtraient. Je me suis servi un verre, le calme revenait dans mon esprit. De nouveau, j'avais l'impression que je m'étais fourvoyé dans cette histoire, je m'éloignais de la solution… parce qu'elle était trop simple, trop évidente ! Ramener toujours le problème à ses données les plus élémentaires ! La peur des évidences conduit à des complications qui finissent par nous aveugler. Quand un type comme Van Wickers, collabo, proxénète, détient un dossier qu'il destine à un type comme Gaénnec, aristocrate, énarque, haut fonctionnaire, ça sent le chantage ! Rien au monde ne pouvait relier ces deux hommes ! Rien d'autre que quelque chose de secret, d'inavouable. Van Wickers avait prévu de rendre à Gaénnec l'objet du chantage : ce dossier. Entre les mains de qui ce dossier était tombé ? Entre celles de l'assassin de Van Wickers ! Le chantage allait ou avait recommencé. Le problème inquiétant était que Gaénnec n'agissait pas pour son propre compte et sûrement pas pour l'étage inférieur ! Et imaginer ce qui était au-dessus de lui me donnait des frissons !

Logique avec moi-même, je décidais de considérer l'affaire du notaire comme résolue, Gaénnec en était le commanditaire, et de ne m'intéresser qu'à l'assassinat de Van Wickers : soit un concurrent, soit un associé. L'invraisemblable idée d'un bricoleur génial, qui de plus avait intérêt à faire passer la mort de Van Wickers pour naturelle ne résistait pas. Cette micro-bombe venait d'Israël… Une hypothèse horrible m'est venue à l'esprit, je la repoussais immédiatement comme si j'avais imaginé une monstruosité mais elle insistait… elle frappait à la porte… Si… si ce dossier contenait des révélations explosives, et tout le laissait supposer, le Mossad avait pu s'y intéresser, il y avait là de quoi faire infléchir certains hommes politiques en place, obtenir un vote favorable à Israël ? Calmer les ardeurs pro-palestiniennes de certains députés ? J'avais avalé les explications de Zakin au prétexte qu'il était un ami de Léo, quelles garanties avais-je ? Aucune ! Cette gélule venait d'Israël. Il était impensable que l'I.N.M.I. ne se soit pas aperçu de sa disparition ! Si ce scénario était le bon, fin de l'histoire ! Mais je devais le vérifier !

Je m'endormais près de Katia en mettant de l'ordre dans l'emploi du temps du lendemain. Prévenir Léo de mon arrivée à Bruxelles. Annoncer à Gaénnec ce qu'il devait déjà savoir : la mort d'Hapter. J'espérais une réaction mais je ne me faisais pas d'illusion. Essayer de rencontrer De Morsang. Savoir comment il s'y était pris pour forcer la main à Gaénnec et le mettre au courant de la mort du notaire.

XVII

J'ai réveillé Katia très tôt un plateau à la main.

—La dernière fois que j'ai préparé un petit déjeuner, c'était pour ma mère, il y a une éternité…

—L'autre femme de votre vie, je suppose…

—Non. Vous êtes la seule et vous le resterez. Je vais devoir vous abandonner, j'ai quelques rendez-vous, après quoi je repars pour Bruxelles. Deux ou trois jours, pas plus. Puis nous serons libres. M'épouserez-vous après ?

—En blanc ?

—Tout ce que vous voudrez…

À dix heures, je poussais la porte de madame Bourrier.

—Essayez de savoir si monsieur De Morsang est à son bureau… discrètement.

—Il y est, je viens de l'apercevoir.

Deux minutes après, j'étais au secrétariat de De Morsang.

—Je n'ai pas rendez-vous, voulez-vous bien demander à monsieur De Morsang de me recevoir quelques minutes ?

La secrétaire activa son interphone.

—Monsieur Hobart souhaite un entretien de quelques minutes.

—Faites entrer, nasilla l'interphone.

—Asseyez-vous Hobart, j'ai tout mon temps, ce matin.

—Je n'en abuserai pas, monsieur. Je n'ai pas eu le temps d'informer Léo Hartman des derniers événements.

—Hartman m'a communiqué la fiche de la Sûreté belge concernant ce Van Wickers. Gros poisson !

—Gros poisson qu'on a tenté de transformer en petit poisson rouge ! Dans les jours qui ont suivi l'autopsie de Van Wickers, sa fiche de renseignements a été blanchie ! Léo Hartman vous a transmis l'original avant gommage !

—Vous en déduisez ?

—Qu'il ne faut pas trop compter sur les Belges. Van Wickers a laissé un testament. J'ai accompagné sa fille chez le notaire chargé de la succession. Gaénnec est nommément cité dans ce testament. Il hérite d'un dossier que Van Wickers lui destinait. Il en avait été prévenu par le notaire le lendemain de la mort de Van Wickers. Le problème est que ce dossier a disparu. La brigade criminelle d'Ostende qui n'est pas au courant de cette disposition avait l'intention de perquisitionner l'étude et de se faire remettre une copie du testament. J'en ai parlé à Gaénnec. Dans la nuit qui a suivi, le notaire a été cuisiné jusqu'à ce que mort s'ensuive. Son étude ressemblait à un champ de bataille ! Je parie à cent contre un que le testament de Van Wickers a disparu.

De Morsang émit un long sifflement.

—Gaénnec dans le testament de Van Wickers ! Gaénnec dans le testament d'un ex-proxénète, ex-SS ! Quand on connaît son parcours, ça laisse rêveur ! Nous sommes en train de manipuler une bombe à retardement !

De Morsang tétait son cigare, songeur.

—Et ce dossier, il ne vous en avait jamais parlé ?

—Jamais.

—Votre opinion, Hobart ! Sans détour.

—La mort du notaire est signée Gaénnec... je veux dire ses sbires.

—C'est du domaine du possible... Et celle de Van Wickers ?

—Aucune idée. Sûrement pas Gaénnec. Cette affaire sent le chantage à plein nez. Van Wickers s'était inquiété auprès de son notaire des conséquences d'une mort violente sur ses dispositions testamentaires. Il était revenu chez son notaire pour lui poser cette question ! Or son testament est absolument banal, il ne comporte qu'une seule disposition particulière : le legs à Gaénnec d'un « dossier » et feu le notaire avait confirmé à Van Wickers qu'en cas de mort violente, la police se fait toujours remettre copie des dispositions testamentaires. C'est visiblement ce que souhaitait Van Wickers. Il a laissé un message clair : si je meurs de mort violente, cherchez du côté de Gaénnec. Mais le hic, c'est que Gaénnec n'est en rien concerné par la mort de Van Wickers !

—Développez Hobart…

—Admettons comme vraie, l'hypothèse Gaénnec derrière la mort du notaire. Vous imaginez un notaire résister à une centaine de brûlures de cigarettes sur les seins et sur les testicules pour ne pas remettre un testament ? Les sbires de Gaénnec cherchaient autre chose : ce dossier. Donc Gaénnec ne l'a pas. CQFD. Ils devaient aussi en effacer la trace, faire disparaître le testament. De plus, si Gaénnec avait été à l'origine de la mort de Van Wickers, jamais au grand jamais, il ne m'aurait adressé sa fille. Il n'avait à ce moment-là aucun doute sur les causes du décès de Van Wickers. Pour lui, il était mort d'un infarctus. Conclusion : Gaénnec n'est en rien concerné par l'assassinat de Van Wickers.

—Je partage votre opinion. Gaénnec vous déteste, mais il n'a pas oublié le flic que vous étiez : efficace mais trop curieux ! Pour reprendre son expression : fouille-merde ! Vous adresser la fille de l'homme qu'il aurait fait assassiner est totalement inconcevable… L'hypothèse d'un chantage me paraît très vraisemblable. Maintenant que je connais le CV de ce Van Wickers d'une part, et d'autre part, le dédain de Gaénnec envers tout ce qui n'est pas de son monde, j'en mettrais ma main au feu ! Si je vous suis bien, ce dossier est aujourd'hui entre des mains inconnues et s'il s'agit d'un chantage, rien n'indique que ce chantage cessera et Gaénnec doit absolument le récupérer…

—Reste une question inquiétante…

—Laquelle ?

—Gaénnec ne roule pas pour son propre compte. L'assassinat de Van Wickers est lié à son passé de collaborateur ou de proxénète, époques auxquelles Gaénnec ne pouvait être concerné. Visiblement, il protège une ou d'autres personnes... Et sûrement pas son concierge !

—Si vos hypothèses sont bonnes, à partir de maintenant, vous courez de gros risques, Hobart ! Il va falloir être d'une prudence extrême !

—J'ai malgré tout l'intention de suivre la piste israélienne. Cette gélule ne peut que provenir de l'I.N.M.I. Il me semble impossible que les Israéliens ne se soient pas aperçu de la disparition d'un seul exemplaire.

—Qui vous dit qu'ils ne s'en sont pas aperçu ? Vous ne croyez quand même pas qu'ils vont crier sur les toits qu'on entre chez eux comme dans un moulin ! Vous pouvez toujours essayer mais ne vous faites pas trop d'illusions avec le Mossad...

—Justement ! Je n'arrive pas à écarter complètement l'hypothèse Mossad. Ce dossier peut contenir des informations explosives sur la période de la collaboration en France. Van Wickers était particulièrement bien placé pour en avoir eu connaissance, il aurait été responsable d'un camp de déportation en Hollande, il s'était engagé dans une brigade de volontaires SS ! Les Israéliens faisaient d'une pierre deux coups : ils se débarrassaient d'un ex-nazi et ils étaient en possession d'un moyen de pression sur des membres du gouvernement ou de députés... On ne peut balayer cette possibilité...

—Qu'en pense Hartman ?

—Je n'ai pas développé cette idée avec lui, mais il est sceptique... Zakin est un de ses amis...

—Je partage son scepticisme. En utilisant ce genre d'arme, les Israéliens signaient ce meurtre...

—Au départ, c'était une crise cardiaque ! Sans cette autopsie que rien, absolument rien, ne pouvait laisser supposer, on était dans la même configuration que celle du Palestinien mort à Paris en 81...

De Morsang était plongé dans un abîme de réflexion. Le silence s'installait.

—Si le Mossad est dans le coup, dit-il, l'affaire est morte d'elle-même ! On le constatera un jour quand on notera un changement de la politique française à l'égard d'Israël. Mais…

De Morsang eut un large sourire avant de reprendre :

—Mais Gaénnec ne peut pas se contenter de la disparition de ce dossier, il continuera de chercher, on va lui faire croire qu'on est au bord de la solution, il va paniquer et quand les technocrates paniquent, il se passe toujours quelque chose d'intéressant ! La preuve : regardez ce notaire ! On est certain de l'implication de Gaénnec dans l'assassinat du notaire, coinçons-le avec ça ! Je vais mettre Gaénnec sous surveillance. J'ai quelques hommes de confiance. Vous allez informer Gaénnec des derniers développements, insistez bien sur le fait que vous avez une piste sérieuse pour mettre la main sur l'assassin de Van Wickers. Il traduira « mettre la main sur le dossier ». Je suis certain qu'il fera une connerie ! Ne vous attardez pas trop sur la mort du notaire…

—Une dernière question… Gaénnec n'avait vraiment pas le choix en ce qui me concerne ?

—Tout le monde a au moins une casserole attachée à la queue, celle de Gaénnec serait plutôt une marmite, les campagnes électorales coûtent cher… on a toujours besoin de prête-nom pour encaisser de grosses commissions. J'ai la sale manie de ne pas détruire certains documents… Je ne pardonnerai jamais à Gaénnec, le frigo dans lequel il a réussi à mettre mon ami Le Tallec : préfet hors cadre ! Privé d'affectation du jour au lendemain ! Parce que Le Tallec s'était intéressé de trop près aux élections d'une certaine circonscription marseillaise en 81. Voilà cinq ans que j'attends une occasion de régler mes comptes. Oh ! J'en ai eu d'autres, des broutilles, pas assez compromettantes, tandis qu'aujourd'hui…

—Je vois. Et pour vous contacter ?

—Mon domicile. Rien que mon domicile. On est d'accord ? me dit-il en me tendant sa carte de visite.

—Parfaitement.

—Bonne chance, Hobart, je compte sur vous ! Au fait, si l'idée vous venait d'annuler vos arrangements avec Gaénnec, votre place est toujours là…

—J'apprécie la proposition monsieur. On ne sait jamais.

XVIII

De retour à mon bureau, je me demandais comment faire croire à Gaénnec que j'étais près du but. Je n'avais rien de tangible à lui mettre sous la dent. S'il me faisait surveiller, il devait être au courant de mes moindres déplacements… Finalement, je l'appelai, décidé à improviser sur la base de ce que je savais, c'est-à-dire pas grand-chose. Il ne se fit pas prier pour me recevoir, contrairement à ses habitudes.

—Alors Hobart, des éléments nouveaux?

—Oui ! Et pas n'importe quoi ! Maître Hapter a été assassiné !

—Assassiné ?

—Son cœur n'a pas résisté à deux heures de torture…

—Pensez-vous qu'il y ait un rapport avec la mort de Van Wickers ?

—Possible… il pourrait s'agir d'un crime crapuleux, son coffre était ouvert et vide… il a été torturé sans doute pour en donner la combinaison ! Mais on ne peut en être certain…

—Dans quel monde vivons-nous ! s'exclama-t-il.

Un ange aux ailes dégoulinantes d'hypocrisie s'éloigna…

—Il y a quelque chose de plus intéressant : Van Wickers avait été inquiété par une affaire de suicide, il y a deux ans de cela, sa jeune maîtresse s'est jetée sous un train, le père, un certain Amos Kupfer, n'a jamais accepté la version suicide et avait porté plainte contre Van Wickers, il prétendait qu'il en savait assez sur Van Wickers pour le confondre, qu'il détenait des preuves de ses activités… il l'avait même menacé publiquement... Ce serait un suspect idéal s'il n'y avait pas eu cet invraisemblable mode opératoire. C'est un type extrêmement raffiné, un érudit qui vit au milieu de livres rares dont il fait commerce... j'ai du mal à imaginer un pareil homme bricoler une micro-bombe... Mais il pourrait en avoir été le commanditaire... J'ai la certitude que ce type sait des choses qu'il n'a pas révélées. Je l'ai interrogé. Sans résultat. Je suis resté dans l'idée qu'il détenait des informations sur Van Wickers. Je retournerai le voir. J'ai encore quelques questions à lui poser.

—Intéressant, murmura Gaénnec, il pourrait nous mettre sur une piste...

—Il est peut-être « la piste », rajoutai-je dubitatif.

—Mademoiselle Van Wickers est une personne... charmante, j'espère que vous n'avez pas oublié mes instructions...

—Elle n'est au courant de rien, dis-je surpris par ce changement de sujet.

—Je me demande toujours pourquoi a-t-elle eu cette idée d'autopsie ? Contre toute logique. A-t-elle été questionnée par la police belge ?

—Non. La Criminelle a accepté l'idée qu'elle s'inquiétait d'une malformation congénitale, d'ailleurs cette autopsie était médicale et non pas légale...

—La Criminelle d'Ostende se serait contentée de cette version ?

—Il n'y en a pas d'autre.

J'ai quitté Gaénnec avec le sentiment d'une inquiétude diffuse. Cette façon de s'interroger sur les raisons qui avaient poussé Katia à demander cette autopsie ne me plaisait guère. Mais à la réflexion, c'était une interrogation légitime. J'étais passé par là. Personne ne pouvait raisonner autrement. J'avais un peu forcé la dose sur Kupfer mais au moins, ça paraissait crédible, c'était un suspect idéal, il l'avait lui-même reconnu.

Je fis un saut à mon domicile, ramassai à la hâte quelques affaires et appelai Léo.

—Je serai à Bruxelles en début d'après-midi, j'ai absolument besoin de voir Zakin, arrange-toi comme tu peux, mais je dois le voir.

—Pas de difficulté, passe par l'ambassade en arrivant.

Je ne crois pas avoir jamais roulé aussi vite. J'arrivais à l'ambassade en début d'après-midi.

—Tu as battu un record de vitesse !

—Tu veux bien aller dehors ?

Nous sommes entrés dans un bar à quelques pas de l'ambassade.

—Tu as pu joindre Zakin ?

—Oui. Pas de problème. Ce soir au Hilton vers vingt heures, il ne peut pas avant.

—Les dernières nouvelles sont passionnantes…

Je rapportais à Léo la mort du notaire, la disparition du dossier, la désignation de Gaénnec par testament comme destinataire de ce dossier.

—Max… si Gaénnec est derrière la mort de ce notaire, ça devient très dangereux. De Morsang est au courant ?

—Je lui ai tout raconté… Il m'a suggéré de faire croire à Gaénnec que j'étais près du but pour le faire réagir…

—C'est une bonne stratégie, tu l'as fait ?

—Ce matin même…

—Y a plus qu'à attendre !

—Léo, je n'ai plus beaucoup de temps, la vie est courte ! J'ai autre chose à vivre avec Katia, j'ai hâte d'en terminer avec cette histoire. J'irai droit au but… Zakin, c'est du béton ?

—Qu'est-ce que tu veux dire ?

—Écoute-moi bien et ne m'interromps pas : ce dossier fantôme, c'est de la dynamite, il contient certainement des informations sur la période de la collaboration, le passé de Van Wickers l'atteste. L'actuelle majorité n'est pas favorable à Israël. Les Israéliens en récupérant ce dossier sont gagnants sur tous les tableaux : ils éliminaient un pourri et se retrouvaient avec de quoi faire chanter quelques personnalités ! Enfin : qui d'autre qu'Israël dispose de ce type de bombinette ? Personne ! D'accord, c'est un scénario de film, mais la réalité depuis quelques jours dépasse la fiction ! Alors… hein ?

— OK. Sur le plan de la logique, ça tient la route. Mais je suis sûr de Zakin, il m'a donné des gages, filé des informations de première importance… sur le régime de Khomeini au moment où l'Iran préparait sa guerre contre l'Irak… même sur un réseau de l'E.T.A. qui cherchait à acquérir des armes via le Fatah palestinien ! Non impossible ! Zakin est fiable.

— Mais tout ça n'est pas incompatible avec le meurtre d'un ancien nazi ! Tu ne crois quand même pas que le Mossad renoncerait à régler ses comptes avec les collabos par délicatesse ? Sur ce plan, ils sont intraitables et je les comprends : six millions de morts, ça ne s'oublie pas !

— Bon… ne t'excite pas ! Je t'ai dit ce que j'en pensais. Maintenant, à toi de voir mais ne me mets pas dans la merde avec Zakin ! Je dois retourner à mon bureau. Tiens-moi au courant, je préfère ne pas être libre ce soir…

— Ne t'inquiète pas ! Je ferai preuve de diplomatie.

Il était à peine quinze heures. J'ai déambulé dans Bruxelles. J'ai fait tous les antiquaires du quartier du Sablon, les galeries de la rue des Minimes. J'ai bavardé avec un marchand qui proposait à la vente un magnifique paysage hollandais. Je me suis surpris à rêver qu'un jour, je m'installerai comme marchand. Peut-être ici. Peut-être avec Katia. Il était bientôt l'heure de mon rendez-vous avec Zakin. Il m'attendait assis au même salon. Léo n'était pas là.

—Je suis heureux de vous revoir monsieur Zakin.

—Appelez-moi Avner.

—D'accord, moi c'est Maxime. Je suis arrivé à une première conclusion peut-être provisoire, le début de la solution de cette affaire se trouve en Israël.

— Expliquez-vous…

— Cette gélule vient de chez vous, et sauf à imaginer que l'I.N.M.I. dispose d'un stock démesuré de ce type d'engin, la disparition d'un seul exemplaire n'a pas pu passer inaperçue.

Zakin m'a regardé avec un sourire en coin. Il semblait réfléchir. Puis avec une gravité inattendue dit :

—Si j'ai bien compris, vous ne m'avez pas cru quand je vous ai dit que nous n'étions pas impliqués dans cette affaire ?

Zakin était trop intelligent pour ne pas comprendre où je voulais en venir. Mon instinct me commandait de ne pas le prendre pour un idiot.

—Je vous ai cru... mais... Écoutez... Je n'en ai rien à foutre de la mort de Van Wickers, c'était une ordure ! Tandis que vous...

—Maxime, allez au bout de votre pensée, je ne vais pas vous sauter à la gorge !

—Vous seul aviez intérêt à éliminer Van Wickers, pour son passé et pour certains documents qui étaient en sa possession...

Zakin m'a regardé d'abord silencieusement puis il a éclaté de rire.

—Mais vous badinez, mon cher comme on dit en bon français ! Premièrement, dit-il redevenu sérieux, Van Wickers était un sous-fifre dans la hiérarchie des collabos ! Deuxièmement, s'il avait détenu des informations sur la période de la collaboration, on l'aurait su ! Je l'aurais su ! Quand il s'agit d'ancien nazi, on sait tout, monsieur Hobart, tout ! Vous voulez que je vous dise ? Une des putes qu'il baisait était une de nos agents. On a mis son téléphone sur écoute ! On s'est même introduit chez lui à Ostende, on a même ouvert son coffre ! Mais c'était il y a six ans. Et savez-vous pourquoi ? Parce qu'il avait investi dans un projet de recherche minière en Irak ! Tout ce qui touche à l'Irak nous concerne. La guerre entre l'Iran et l'Irak a mis un terme à son projet ! Et nous avons mis un terme à notre surveillance ! Allons, redevenons sérieux, Maxime !

J'en étais comme deux ronds de flan ! J'avais l'impression d'être un amateur maladroit devant un professionnel de haut niveau.

—Ne faites pas cette tête Maxime, je ne vous en veux pas, je comprends vos soupçons, ils sont légitimes, je vous l'ai dit, dès que l'on tue un type qui de près ou de loin a eu un rapport avec la collaboration, on pense à nous !

— Bien, dis-je, ce n'était qu'une supposition... Mais n'êtes-vous pas intéressé par la disparition de cette gélule ? Elle vient de chez vous, c'est une certitude...

— C'est curieux... moi, j'ai confiance en vous... Je vais vous le prouver. Pas un instant, je ne me suis désintéressé de cette affaire, cette gélule provient bien de l'I.N.M.I. qui travaillait à l'époque de son élaboration à la réalisation d'un projet médical : une gélule renfermant une micro-caméra pouvant filmer l'entièreté du parcours digestif.[1] Une avancée capitale dans la recherche et la détection de tumeurs et autres cancers. Vous imaginez la suite : le patron du Mossad de l'époque a eu l'idée de remplacer la caméra par un explosif. Croyez-moi, ça n'a pas été simple. Cinq exemplaires ont été fabriqués. Nous n'en avons utilisé qu'un seul. Opération « Khamsin ». Il s'agissait d'éliminer Hamed Mokhtar. Ne feignez pas d'être surpris, Léo vous en a parlé. Il manque un exemplaire...

— Celui qui a été utilisé ici en Belgique...

— On ne peut en être sûr à cent pour cent. Personne ne s'intéressait à Van Wickers chez nous. Le problème est que les responsables du Shin Bet[2] et du Mossad maintenant veulent savoir et comme cela s'est passé en Belgique, je suis supposé être le mieux placé.

— Nous poursuivons le même but Avner...

— Pas exactement. Nous ne sommes intéressés que par la disparition de la quatrième gélule, il s'agit de la sécurité de l'I.N.M.I.

— Van Wickers... un ex-nazi, un homme qui tenait un bordel pour la Wehrmacht ! Cela peut aussi vous intéresser !

— Vous recherchez un assassin ou un justicier ?

1. Cette gélule a bien existé. Elle a été mise au point en Israël dans les années quatre-vingt.

2. Service de sécurité intérieure et de contre-espionnage israélien.

—À mes yeux, c'est un justicier. Mais il a peut-être été justicier sans le savoir…

—Pardonnez-moi, je n'arrive pas à comprendre votre motivation dans cette histoire…

—C'est compliqué… Avant cette affaire, je moisissais dans un placard au ministère de l'Intérieur, la fille de Van Wickers m'a ressuscité…

J'ai fini par raconter toute l'histoire à Zakin… Juliette, fille de parents morts à Auschwitz, Katia… et encore Katia…

—C'est pas banal, me dit-il, elle en a du flair, cette femme !

—Jouons cartes sur table Avner, nos intérêts sont communs. Si j'éclaircis cette affaire, vous réglez la disparition de cette gélule, si vous savez comment elle a disparu, vous me mettez sur la solution du problème, c'est régulier non ?

—Répondez à une question : pourquoi la France s'intéresse-t-elle autant à une affaire belge ?

Balancer Gaénnec ne me semblait pas être une trahison. Aider le Mossad à démasquer l'assassin d'un ex-SS ! Cette histoire collectionnait les paradoxes. Depuis le début.

—Et si je vous disais qu'un très haut fonctionnaire de l'État est mouillé dans cette histoire ?

—De l'État… français ?

—Évidemment. Qu'est-ce que je ferais ici, sans ça !

—Détenir des informations compromettantes sur une personnalité politique de premier plan… c'est au minimum un moyen de pression. Je vous mentirai en vous disant que ça ne m'intéresse pas… Si vous ne craignez pas d'être accusé d'intelligence avec une puissance étrangère… Pourquoi pas ?

—Il y a déjà un autre mort dans cette affaire. Le notaire de Van Wickers a été assassiné, son étude a été dévastée ! Les types qui ont fait le coup sont à la recherche d'un dossier qui était destiné à un certain Gaénnec, c'est le directeur de Cabinet de notre ministre, sa tête pensante, je vous dévoile un secret d'État. C'est un gage de confiance.

—Van Wickers destinait des informations à ce monsieur Gaénnec ?

—C'est une certitude, Van Wickers comme son notaire ont été assassinés à cause de ce dossier ! Je vous donne ma parole que si je le retrouve et seulement s'il contient des infos sur la collaboration ou sur tout autre point concernant l'État d'Israël, vous en aurez connaissance. Alors ? On est d'accord ? Main dans la main ?

—Pourquoi pas ? Après tout, retrouver un type qui a assassiné un ex-nazi même sans grande importance, c'est comme qui dirait retrouver un concurrent... Et ce dossier doit en valoir la peine... Deux meurtres ! Voici ma carte, vous pouvez m'appeler quand vous voulez. Vous êtes toujours ici, au Hilton ?

—Toujours. Mais Léo sait où me joindre en cas de nécessité.

Nous nous sommes séparés sur ce pacte en nous serrant longuement la main. Mais en quittant Zakin, je réalisais que j'étais maintenant au cœur d'un quatuor peu orthodoxe : Gaénnec, qui se protégeait de Dieu sait quoi, De Morsang qui voulait la peau de Gaénnec, Zakin qui cherchait à démasquer un intrus à l'I.N.M.I. et Mollens qui enquêtait sur deux crimes de droit commun. Moi, je jouais les biographes d'une femme morte il y a dix ans parce que sa fille m'avait rendu dingue !

Du Hilton, j'appelais Katia pour lui annoncer que je resterais encore quelques jours en Belgique et prenais rendez-vous avec Mollens pour le lendemain. J'ai passé une partie de la nuit au Sound Café, une boîte de jazz où se produisait un quintet brésilien. Dans l'ensemble, c'était plutôt bon. En rentrant, les œillades d'une prostituée sur le boulevard de Waterloo m'ont fait penser à ma proposition d'aller fouiner dans le bordel de Tatiana Fedorov. Mollens avait dû arranger ça. Nuit difficile. Cette histoire me déprimait. Mais l'image de Katia me dopait. Mis à part ce que Willy Beck pouvait m'apprendre, j'avais à peu près reconstitué la vie de Juliette Vrims. Mission accomplie. Pourquoi continuer ? Qu'est-ce que j'en avais à faire de la mort de Van Wickers ? Puisque Katia s'en fichait ! En fait, tout le monde s'en fichait. Mais De Morsang m'avait fait confiance et j'avais, sans en être conscient, signé l'arrêt de mort du notaire, avec son bide, ses bretelles et ses moustaches à la Vercingétorix. Cela au moins, Gaénnec devait le payer. Le jour se levait quand j'ai enfin trouvé le sommeil. La femme de chambre qui m'avait trouvé un air de Clark Gable m'a réveillé vers midi en s'excusant.

Je quittais Bruxelles en fin d'après-midi. Mollens m'attendait vers 17 heures. J'arrivais à Ostende sous une forte pluie oblique poussée par un vent d'ouest. La ville baignait dans cette lueur morne des soirs d'hiver. Le sommet des immeubles du bord de mer disparaissait dans l'anthracite du ciel. De loin en loin, courbés sous leur parapluie, des passants pressés défilaient devant des vitrines embuées. Sur les trottoirs, des flaques d'eau s'irisaient et frisaient sous le vent.

J'arrivais chez Mollens le moral en berne.

—Sale temps ! lui dis-je en guise de bonjour.

—Ce sera pire demain. C'est toujours comme ça, au moment des grandes marées.

—Du nouveau concernant les dossiers du notaire ?

—Apparemment, seul le testament de Van Wickers manque à l'appel. Je m'en doutais.

—Peut-être existe-t-il une copie ?

—Non. Nous disposons en Belgique d'un registre national des dernières volontés.[1] Il y est bien fait mention de l'existence du testament de Van Wickers déposé en l'étude de maître Hapter mais pas de copie. Ce testament devait comporter une disposition particulière. Qui peut avoir intérêt à sa disparition ? Un proche déshérité ? C'est souvent le cas. Mademoiselle Van Wickers avait-elle des parents susceptibles d'hériter de son père ? Des cousins ? Oncles ou tantes ?

—Non.

—Comment pouvez-vous l'affirmer puisque le notaire ne vous a rien révélé de ce testament ?

1. Authentique.

—Sauf qu'elle était la seule héritière. Il n'a rien dit d'autre. Elle a précisé au notaire qu'elle souhaitait renoncer à cet héritage au profit d'une œuvre de charité... c'est dire que l'argent n'intéresse personne dans cette affaire.

—Quelle générosité ! Elle devrait me faire l'aumône d'un interrogatoire... J'ai deux meurtres sur les bras ! Et je n'ai toujours pas questionné mademoiselle Van Wickers...

—Mollens, je ne suis pas votre adversaire, vous semblez l'oublier ! Je l'ai interrogée, la partie française de cette enquête, c'est mon boulot ! Elle ne sait rien de la vie de son père. Rien. Si vous ne me faites pas confiance, vous pouvez toujours la convoquer !

—Je vous fais confiance mais je la convoquerai peut-être. En attendant, j'ai pu arranger votre visite chez Tatiana Fedorov. Vous pouvez y aller dès ce soir ou demain, si vous le souhaitez. Vous êtes recommandé par Samantha.

Je me suis immédiatement souvenu de ce nom... la pute que Kupfer avait fait parler ! Si en plus d'apprendre quelque chose sur Van Wickers, je pouvais vérifier les dires de Kupfer, ce serait une visite rentable.

—Pouvez-vous m'en dire plus ? Je ne tiens pas à faire de gaffes.

—C'est une immigrée sans permis de séjour. Elle a trouvé un vieil amant à Anvers qui ignore tout de ses activités, disons qu'on en profite un peu. Elle continue de travailler comme « escort girl ». Et de temps à autre, chez Tatiana.

—Bon... Je vous tiens au courant.

Nous nous sommes quittés dans une ambiance un peu tendue. Mais après tout, Mollens était dans son rôle. Il ne pouvait pas faire l'économie de l'interrogatoire de Katia. Il me faudra la briefer sérieusement, lui expliquer ce qu'elle ne devait pas dire de l'entretien chez le notaire et surtout pas un mot de l'homme qui avait assisté à l'incinération de Van Wickers. Puisque j'étais sur place, je décidais de ne pas remettre au lendemain ce que je pouvais faire le soir même. La pluie avait laissé place à un vent violent. Je retournais au restaurant où j'avais dîné avec Katia. Croquettes de crevettes et sole de la mer du Nord. Je trouvais l'endroit lugubre. Katia l'avait illuminé de sa présence. Bientôt, ce serait le carnaval. Je me promettais d'emmener Katia au Bal du Rat Mort.

Il n'était que vingt et une heures. Pas une heure pour aller batifoler dans un bordel, fût-il de luxe. Le casino n'était pas loin, y tuer le temps m'a semblé être une bonne idée. Mais aussitôt franchi le hall d'entrée, je déchantais. Il n'existe pas d'endroit au monde plus triste qu'un casino désert. Les croupiers bâillaient devant des tables vides ; à une table de black jack, des vieilles dames poussaient leurs jetons en papotant. Une femme ambiguë sirotait une coupe au bar. En quelques minutes, j'étais au bord de la déprime. Je suis reparti en méditant sur les jeux de hasard. Moi, le hasard m'avait gâté ! J'ai marché jusqu'au phare. Je me souvenais que les Ostendais l'appelaient La Grande Nelly. Je n'ai jamais su pourquoi.

XIX

À dix heures, je sonnais à la porte de l'institut d'éducation sexuelle de Tatiana Fedorov. Une jeune et jolie Noire est venue m'ouvrir.

—Bonsoir, je suis un ami de Samantha, il n'est pas trop tôt j'espère ?

—Attendez un peu, dit-elle en refermant la porte.

J'ai trouvé le temps long, deux minutes après, elle rouvrait la porte.

—Samantha n'est pas là ce soir… mais…

—Mais il est permis de varier ses menus, dis-je en la dévisageant effrontément.

—Au contraire ! Ici, c'est recommandé, dit-elle d'un ton plein de sous-entendus…

J'ai suivi la jeune Noire dans une sorte de vestibule. Quelques peintures, des nus de bordel qu'on voulait suggestifs, des masques vénitiens, des accessoires sur lesquels je refusais de m'interroger. Nous sommes arrivés dans un vaste salon tapissé de velours rouge sombre. Là, dans leurs dorures clinquantes, les tableaux étaient au-delà de l'érotisme, ils alternaient avec autant de miroirs qui se renvoyaient en le multipliant à l'infini comme un délire pornographique. Plusieurs canapés de cuir sur lesquels se languissaient les pensionnaires de Tatiana. Quelques meubles d'allure victorienne, une moquette profonde aux motifs compliqués et dans le fond de la pièce, un bar d'acajou et de cuivre cerné de hauts tabourets garnis façon Chesterfield. S'il y avait eu quelques clients ventripotents en frac et queue-de-pie, on se serait cru dans un bordel des années folles, mais pour le moment, j'étais seul.

— C'est l'ami de Samantha ! s'exclama la jolie Black.

Aussitôt, la maîtresse des lieux vint vers moi. Tatiana Fedorov n'avait pas le physique de l'emploi. La quarantaine dépassée, tailleur noir strict, décolleté timide, collier de perles, fines lunettes dorées, cheveux mi-longs, un imperceptible maquillage sur un visage froid, elle avait tout d'une bourgeoise de province, rigide et intraitable sur l'éducation et les bonnes manières. Entourée de jeunes femmes bottées, vêtues de quelques centimètres de tissu… Le contraste était saisissant.

— Tatiana Fedorov, dit-elle en allongeant le bras, les amis de Samantha sont toujours les bienvenus.

Elle avait un léger accent slave qu'elle devait cultiver obstinément.

J'effleurais des lèvres délicatement la main qu'elle me tendait puisqu'elle semblait y tenir. L'absence de Samantha n'était pas prévue au programme mais puisque j'étais là, autant piocher dans ce qui se présenterait. Peut-être vérifier ce que m'avait raconté Kupfer…

— Comment s'appelle ce bel ami de Sam ?

— Maxime.

— Champagne ?

Cette soirée allait me coûter les yeux de la tête, je le sentais. Il y avait belle lurette que je n'avais pas présenté de notes de frais ! Et ce ne serait pas Gaénnec qui les signerait !

— Champagne ! Brut de préférence.

— Dommage que Samantha ne soit pas là pour vous accueillir pour votre première leçon. Laissez-moi vous présenter nos enseignantes, voici Morgane.

Elle murmura à mon oreille :

— Elle adore les leçons… je vous la recommande.

Du haut de son tabouret, Morgane m'a adressé un sourire qu'elle voulait plein de promesses. Puis ce fut le tour de Maya, de Patricia, de Sophia et enfin de Célia.

Tatiana s'approcha de moi et me susurra :

— Domination ? Ou soumission ?

— Je suis classique, j'espère que ce n'est pas rédhibitoire ? Si Morgane veut bien…

— Classique ! dit-elle, comme si j'avais proféré une obscénité.

Elle s'approcha de Morgane, lui dit quelque chose à voix basse puis revenant vers moi :

— Au premier, la chambre verte…

Et voilà comment je me retrouvais suivant une somptueuse prostituée dans l'escalier qui me conduisait vers la chambre verte d'un bordel d'Ostende. Je me demandais comment j'allais bien pouvoir décliner les avances tarifées d'une pareille créature en restant un client crédible. Moi, tous les pores de ma peau appartenaient à Katia. Sitôt dans la chambre, qu'elle avait eu soin de verrouiller, Morgane se colla à moi en même temps que son microscopique boléro tombait sur la moquette, laissant respirer une poitrine pleine et orgueilleuse. Puis elle s'éloigna de quelques pas et se retournant innocemment, légèrement penchée en avant, elle dégrafa d'un simple coup de pouce une sorte de pagne pas plus grand qu'un mouchoir qui tentait inutilement de cacher l'arrogance de deux fesses parfaites. D'interminables bottes noires vernies marquaient la naissance de ses cuisses. Un mètre cinquante de jambes talons aiguilles compris ! Pour couronner le tout, une postiche de cheveux raides bleu sombre, lui donnait l'air d'une couverture de magazine érotique. Manquait plus que le fouet ou le Luger de James Bond…

— Alors mon Loulou comme ça, on est classique ? Ou on a peur de ses penchants ?

— Chacun prend son plaisir comme il peut, moi, ce serait plutôt la conversation…

— Il faut m'expliquer ça… La conversation ? Tu veux dire mon Loulou, te raconter des choses coquines, que je fais avec d'autres ? Ça t'émoustille ?

— Oui, enfin… ça dépend avec qui tu les fais et comment tu les racontes…

—Mais avec des clients ou des clientes…

—Des clientes ?

—Ben oui quoi ! Des clients qui viennent avec leurs amies, ça arrive. Y a pas de honte à ça… Mais d'où tu sors mon Loulou ?

—Je ne suis pas le dernier des ploucs, je l'ai fait ici, avec un couple d'amis, Jef et Déborah, tu as connu ?

Morgane avait eu comme un léger mouvement de recul à peine perceptible.

—Tu sais, moi, les noms…

—Depuis quand travailles-tu ici ?

—Quatre ans. Mais pourquoi toutes ces questions ?

—Non… Rien, je les ai perdus de vue, j'espérais les retrouver ici, on se serait bien amusé à quatre, non ?

—Tu n'es pas clair mon Loulou, tu disais que tu étais classique… Tu parles ! Une partouze à quatre, t'appelles ça du classique ?

Je tournais en rond. Cette garce n'était pas idiote, je devais tenter quelque chose. Morgane se trémoussait contre moi en minaudant.

—Je ne te plais pas ? Tu veux que je fasse monter une autre fille ? En attendant d'être quatre…

—Tu me plais énormément Morgane, mais cet endroit me donne le cafard…

—Mais tu es déjà venu ici avec Samantha ?

—Non. Je la vois dehors, de temps en temps.

—Moi, je ne vois jamais les clients dehors, c'est dangereux, on ne sait jamais sur qui on tombe, en plus j'ai un mec régulier et dehors, ce serait vraiment une tromperie, non ?

N'est pas pute qui veut ! me suis-je dit. Arriver à faire cette séparation entre le privé et le boulot…

—N'en parlons plus, ma belle. J'aurais bien aimé retrouver Jef…

—Des Jef en Belgique doit y en avoir tous les coins de rue mon Loulou.

—Van Wickers, je crois.

J'observais Morgane dans le miroir qui nous faisait face. Elle s'était imperceptiblement éloignée de moi. Il me fallait agir vite, mettre mon pied dans l'entrebâillement de la porte.

—Bon, je vais arrêter de t'ennuyer avec ça.

J'ai sorti une liasse de ma poche, j'en ai détaché quelques billets sans compter, puis me ravisant, j'en ai repris quelques-uns histoire de lui faire comprendre que j'en avais d'autres à sa disposition.

—Mais enfin mon Loulou, on n'a rien fait, ça me gêne un peu, mais le compteur tourne et maîtresse Tatiana ne comprendrait pas…

C'était la réaction que j'attendais.

Morgane m'arracha les billets et m'attira vers un lit super king size visiblement fait pour accueillir une bacchanale.

—Mon Loulou, dit-elle à voix basse, vaut mieux pas prononcer ces noms ici, autrement tu ne pourrais plus y mettre les pieds ! Un jour, Samantha a parlé de ce type, Van Wickers et Tatiana a piqué une colère dingue. Tu ne diras rien, hein ? Tu ne vas pas me brûler…

—Mais non, c'est pas mon genre… C'était quand ?

—Deux ans peut-être.

—Qu'avait dit Samantha ?

Loulou t'es un drôle de mec, t'es venu pourquoi ? Pour baiser ou pour poser des questions ?

Je frôlais quelque chose, j'étais peut-être allé un peu trop loin, trop vite. Mais je savais que l'occasion ne se représenterait pas.

—Ma Jolie, tu n'as rien à craindre, je suis tout ce qu'il y a de plus réglo. C'est une vieille histoire. Si on se revoit dehors, je te la raconterai. Je ne te cramerai pas.

—Dehors, il y a un gros supplément… à cause des risques.

—Pas de problème. Prends un acompte, dis-je en lui tendant mes derniers billets, mais tu me racontes toute l'histoire…

Les billets disparurent rapidement dans une pochette de satin.

—Samantha avait trop bu. Elle a parlé de Déborah, qui était morte quelques jours avant.

—Déborah est morte ? dis-je d'un ton que j'espérais naturel.

—Oui. Elle s'est suicidée, c'est pour ça qu'on n'aime pas trop en parler.

—Suicidée ? Raconte !

—Samantha et Déborah avaient passé un moment avec Van Wickers et un autre client, c'était son truc à lui. Le lendemain, on a retrouvé le corps de Déborah sur la voie ferrée à Blankenberge. Enfin, ce qu'il en restait !

—Elle s'est balancée sous un train ?

—C'est ce qu'on a dit. Quelques jours après, Samantha avait beaucoup bu. Tout le monde avait le cafard. Elle a commencé à dire n'importe quoi, que le suicide, c'était pas dans ses projets à Déborah parce qu'elle allait avoir beaucoup de fric... et que pour tomber d'un pont sur une voie de chemin de fer fallait être drôlement bourrée et que ce soir-là, Deborah n'avait rien bu et était clean. Et que ce gros con de Van Wickers avait prétendu le contraire aux flics et qu'elle, on ne l'avait pas crue parce qu'elle était une pute. Tatiana lui a filé une baffe et elle a mis ça sur le compte de la boisson. Et elle a rajouté que si qui que ce soit d'autre parlait de ça, on aurait affaire à elle. Tu sais mon Loulou, Tatiana a des relations longues comme mes jambes, dit-elle en écartant les siennes sans pudeur, tu es sûr que tu ne veux pas que je te câline ? a-t-elle rajouté en promenant sa main sur mon anatomie.

—La prochaine fois. C'est dommage d'utiliser ce lit pour seulement deux personnes. Viens, on va finir ma bouteille en bas.

—Tu ne diras rien, c'est promis...

—Promis !

Je repensais à Kupfer. Apparemment, il ne s'était pas trompé. Il devenait urgent de mettre la main sur cette

Samantha qui devait en savoir beaucoup. Si j'en parlais à Mollens... Adieu devancer les Belges!

De retour dans le salon, ma respiration s'était bloquée! Un type était installé au bar, un colosse sous lequel disparaissait l'assise du tabouret Chesterfield. Un chapeau noir, genre borsalino, rejeté en arrière et des lunettes de soudeur exactement comme celles que portent les alpinistes. Il était en conversation avec Tatiana, une coupe de champagne à la main. Si ce type n'était pas l'homme du notaire et de la femme de ménage, moi j'étais archevêque.

—Mon cher Maxime, vous n'avez pas été bien long, pas déçu j'espère, susurra Tatiana.

—Absolument pas, une méforme passagère, mais Morgane a été parfaite.

—Monsieur est un ami de Samantha, dit Tatiana en s'adressant à l'homme aux lunettes.

Sans la moindre gêne, je m'installais à côté et lui proposais une coupe.

—À qui ai-je l'honneur? me dit-il.

Le colosse avait une voix ultra-basse, une voix à faire trembler les vitres. Dans les fréquences hertziennes, il me semblait impossible que l'on puisse descendre plus bas.

—Maxime Hobart.

—Vous ai jamais vu ici...

—Des années que je ne suis pas venu... C'est loin. J'ai connu un ami ici, Jef Van Wickers...

Je ne m'adressais à personne en particulier. Tatiana eut un imperceptible tressautement mais ça ne m'avait pas échappé.

—Et à l'époque, il vous offrait déjà l'hospitalité? dit le balaise d'un air innocent.

Tous les jazzmen le savent, si on ne connaît pas le thème, on se casse la gueule dans l'improvisation! Que pouvais-je répondre à une question incompréhensible? Improviser, en espérant être dans le thème...

—Ha! Pour être hospitalier Jef, il l'était! Et avec ça, partageur ! Je ne l'ai plus revu depuis cette époque, je vis au Congo, dis-je en sirotant mon champagne.

—Diamants ?

—Exploitation forestière et organisation de chasse au gros, de safaris...

—Chasse au gros ? Intéressant... À la vôtre, marmonna l'homme aux lunettes en portant sa coupe aux lèvres.

—À la vôtre, monsieur ?

—Vous savez... les noms... dit-il en se levant.

Il échangea quelques mots avec Tatiana dans une langue que je devinais être du russe. Il porta la main à son chapeau en me souhaitant le bonsoir et quitta l'institut d'éducation sexuelle non sans avoir filé au passage une claque retentissante sur le postérieur d'une pute callipyge qui répliqua par un miaulement de chatte effarouchée.

—Curieux homme, n'est-ce pas, dis-je en m'adressant à Tatiana, il ne retire jamais ses drôles de lunettes ?

—Je ne l'ai jamais vu sans.

—Il est Russe, j'ai cru entendre...

—Oui. Comme moi.

—Je me disais aussi, ce charme indéfinissable...

—Slave ! N'ayez pas peur des clichés. Comtesse Fedorova, Tatiana pour les intimes.

—Il y a longtemps que Jef n'est plus le ?

Je ne trouvais pas le mot. Taulier ? Directeur ? Actionnaire ?

—Le quoi ?

—Le protecteur des lieux, dis-je mi-figue mi-raisin...

—Protecteur ? Monsieur Van Wickers était le propriétaire des murs. J'en ai fait l'acquisition, il y a dix ans. Entretemps monsieur Van Wickers est mort d'un infarctus. Rien d'autre pour votre service ? rajouta Tatiana d'un air soupçonneux.

—Je suis navré de l'apprendre. Ce brave Jef, mort d'un infarctus... Mais il faut bien mourir de quelque chose. Vous saluerez Samantha de ma part. Je repars au Congo. Je n'aurai pas l'occasion de la revoir de sitôt.

J'ai quitté l'institut avec une certitude : Van Wickers était mouillé dans le « suicide » de Déborah, et une question : que voulait dire ce Russe avec son histoire d'hospitalité ? J'avais enfin le sentiment d'être sur une piste solide. Mais je n'étais pas parti pour le Congo. Un safari d'un autre genre m'attendait. Sagement planqué à l'arrière de ma Jaguar, le Russe m'attendait, un pistolet convaincant à la main.

—Tu roules tout droit et tu ne poses pas de question. Prends la direction de Bruges.

—Pas la peine de me menacer. Qu'est-ce que vous voulez ?

—Roule !

J'ai roulé. Je jetais des coups d'œil au rétroviseur. Je n'y distinguais qu'une forme sombre et ces effrayantes lunettes. Mais au moins, je ne m'étais pas trompé, j'étais sur une piste… avec un pistolet dans le dos mais sur une piste. À l'entrée de Bruges, nous avons tourné dans une rue étroite et déserte.

—Stop ! a hurlé le mastard.

Puis il a enjambé le siège avant, avec une souplesse insoupçonnable pour un tel gabarit.

—Descends doucement.

Le pistolet contre mes côtes, nous avons fait quelques pas en direction d'une porte de garage. Le colosse composa un code sur un boîtier mural et un rideau métallique se souleva en couinant. Nous étions à l'intérieur d'une immense pièce fortement éclairée, une sorte d'atelier. Sur le côté droit le long d'un mur, un établi encombré d'outils et devant moi, une vieille Peugeot capot soulevé. Le Russe a de nouveau pianoté un code et le rideau s'est refermé lentement dans un grincement sinistre. Il a aboyé quelques mots et un type maigrelet dans une salopette de mécano est apparu de dessous la voiture en s'essuyant les mains sur un vieux chiffon.

Mon braqueur approcha une chaise et m'intima l'ordre de m'asseoir. Puis dans sa langue natale, il lâcha quelque chose que je n'allais pas tarder à comprendre. Le maigrelet s'approcha de la chaise avec une corde et commença à me saucissonner.

—Qu'est-ce que vous voulez ?

—C'est moi qui pose les questions ici ! Alors comme ça, on est un ami de Van Wickers ?

—Un ami… un ami… Je ne l'ai pas revu depuis des années ! Il paraît qu'il est mort d'un infarctus.

—C'est ce qu'on dit. N'empêche que le corbillard venait d'Anvers. Curieux pour un type mort d'un infarctus chez lui à Ostende… Qu'est-ce que tu en penses hein ? Tu crois que les morts voyagent ? Tu étais chez Van Wickers la semaine dernière… avec une femme.

Cette dernière phrase m'a instantanément pétrifié. Je tentais de réfléchir. Vite. Les mots s'embrouillaient. Comment répondre quelque chose et en même temps réfléchir ? Dire n'importe quoi ! Gagner quelques secondes.

—Moi ? Vous devez faire erreur. La semaine dernière, j'étais encore au Congo…

Le Russe s'est approché à pas lents, son bras s'est soulevé très haut en arrière et s'est rabattu avec la vitesse de l'éclair sur ma joue. Une baffe monumentale, j'ai cru que ma tête avait fait un tour complet. C'était le prix à payer pour quelques secondes de réflexion supplémentaires. À part Katia, personne au monde ne pouvait savoir que j'avais passé une nuit chez Van Wickers. Lui le savait, c'était ça, son allusion à l'hospitalité de Van Wickers.

—Jef a été assassiné, fais pas l'innocent. Tu le sais ! Qu'est-ce que tu foutais chez lui ? Qu'est-ce que tu cherchais chez Van Wickers ?

—Un endroit pour dormir… quelle question !

Le géant s'est approché de moi calmement et a collé son pistolet contre mon genou. Maintenant, je réalisais dans quel pétrin je m'étais fourré. Ce type ne plaisantait pas.

—Tu as trente secondes avant que je t'explose le genou !

—OK… OK ! Je vais vous expliquer… J'ai eu Jef au téléphone le mois dernier pour le prévenir de mon arrivée, il m'a dit que je pouvais dormir chez lui et que s'il n'était pas là… je trouverai les clefs sous le paillasson…

—Sous le paillasson de son notaire, tu veux dire? lâcha le mastard d'un air menaçant.

Ce coup-ci, j'étais mort! Il savait! Il savait que j'avais rendu visite au notaire...

—Écoutez... Je n'ai rien à voir dans cette histoire... Oui, j'étais chez son notaire, il m'avait convoqué pour la lecture du testament de Van Wickers...

La brute s'est calmée, il a coincé son pistolet dans sa ceinture puis il a lâché calmement :

—Ben voilà... On y est... Tu as hérité de Van Wickers! Et alors, qu'est-ce qu'il t'a légué ce vieux Jef?

—Des actions d'une chasse au gros... en Afrique...

Le Russe calmement s'est approché et m'a envoyé une autre gifle, ma tête a reculé violemment, j'ai senti mes vertèbres craquer.

—On va y revenir, tu vas avoir beaucoup de choses à me raconter... qui était la femme qui t'accompagnait?

—Une amie. J'ai horreur d'être seul la nuit...

J'ai regardé sa main se lever, une main de géant plus large que longue. Un battoir. J'ai reçu la même baffe côté droit comme pour me remettre la tête à l'endroit. L'intérieur de ma joue saignait. J'étais ailleurs, anesthésié, j'essayais de réfléchir pendant que le mastard faisait des allers et retours sur mes joues, je pensais au notaire, il lui avait dit qu'il avait reçu la visite d'un flic avec Katia...

Encore une, magistrale, énorme, mes tympans hurlaient. Je n'entendais même plus les questions du balaise. Je continuais de réfléchir... Le notaire avait avoué sous la torture...

De nouveau, l'énorme main s'est abattue sur ma joue! J'avalais un mélange de sang et de salive. Où en étais-je? Ce type était un des assassins du notaire, c'était certain...

—Et ---tite --lope Sa--tha? Où---ette ga?

Mes tympans meurtris ne me permettaient plus d'entendre, les mots me parvenaient par bribes. Le balaise a répété en hurlant :

—Et la petite salope de Samantha ? Où elle est, cette garce ?

—Je n'en sais rien, je l'ai rencontrée par les petites annonces d'un journal d'Anvers...

Je n'ai rien vu venir. Comment un type aussi lourd pouvait être aussi rapide ? J'ai reçu l'équivalent d'une locomotive dans le ventre.

—Si tu me prends pour un débile, la séance va être longue... Qu'est-ce que tu cherchais chez Van Wickers ?

Le Russe avait dû se rendre compte qu'il m'était impossible de prononcer un mot. Je suffoquais. Les croquettes de crevettes et le champagne qui commençaient à remonter dans mon gosier n'arrangeaient pas les choses. Il en profita pour demander à son acolyte de me fouiller. Le maigrelet s'activa et vida mes poches de tout leur contenu qu'il passa à son patron. Les événements allaient se compliquer pour moi. De toute façon, je ne sortirais pas vivant de cette séance. D'une certaine manière, il m'avait avoué qu'il était un des assassins du notaire... Il n'allait pas me laisser partir comme ça !

—Commissaire ! Au Congo... peut-être ? s'exclama le costaud tandis que je recevais le reste du train dans l'estomac. J'ai été propulsé contre la calandre de la voiture, toujours ligoté à ma chaise. Je ne pouvais rien retenir. J'ai vomi tout ce que je contenais...

—Détache-le !

Le maigrelet m'a détaché et je me suis affalé dans les restes de mon repas. J'étouffais, la bouche dans mon vomi. La suite s'est passée comme dans un rêve. J'avais la tête près d'une roue de la voiture, sous le châssis, j'ai aperçu une énorme clé à molette, j'ai feint de continuer de vomir en râlant, le colosse s'est approché de moi et m'a envoyé un shoot très ajusté dans les côtes, il avait coincé son arme dans un gros ceinturon, que pouvait-il craindre d'un type désarmé en train de dégueuler ? Il s'est penché pour me soulever, sous la voiture ma main droite tenait fermement la clé à molette, au moment où il me décollait du sol par ma ceinture, j'ai mis toutes mes forces dans mon geste, la clé m'a paru peser une tonne, il l'a reçue en pleine tempe, j'ai senti que sa boîte crânienne avait cédé. Il s'est effondré sur moi. J'avais beaucoup de mal à bouger, ce type devait dépasser les 120 kg... Le maigrelet avait dû croire que j'avais récupéré l'arme de son patron, il s'est escamoté derrière la voiture puis j'ai entendu le claquement d'une porte et un bruit de serrure. J'ai fini par me dégager. J'ai récupéré l'arme du mastard, un 38 Smith & Wesson.

Il y avait bien une porte sur l'arrière. Une lourde porte métallique. Une de ces sérieuses portes d'usine bardées de renforts en croisillons. Je m'y suis précipité sans me faire d'illusion. Elle était désespérément fermée. Restait le rideau métallique, il ne présentait ni poignée ni mécanisme d'ouverture... J'ai essayé avec un pied-de-biche de le dégager de ses rails sans succès, de le soulever par le bas en faisant levier. Rien à faire. Sans le code, je ne sortirais pas de cette souricière... Il ne me restait qu'une solution : bidouiller le boîtier en espérant établir le contact d'ouverture ou vider le barillet du 38 dans la serrure de la porte arrière. J'ai opté pour cette solution au risque d'ameuter tout le quartier. J'ai tiré cinq coups, les détonations semblaient venir de tous les côtés du garage mais les serrures ne cèdent que dans les films ! Mes tympans définitivement neutralisés, je retournais vers le boîtier. Le costaud ne remuait toujours pas, je me suis approché de lui. Il ne respirait plus. Il n'avait pas beaucoup saigné, juste une coulure rouge qui partait de sa tempe. Elle semblait être en creux. Le Russe exhibait un crâne chauve démesuré. J'ai regardé son chapeau près de lui, il m'a paru gigantesque. J'ai démonté le boîtier. On devrait donner des cours d'électronique à tous les flics. Un circuit imprimé, des fils entremêlés que j'ai croisés, décroisés, en vain. Mais à force de trafiquer ce que l'on ne connaît pas, on finit toujours par faire des bêtises. J'ai déclenché le système d'alarme. Une sirène hurlait à l'extérieur. Le quartier m'avait semblé désert mais même désert, une sirène qui hurle à une heure du matin finirait bien par réveiller quelqu'un. Je commençais à perdre mon calme. Je mettais les fils en contact, nerveusement, au hasard, provoquant une multitude d'étincelles. Dehors la sirène me semblait à chaque fois plus stridente. J'ai entendu des bruits de clés, on essayait d'ouvrir la porte métallique ; au bout de longues minutes, elle s'est ouverte sur trois flics vociférant, armes au poing.

Dans ces moments désespérés, on pense toujours à des futilités, je me disais : quelle chance de parler flamand, je vais pouvoir m'expliquer ! Mais il n'y a pas d'explication à la situation dans laquelle je me trouvais : un type avec de drôles de lunettes gisant le crâne défoncé, moi couvert de vomi et de vilaines taches rouges dans un garage fermé de l'extérieur ! On pouvait faire plus simple.

J'ai levé les bras en déclarant que j'étais de la maison. J'ai montré du doigt mes papiers qui traînaient par terre. Deux autres policiers sont arrivés dont un gradé. Un autre lui a tendu mon portefeuille.

—Embarquez-le ! a ordonné le gradé.

Deux flics restèrent sur place en conversation avec leur talkie-walkie. Dehors, la sirène hurlait toujours.

Tandis qu'on me passait les menottes, je demandais que l'on prévienne le patron de la brigade criminelle d'Ostende, Gerrit Mollens.

—On verra ça au commissariat ! lâcha le gradé d'un ton sec.

XX

Au milieu de la nuit, tous les commissariats du monde se ressemblent : quelques poivrots qui braillent dans une cage, deux ou trois putes qui fument en ironisant sur la virilité des flics, ou sur l'infidélité de leurs femmes… Ça me rappelait quelques souvenirs anciens. On m'a laissé à l'extérieur de la cage, menotté. Je ne devais pas être beau à voir, sans parler de l'odeur. J'étais dans de sales draps. J'essayais de construire un scénario plausible pour Mollens, sans lui parler des confidences de Morgane et du suicide de Déborah mais, sauf à lui avouer que je roulais pour mon propre compte, je n'en trouvais aucun. La seule solution était de tout lui mettre sur le dos, le culpabiliser. Après tout, c'est lui qui m'avait dit de me recommander de Samantha. Le gradé est revenu vers moi avec un gobelet de café.

—Monsieur Mollens a été prévenu.

Il est arrivé une demi-heure plus tard. Il a jeté sur moi un regard ahuri et sans dire un mot s'est éloigné vers un bureau. J'entendais vaguement une conversation. De temps en temps, le ton montait. Ça discutait ferme, j'ai entendu mon nom à plusieurs reprises. Un flic est venu me chercher et m'a conduit dans le bureau du chef. Mollens a demandé à être seul. Le chef est sorti en maugréant.

—Godverdom ![1] Hobart ! Qu'est-ce que c'est que ce binz ?

—Calmez-vous Mollens, je vais m'expliquer…

1. Nom de Dieu !

—J'espère bien ! Et vous n'avez pas intérêt à me cacher quoi que ce soit, autrement je vous garantis que vous allez passer quelques mois en Belgique et peut-être plus...

—Doucement Mollens ! Doucement ! Si vous ne m'aviez pas envoyé chez Tatiana avec une recommandation de merde, ça ne serait pas arrivé !

—Une recommandation de merde ?

—Parfaitement ! Samantha ! Tu parles d'un sésame ! Un mot de passe pour la morgue !

—Pour la dernière fois Hobart, expliquez-vous...

—Samantha n'était pas là. Je n'allais pas repartir sans rien tenter. J'ai passé un moment dans une chambre avec une certaine Morgane, je n'ai rien appris d'intéressant. Lorsque je suis descendu de la chambre, ce type était au bar. Et quand j'ai quitté l'institut, il m'attendait dans ma voiture avec un flingue, je me suis retrouvé dans ce garage ; le type a commencé à me tabasser, vous voulez voir mes côtes ? J'ai dû recevoir une douzaine de baffes à vous éclater la tête ! Il voulait savoir où se trouvait Samantha, qu'est-ce que je pouvais répondre ? Qu'elle était une amie du patron de la brigade criminelle ? Il n'était pas décidé à avaler n'importe quoi, il a recommencé sa séance de punching-ball, vous avez vu le gabarit ! En plus avec un 38 à la main... Je ne suis pas superman ! J'étais par terre en train de dégueuler mes tripes. J'ai pris ce que j'avais sous la main, une clé à molette qui traînait sous une voiture, vous connaissez la suite... J'oubliais... Il y avait un deuxième type dans le garage, une demi-portion qui s'est sauvée avant l'arrivée de vos collègues.

—Comment ce type savait que vous veniez de la part de Samantha ?

—Tatiana le lui a dit quand je buvais au bar, j'ai précisé que j'étais aussi un ami de Van Wickers. Ne me regardez pas comme ça, Mollens ! Je n'ai fait que me défendre, j'aurais préféré l'assommer...

—D'après mon collègue, il n'est pas mort. Mais c'est tout comme. Il a été transporté à l'hôpital de Bruges.

Vite ! Il me fallait faire vite : tout lui dire, tout expliquer, Katia, Ostende, le notaire… Que ce type ne soit pas mort n'arrangeait pas mes affaires. J'étais secoué, j'avais été tabassé, je pouvais bien être amnésique. J'ai choisi de ne rien dire… On verra demain !

—Alors, on tient une piste plus que sérieuse !

—S'il se réveille ! répliqua Mollens.

—Dans ces moments-là, on ne pense pas à doser son coup… On pourrait parler de tout ça, demain, ramenez-moi à ma voiture Mollens, j'ai besoin de me remettre.

—Et moi, j'ai besoin d'explications crédibles pour mon collègue !

—Je vous l'ai dit, légitime défense à la suite d'une tentative de meurtre ! C'est pas suffisant ? Tout ça commence à me fatiguer Mollens ! J'ai failli me faire flinguer et vous êtes là, à m'interroger comme un vulgaire malfrat !

—Je vais vous faire confiance, je vous attends à Ostende demain matin. À midi, je lance un mandat d'arrêt contre vous. Je vous rappelle que nous avons des accords d'extradition avec la France…

—Arrêtez ! Je ne vais pas m'enfuir…

Mollens est allé s'entretenir avec le chef de poste et m'a ramené. Nous n'avons pas échangé un seul mot jusqu'à ma voiture.

—Vous êtes un drôle de type Hobart… dit-il en me restituant mes papiers, je vous attends… avant midi.

Une heure après, je passais dans le hall du Hilton en rasant les murs. Le colosse avait dû me briser quelques côtes, chaque respiration m'arrachait une douleur vive. Même le jet de la douche m'était douloureux. J'avais un hématome qui recouvrait toute la partie gauche de ma cage thoracique. Demain, Mollens me cuisinera. Il me faudra bien lui dire que j'avais reconnu ce type comme étant celui que la femme de ménage avait décrit… Ou passer pour un flic à la ramasse !

Je repensais au balaise. J'étais certain de ne pas me tromper. Seul le notaire avait pu lui dire qu'un flic français s'intéressait à Van Wickers et qu'il lui avait remis les clefs de la villa. Il ne lui restait plus qu'à surveiller la maison pour me retrouver ou retrouver Katia... Il n'avait pu m'apercevoir qu'après la mort du notaire, donc le jour où j'avais déposé Katia avant de me rendre à la morgue... Le Russe m'avait demandé ce que je cherchais chez Van Wickers... Parce que lui n'avait pas trouvé ce qu'il cherchait chez le notaire ! J'étais brutalement terrorisé. Si le Russe était un des tueurs du notaire, il avait le testament et donc l'adresse de Katia ! Il était trois heures. Appeler Katia ne pouvait que l'inquiéter. J'ai attendu le reste de la nuit. Je me rassurais en pensant que le Russe était à présent inoffensif dans un lit d'hôpital. Autour de neuf heures, les paupières lourdes, j'appelais Katia.

—J'étais dans l'impossibilité de vous appeler, je serai de retour à Paris dans la nuit.

—Vous me manquez Maxime, je vous attends avec impatience...

Comment croire que cette phrase m'était destinée ? Je n'aurais même pas osé en rêver une semaine avant ! J'ai sombré dans un sommeil tombal.

J'arrivais à Ostende peu avant midi.

—Vous n'avez pas encore lancé votre avis de recherche, Mollens ?

—L'heure n'est pas à la plaisanterie, Hobart. Le type que vous croyiez avoir tué est dans un coma profond. C'est un certain Léonid Prakter.

—Vous le connaissez ?

—Ne me prenez pas pour un con, Hobart ! Heureusement que mon collègue me l'a décrit ce matin ! Un type avec des lunettes de motard... ça ne vous rappelle rien ? Le type que la femme de ménage a décrit ! Le type qui avait rendu une visite menaçante à Van Wickers... Vous auriez oublié ?

—Merde ! Je n'avais pas fait le rapprochement ! Dans le feu de l'action, je ne pouvais pas y penser... Je vous assure Mollens que pas un instant, ça ne m'est venu à l'esprit. J'avais complètement oublié le témoignage de la femme de ménage !

Mollens m'a regardé d'un air condescendant puis il reprit :

—Selon mes collègues d'Anvers, où il est censé habiter, Prakter est soupçonné d'accointances avec le milieu du grand banditisme. C'est un Russe naturalisé belge...

—Vous n'êtes pas très regardant...

—La France est mal placée pour nous donner des leçons !

—Je plaisante Mollens... Vous voyez bien ! Je ne vous ai pas raconté de salades, ce type m'aurait tué...

—Ça plaide en votre faveur, je le reconnais. Vous avez parlé d'un deuxième type...

—Petit, très maigre, pour le reste, rien de particulier, je n'y ai pas prêté attention, trop occupé à surveiller le flingue de Prakter. Désolé.

—J'ai convoqué Tatiana Fedorov à titre de simple témoin, n'allez pas foutre la pagaille ! En attendant, revenons sur cette soirée. Cette Morgane ?

—Superbe fille ! Elle ne m'a rien appris... Sinon que Van Wickers était un partageur ! Vous voyez ce que je...

—Je vois ! Je vois ! Quoi d'autre ?

—Rien. Je ne suis pas tombé sur la bonne pute !

—Qu'est-ce que vous a demandé exactement Prakter ?

—Il m'a d'abord demandé comment je connaissais Van Wickers. J'ai répondu n'importe quoi. Il m'a filé une baffe mémorable en rajoutant : « Jef a été assassiné, fais pas l'innocent. Tu le sais ! » Après m'avoir envoyé une autre gifle, il m'a demandé : « Où est cette petite pute de Samantha ? » Quand j'ai répondu que je l'avais connue par petite annonce, ça ne lui a pas plu, pas du tout. Il m'a défoncé la cage thoracique et l'estomac. Clairement, il n'est pas l'assassin de Van Wickers, mais il aimerait bien le retrouver... Je n'ai pas osé lui dire qu'on faisait le même boulot !

—Attendez Hobart, ça va trop vite !

J'obéissais. Mollens faisait craquer les jointures de ses doigts.

—Pourquoi Prakter veut retrouver Samantha ? Pourquoi veut-il retrouver l'assassin de Van Wickers ?

Moi, je pouvais répondre : il cherchait l'assassin de Van Wickers pour mettre la main sur ce dossier ! Et Samantha parce qu'elle savait trop de choses. Mollens continuait de réfléchir en fixant ses Paraboot...

—Et avant cette séance, vous avez parlé de Van Wickers chez Tatiana ?

—Non. Seulement après ma récréation avec Morgane... Quand je suis arrivé, j'étais le seul client, quand je suis descendu de la chambre, il était là, au bar, en conversation avec Tatiana. En russe... Je suis persuadé qu'elle l'avait prévenu de ma présence parce que je venais de la part de Samantha... Prakter m'a salement tabassé pour savoir où était Samantha... Ça ne peut pas être un hasard ! En tout cas, elle n'a pas que des clients haut de gamme, madame Fedorov !

—C'est ce qu'on va lui demander... Je lui ai dit qu'un de ses clients que nous connaissons sous le nom de Prakter vous avait gravement molesté. Ne posez aucune question. Vous êtes le plaignant. Vous êtes supposé avoir été victime d'une agression. C'est moi qui dirige les débats. On est bien d'accord, Hobart ?

XXI

Tatiana Fedorov est arrivée quelques minutes après. Même allure. Juste un peu pincée, contrariée, comme la maman d'un galopin qui vient récupérer son fiston coupable de tapage nocturne…

—Maxime ! Quelle surprise ! J'ai appris votre mésaventure… Je suis désolée, vraiment navrée. On ne peut plus se fier à certains clients… Monsieur Prakter… Qui l'eût cru capable d'un tel comportement ?

—Madame Fedorov, n'anticipez pas sur les questions que je souhaite vous poser, dit Mollens exaspéré, il ne s'agit pas d'une mésaventure ! Monsieur a été victime d'une très grave agression. Parlez-nous de votre client.

—Monsieur Mollens, je n'entretiens aucune relation privée avec les clients de l'institut. Monsieur Prakter n'était rien d'autre. Il m'arrivait de bavarder avec lui, par nostalgie de ma chère langue russe. C'est la seule liberté que je m'autorisais avec lui.

—Au dire de monsieur, votre client s'intéressait particulièrement à Samantha, que pouvez-vous m'en dire ?

—Samantha n'est plus admise dans mon établissement depuis quelque temps.

—Pour quelles raisons ?

—Manque de discrétion. C'est fondamental dans notre métier et de plus, elle avait un penchant détestable pour la boisson…

—Tiens donc ! Je croyais que savoir boire était une qualité… Le champagne n'est pas donné chez vous !

— Je ne tiens pas une boîte d'entraîneuses ! dit Tatiana d'un air offusqué.

J'ai manqué éclater de rire. Dans l'ordre hiérarchique de Tatiana, les putes étaient au-dessus des entraîneuses !

— Vous avez pourtant accueilli ce monsieur qui venait de sa part, dit Mollens en me désignant.

— Monsieur n'est pas censé savoir que j'avais pris la décision de m'en séparer…

— Revenons à Samantha. Pour quelles raisons Prakter s'intéresse-t-il à elle ?

— Il arrive que des clients tissent des liens avec leurs favorites puis ils s'imaginent avoir des droits. Ils tombent amoureux et oublient que pour elles, ils ne sont que des clients qui paient. Je suppose qu'il voulait la retrouver…

— On ne menace pas les gens d'un revolver pour avoir l'adresse de sa dulcinée, madame Fedorov ! Si Samantha vous donne de ses nouvelles, j'exige d'en être informé immédiatement !

— Mais certainement, dit-elle en se levant.

— Un instant, madame, je n'en ai pas fini avec vous. Vous n'ignorez pas que monsieur Van Wickers est décédé, il a peu…

— Je l'ai appris, en effet.

— Il a été assassiné.

Tatiana Fedorov est restée imperturbable. Puis après un long silence, elle déclara :

— C'est ce qui se murmure…

— Murmure ?

— Heu… Oui la presse en parle…

— Pensez-vous que Prakter ait pu le connaître ?

— Oui… Je le crois, enfin c'est possible…

— Soyez plus claire, madame.

— Je trouve cet interrogatoire humiliant ! Je me plaindrai…

— Vous en avez le droit. Comme j'ai le droit de vous interroger. Répondez à ma question : Prakter connaissait-il Van Wickers ?

—Oui. À l'époque où j'ai fait l'acquisition de l'institut, il en était un client régulier. Je suppose qu'il n'a pas pu ne pas le connaître...

—Donc Prakter est client depuis dix ans ! Ça crée des liens, non ? Et pendant toutes ces années, il est resté simple client ? Vous n'avez rien su de lui... Quelle conscience professionnelle... Quelle discrétion !

Je trouvais Mollens particulièrement efficace. Tatiana commençait à se contredire...

—Bien. Prakter connaissait Van Wickers... Et qui d'autre ?

—Je ne connais pas les amis de monsieur Prakter...

—Je parle de Van Wickers, dans le cadre de votre institut, avait-il d'autres amis ? Des clients avec qui il entretenait des relations... amicales ?

—N... non... Si, un. Un certain monsieur Félix, un Français. Mais d'après moi, c'était une simple relation, vous voyez ce que je veux dire, une sorte de complice...

—Madame Fedorov, nous n'avons jamais réussi à mettre la main sur une relation proche de monsieur Van Wickers, vous comprendrez l'importance de cet ami... de ce Félix...

—Que pourrais-je bien vous dire ? un client comme un autre...

Mollens ne perdait pas patience mais il devenait de plus en plus incisif. Il s'était levé et tournait autour de la chaise de Tatiana qui se contorsionnait pour le suivre du regard.

—Madame Fedorov, la Belgique est très tolérante en ce qui concerne les maisons spécialisées mais elle devient intraitable si ces maisons ont un rapport avec la criminalité. Et l'agression d'un de vos clients va, hélas, dans ce sens ! Prakter a un pedigree extrêmement chargé... il est dans un coma profond, en attendant qu'il en émerge, seule ma version des faits sera la bonne...

—Mais je ne refuse pas d'aider la justice...

—Alors parlez-moi de ce Félix !

—Il est venu pour la première fois il y a deux ans, deux ou trois fois, puis il a disparu pendant quelque temps ; ensuite, il est revenu plus régulièrement...

— Si je ne m'abuse, on ne vient chez vous que sur recommandation, au moins la première fois…

— La première fois, il s'était recommandé de Déborah…

— Déborah ?

Subitement, je commençais à remuer sur ma chaise. On arrivait à Déborah et donc à Kupfer…

— Oui, une habituée… mais ce n'était pas une pensionnaire de l'institut, elle était plutôt une partenaire régulière de monsieur Van Wickers… mais vous devez le savoir, elle s'est suicidée il y a deux ans. Elle s'est jetée sous un train à la gare de Blankenberge. Elle était soûle et droguée. La police l'a établi. Renseignez-vous…

J'avais du mal à me contenir. Mollens prenait des notes consciencieusement.

— Je ne suis à la brigade criminelle d'Ostende que depuis un an. Je ne suis pas au courant de ce suicide mais je vais me renseigner. Revenons à ce monsieur Félix, la première fois, Déborah, ensuite ?

— En fait, il n'a pas vu Déborah ce soir-là, mais Samantha.

— Comment pouvez-vous vous en souvenir ? Deux ans, c'est déjà vieux et vous voyez tellement de monde…

— Ce n'est pas interdit d'avoir de la mémoire ! Je m'en souviens parce que j'avais posé des questions à Samantha, comme je le fais toujours avec les nouveaux clients…

— Quelles questions lui avez-vous posé ?

— Des questions banales… sur ses goûts… ses préférences…

— Et… avez-vous eu de réponses… particulières à ces questions ?

— Non rien de spécial, c'était un client « classique »…

— Et la dernière fois qu'est revenu monsieur Félix ?

— Il y a quelques semaines. Mais je ne suis pas toujours présente… Peut-être est-il revenu en mon absence… Il faudrait le demander à Samantha, elle était sa favorite.

— Décidément ! Elle est toujours là, celle-là ! Elle va avoir beaucoup de choses à me raconter. Pouvez-vous décrire ce Félix ?

—Un homme très élégant, la cinquantaine, des cheveux noirs ondulés, des lunettes, le genre intellectuel.

—Vous pourriez le reconnaître ?

—Évidemment !

—Revenons à Prakter, madame Fedorov, ne trouvez-vous pas curieux que ce monsieur, dit Mollens en me désignant, qui venait de la part de Samantha, ait été agressé par monsieur Prakter qui, précisément, était à la recherche de Samantha ?

—N... non... un hasard...

—Sauf à penser que Prakter passait toutes ses soirées chez vous, c'est en effet un hasard extraordinaire ! Mais moi, j'en ai ras le bol du hasard ! J'ai assez d'éléments pour faire fermer votre « institut », vous allez me déballer tout ce que vous savez sur Van Wickers et sur Prakter et surtout ne me parlez pas de hasard ! Je vous écoute ! Commençons par Van Wickers : quand est-il venu pour la dernière fois ?

—Monsieur Van Wickers est venu chez moi, la veille de sa mort...

—Seul ? l'interrompit Mollens.

—Oui. Seul.

—Qui étaient les clients présents, ce soir-là ?

—Monsieur Mollens ! Vous... vous ne croyez quand même pas que je vais répondre à cette question ! Vous savez bien qui fréquente ma maison... Je...

—OK ! Vous m'avez pourtant donné un nom, monsieur Félix !

—Vous avez parlé des clients présents... ce soir-là, monsieur Félix n'était pas présent...

Intérieurement, j'ai poussé un gros soupir ! Si Kupfer, alias Félix, avait été présent, Mollens se précipitait à Paris avec portrait-robot et commission rogatoire...

—Bien... soupira Mollens, et sur Prakter ?

—Je ne sais rien d'autre. Monsieur Prakter est un client... spécial...

—C'est-à-dire...

—Il ne vient que pour… pour recueillir les confidences de mes pensionnaires, ça l'excite, c'est son plaisir, que voulez-vous ! Tous les goûts sont dans la nature !

—Dommage qu'il ne soit pas aussi inoffensif dans la vie ! s'exclama Mollens. Bien… je vous remercie. Comme pour Samantha, si Félix réapparaît, vous me prévenez immédiatement. Je vous demanderai de rester à la disposition de la police. Rassurez-vous… comme témoin.

—Vous connaissez mon adresse…

Tatiana est partie en me jetant un regard meurtrier.

—Alors Hobart, qu'en pensez-vous ?

—Elle ment comme elle respire et cette histoire de Samantha qui boit trop…

—Non. Ça, c'est vrai. Elle picole beaucoup…

—Il faut lui mettre la main dessus. Ce n'est pas pour lui offrir des fleurs que Prakter voulait la retrouver…

—En plus, je suis persuadé qu'elle pourra m'en dire plus sur ce Félix puisque, apparemment, il était son micheton favori !

Ça n'allait pas dans le sens de mes affaires. Mollens allait facilement remonter à Kupfer. Après tout, il ne pourra qu'apprendre que je ne jouais pas franc-jeu !

—Si vous n'aviez pas été agressé par Prakter, je n'avais aucun motif valable pour convoquer la mère Fedorov, grâce à vous, on a appris que Van Wickers était chez elle la veille de sa mort… Malheureusement, elle ne donnera jamais les noms de ses clients ce soir-là ! Vous avez vu sa réaction quand j'en ai parlé…

—Ils sont si influents que ça ?

—Plus que tout ce que vous pouvez imaginer ! Ha ! Le sexe Hobart, le sexe ! La meilleure et la pire des choses ! D'après Tatiana, ce Félix serait Français. Je vais me renseigner sur le suicide de Déborah ; en attendant, je vais essayer de mettre la main sur Samantha.

—Il me semble aussi que l'assassinat de Van Wickers est maintenant largement connu…

— Oui. Et ça, c'est devenu mon souci. Tant que la presse n'en parlait pas, ça allait… L'affaire s'est ébruitée. Trop de gens le savaient, les médecins de l'hôpital d'Anvers, le notaire, le bureau du procureur… maintenant j'ai deux journalistes qui me collent aux fesses. Des articles ironiques laissent entendre que la police cherche à enterrer cette affaire. Bientôt, ce sera la curée. Il va falloir aller vite. C'est bien pour ça que j'ai décidé de donner un coup d'accélérateur en convoquant cette maquerelle. Mais je m'attends à quelques soucis de la part de certains de ses clients. Elle va se dépêcher d'en parler… Je vous tiens au courant, Hobart.

XXII

Quand j'ai quitté Mollens, je n'avais qu'une idée en tête : revoir Kupfer. D'après Tatiana, il serait passé chez elle, ces derniers temps. Kupfer s'était bien gardé de me le dire. Pourquoi ? J'étais encore sous le choc de la séance avec Prakter. Je décidais de m'octroyer une sieste. En fin d'après-midi, la réception de l'hôtel me passait Mollens.

—J'ai eu le compte rendu du suicide de Déborah. C'était son vrai nom, Déborah Kupfer de nationalité française. Il y a eu dépôt de plainte pour homicide. Essayez d'en savoir plus côté français, c'est votre boulot Hobart. La plainte a été déposée par un certain Breitzman, avocat au barreau de Paris. Je ne vois pas de rapport avec un suicide intervenu il y a deux ans mais vérifiez quand même.

—Bien et Samantha ?

—Introuvable pour le moment. J'espère qu'elle n'est pas repartie pour son Chili natal !

—Des nouvelles de Prakter ?

—Mort clinique ! Électroencéphalogramme plat. Dommage, dit Mollens en soupirant.

—Oui. Il doit en savoir des choses, ce Russe !

—Même en mettant tous les neurologues de Belgique à son chevet, il ne se réveillera pas ! Au fait, pour le procureur, c'est le type qui s'est sauvé qui a envoyé Prakter dans le coma. J'ai préféré ne pas lui parler d'un flic français... Compte tenu du CV de Prakter, on ne cherchera pas plus loin.

—Votre procureur est bien compréhensif ! Merci Mollens. Je ne l'oublierai pas.

—Je me demande bien ce qu'on attendra de moi en échange de cette compréhension ! s'exclama Mollens en raccrochant.

Un quart d'heure après, je filais vers Paris. Trois heures de réflexion n'étaient pas de trop pour faire le point. J'avais l'impression d'être au cœur d'un labyrinthe vicieux, sans issue. Quel était le degré d'implication de Prakter dans cette histoire ? Dans le garage, avant de me tabasser, il semblait intrigué par l'assassinat de Van Wickers, assassin qu'il cherchait visiblement à retrouver. Pour récupérer ce dossier ? Je ne pouvais pas parler à Mollens de la visite de Prakter au crématorium d'Ostende. Le double jeu me piégeait. J'avais de plus en plus la conviction que cette affaire finirait en eau de boudin ! Ce dossier avait peut-être disparu longtemps avant la mort de Van Wickers ? Gaénnec priait pour qu'on ne le retrouve jamais ou continuerait de le chercher désespérément ! J'étais fatigué, mes raisonnements finissaient toujours par une contradiction. Je pédalais dans le vide. Cette affaire était inextricable. Il me restait deux choses à faire : interroger Kupfer et retrouver Willy Beck après ça : terminé, rideau ! J'étais décidé à me sauver à l'autre bout du monde avec Katia.

Elle m'attendait, sagement emmitouflée dans une couverture au coin du feu.

—Avez-vous rencontré Willy Beck ?

—Pas encore. Ne soyez pas déçue. Encore un peu de patience. Et après, n'oubliez pas que vous devez m'épouser…

Lorsque, un peu plus tard, j'ai ôté mes vêtements, Katia a poussé un cri.

—Que vous est-il arrivé Maxime ? Cet hématome est énorme…

—J'ai fait une grosse chute dans l'escalier de l'hôtel. Dans quelques jours, il n'y paraîtra plus.

—L'ascenseur du Hilton était en panne ? Me prenez-vous pour une sotte, Maxime ?

—Vous ? Pas un instant. Qu'allez-vous chercher là ?

—Il ne doit pas y avoir de mensonge entre nous, Maxime... Que vous est-il arrivé ?

Même sous la torture, je n'aurais jamais raconté ma soirée chez Tatiana.

—Une altercation avec un automobiliste irascible. Il m'a poussé sur la chaussée au moment où une voiture arrivait ! J'ai eu de la chance. Je ne voulais pas vous inquiéter.

—Je vais accepter cette invraisemblable version en attendant mieux...

Le lendemain tôt, j'appelais De Morsang à son domicile. Il m'avait donné rendez-vous au jardin du Luxembourg. Il m'attendait près du grand bassin, lisant le Figaro.

—Des nouvelles, Hobart ?

Je lui racontais ma soirée chez Tatiana et la séance avec Prakter.

—Ce Russe pourrait bien être le tortionnaire du notaire, il était présent au cimetière d'Ostende le jour de l'incinération de Van Wickers, le notaire et la femme de ménage l'avaient décrit parfaitement et il savait que j'avais été chez le notaire et que j'avais passé une nuit chez Van Wickers avec sa fille !

De Morsang m'a regardé avec un sourire malicieux avant de déclarer :

—Je n'imagine pas Gaénnec avoir recours à un malfrat russe vivant en Belgique.

—Les sbires de Gaénnec, eux, auraient pu recruter Prakter ? On est à peu près certain qu'ils étaient au moins deux chez Hapter...

—Possible. Gaénnec va être dur à coincer. Contrairement à ce que je pensais, il est sur ses gardes. Côté Mossad, avez-vous du nouveau ?

—J'ai conclu un marché avec Zakin. Il a reconnu qu'il manquait une gélule à l'I.N.M.I. Le Shin Bet est sur les dents. Ils veulent savoir comment cette gélule s'est envolée. Zakin m'a promis de jouer le jeu en échange de quelques informations, si je retrouve ce dossier.

—Je ne veux surtout pas savoir lesquelles... Mais ne faites pas trop confiance au Mossad. S'il n'est pas dans leur intérêt de vous aider, ils ne le feront pas...

—On n'a rien à perdre.

—Quel est votre programme pour la suite ?

—Vérifier l'emploi du temps d'un certain Kupfer, retourner en Belgique interviewer le dernier amant de madame Van Wickers et, si Mollens la retrouve, demander quelques explications à Samantha. Enfin, faire parler Prakter si par miracle, il sort du coma...

—Le dernier amant de madame Van Wickers ?

—C'est un petit à-côté de l'enquête, un cadeau que je veux faire à sa fille.

—Celle à qui vous aviez promis d'être dans le coup, si ma mémoire est bonne... et avec qui vous avez...

—Passé une nuit dans la villa de Van Wickers.

—Bien. Tenez-moi au courant. N'hésitez pas, dit-il en s'éloignant.

De Morsang fit quelques pas puis revint vers moi :

—Passez par mon secrétariat dans l'après-midi. Cette soirée a dû coûter cher...

—Très... Je n'osais pas vous en parler.

J'étais à quelques pas de la boutique de Kupfer. J'avais hâte de l'entendre. Il était là, penché sur son bureau, presque caché par une pile de livres.

—Monsieur Hobart ! Je ne m'attendais pas à vous revoir de sitôt.

—Moi non plus, pour ne rien vous cacher. Pouvons-nous bavarder un moment ?

—S'il s'agit de Van Wickers, je crois vous avoir dit tout ce que j'en savais.

—Peut-être avez-vous oublié quelques détails ? Monsieur Kupfer, je vais être direct. Pourquoi m'avoir caché que vous étiez récemment retourné sous le nom de Félix chez Tatiana Fedorov ?

—Qui est-ce ?

—La tenancière du bordel d'Ostende.

—Je n'y suis pas retourné récemment mais... il y a deux mois...

—Ce n'est pas vieux...

—Je ne vois pas en quoi cela pouvait vous intéresser. Simple exigence de la chair, besoins physiologiques. Il était question de ma fille pas de ma vie sexuelle ! Je suis célibataire et n'ai nullement envie d'une relation amoureuse régulière. Les prostituées, c'est fait pour ça... J'y suis retourné en allant à Amsterdam pour assister à une vente aux enchères.

—Je suis ici en ami, monsieur Kupfer. La brigade criminelle d'Ostende souhaitait vous interroger. Elle ignore tout de ma première visite. J'ai préféré m'en charger afin de vous éviter cette épreuve. Je dois apporter des réponses précises à des questions précises.

—Lesquelles ?

—Avez-vous rencontré Van Wickers lors de vos visites à Ostende... récemment ?

—Non. Vous avez sans doute oublié que je ne l'ai jamais vu ! Je l'avais aperçu de dos, de nuit et à travers un pare-brise embué ! Le premier soir, quand j'étais garé près de la pharmacie... Il y a deux ans !

—Mais vous aviez obtenu son nom par Samantha !

—Et alors ? Un nom n'est pas un visage ! Montrez-moi une photo de Van Wickers et je vous répondrai... De plus, dans ces endroits, personne ne prononce de noms...

Le pire, c'est qu'il avait raison. Kupfer m'a regardé en souriant, un sourire ambigu...

—Vous me soupçonnez de quoi exactement ?

—Je suis bien obligé de faire mon boulot, monsieur Kupfer... Quand avez-vous vu Samantha pour la dernière fois ?

—Je viens de vous le dire en allant à Amsterdam... c'est-à-dire il y a plus ou moins deux mois...

—Dernière question, monsieur Kupfer, où étiez-vous le 12 janvier ?

—Le 12 janvier... Le 12 janvier... J'étais à 2 500 kilomètres d'ici. C'est facilement vérifiable.

—Où ?

—En Israël. Je m'y rends régulièrement. Histoire de ne pas oublier mes racines.

—Qui peut en témoigner ?

—Je ne sais pas... quelques rabbins... et mon passeport.

Kupfer a ouvert le tiroir de son bureau et m'a tendu le document.

—Regardez les dates du visa d'entrée et celui de sortie... Je suis arrivé en Israël le 5 janvier et j'en suis reparti le 15.

—C'est un grand soulagement pour moi. Croyez bien que cette démarche m'a été imposée.

—Je ne vous en veux pas. Ce sont les obligations de votre métier. Si je comprends bien, vous n'avez fait aucun progrès dans cette affaire...

—Non. Je doute qu'on n'en fasse jamais. Chaque jour ajoute un peu plus d'obscurité à ce meurtre. Le seul progrès accompli ne concerne que votre affaire... votre fille. Un hasard de plus, dans cette affaire !

—Qu'avez-vous appris concernant Déborah ?

—Je suis convaincu que vous aviez raison. Van Wickers fut certainement responsable de sa mort. Comme vous l'avait dit Samantha, ce soir-là, elle n'avait rien bu et n'avait pris aucune drogue. J'en ai eu la confirmation par une autre pensionnaire de madame Fedorov. Samantha aurait dit que votre fille allait avoir beaucoup d'argent... Savez-vous à quoi elle faisait allusion ?

—Non. Vraiment aucune idée. En dehors de l'argent que je versais régulièrement sur son compte... Non. N'oubliez pas que vous m'aviez promis de me dire pourquoi Van

Wickers était bien plus salaud que je ne l'imaginais. Ce sont vos propres paroles.

—Je ne l'ai pas oublié. Bientôt peut-être.

J'étais réellement soulagé de savoir Kupfer hors de cause. Je ne l'avais jamais soupçonné mais cette petite omission m'avait perturbé. Je retrouvais Katia pour déjeuner dans une brasserie des Champs-Élysées.

—Je suis impatiente de savoir ce que vous a dit Kupfer.

—Il n'a rien à voir dans cette affaire. Le jour de la mort de Van Wickers, il était en Israël.

—Il est décidément beaucoup question d'Israël dans cette histoire ! Sans parler de moi…

—De vous ? Que voulez-vous dire ?

—Mais je suis juive ! Puisque mes parents l'étaient ! D'ailleurs, je me demande si je peux épouser un goy !

Elle avait ri si fort que tous les clients s'étaient retournés vers nous.

—Katia, je dois retourner en Belgique. C'est la dernière fois, je vous le promets. Je dois mettre au courant Léo des derniers développements de l'enquête, voir Mollens et aussi rencontrer Willy Beck. Entre-temps, vous réfléchirez à la possibilité d'épouser un goy… Vous n'allez quand même pas m'obliger à me convertir !

—Si vous achevez l'histoire de ma mère en voyant Willy Beck, peut-être consentirais-je à vous en dispenser… dit-elle en riant de nouveau, quand comptez-vous partir ?

—Maintenant. Je dois être à Ostende dans l'après-midi. Je passerai la nuit au Hilton.

—J'ai hâte que tout cela finisse.

J'ai déposé Katia à son domicile. J'avais du mal à la quitter. Nous sommes restés longtemps dans ma voiture, flirtant comme un jeune couple.

—Allez maintenant ! Je vous chasse, lui ai-je dit.

Je suis passé par le secrétariat de De Morsang… J'ai récupéré l'enveloppe qu'il m'avait laissée. Dans ma voiture, j'ai pu constater que les fonds spéciaux devaient être en excédent.

Cinquante mille francs en coupures de cinq cents ! De quoi m'offrir dix soirées chez Tatiana !

J'arrivais à Ostende en fin d'après-midi. Mollens était dans son bureau, entouré d'une escouade de jeunes flics en civil. Il a mis tout le monde dehors en claquant dans ses mains.

—Ils se prennent tous pour des super-flics mais il faut tout leur expliquer !

Mollens me semblait vraiment de mauvais poil.

—Tenez ! Puisque vous parlez flamand, lisez-moi ces conneries ! dit-il en me mettant sous le nez la une d'un quotidien : « Un mort embarrassant... » et en sous-titre : « Que cache la mort de Joseph Van Wickers ? »

—Ça fait partie du métier, Mollens. On en voit davantage en France.

—Des nouvelles, côté français ?

—Oui. Il m'a été facile de rencontrer le père de Déborah. Il a un alibi inattaquable. Il était en Israël du 5 au 15 janvier. Son passeport en témoigne. Et ici ?

—Le Russe ne sortira pas du coma. Le procureur du roi aimerait que l'on accrédite une version suicide ou que l'on mette tout sur le dos de Prakter... Cette affaire semble gêner en haut lieu. Je m'y attendais...

—Pour quelles raisons ?

—Vous ignorez peut-être que la Belgique n'a jamais amnistié les faits de collaboration. J'imagine que l'on craint, en fouillant dans le passé de Van Wickers, que l'on puisse découvrir quelques vérités dérangeantes sur cette période.

—Son passé était donc connu ?

—Au moins de ceux qui se sont mouillés avec les Allemands... et ils sont encore nombreux ici. Ils se connaissent tous. Une sorte de club où chaque membre est détenteur d'un secret sur un autre mais où tout le monde ferme sa gueule... Ajouté aux « protections » de Tatiana Fedorov !

—Si la Belgique classe cette affaire, la France ne pourra que suivre.

— Mademoiselle Van Wickers risque de ne pas l'entendre de cette oreille…

— Non. Je crois qu'elle l'acceptera sans peine. D'ailleurs, elle ne s'est même pas portée partie civile. Pour ne rien vous cacher, Mollens, elle s'en fiche.

— Tiens donc ! Vous me semblez savoir ce que l'on ne révèle qu'à un intime…

— Il n'est pas interdit à un fonctionnaire de police de succomber aux charmes d'une aussi belle femme.

— Je n'ai pas eu le plaisir d'en juger par moi-même… Vous me la présenterez, j'espère…

— Acceptez un dîner à Bruxelles demain soir. Je repartirai pour Paris après.

— Avec plaisir, Hobart. Huit heures au Hilton ?

— Disons neuf heures. Toujours pas de nouvelles de Samantha ?

— Je suis sûr qu'on n'en aura pas de sitôt. La dernière fois que je l'ai vue, elle m'avait affirmé qu'elle était en très bons termes avec Tatiana Fedorov et qu'on pouvait se recommander d'elle. Je suis désolé Hobart, apparemment, elle m'a roulé dans la farine !

Il ne me restait plus qu'à aller rendre visite à Willy Beck. Le dernier témoin de la vie de Juliette Vrims. Ma défunte future belle-mère après tout.

XXIII

À vingt heures, j'étais au casino de Knokke. J'achetais la meilleure place disponible pour le concert de Willy Beck. Je dînais sur place. J'étais en pleine forme, je me sentais léger, insouciant, je ressentais tout avec une certaine volupté. Je dégustais mon repas, je me délectais d'un vieux bordeaux. Il me restait une heure avant le début du concert, le quintet de Willy Beck était prévu pour vingt-deux heures dans la salle Magritte. Je jetais quelques jetons à la roulette. Je gagnais. Je misais mes gains au black jack, je gagnais. Des vieilles dames embijoutées poussaient des montagnes de jetons d'un air blasé et s'exclamaient en flamand : « Welke kans ! Het is niet waar ! »[1] Enfin, l'heure du concert est arrivée.

Les musiciens étaient en place, Willy Beck est arrivé dans son fauteuil roulant sous une salve d'applaudissements. Il semblait avoir la cinquantaine. Il avait des cheveux encore blonds assez longs et des lunettes Ray Ban à verres miroir. Basse, piano, batterie, guitare et sax ténor. Je me suis régalé. Ce type était un excellent jazz man et les autres musiciens n'étaient pas en reste. J'étais grisé par une interprétation de « Round Midnight ». C'est une composition musicalement très complexe, improviser là-dessus n'était pas à la portée d'un amateur.

Pendant la pause, j'ai regagné le bar et ai demandé à parler au directeur du casino. Deux minutes plus tard, il se présentait à moi.

1. Quelle chance ! Ce n'est pas croyable !

—Jos Vaneef... je suis le directeur du casino, vous souhaitez me voir monsieur?

—Maxime Hobart. Je suis désolé de vous déranger. Je suis producteur de disques et je souhaiterais m'entretenir avec Willy Beck; pourriez-vous lui demander de me recevoir après le spectacle?

—Aucune difficulté. Au contraire, je serais ravi d'aider Willy Beck, c'est un de nos meilleurs jazzmen. Avec Toots Thielemans bien sûr, avait-il rajouté, connaisseur.

Juste avant la fin de la pause, Vaneef est revenu me voir pour me dire qu'il mettait un petit salon privé à ma disposition et que Willy viendrait m'y retrouver. Le barman était prévenu et m'y conduirait.

La deuxième partie du concert était du même niveau. Exceptionnel.

J'ai regagné le bar. Le barman m'a conduit vers la salle à manger du restaurant du fond de laquelle on accédait à un petit salon privé. J'ai commandé un Armagnac. Dix minutes après, Willy Beck poussait la porte dans son fauteuil. Maintenant, il me fallait me surpasser dans l'habileté. Revenir sur cette histoire de producteur de disques et aborder un sujet qui risquait de lui déplaire.

—Souhaitez-vous boire quelque chose? Whisky? Une coupe de champagne? Si vous aimez l'Armagnac, il est excellent...

—Un Armagnac me ferait plaisir.

J'allais au bar et revenais avec la bouteille.

—Qu'est-ce que vous avez déjà produit? Je veux dire dans le jazz... me demanda Willy.

À quoi bon raconter des salades à ce type dans son fauteuil? me suis-je dit.

—Pas grand-chose. Vous allez être déçu enfin peut-être. Je ne suis pas producteur. Je souhaitais vous parler. Vous pouvez m'aider...

—Vous n'aviez pas besoin de vous faire passer pour un producteur pour demander à me voir, je ne suis pas une star!

Je ne vois pas en quoi un type dans un fauteuil roulant peut vous aider, mais j'adore les surprises, je vous écoute.

—Je suis désolé mais je craignais que vous ne refusiez... Par contre, je suis un inconditionnel de jazz et là, je ne vous baratine pas, je passe tous mes week-ends ou presque chez mes amis manouches à Saint-Ouen. Sans parler des concerts à travers l'Europe. J'ai la chance de pouvoir voyager, je ne m'en prive pas. Votre interprétation « Round Midnight » m'a transporté, Thelonious Monk a dû applaudir dans sa tombe !

—Merci, venant d'un connaisseur, cela me touche beaucoup, monsieur...

—Maxime Hobart, dis-je en remplissant nos verres.

L'Armagnac avait été un extraordinaire sérum de vérité chez Maria à Zeebrugge.

—Bon, si vous me disiez en quoi je peux vous aider...

—C'est une histoire ancienne, monsieur Beck. Il s'agit de cet accident... au cours duquel...

—Vous vous intéressez à ma paralysie ?

—Non à l'accident et surtout à Juliette Vrims...

—Vrims ? Je ne connais pas ce nom-là !

—Juliette Van Wickers...

Beck avait reposé son verre et baissé la tête. Puis, amer, il consentit à répondre :

—Monsieur Hobart... Croyez-vous que j'ai envie d'évoquer un accident qui m'a coûté mes deux jambes et dans lequel j'ai perdu la seule femme que j'ai aimée dans ma vie ? La nuit, je dors avec mon saxo à portée de mains pour le cas où cela reviendrait dans mes cauchemars.

—Il se trouve que la seule femme que vous ayez aimée dans votre vie était la mère de celle pour laquelle je donnerais volontiers la mienne...

—La fille de Juliette ?

—Oui. La fille de Juliette, Katia Van Wickers.

—Ça alors ! Si je m'attendais ! Elle en parlait souvent. Elle me disait que c'était une fille brillante. Qu'elle finissait ses études aux États-Unis... Mais que voulez-vous savoir ?

—Comment est-ce arrivé ?

—C'est vieux déjà… Juliette était venue m'écouter au festival de Dinant. C'est la ville d'Adolphe Sax, l'inventeur génial du saxophone. Pendant le festival, toute la ville se met à l'heure du saxo. Après mon concert, nous sommes allés dîner, on a arrosé mon anniversaire, un peu trop. On a repris la route pour Bruxelles, où j'habitais, vers quatre heures. À la sortie de Dinant, une voiture nous précédait, elle roulait très lentement, chaque fois que Juliette essayait de la doubler, la voiture accélérait, à la dernière tentative, la voiture s'est rabattue sur la gauche. Juliette a donné un coup de frein brutal, nous avons quitté la route et fini contre un poteau, la voiture a été littéralement coupée en deux ! Je n'ai appris la mort de Juliette que quand je suis sorti du coma. Trois mois après.

—Il y a eu enquête ?

—Lorsque la police m'a interrogé, je leur ai parlé de cette voiture. À part le fait qu'elle était blanche, je ne pouvais leur donner d'autres détails mais vu la quantité d'alcool que nous avions ingurgitée, cet accident est venu grossir les statistiques des accidents dus à l'ivresse au volant…

—Katia a toujours pensé que ce n'était pas un accident…

—Je suis d'accord, mais elle, comment pouvait-elle le penser ?

—Elle a trouvé une lettre de sa mère. Une lettre dans laquelle Juliette exigeait le divorce… elle le menaçait de recourir à tous les moyens… elle est morte peu de temps après…

—C'est vrai, elle voulait divorcer… pas pour moi, mais pour tirer un trait sur sa vie…

—Parlez-moi de Juliette, j'ai l'impression de l'avoir connue. C'est incroyable comme je me suis attaché à cette femme, à son histoire.

—Sa fille a dû vous en parler souvent…

—Elle en parle sans cesse mais elle l'a très peu connue.

—Juliette avait dix ans de plus que moi mais à côté d'elle, j'avais l'impression d'être un vieux. Elle ne pensait qu'à vivre, elle voulait que chaque moment soit un moment volé au temps. Elle avait en horreur la routine. Il fallait que chaque jour soit une surprise.

—Je crois savoir qu'avant vous, elle avait vécu une histoire assez forte…

—Oui. Elle m'en avait parlé. Elle ne voulait rien me cacher. Pour que les choses soient claires, disait-elle. Salomon Grunberg a été l'homme de sa vie mais Juliette ne vivait pas avec le passé. La vie devait continuer aussi belle qu'avant, aussi passionnante.

Un musicien est entré pour proposer à Willy de le raccompagner. Willy s'est retourné vers moi, interrogateur.

—Si vous le voulez bien, je peux le faire, dis-je.

—OK Steph, je me débrouillerai.

—Elle vous avait tout raconté de sa vie ? Tout ?

—Tout. Du moins, je le crois. Même les débuts de son hôtel. Elle voulait divorcer depuis longtemps mais j'ai cru comprendre que pour son mari, il n'en était pas question. Trop d'argent à partager. Un soir, peu de temps avant cet accident, elle m'avait confié qu'elle avait trouvé le moyen de le faire changer d'avis. Comme elle m'avait habitué à ses extravagances, je lui ai demandé comment elle allait s'y prendre, m'attendant à quelque chose de dingue ou de drôle.

Le temps passait. Le casino n'allait pas tarder à nous mettre dehors.

—Elle vous a dit quel moyen elle avait trouvé ?

—Oui. Mais dites-moi, vous êtes là à me faire parler… Si vous m'en disiez un peu plus sur vous ? Qu'est-ce que vous cherchez à savoir exactement ?

—Moi ? J'essaie de tenir une promesse.

Monsieur Vaneef a poussé la porte pour nous dire poliment que le casino devait fermer dans quelques minutes.

—On pourrait peut-être finir cette conversation ailleurs, dis-je ? Ma voiture est devant la porte…

—Pas besoin de voiture. J'habite à dix minutes à pied… ou en fauteuil ! On a loué une maison sur la digue pour la durée de notre contrat, si vous voulez bien m'accompagner jusque-là...

Quelques minutes après, je me retrouvais sur la digue de Knokke. Willy dans son fauteuil motorisé et moi, son saxo à la main.

—Vous me disiez vouloir tenir une promesse ? demanda Willy.

—Je sais tout de la vie de Juliette sauf son histoire avec vous parce qu'il n'y a pas si longtemps, je vous croyais mort dans cet accident. Katia en était persuadée. Son père le lui avait dit.

—Quel salaud !

—Pire que ça !

—Je sais.

—Vous savez pour Van Wickers ?

—Juliette n'était pas tendre quand elle parlait de Van Wickers ! Je sais qu'il s'était mouillé avec les Allemands. Juliette me l'avait dit. Elle en avait la preuve. C'était ça, le moyen que Juliette avait trouvé pour divorcer.

J'étais là, sur la digue déserte de Knokke à quatre heures du matin, à côté d'un jazzman dans un fauteuil roulant et le dernier acte de la vie de Juliette allait enfin être joué.

Nous sommes arrivés devant une villa au nord de Knokke. Willy jonglait avec les commandes de son fauteuil. Dans le séjour, le guitariste jouait quelque chose que j'ai cru reconnaître.

—C'est pas évident de transcrire ça en sol majeur, dit-il à Willy, on pourrait rester en si bémol, non ?

Willy avait récupéré son saxo et entamé le thème de « I could write a book » de Richard Rogers. Le guitariste suivait impeccablement.

—À mon avis, ça tient... dit Willy en se retournant vers moi.

J'étais enthousiaste.

Le guitariste est monté se coucher. Nous étions à nouveau seuls.

— C'est pas aussi bon que l'Armagnac mais ça fera l'affaire, me dit Willy en désignant du doigt une bouteille de Glenfiddich sur une étagère, les verres sont dans la cuisine derrière vous.

Tandis que je remplissais nos verres, je tentais de renouer notre conversation. Mais ce Willy Beck m'attendrissait. Un homme qui avait aimé Juliette, qui était aussi bon jazzman, dans un fauteuil roulant ? Comment pouvait-il en être autrement ?

— Vous aimez les surprises ? En voilà une : je suis flic.

— Non !

— Tout ce qu'il y a de plus vrai ! Mais pas encore pour longtemps.

— Et cette histoire a un rapport avec votre métier ?

— Le hasard s'en est mêlé. Van Wickers a été assassiné…

— Putain de nouvelle !

— On m'a chargé de l'enquête, côté français. C'est une affaire complètement vérolée. En France, c'est quasiment top secret. Mais cette enquête ne m'intéresse plus. Elle m'a permis de connaître Katia. J'en suis fou. Pour tenter d'élucider ce crime, j'ai suivi les traces que Van Wickers a laissées derrière lui. J'ai rencontré une de ses anciennes putes. J'ai eu accès à son dossier à la Sécurité intérieure belge. Pas beau ! Je vous l'ai dit, Katia adorait sa mère mais elle ne savait pas grand-chose de sa vie. Je lui ai fait la promesse de tout savoir, du moins d'essayer… Vous êtes la dernière pièce du puzzle.

— Moi, j'ai toujours pensé qu'il était derrière cet accident. Elle n'aurait pas dû le menacer.

— Vous m'avez dit qu'elle avait des preuves de son passé collabo… Vous savez qu'il a été condamné à la Libération ? Il a fait cinq ans de tôle…

— Mais d'après ce que Juliette disait, c'était plus grave que ça.

— Plus grave ?

— Elle avait la preuve qu'il avait été un des responsables d'un camp de déportation en Hollande. Elle l'avait eue par Salomon Grunberg.

—C'était quoi cette preuve ?

—Une fiche de renseignement des services allemands qui prouvait qu'il avait été le dernier responsable d'un camp de déportation en Hollande. Juliette m'a dit qu'elle était en lieu sûr, dans un coffre dans une banque juive, une banque de diamantaires... à Anvers.

—Vous en êtes certain ?

—C'est ce que Juliette m'avait dit...

—Je suis au courant de cette histoire mais la responsabilité de Van Wickers n'a jamais été établie, lors de son procès, un survivant de ce camp a cru le reconnaître. Mais aucun Van Wickers ne figurait dans les archives qu'avaient récupérées les alliés.

—Évidemment ! Dans ce camp, il ne s'appelait pas Van Wickers !

—Comment ça ?

—Oui... il avait une autre identité...

J'ai cessé de respirer...

—Vous vous en souvenez ?

—Oui. Ça vous étonne, hein ! Hottig.

—Hottig ?

—Oui. Je m'en souviens parce que j'ai toujours pensé qu'il était derrière cet accident, et qu'un jour ou l'autre, ça me servirait. Pendant un moment, j'ai voulu raconter cette histoire. Quand j'en ai parlé à un ami avocat, il m'a fortement déconseillé de le faire, parce que les anciens collabos sont nombreux en Belgique et encore très puissants, que je perdrais mon temps et mon argent, et que cela n'intéressait plus personne et surtout, qu'il ne voyait pas comment la justice pourrait ordonner que l'on ouvre tous les coffres d'une banque... Finalement, j'ai laissé tomber mais je n'ai pas oublié.

—Vous venez de résoudre une sacrée équation !

—Je ne veux pas mourir idiot... Si vous m'expliquiez ?

—D'accord. Attachez votre ceinture !

J'ai tout déballé. Depuis le premier jour jusqu'à ma soirée chez Tatiana. Willy m'écoutait comme un enfant fasciné à qui on raconte une histoire pleine de magiciens et de sorcières. À intervalles réguliers, Willy remplissait nos verres. Quand j'ai terminé, ma voix était enrouée, presque éteinte. Il était midi. Nous avions parlé pendant 8 heures.

— Satisfait du voyage ? lui dis-je.

— Tu parles d'un trip ! Et vous allez laisser tomber, en oubliant tout ça ?

— L'assassin de Van Wickers a réglé ses comptes. Je ne saurais jamais lesquels. J'ai rendu à Katia la mère qu'elle désirait. La mort du notaire est l'œuvre de porte-flingue des services français. Intouchables. On ne remontera jamais plus haut et si cela était, ce serait l'affaire de tribunaux spéciaux, de secret défense. Je n'ai plus de temps à consacrer à autre chose que la vie qu'il me reste à vivre avec Katia. On a vingt ans de différence. C'est encore acceptable mais si j'en juge par la photo de Juliette, quand j'aurai soixante-dix ans, Katia en aura cinquante et sera comme sa mère : exceptionnellement belle. Alors, il me faudra avoir le courage de m'éclipser.

— C'est vrai. Juliette, à cinquante ans, c'était le soleil au zénith…

— D'ici pas longtemps, je reviendrai vous voir, Willy. Avec Katia. Donnez-moi votre téléphone ou une adresse…

— J'ai peur du choc mais j'en serais très heureux ! me dit Willy en griffonnant son adresse sur un bout de partition.

— Merci pour tout Willy.

— Fucking night ! me dit-il en me tendant la main.

J'ai récupéré ma voiture devant le casino. À peine arrivé au Hilton, le concierge me remit deux messages, l'un d'Avner Zakin qui m'annonçait sa visite vers quinze heures et l'autre de Léo qui me demandait de le rappeler. Je le fis depuis ma chambre.

— Je crois que De Morsang a du nouveau, me dit Léo, tu dois l'appeler à son domicile ce soir vers vingt heures.

— Tu as une idée ?

— Aucune.

—J'ai bouclé l'histoire de la mère de Katia. J'ai passé la nuit avec son dernier amoureux.

—Le musicien soi-disant mort ?

—Oui. Pas banal ! Je te raconterai. Je rentre à Paris, ce soir après dîner.

Je quittais ma chambre et m'installais dans un des salons. Le Figaro du jour laissait entendre que la gauche était en difficulté dans les sondages. Tous les instituts la donnaient perdante aux législatives. Avner Zakin est arrivé souriant.

—On mène une enquête très serrée sur place. Tous les salariés de l'I.N.M.I. sont passés sur le gril. Le Shin Bet est sur deux ou trois suspects. Je pense que dans quelques jours, on saura. Et de votre côté, Maxime ?

—Je crois qu'on a mis la main sur un type qui pourrait bien être l'un des assassins du notaire. Le problème est qu'il est dans le coma. Côté Van Wickers, j'ai des nouvelles intéressantes : il a été responsable du camp de Hertogenbosch, vous savez comme moi qu'on ne pouvait le prouver à l'époque de son procès, mais Juliette le pouvait. Elle était en possession d'une fiche des services allemands sur Van Wickers en tant que SS.

—Nous savons qu'à Hertogenbosch, une centaine de femmes a été enfermée dans une baraque de tôle sans la moindre aération, vingt sont mortes de suffocation. Nous n'avons jamais retrouvé la trace des responsables de ce camp. Apparemment, ils sont tous morts ou quelque part en Amérique latine…

—Sauf Van Wickers. Il avait dirigé ce camp sous le nom de Hottig !

—Chapeau Maxime ! Vous auriez été un bon collaborateur du centre Simon Wiesenthal ! Comment avez-vous appris cela ?

—Avner, c'est la seule chose que je ne vous dévoilerai pas. Un type formidable, qui a payé très cher d'avoir connu et aimé Juliette. J'ai votre parole que jamais vous ne tenterez de remonter jusqu'à lui et qu'il ne sera jamais inquiété par cette affaire ?

—Vous avez ma parole. Je n'ai pas menti à ma hiérarchie : c'était vraiment un criminel de guerre ! Il me reste à le prouver.

—Facile... Vous n'avez qu'à récupérer cette fiche allemande.

—Mais... Où ?

—Il ne doit pas y avoir beaucoup de banques juives à Anvers, une banque de diamantaires...

—Il n'y en a qu'une : la Jewish Diamond Bank van Antwerpen.

—Il ne vous reste plus qu'à chercher un coffre au nom de Juliette Vrims ou Van Wickers ou encore Grunberg...

—Si cette fiche est quelque part dans cette banque, croyez-moi, je vais la récupérer ! Rien de nouveau concernant l'assassinat de Van Wickers... ce dossier disparu ?

—Non. Hélas ! Côté belge, ça se complique un peu. Il est fortement question de classer l'affaire : suicide ! Ce sera certainement la version officielle. On craint que certaines choses ne remontent à la surface.

—Comme à chaque fois dans ce genre d'histoire. On a l'habitude. Si vous saviez le nombre de pays qui ont sciemment étouffé des affaires similaires ! Mais nous sommes obstinés, nous ne lâchons pas facilement. Il est hors de question de laisser l'I.N.M.I. dans l'insécurité. Nous saurons !

—Et vous me le direz...

—Une parole est une parole. Au minimum, je vous dirai pour le compte de qui cette gélule a été volée et alors, vous retrouverez ce dossier !

—J'espère que vous ne tarderez pas trop parce que moi... dans quelques jours, je ne serai qu'un flic à la retraite. J'ai l'impression de vous avoir raconté ma vie, comme si l'affaire Van Wickers en était l'essentiel...

—Toutes les vies se résument à peu de chose, quelques-unes connaissent des périodes intenses qui les justifient. Appelez-moi dans deux ou trois jours.

XXIV

Je suis remonté dans ma chambre. Je tentais de joindre Katia pour lui annoncer mon retour vers minuit. Son téléphone était constamment occupé. J'avais encore quatre heures devant moi avant mon dîner avec Mollens. Je me suis allongé. J'ai eu le sentiment bizarre que quelque chose s'achevait. J'ai revu défiler toute cette histoire depuis que Katia était entrée dans mon bureau. J'avais l'impression d'avoir connu des dizaines de personnages, ils défilaient sous mes yeux. Ils avaient tous un visage, excepté ceux de Van Wickers et de Salomon Grunberg. Je trouvais ce point commun étrange. Le faux père haï et le vrai père aimé et inconnu… Inconnu ? Et si sa veuve était encore en vie ?

Aux dires de Maria, elle avait accepté la liaison de son mari avec Juliette pendant des années, qui sait quels liens avaient pu se nouer dans cette complicité ? Quelles confidences Salomon avait-il pu faire à cette femme complaisante ? À présent, je savais l'essentiel de la vie de la mère de Katia mais pas grand-chose de la vie de son père. Je ne résistai pas et composai le numéro des renseignements. J'appris qu'il y avait douze Grunberg en Belgique et parmi ces derniers, un en liste rouge. Un quart d'heure plus tard, j'avais épuisé tous les numéros. Aucun ne concernait une veuve Salomon Grunberg. Restait le numéro liste rouge. Léo avait sûrement ses entrées aux télécoms belges. Je le rappelais.

—Je quitte Zakin à l'instant. Il pense avoir du nouveau bientôt, les services israéliens ont deux ou trois suspects.

— Tu es proche du but.

— Peut-être… mais même si Zakin joue le jeu, est-ce que les Israéliens donneront un type qui est à l'origine de la mort d'un ancien SS ? De plus, les Belges vont classer l'affaire. On ne pourra que les imiter.

— Pas de justice. Gaénnec s'en tirera indemne !

— Je le regrette pour De Morsang. Il va lui falloir trouver autre chose. J'ai une dernière faveur à te demander Léo, peux-tu te faire communiquer un numéro sur liste rouge ?

— Je suppose que je ne dois pas te demander pourquoi ? À quel nom ?

— Tu supposes bien. Madame Grunberg, ou Salomon Grunberg…

— C'est le point final de l'histoire de Juliette Van Wickers ?

— Bien deviné ! Disons un complément…

— Je te rappelle.

J'essayais de joindre Katia. Toujours occupé. Entre deux tentatives, Léo me rappelait et me communiquait le numéro et l'adresse correspondante.

— C'est au 630 avenue Molière à Bruxelles.

Je notais le numéro de téléphone et l'adresse. J'avais quatre heures avant le dîner avec Mollens. Je réfléchissais à la meilleure façon d'établir ce contact, si c'était le bon. Quel âge pouvait avoir madame Grunberg ? Une vieille dame peut-être seule ? Sûrement méfiante à l'égard d'un inconnu. J'appelais le cœur battant.

— Je suis bien chez madame Salomon Grunberg ? Madame veuve Salomon Grunberg ?

— Oui. Qui la demande ?

— Mon nom est Maxime Hobart. Je suis le fils d'un ami de monsieur Grunberg. Je suis de passage à Bruxelles, j'aurais aimé dire un mot à Madame avant mon départ.

— Ne quittez pas, je vais voir si Madame veut bien vous prendre.

J'ai attendu plusieurs minutes. J'imaginais une vieille dame dans une vaste demeure se dirigeant à petits pas vers le téléphone.

—Allô ? À qui ai-je le plaisir de parler ?

Madame Grunberg avait une voix claire, à peine voilée par l'âge, elle avait prononcé cette phrase lentement, en détachant chaque syllabe. Subitement, j'étais pris d'un doute. Si elle n'était pas au courant de la liaison de son mari ? Si Maria s'était trompée ? Je n'avais pas suffisamment préparé mon appel.

—Maxime Hobart.

—Ce nom ne me dit rien. Que puis-je faire pour vous ?

—Mon père, que j'ai perdu récemment, a bien connu monsieur Grunberg, il m'en parlait souvent. J'aurais été heureux de vous en dire quelques mots.

—Vous êtes Français, cela s'entend à votre accent. Mon cher époux connaissait tant de monde… Il m'a quitté il y a si longtemps. Croyez-vous qu'il soit bien nécessaire d'en évoquer le souvenir ?

—Vous m'aideriez à combler quelques manques dans la vie de mon père. Je n'ai pas été assez curieux de son vivant et aujourd'hui…

—Comme tous les enfants… ils regrettent toujours ce qu'ils auraient pu faire, ce qu'ils auraient dû dire…

—Autorisez-moi à vous rendre visite… je dois quitter la Belgique demain…

—À mon âge, l'occasion de faire plaisir devient rare. Pourquoi la refuserais-je aujourd'hui… Avez-vous mon adresse ?

—Oui. Je peux être chez vous dans un quart d'heure, cela vous convient-il ?

—C'est un peu précipité… si vous le voulez. Ne vous formalisez pas si mon gardien et ma femme de chambre sont présents, les vieux sont si vulnérables.

—Je comprends. À tout de suite, madame.

En raccrochant, je n'étais pas fier de moi. J'allais sûrement perturber cette vieille dame mais l'idée d'achever l'histoire de Juliette, d'écrire le mot fin sur cette vie hors du commun et de l'offrir à Katia atténuait mes scrupules.

Je me suis rendu à l'adresse que m'avait indiquée Léo.

En arrière d'une grille de fer forgé, un jardinet précédait un somptueux hôtel particulier de style Art Déco. Une discrète plaque sur la façade portait l'inscription : Victor Horta architecte 1930.

Une domestique est venue m'ouvrir.

—Maxime Hobart.

—Madame vous attend. Si vous voulez bien me suivre.

J'ai suivi la domestique dans un hall majestueux. Une mosaïque au sol dessinait un bouquet d'iris. Le dieu Pan dans une niche observait en face de lui une Vénus de marbre dans une alcôve faiblement éclairée. Des tableaux anciens dont aucun n'aurait dépareillé des collections des plus grands musées recouvraient des lambris de bois précieux. Nous avons franchi une large porte de palissandre et sommes arrivés dans un salon aux volumes surprenants. Deux niveaux précédaient une troisième partie en contrebas qui donnait par une immense baie vitrée sur un jardin abondant. J'ai descendu un large escalier de marbre à pas lents. Je ne pouvais m'empêcher de contempler ce décor onirique. Le mobilier me semblait être l'œuvre des meilleurs créateurs des années vingt. Un catalogue de ce qui devait se faire de mieux à l'époque Art Déco. De grandes flammes dansaient en crépitant dans une cheminée au manteau d'acajou. Madame Grunberg me fit un petit signe de la main.

—Approchez, monsieur Hobart, approchez…

Elle était assise dans un large fauteuil près du feu. Je ne pouvais la distinguer complètement. Je me suis approché, une émotion incontrôlable accélérait les battements de mon cœur. Je ne pouvais y croire, j'étais là où avait été le père de Katia au milieu de ses meubles devant sa femme. J'ai fait un effort pour réprimer mon émotion. J'ai respiré profondément et fait quelques pas vers la cheminée. Quelle vieille dame ! Des boucles de cheveux blancs entouraient un visage d'une douceur infinie. Des yeux bleus d'une clarté rare, comme une eau à peine teintée. Elle portait un peignoir de satin ivoire qui enveloppait un corps que l'on devinait d'une fragile minceur.

—Vous me pardonnerez de vous recevoir dans une tenue d'intérieur, à mon âge, on peut faire l'économie de coquetteries inutiles.

—Je n'ai pas l'impression que vous en ayez besoin madame, lui dis-je en me penchant sur sa main.

—Mon Dieu ! Un homme galant ! Cela existe encore ?

—Je suis de la vieille école… dis-je en lui souriant.

—Prenez place près de moi, dit-elle en désignant un fauteuil en face d'elle. Octave, vous pouvez nous laisser, vous aussi Madeleine… Monsieur est un gentleman.

À ces mots, Octave émergea du fond de la pièce suivi de Madeleine, les deux domestiques s'éloignèrent en silence.

—Octave est mon ange gardien, il veille sur ma sécurité, son père était déjà au service de mon mari. Parlez-moi de vous… de votre père. Un ami de mon cher Salomon…

—De moi, je n'ai pas grand-chose à vous raconter, mon père a fait son devoir pendant la dernière guerre mais il n'en parlait pas souvent, excepté qu'il avait eu un compagnon d'arme belge. Je me suis toujours souvenu de son nom. Mais sur cette époque de sa vie, je ne sais rien. J'espérais par cette visite en savoir un peu plus. Votre mari vous parlait-il de cette terrible période, de ses compagnons d'armes ?

—Pas souvent. Dans ce domaine, il faisait preuve de modestie. Mon mari était un homme déterminé et courageux. Peut-être même téméraire. Quand il désirait quelque chose, rien ne pouvait l'arrêter. Pour être son ami, il fallait faire preuve des mêmes qualités, il avait en horreur les indécis et les pusillanimes. À coup sûr, votre père devait être à la hauteur de ses exigences… Mais hélas ! je ne me souviens pas avoir entendu son nom, ni d'autres noms…

—Parlez-moi de monsieur Grunberg. De son activité pendant la guerre…

—Salomon était l'unique héritier d'une riche famille anversoise, une dynastie de diamantaires depuis le dix-huitième siècle. Il avait trente ans lorsque la guerre a éclaté. Il s'y attendait, l'Europe bruissait de bruits de bottes depuis longtemps, il avait mis à l'abri l'essentiel de la fortune familiale. Mais l'invasion de la Belgique fut si brutale, si soudaine qu'il n'eut pas le temps de mettre ses parents hors de danger.

Madame Grunberg s'était interrompue. Elle fixait le feu, pensive, elle avait posé sa main sur la mienne comme pour s'excuser de cette interruption. Elle respira profondément puis elle poursuivit :

— Il tenta de les conduire aux États-Unis via l'Angleterre. Les Allemands les arrêtèrent en Hollande à Rotterdam, je crois. Ils furent internés dans le camp d'Hertogenbosch. Salomon s'est évadé mais il ne pouvait imaginer ce qui attendait tous les juifs d'Europe, sans quoi il n'aurait jamais abandonné ses parents, j'en suis certaine. Arrivé aux USA, il fut refoulé comme un grand nombre de réfugiés, là encore, il réussit à tromper la vigilance des autorités américaines et embarqua clandestinement dans un cargo à destination du Canada où il se fit passer pour Français.

La vieille dame allongea le bras vers une carafe de cristal et se versa un peu d'eau qu'elle but à petites gorgées.

— Je ne suis plus capable de parler sans reprendre mon souffle, pardonnez-moi, dit-elle dans un sourire angélique, où en étais-je ?

— Au Canada…

— Oui. Au Canada, il s'engagea dans le corps expéditionnaire et prit part au débarquement allié. Hasard extraordinaire, son unité fut celle qui libéra le camp d'Hertogenbosch. Ses parents n'y étaient plus. Son père avait été déporté vers un camp en Pologne… Sa mère était morte dans ce camp. D'après les survivants, elle avait été enfermée dans un minuscule bâtiment de tôle pendant plusieurs jours avec une centaine d'autres femmes.

— C'est à cette époque que mon père l'a peut-être connu…

— Sans doute, je crois que l'armée canadienne a fait route vers la France pour appuyer les forces alliées qui combattaient en Normandie.

— Ne vous a-t-il jamais rien dit d'autre sur ce camp ?

—Il m'avait dit, quelques années après la guerre, qu'il avait retrouvé le responsable de ce camp. Il en avait la preuve. Il avait dérobé les archives du camp d'Hertogenbosch en 45, dans le but de venger la mort de ses parents. Il aurait été capable de dépenser sa fortune pour retrouver les responsables du camp, il a largement contribué au financement des centres de recherches juifs après-guerre.

J'écoutais cette voix angélique et je tremblais. Se pouvait-il que Van Wickers ait été responsable de la mort... des grands-parents de Katia. À quoi jouait le destin ?

—Quelle suite a-t-il donné à cela ?

—Je ne l'ai jamais su. Je suppose qu'il a fait part de sa découverte aux autorités concernées ?

—Me montreriez-vous une photographie de votre mari ?

—Mais bien volontiers, donnez-moi votre bras...

J'ai accompagné madame Grunberg en la soutenant, jusqu'à la bibliothèque, mon regard se perdait dans la contemplation de reliures somptueuses, une méridienne attendait un éventuel lecteur, entre deux hautes fenêtres, dans un grand cadre vieil argent, Salomon Grunberg, un livre à la main, semblait nous regarder. C'était une photographie en buste, aussi grande qu'un poster. En bas, sur la droite la signature « Studio Harcourt Paris ». Salomon était en smoking blanc et nœud papillon. Des cheveux raides peut-être noirs plaqués en arrière, de grands yeux indéfinissables, plutôt clairs. Un sourire lointain, à peine perceptible sur des lèvres sensuelles. Un concurrent sérieux pour Rudolph Valentino.

—Quel bel homme, n'est-ce pas ? me dit madame Grunberg.

—Assurément.

—Ce ne fut pas toujours facile à assumer. Notre salon en a vu des séductrices autour de lui !

—Je suis sûr qu'elles n'avaient aucune chance de vous détrôner...

—Ho ! Ne croyez pas ça ! Retournons près du feu, voulez-vous ? Madeleine a dû préparer le thé.

Sitôt installés, Madeleine nous servit le thé dans les plus fines porcelaines de Chine.

—Que voulez-vous, un homme riche, intelligent et de surcroît beau. La tâche était insurmontable. Je ne pouvais m'épuiser en jalousies inutiles… Un jour ou l'autre, cela arriverait et c'est arrivé…

—Sans doute une broutille…

—Non. Une histoire sérieuse, une belle histoire d'amour. Ce fut le drame de ma vie. Mais j'aimais Salomon au-delà de tout. Plutôt que de le perdre, j'ai accepté de le partager. Mais voilà que je vous parle de moi à présent, pardonnez-moi. Les vieux ne manquent jamais d'ennuyer le monde avec leurs souvenirs.

—Mais pas du tout, je vous assure que je vous écoute avec intérêt. Comment avez-vous vécu cette histoire ? Ce fut difficile sans doute ?

—Salomon n'aurait jamais renoncé à cette femme. Je ne concevais pas ma vie sans lui. J'ai accepté. Ce n'était pas de la complaisance. Vouloir le bonheur de l'être aimé au-delà de soi-même… Une tendre complicité nous unissait et cela, personne au monde n'aurait pu nous le retirer. Et il y avait nos enfants. Deux garçons.

—Que font-ils aujourd'hui ?

—Deux carrières exceptionnelles. L'aîné est avocat associé d'un des plus grands cabinets d'affaires à New York. Le cadet dirige le centre de biologie moléculaire d'une université en Pennsylvanie. Leur père les a mis à l'abri pour longtemps, ils peuvent se consacrer à leur métier sans contrainte…

—Vous ne les voyez pas assez souvent…

—Hélas ! Seulement deux fois par an.

—Cette femme, l'avez-vous rencontrée ?

—Oui. Une fois. Une seule fois. Sans qu'elle sache à qui elle avait affaire, le hasard d'une rencontre… Cela m'a suffi pour comprendre que j'avais perdu la partie. Cette femme avait tout pour elle. Elle était d'une beauté époustouflante. Elle était vive, éclatante de santé. Elle dégageait une impression de force irrésistible. Leur histoire a duré vingt ans, jusqu'à la mort de Salomon, il y a treize ans déjà... Pendant toutes ces années, je n'ai eu qu'une crainte, celle de l'arrivée d'un enfant au sein de ce couple idyllique... Mais à y repenser, ce n'était que la crainte de voir Salomon dans une situation intenable, j'avais peur pour lui, pas pour moi. Cette femme n'avait-elle pas droit au bonheur de la maternité ? Mais parlez-moi de votre père...

—Il a eu une carrière modeste. Je crois qu'être revenu vivant de la guerre a relativisé ses ambitions. Pour lui, le bonheur ne pouvait se trouver que dans les choses simples.

—Il avait bien raison. La fortune de ma famille n'a pu m'épargner du naufrage de mon mariage. J'avais beau me griser des réceptions que nous donnions, de mes voyages ou des objets d'art que je m'offrais... Mais on s'habitue et la vie vous donne d'autres bonheurs, d'autres raisons de vivre...

—J'aimerais posséder une photographie de monsieur Grunberg...

—Mais... que pourriez-vous bien en faire ?

—Elle prendra place dans l'album que je constitue, auprès de celle de mon père. Je pourrais, avec votre permission, la montrer à d'autres compagnons d'armes, si j'en trouve...

—Vous avez l'intention de poursuivre vos recherches sur votre père ?

—Aussi loin que je le pourrai...

Madame Grunberg sonna sa domestique.

—Madeleine voulez-vous m'apporter l'album qui se trouve sur mon bureau dans ma chambre.

Quelques instants plus tard, Madeleine tendait à la vieille dame un album de maroquin rouge. Madame Grunberg parcourait les pages silencieusement. De temps à autre, elle s'attardait sur l'une d'elles puis elle relevait la tête et regardait par-delà la baie vitrée, un sourire nostalgique aux coins des lèvres.

—Mon Dieu ! Que de souvenirs... ne reste-t-il donc que cela d'une vie ?

Enfin, elle détacha une photographie d'une des pages et me la présenta.

—Voici, c'est la même que celle de la bibliothèque, dans un format plus raisonnable.

—Je ne sais comment vous remercier, chère madame. Si vous m'y autorisez, je vous rendrai visite lors de mon prochain passage en Belgique.

—Avec plaisir, je reçois si peu de monde, les journées me semblent si longues. Vous me semblez être quelqu'un de fréquentable, dit-elle en me tendant le bras.

J'ai quitté l'hôtel particulier oscillant entre tristesse et bonheur. Mais en me traitant de salaud ! J'avais menti à cette femme comme je ne l'avais jamais fait de toute ma vie ! Je me consolais en me persuadant que cela avait dû lui faire plaisir de pouvoir reparler de son mari, de ses jeunes années... Je venais de prendre une belle leçon de vie. La sérénité de cette vieille dame, la dignité qui émanait d'elle, les restes de son abnégation pour l'amour de l'homme qu'elle avait accepté de partager, m'avaient bouleversé. Mais d'un autre côté, j'éprouvais la satisfaction du devoir accompli. J'apportais à Katia, comme une offrande, l'histoire de sa mère, cette mère obsédante, toujours présente dans ses pensées, j'apportais les dernières heures de sa vie et des bribes de la vie de son père, un homme aussi exceptionnel que Juliette. Mieux, une photo de ce père qu'elle n'avait jamais connu. Un triomphe ! J'allais même pouvoir lui dire qu'elle avait deux demi-frères aussi brillants que leur père. Ce père qui, plus de trente ans avant, avait renoncé à venger ses parents en faisant chanter Van Wickers, pour avoir Juliette ! C'était ma dot. Si avec ça, elle refusait de m'épouser...

XXV

Depuis ma chambre, je tentai de joindre Katia. Enfin, elle décrocha.

—Je n'ai cessé de vous appeler. J'étais inquiet.

—Qu'attendez-vous pour revenir vers moi, Maxime ?

—Je suis impatient de vous retrouver. J'ai des choses merveilleuses à vous raconter. Vous ne regretterez pas de m'avoir attendu.

—Je vais mourir d'impatience…

—Je prendrai la route après mon dîner avec Mollens, je serai à Paris aux environs de minuit.

Je me suis subitement souvenu du message de Léo. Je devais appeler De Morsang à son domicile.

—Bonsoir monsieur, un peu en retard…

—Je tenais à vous faire savoir que Gaénnec se prépare à passer à la vitesse supérieure.

—C'est-à-dire ?

—Il a reçu un appel dans sa voiture. Une imprudence. Son chauffeur est un de mes hommes. Fouché espionnait bien Bonaparte ! La conversation a été brève. Gaénnec a hurlé : « Récupérez-le à n'importe quel prix ! Vous m'entendez ! À n'importe quel prix ! Ces documents n'ont pas pu disparaître ! » Je vous l'ai dit… quand les technocrates paniquent…

—Je ne sais quoi en déduire…

—Redoublez de vigilance, Hobart le poisson ne va pas tarder à mordre.

— Il va falloir aller vite. Les Belges vont classer l'affaire Van Wickers. Dans quelques heures, au mieux quelques jours, je n'aurai aucun droit à enquêter ici.

— Pour quelles raisons vont-ils abandonner ?

— Le passé de Van Wickers gêne beaucoup de monde. La Belgique n'a jamais amnistié les faits de collaborations... Ça doit inquiéter beaucoup de monde.

— Et pour le notaire ? Ils ne peuvent pas mettre l'affaire à la trappe tout de même !

— L'enquête continuera au ralenti sans doute mais à quel titre pourrais-je y être impliqué ? C'est une affaire qui ne regarde en rien la France !

— Il faut espérer que Gaénnec fera sa connerie en France... Sans ça, il s'en sortira.

— J'ai rendez-vous avec Mollens dans un quart d'heure. Je vais tenter de le persuader de retarder autant que possible la décision du procureur. Je vous tiens au courant. Merci de m'avoir prévenu pour Gaénnec. Je serais à Paris demain.

— À demain, Hobart.

Mollens m'attendait en sirotant une bière au bar du Hilton.

— Je n'ai plus l'occasion de venir à Bruxelles, je suis ravi de ce dîner avec vous Hobart, j'espérais secrètement connaître mademoiselle Van Wickers...

— Une autre fois peut être. Avez-vous quelques nouvelles fraîches ?

— Prakter est toujours dans le coma. Samantha a bel et bien disparu. La police de l'air et des frontières m'a confirmé qu'elle avait pris un vol pour Santiago. Adieu !

— Qu'aurait-elle bien pu nous apprendre ? Prakter ne pourra plus contredire ses déclarations... à quoi bon !

— Le juge d'instruction a classé l'affaire Van Wickers. Officiellement, il s'est suicidé en avalant de la strychnine... Je le pressentais. On ne me laisse pas le choix.

— Et si vous insistez... Vous vous retrouvez dans un placard à pantoufler en attendant la retraite, dis-je en souriant.

— Vous ne croyez pas si bien dire, Hobart !

J'étais décidément un sentimental. Je m'apitoyais sur Mollens ! Je me revoyais, il y avait presqu'un an dans le bureau de mes patrons : laissez tomber Hobart ! Qu'est-ce que vous en avez à foutre que madame X s'envoie en l'air avec un peu de coke dans les narines ! Vous n'allez pas tenter de remonter un réseau de trafiquants à partir de ça ! Avec une femme de ministre au milieu de cette histoire…

—C'est exactement ce que je viens de vivre. Pendant dix mois. Un placard et des missions minables !

—Vous ?

—Moi ! Maxime Hobart ex-commissaire à la brigade criminelle de Paris. On ne m'a sorti de ce placard que pour cette affaire. Je vous ai bluffé, Mollens. Je vous rassure, rien de grave mais ça aurait pu l'être…

—Comment ça bluffé ?

—J'avais reçu comme instructions formelles de vous devancer dans cette enquête. Je devais tout mettre en œuvre pour identifier l'assassin de Van Wickers pas de l'arrêter, ça, c'était pour vous.

—Pourquoi ? J'avoue ne pas comprendre…

—Parce qu'on soupçonnait un haut fonctionnaire français d'être mêlé à cette histoire. Je ne vous donnerai pas son nom. Disons qu'il était mentionné dans le testament de Van Wickers… Mais oui, le notaire m'avait lu le testament de Van Wickers ! Mais ce haut fonctionnaire n'est pas derrière la mort de Van Wickers. Je suis persuadé que Van Wickers le faisait chanter.

—C'est un mobile plus que suffisant !

—Non. D'ailleurs, c'est lui qui m'a mis sur l'enquête. Mais je vous l'avais dit, tout le monde se fiche de l'assassinat de Van Wickers… y compris sa fille qui ne veut même pas de son héritage.

Mollens m'a regardé, puis il a éclaté de rire.

—Je ne vous en veux pas, Hobart. J'en ai autant à votre service…

—Pardon ?

— Ho ! Ce n'était rien d'officiel, on m'a juste prié de ne pas faire trop de zèle, de vous laisser vous démerder seul quoi… Entre le passé nazi de Van Wickers et ses activités de pourvoyeur de sexe, il y avait de quoi empêcher beaucoup de gens de dormir. La fiche de Van Wickers a été blanchie dès le résultat de l'autopsie. Je me demande comment vous en avez eu connaissance ?

— Secret professionnel. On a l'air de vrais pigeons, Mollens ! Et que m'avez-vous caché ?

— Prakter. Quand la femme de ménage nous l'a décrit, j'ai tout de suite su qu'il s'agissait de Léonid Prakter ! On l'avait mis hors de cause, le jour de la mort de Van Wickers, il était en France… On l'a vérifié.

— Vous auriez pu au moins le surveiller, ça m'aurait évité un passage à tabac ! Et pour le notaire ? Vous continuez ?

— Même chose… Enterré ! Ça, c'est de ma faute… Quand j'ai dit au juge d'instruction qu'il y avait un lien évident entre la mort de Van Wickers et celle du notaire… On a dû avoir peur ! Version officielle : Prakter l'a tué. Crime crapuleux… On a trouvé sur lui les mêmes cigares que les mégots qui traînaient chez le notaire, entre nous… ça, c'est vrai !

— Quand il m'a tabassé, il me l'a pratiquement avoué… Mais il n'était pas seul chez le notaire…

— Non. Mais ce sera suffisant pour tout lui mettre sur le dos. En attendant qu'un jour, le hasard fasse ressortir cette histoire. Je suis trop jeune pour attendre la retraite dans un placard, comme vous dites.

Le barman s'est approché de nous et s'est adressé à Mollens :

— On vous demande au téléphone… la première cabine dans le hall.

Mollens est revenu une minute plus tard.

— C'était mon adjoint. L'hôpital a téléphoné. Prakter est mort.

Nous avons bavardé de choses et d'autres, de jazz. Nous nous sommes quittés comme de vieux copains d'école.

XXVI

Un accident sur le périphérique m'a retardé, j'arrivais chaussée de la Muette vers deux heures. La porte était entrouverte. J'ai eu un pressentiment horrible. Je me suis précipité dans le hall d'entrée, j'ai buté sur les tiroirs de la commode par terre. Dans le salon, un des fauteuils était renversé, j'ai aperçu les jambes de Katia au milieu de dizaines de livres éparpillés sur la moquette.

Katia était allongée à même le sol, la tête près de la cheminée. Je me suis penché vers elle. J'ai glissé mes mains sous sa chevelure, entre ses longues mèches noires, mes doigts émergeaient couverts de rouge sombre. Je regardais, hébété, ces mains rouges au-dessus de sa peau blanche. J'ai senti mille lames me transpercer de toutes parts. J'ai voulu hurler mais je n'ai entendu qu'un cri lointain qui se répercutait contre les parois de mon crâne, un cri qui mordait mes entrailles avant de venir mourir comme un râle dans ma gorge.

Mon esprit s'est enfui. Très loin. Je n'étais plus qu'un corps sans conscience souffrant mille brûlures. Je n'étais que ça. Une suite de sons rauques. Des sons venus d'ailleurs. Inhumains. J'étais une douleur objective. Absolue.

Combien de temps suis-je resté agenouillé près d'elle ? Des heures ? Ma conscience revenait insensiblement de son voyage hors de mon corps et tandis qu'elle regagnait sa place, je m'entendais prononcer des mots incompréhensibles, des mots que je ne croyais pas connaître. J'ai profané les noms les plus sacrés. Je les ai maudits. J'ai accusé le ciel, j'ai pactisé avec l'enfer. J'ai tué l'humanité entière. Je me suis effondré et j'ai pleuré. Je suis resté près de Katia jusqu'au matin.

L'aube filtrait à travers les voilages du salon. Les yeux secs comme une pierre, je me suis mis la tête sous l'eau. Un miroir m'a renvoyé l'image d'un homme que je ne connaissais pas. Je me suis revu dans un train regardant un reflet dans une vitre… Subitement, j'ai ressenti comme un vide intérieur. Quelque chose de glacial me pénétrait tandis que s'échappait de moi, comme une eau qui s'enfuit dans une pente, le vague sentiment d'être un homme. J'ai éclaté de rire, d'un rire terrible. Nerveux et cynique. Je débordais de haine. Je réfléchissais à une vitesse inconcevable.

Je me suis dirigé vers la chambre comme un somnambule. J'ai renversé le vase, le bracelet était là. Ce n'était pas un vol. J'avais l'impression d'obéir à un ordre. J'allais avoir besoin de gros moyens pour régler de gros comptes. J'avais la permission de Katia. J'ai prévenu la police locale. Trois policiers en tenue et un inspecteur sont arrivés. J'ai expliqué les raisons de ma présence en exhibant ma carte du ministère : j'étais chargé d'une enquête confidentielle sur la mort du père de la victime. Je venais lui faire part des progrès de l'enquête. La porte était ouverte. Dix minutes après, deux autres flics ont débarqué. Les flashs ont crépité. Un médecin s'est penché sur le corps de Katia, il a dit d'un ton neutre :

— Entre vingt et vingt-deux heures, hier soir.

Les flics ont déplié un brancard et ont emmené Katia. J'ai laissé mes coordonnées à l'inspecteur et je suis parti.

J'ai marché. Longtemps. Je suis revenu sur mes pas, j'ai récupéré ma voiture et j'ai filé vers la porte de Clignancourt.

Je me suis rendu chez Youri… Je l'avais connu aux puces de Saint-Ouen, chez Louise, au marché Vernaison où il jouait tous les dimanches. Quand je lui avais dit que j'avais une guitare Selmer comme celle de Django, il n'a plus cessé de me demander de la lui vendre. J'ai fini par lui prêter cet instrument de rêve. Comme un mécène prête un Stradivarius à un grand violoniste. Un jour, on me l'a amené à la brigade, menotté. Un règlement de compte sanglant entre clans rivaux. Il n'y était pour rien mais tout l'accablait. Il était bon pour quelques années de prison. Je l'ai sorti de cette histoire en usant de moyens peu orthodoxes... Reconnaissance éternelle ! Depuis la rue des Rosiers, je percevais les accords de Djangologie. J'ai sonné, Youri est sorti à sa fenêtre la guitare à la main.

—Maxime ! Entre, la porte n'est pas fermée.

On a bu un café en silence. Youri sentait ma nervosité.

—T'as pas l'air bien, me dit-il en descendant une gamme.

—Pose ta guitare Youri... J'ai quelque chose à te demander...

—Tu m'as l'air trop sérieux... C'est pas bon signe...

—J'ai besoin d'un tuyau, est-ce que tu connais un fourgue, un solide, pas un gagne-petit ?

—Max je ne fais plus dans l'embrouille depuis longtemps, tu le sais...

—Ce n'est pas une embrouille, c'est propre, tu as ma parole, aucun risque, je vends une marchandise claire comme de l'eau de roche !

—Mais je ne pige pas ! Si c'est clair, pourquoi un fourgue ?

—Le temps Youri, le temps ! Il me faut négocier ça, dans les 48 heures, tu me vois aller chercher un acheteur pour un truc qui vaut au bas mot une centaine de briques ?

Je laissai tomber le bracelet sur la table sous le regard ébahi de Youri.

—C'est pas possible ! C'est du toc !

—C'est tout ce qu'il y a de plus vrai !

—Mais d'où tu sors ça, Max ? C'est pas avec ton salaire de flic !

—Youri, je te dis que c'est propre ! C'est un bien de famille, on n'a plus les papiers, ne m'en demande pas plus.

—Bon. Donne-moi 48 heures...

—Non ! 24 heures maximum.

—Je vais essayer, mais garde le bracelet, des fois qu'il m'arriverait quelque chose...

— À demain ?

— À demain, Max.

— N'essaie pas de me joindre à mon bureau. Je n'y serai pas. Surtout pas…

Je ressentais une solitude inhabituelle. Je n'avais jamais enduré de situation qui aurait nécessité la présence d'un ami, d'un confident. Je ressentais ce qu'un condamné à mort ressent quand il marche lentement vers l'échafaud. Plus personne ne peut rien pour lui. Encore vivant mais déjà dans un monde qui n'est plus le sien. Je suis rentré chez moi. J'ai pris une douche. Je me suis rasé. Je me suis regardé. J'avais vieilli de dix ans. Étrangement, je ne pensais plus à Katia. Cela concernait l'autre moi-même, celui qui était mort avec elle… L'homme que j'observais dans le miroir n'était rien d'autre qu'un robot aux yeux rougis. Habité par une obsession meurtrière. L'idée de ma vengeance avait tout balayé. Jusqu'à celle de ma propre mort.

J'ai pris deux comprimés. J'ai dormi jusqu'au lendemain huit heures. J'ai avalé une cafetière de café noir sans sucre et j'ai repris la route de Saint-Ouen.

— Le fourgue est un Hongrois, j'ai eu toutes les peines du monde à lui expliquer l'affaire, me dit Youri, il nous attend.

Nous sommes arrivés devant un pavillon à la Courneuve dans une zone industrielle, une bâtisse minable en meulière qui surplombait un minuscule jardin en friche. Je n'étais pas surpris, les receleurs sont avant tout des gens discrets et plus ils recèlent gros, plus ils sont discrets.

Le Hongrois ressemblait à l'idée qu'on peut se faire d'un pacha turc. Il était énorme. Une calvitie parfaite et luisante comme un cuivre astiqué surmontait des sourcils noirs aussi épais que sa moustache. Youri fit des présentations sommaires et le pacha nous invita à le suivre. Il nous précéda en soufflant comme un phoque jusqu'à une pièce sans fenêtre au sous-sol. Il referma une lourde porte d'acier, digne d'une chambre forte. Après avoir actionné l'éclairage violent d'une dizaine de tubes au néon, le hongrois s'est installé à une sorte d'établi sur une chaise miraculeusement solide.

— Les choses doivent être claires, dis-je au fourgue, c'est de la marchandise archi-propre, je suis juste pris par le temps. J'en veux 50 % de sa valeur et ce n'est pas négociable, dis-je en déposant le bracelet sur son établi.

Le Hongrois s'était collé une loupe de bijoutier sur l'œil droit et, tout en scrutant les diamants, avait lâché avec un accent à couper au couteau et en roulant longuement les R :

— Je crois savoir que vous êtes policier ?

— En congé de longue durée... Mais je peux reprendre du service quand bon me semble...

Le fourgue a jeté un regard glacial à Youri, puis se tournant vers moi.

— C'est bien la première fois que je rends service à un flic...

— Un service ? Faut pas exagérer quand même ! À 50 % de sa valeur, ça vous laisse une belle marge non ? C'est propre ! Vous n'aurez pas besoin de vous planquer pour le revendre ! C'est pas tous les jours que vous fourguerez de la marchandise honnête !

Le Hongrois était de nouveau absorbé dans son évaluation. Il changeait l'orientation des pierres, les soumettant à des éclairages différents puis il se mit à les compter une à une. Je n'avais qu'une vague idée de la valeur de ce bracelet. Je devais y aller au jugé. Improviser. Enfin le pacha redressa la tête et déclara :

— 66 diamants blanc bleu d'un carat et trois saphirs de 5 carats chaque... C'est trop gros pour moi, lâcha le fourgue d'un air désolé.

— Viens Youri, on va aller voir autre chose qu'un épicier de quartier !

— Trop gros pour tout de suite, je voulais dire, se reprit le Hongrois, Youri m'a dit que c'était urgent !

— Si je vous laisse vingt-quatre heures, combien ? Je connais le prix, si vous me racontez des salades, je me casse et on se reverra en d'autres occasions ! dis-je d'un ton menaçant.

—Deux millions.

C'était déjà plus que je ne pouvais l'imaginer, mais je devais montrer plus d'exigence.

—Vous ne m'avez pas compris…

—Deux millions cash.

—Deux et demi et le fric demain matin.

—C'est très court mais si c'est propre… je vais m'arranger, dit-il en soufflant.

Dans la voiture, Youri était affolé.

—Putain ! Deux cent cinquante briques ! Qu'est-ce que tu vas faire de tout ce fric ?

—Des vilaines choses et aussi des très bonnes et charitables.

J'ai quitté Youri en lui jurant sur Sainte Sarah que je reviendrais le voir après avoir encaissé l'argent chez le Hongrois.

De nouveau, cette solitude insupportable. Je m'interdisais de penser plus loin que demain. Mais plus je me l'interdisais, plus je me sentais seul. Tout m'était étranger. Pourquoi avais-je pris la direction de Saint-Michel ? Quand je passais devant le palais de justice, une phrase avait raisonné en moi : « La justice ne peut être que relative… » Kupfer ! Amos Kupfer… J'ai ressenti comme une urgence, le besoin de lui. De l'entendre philosopher sur la justice, la vengeance… La vengeance ! Ses paroles dansaient dans mes oreilles. Je remontais le boulevard Saint-Michel mais arrivé à sa hauteur, je constatais que la rue Monsieur le Prince était barrée. J'ai garé ma voiture et me suis dirigé vers la boutique de Kupfer. Une odeur de brûlé enveloppait le quartier. L'immeuble du 104 n'était qu'une gigantesque cage de charbon. Mon cœur battait violemment. Je ne pouvais rester debout. Les jambes flageolantes, je me suis adossé contre un mur au milieu des badauds. Je n'entendais qu'un brouhaha de commentaires. Deux policiers étaient de faction devant ce qui avait été la boutique de Kupfer. L'un d'eux s'est approché pour prier tout le monde de ne pas rester là. Je lui ai mis ma carte sous le nez, tandis que je lui demandais des détails sur l'incendie, j'ai aperçu Kupfer, accroupi au milieu des décombres encore fumants. Je me suis précipité vers lui.

—Kupfer… Monsieur Kupfer…

—Ah ! C'est vous !

—Comment est-ce arrivé ?

—Comment n'est pas important. Pourquoi serait plus adéquat ! Vingt ans de travail partis en fumée.

Je l'ai tiré par la main.

—Venez Kupfer, ne restons pas là.

Kupfer m'a suivi sans résistance.

Nous avons récupéré ma voiture. J'ai fait demi-tour vers le quai. Je ne savais pas où aller.

—Dire que je venais vous voir pour vous conter mes malheurs… Où peut-on aller ?

—Roulez, on verra bien…

Nous avons roulé en silence. Je me suis arrêté devant un restaurant chinois que je connaissais Avenue Pierre Premier de Serbie, il disposait de salons particuliers. Nous nous sommes installés. Le garçon a laissé deux menus et s'est retiré silencieusement.

—Toute une vie partie, anéantie…

—L'assurance…

—Ce n'est pas une question d'argent. Comment voulez-vous remplacer des œuvres d'art ? J'avais des milliers de livres mais une vingtaine valait pour moi plus que tout l'or du monde.

—Pardonnez-moi Kupfer de revenir sur un aspect aussi terre à terre, comment est-ce arrivé ?

—Dans la nuit. J'ai été prévenu vers minuit par un voisin. J'étais sur place immédiatement. L'immeuble était en flammes en quelques minutes. Les livres sont un excellent carburant. C'est un immeuble très ancien, toute sa structure était en bois. Les deux occupants des étages ont pu être évacués de justesse par les pompiers.

—Il y aura une enquête pour déterminer les causes…

—Non !

—Mais c'est obliga…

—Non, il n'y aura pas d'enquête ! Tous les livres ont été entassés au milieu de la boutique avant d'y mettre le feu. Une montagne qui devait toucher le plafond ! C'est pour ça que l'incendie s'est propagé aussi rapidement. Quand je suis arrivé sur place, on pouvait distinguer entre les flammes comme une pyramide de feu au milieu de la boutique. C'est un incendie criminel. C'est pour cela que je vous ai dit que le comment n'est pas important, seul le pourquoi m'importe.

—Mais vous connaissiez-vous des ennemis capables d'une pareille horreur ?

J'ai eu honte de cette question. Je repoussais le scénario qui s'échafaudait dans mon esprit.

—Moi ? Des ennemis ? Non. Même pas des adversaires. Depuis la mort de Déborah, mon métier ne m'intéressait que médiocrement. Sa disparition a remis en cause beaucoup de choses, mes certitudes, mon éloignement de la religion. J'étais un athée convaincu. Je suis devenu un agnostique rempli de doutes. Je vis seul. Aucune femme dans ma vie. De temps à autre, une professionnelle de luxe, vous le savez. Il faut bien que le corps exulte, comme disait Jacques Brel. Si au moins j'avais eu affaire à des voleurs, des amateurs de livres rares, ça m'aurait consolé… Mais des incendiaires ? Je ne comprends pas.

—J'imagine votre peine.

—C'est bien plus que de la peine. On a tué le peu de civilisé qui restait en moi. Je vous l'ai dit, je ne crois pas en la justice des hommes et malheureusement, ni en celle de Dieu. Si on retrouve ces types, je les tuerai. Au nom de quelques livres. Je possédais un manuscrit en langue arabe du « Guide des Égarés » de Maïmonide, une copie datant du début du quatorzième siècle. Pas un musée qui ne m'aurait offert une fortune pour cet ouvrage ! C'était « mon » livre. Et d'autres livres aussi précieux, un traité de Baruch Spinoza : « Court traité de Dieu, de l'Homme et de la Béatitude » Édition d'Amsterdam. Un exemplaire ancien de « L'incohérence de la Philosophie » d'El Ghazali et la réponse qu'en donna cinquante ans plus tard Averroès. Seuls des barbares iconoclastes peuvent avoir commis cette monstruosité… Mais parlez-moi de vous… Vous disiez vouloir me raconter vos malheurs ?

Que pouvais-je dire à cet homme ? Que pour moi aussi la vie s'était arrêtée ? Mais les projets qui s'élaboraient dans mon esprit ne pouvaient s'accommoder de la moindre confidence.

— Après ce qui vous arrive, ce serait indécent. Rien qui vaille la peine. Qu'allez-vous faire maintenant ?

— Je n'en sais rien. Attendre. J'ai perdu ma fille à cause de mon travail. Mon travail est parti en fumée. J'ai perdu sur tous les tableaux.

— Où pourrai-je vous joindre ?

— J'ai une petite maison à Villers-sur-Mer. Je vais m'y installer pendant un mois ou deux.

Kupfer écrivit au dos d'une carte l'adresse de sa maison et en me la tendant, me dit d'un air détaché :

— Si le cœur vous en dit, n'hésitez pas.

— Peut-être. Après tout, la Normandie…

Nous avons fini notre repas presque sans échanger un mot. J'ai raccompagné Kupfer à Saint-Michel.

XXVII

Je me suis garé sur le quai. J'ai marché le long de la Seine. Une rage froide m'envahissait. J'avais mis Gaénnec sur la piste Kupfer ! J'étais responsable de cet incendie et du malheur de Kupfer. Comme j'étais responsable de la mort du notaire et de celle de Katia. Ma vie devait-elle se solder par un bilan aussi catastrophique ? Mon plan se précisait. Avant toute chose, je devais attendre jusqu'à demain pour encaisser deux millions et demi chez le receleur hongrois. Cet argent était le préambule à tous mes projets. Je décidais de rentrer chez moi.

Mais avant cela, je devais passer par le ministère. C'était risqué. Je n'ai croisé personne. Le vendredi à dix-sept heures, presque tout le monde est déjà parti.

J'ai téléphoné à l'institut médico-légal de Paris. J'ai joint un légiste de service et lui ai fait savoir que le corps de Katia Van Wickers devait rester à la morgue jusqu'à son transfert pour la Belgique où elle serait inhumée. C'était le préambule à mes projets : rendre à Katia son identité et l'enterrer près de sa mère à Ixelles.

Dans mon bureau, je raflais tous les tampons disponibles, plusieurs feuilles vierges à en-tête du ministère et repartais aussitôt. De retour chez moi. Je ne remarquais rien de suspect. Je me suis longuement regardé dans le miroir de la salle de bain. Enfant à Lille… je jouais les bandits… J'ai ouvert le tiroir d'une petite commode. Ils étaient là. Un Walther PPK 7.65, un Sig Sauer P228 et deux boîtes de munitions.

Je ne pouvais pas dormir. Je continuais d'échafauder toutes les variantes possibles de mon plan. Je guettais le moindre bruit. Je sursautais au bruit d'une voiture qui se garait dans la rue, j'attendais crispé que l'ascenseur dépasse mon étage avant de me détendre.

Le bruit des camions-bennes vers sept heures m'a sorti de mon demi-sommeil. Je me suis précipité sous la douche et me suis rasé. J'ai enfilé un vieux pantalon de velours, un blouson de cuir, j'ai jeté pêle-mêle quelques affaires dans un grand sac de sport, les deux pistolets et leurs munitions et une grosse enveloppe avec les tampons et les papiers à en-tête du ministère.

À l'angle du boulevard, j'ai avalé un grand café, trois croissants et un calvados. À neuf heures, j'étais à la Courneuve.

— C'est très bien payé ! me dit le Hongrois mais si ça peut vous aider… j'espère que vous vous en souviendrez.

— Sûrement pas, dis-je, je ne suis plus flic !

J'ai compté le nombre de liasses. J'ai tout mis dans le sac, non sans m'arranger pour que le fourgue aperçoive les deux pistolets.

Deuxième étape : Clignancourt. Youri. Je garai ma voiture dans la cour et poussai la porte.

— Alors, ça s'est bien passé ? Tu as récupéré le fric ?

— Sans problème. Youri, je voudrais faire quelque chose pour toi. Tu as besoin de quoi ?

— Non Maxime, tu ne me dois rien.

— Tu as une voiture… Propre ?

— J'ai toujours ma Mercedes 500. Je m'en sers très peu, ça consomme une tonne.

— C'est une voiture de collection maintenant, ça vaut bien… disons cinquante mille… Allez, va pour cent mille ! dis-je en posant sur la table une liasse de billets.

— T'es givré ou quoi ?

— Si tu ne les prends pas, je te les fais manger !

Youri s'était levé, m'avait embrassé et serré contre lui.

— Tiens, voilà les papiers, l'assurance, tout y est. Tu te

démerdes à te faire un certificat de vente si tu veux la mettre à ton nom.

—Encore une chose Youri, planque ma voiture. Ne t'en sers pas.

—Quoi ! Ta Jaguar ?

—Oui. Garde-la si tu veux, les papiers sont dans la boîte à gants mais laisse-la dormir quelques mois.

—Elle t'attendra aussi longtemps que nécessaire.

—Je dois y aller. Je te donnerai de mes nouvelles.

Il me fallait mettre cet argent en sûreté. Pas en France parce que bientôt, je risquais bien de ne plus y être chez moi. La Belgique me paraissait être le meilleur refuge pour mon trésor de guerre. À quatorze heures, j'arrivais à Bruxelles. Je prenais une chambre dans un petit hôtel luxueux de l'avenue Louise, genre maison de rendez-vous pour hommes d'affaires. J'appelais Zakin.

—Avner, j'ai besoin de vous voir.

—J'avais l'intention de vous appeler, Maxime. Je suis à Anvers.

—Je peux y être dans une heure.

—Bar le Central, rue du Pélican, c'est le long de la gare centrale. Je vous réserve une petite surprise.

Je laissais mes vêtements sur le lit et partais avec le sac de sport. Zakin était attablé avec un homme assez âgé en costume sombre, chemise blanche impeccable et une barbichette à la d'Artagnan. Très distingué. Je me suis approché de la table, mon sac à la main.

—Maxime, je vous présente Moshé Apfelbaum. Moshé, Maxime est l'ami dont je vous ai parlé.

Je me demandais bien pourquoi Avner avait parlé de moi à ce type.

—Moshé est le correspondant du centre Simon Wiesenthal de Vienne mais il est aussi directeur de la Jewish Diamond Bank d'Anvers, me dit Avner en souriant.

—Bravo monsieur, me dit Apfelbaum, d'autant plus que nous avions, sans le savoir, les preuves de la carrière de ce

Van Wickers, que son âme brûle en enfer, amen! Nous ne savions pas que madame Vrims était décédée. En général, on est prévenu par les héritiers. Il n'y en avait pas...

Avner me jetait des regards amusés.

—Quand le hasard vient à notre secours... dit-il.

J'étais sidéré. Je n'avais pas encore prononcé une seule parole.

Apfelbaum s'était lancé dans une violente diatribe contre les « gouvernements corrompus d'Amérique latine qui abritent et protègent de nombreux nazis », puis brutalement se leva en consultant sa montre :

—Avner, je dois retourner à la synagogue pour la fin de l'office du shabbat. J'espère avoir le plaisir de vous revoir, dit-il en se tournant vers moi, bien que monsieur Zakin m'ait prévenu que vous souhaitez garder l'anonymat.

—C'est exact, je vous remercie de respecter ce souhait. Mais je ne manquerai pas de venir vous saluer... à votre banque.

J'avais ma petite idée. Apfelbaum est parti en ajustant sa kippa.

—La chance! Dieu est avec nous! s'exclama Avner, Il a beaucoup à se faire pardonner depuis la Shoah. Ne soyez pas choqué, je ne suis pas croyant. Du nouveau?

—Vous n'allez pas me croire! J'ai justement besoin d'un banquier compréhensif.

—Expliquez-moi ça.

—J'ai là une grosse somme d'argent dont je ne peux faire état. Je voulais vous demander de me la garder quelque temps, une semaine ou deux...

—Merci de votre confiance Maxime. Combien?

—En francs belges... Quinze millions... environ.

—Vous êtes sérieux? Vous m'auriez confié une pareille somme?

—Bien sûr! Sauf que maintenant... Si ce monsieur peut arranger les choses.

—À mon avis, aucun problème. Vous êtes chasseur de nazis, il me semble... non?

—Et de directeurs de cabinets ministériels… ajoutai-je cynique.

—Je sens que vous avez du nouveau…

—Katia Van Wickers… a été assassinée.

J'ai baissé la tête comme pour cacher, honteux, les larmes que je sentais monter. Mais mes yeux restaient secs. Ma voix déformée par l'émotion qui m'étreignait était inaudible. Je répétai :

—Assassinée.

—Je suis… Je suis sincèrement désolé, Maxime.

—Ne dites rien, Avner. Personne au monde ne peut imaginer ce que je viens de perdre. J'ai connu avec Katia ce que connaissent les saints après leur mort : le paradis. Elle avait tout, la beauté, l'intelligence, la culture, et cette femme exceptionnelle a été mienne. Je ne pouvais le croire. J'étais le gros gagnant d'une loterie céleste !

—Vous pensez que ?

—C'est une certitude. Il y a un lien direct avec l'assassinat de Van Wickers. La disparition de ce dossier du coffre de Van Wickers a déclenché la panique chez ceux qui le cherchent. Les mêmes que ceux qui ont torturé le notaire et tué Katia.

—Pour ne rien vous cacher, ce dossier commence à m'intéresser. Je suis persuadé qu'il contient des informations sur d'autres nazis ou des collabos de haut niveau et si l'on tient compte des moyens utilisés pour le retrouver, sûrement des gros bonnets.

—Vous vous souvenez de Kupfer ?

—Oui. Le libraire, le père de cette jeune femme qui s'est suicidée ?

—On a incendié sa librairie. Tout a disparu, parti en fumée. Il est démoli par la perte que cela représente, pas pour l'argent, il possédait des ouvrages d'une grande rareté, il m'a parlé d'un exemplaire très ancien du « Guide des Égarés » et d'autres livres aussi précieux. C'est un incendie criminel. C'est de ma faute. J'ai eu le malheur de mettre Gaénnec sur la piste de Kupfer en lui faisant croire que Kupfer était mon meilleur suspect…

—Vous ne pouviez pas imaginer les conséquences de vos propos…

—J'aurais dû. J'ai été naïf. Pensez-vous pouvoir expliquer à monsieur Apfelbaum mon petit problème, pour cet argent ?

—Quinze millions ! Petit problème… Je l'appellerai dès demain dimanche, j'ai ses coordonnées personnelles. Je vous tiens au courant le plutôt possible. Où êtes-vous descendu ?

—L'hôtel Élizabeth, avenue Louise, je n'ai pas le numéro de téléphone. Je vais y rester jusqu'à lundi.

—Je trouverai.

—Je dois partir. Merci encore, Avner.

—Merci de quoi, Maxime, je n'ai encore pas fait grand-chose pour vous. Vous savez quoi ? Vous devriez travailler pour nous, dit-il en riant.

—J'ai d'autres projets. Merci de l'offre.

De retour à Bruxelles, je regagnais ma chambre, me faisais monter une assiette de charcuterie et une bouteille de bordeaux. Je me suis allongé, les yeux fixés au plafond. Je pensais que ma vie allait basculer dans l'inconnu, dans le vide. Mais ma vie s'était arrêtée avec celle de Katia. Maintenant, il me fallait lui trouver la meilleure fin possible. En réglant mes comptes. J'en avais les moyens. Ma détermination était totale. J'éprouvais comme un grand soulagement à cette idée. Elle m'apaisait. C'était comme si c'était fait. Je me suis endormi sur un scénario cruel et rassurant.

La journée de dimanche fut la plus longue de toute mon existence. J'ai tué le temps en regardant la télé. En fin de journée, Avner m'appelait.

—Maxime, je viens d'avoir Apfelbaum. Aucun problème, il vous attend demain matin. C'est au 180 avenue Van Eyck.

—Je ne sais comment vous remercier. On se voit après ?

—Non. Je pars en Israël ce soir, convocation du patron. Je rentre dans la semaine. Peut-être avec des nouvelles intéressantes.

—Je vous appellerai à votre retour.

À la première heure lundi, je me présentais à la Jewish Diamond Bank. Apfelbaum me reçut avec courtoisie.

—Je ne connais même pas votre nom. Mais soyez rassuré. La Belgique respecte parfaitement le secret bancaire.

—Est-ce utile pour avoir un coffre dans votre établissement ?

—Non. Mais je peux aussi vous ouvrir un compte anonyme. Vous n'aurez qu'à communiquer un code pour faire toutes vos transactions.

—Ça existe en Belgique ?

—Disons que la législation est très floue. On s'en accommode.

J'ai opté pour cette solution. Apfelbaum a appelé un caissier et lui a demandé de venir avec une machine à compter. J'ai déposé les liasses sur son bureau, à l'exception d'une seule que j'ai laissée au fond du sac par-dessus les deux pistolets. Le caissier a branché la machine, introduit les liasses de billets une à une puis il a recommencé l'opération. Enfin, il montra le compteur à monsieur Apfelbaum qui m'annonça :

—Deux millions de francs français. Êtes-vous d'accord ?

—Tout à fait.

Le caissier est reparti avec sa machine ; Apfelbaum m'a fait signer deux documents.

—Souhaitez-vous les convertir en francs belges ou en une autre devise ? Livres sterling, dollars US ?

—Plus tard peut-être.

—Voici votre code. Je vous recommande vivement de l'apprendre par cœur. Ou alors, ne le notez pas dans un endroit facilement accessible.

—J'ai encore une excellente mémoire, dis-je.

—Savez-vous que monsieur Wiesenthal[1] lui-même souhaitait vous remercier. Je lui ai fait savoir votre souhait de garder l'anonymat. Il m'a chargé de le faire en son nom.

1. Simon Wiesenthal, fondateur du centre Simon Wiesenthal pour la préservation de la mémoire de l'holocauste.

—Je suis très flatté, monsieur Apfelbaum.

—Que Dieu vous bénisse. Bonne chance dans vos recherches.

Il me prenait vraiment pour un chasseur de nazis. Pas plus mal !

Je déjeunais sur le port d'Anvers. Je pensais à Maria là-bas, dans son restaurant de Zeebrugge. La reverrais-je un jour ? Si elle apprenait la mort de Katia, je crois bien qu'elle en crèverait. J'ai erré dans les rues d'Anvers, rue du Pélican, je suis passé devant la bourse du diamant. J'ai instinctivement sorti mon portefeuille, j'ai regardé longuement la photo de Salomon Grunberg. Je l'ai déchirée et elle s'en est allée dans le caniveau. Je pensais à sa veuve dans son peignoir de satin. J'ai marché jusqu'à la Grand-Place. J'aimais cette place, à l'inverse de celle de Bruxelles flamboyante, celle-ci avait une certaine sobriété. L'immense statue du légendaire Brabo jetant la main du géant Druon Antigone dans l'Escaut, était comme posée à même les pavés sans socle prétentieux. Une statue en liberté.

De retour à Bruxelles, j'entrais dans un magasin de fournitures de bureau et en ressortais avec une machine à écrire portative. Je m'installais dans ma chambre et commençais à réfléchir à la rédaction des documents dont j'allais avoir besoin. Je n'avais pas la moindre idée des termes utilisés dans une autorisation de transport d'un corps. J'entreprenais la rédaction d'un brouillon :

« Par la présente, nous autorisons le Commissaire Maxime Hobart à effectuer toutes démarches qu'il jugera utiles auprès d'une entreprise belge de pompes funèbres afin de procéder au transport du corps de mademoiselle Katia Van Wickers décédée le… du mois de février 1986, en vue de son inhumation en Belgique au cimetière d'Ixelles.

Fait à Paris le…

Pour le ministre, par délégation. »

Puis une deuxième lettre qui ordonnait que l'on me remette le corps de Katia Van Wickers en vue de son transport vers son lieu d'inhumation en Belgique.

Je passais à la rédaction définitive des deux lettres. Il y avait une chance pour que cela marche. Il fallait que ça marche. Il ne me restait plus qu'à me rendre à Ixelles. Je réglais ma note et quittais l'hôtel.

Après avoir déambulé devant une dizaine d'entreprises de pompes funèbres autour du cimetière, je me décidais pour les Établissements Van Venbergh. Je poussais la porte et dédaignant le bureau d'une secrétaire, me dirigeais vers celui qui portait sur un écriteau de cuir noir en lettres d'or « Marc Van Venbergh ».

—Que puis-je faire pour vous ? dit monsieur Van Venbergh d'une voix onctueuse.

—C'est pour le transport d'un corps. Une jeune femme décédée en France et qui doit être inhumée ici.

—Avez-vous tous les documents nécessaires ?

—Non. Je suis commissaire de police français. Je pensais que votre entreprise pourrait s'en occuper.

—C'est assez compliqué, il y a beaucoup de contraintes, des exigences sanitaires draconiennes. Mais nous avons toutes compétences pour nous en charger.

J'ai joué mon va-tout ! J'ai déposé la lettre à en-tête du ministère et une liasse de billets sur le bureau. Il devait y avoir là de quoi enterrer une famille nombreuse.

—C'est un acompte naturellement, multipliez par six pour les francs belges, rajoutai-je.

Si à ce stade, il n'avait pas compris, c'est que j'avais affaire à un idiot.

Van Venbergh a compté les billets, puis il s'est tourné vers la secrétaire.

—Jeanne, vous pouvez partir. Je ferai la fermeture…

Van Venbergh a attendu que Jeanne s'en aille, il a fermé la porte, est revenu vers moi et m'a dit presque à voix basse :

—De notre côté, il n'y aura pas de problème mais côté français, je ne garantis rien.

—Je m'en charge, dis-je d'un air décidé.

—Où se trouve le corps ?

—À l'institut médico-légal de Paris. Je dois les prévenir. Pour le moment, attendez mes instructions, je vous téléphonerai dès demain pour que vous puissiez vous y rendre. Est-ce qu'il y a une section juive au cimetière ?

—Bien entendu. Pourquoi cette personne était…

—Oui. Je vous en reparlerai.

—Et pour la sépulture ?

—Je souhaite un caveau, enfin, je veux dire que deux dépouilles y reposeront, quelque chose de simple mais digne de personnes exceptionnelles. La mère est enterrée ici depuis dix ans, Juliette Van Wickers.

Van Venbergh a noté le nom et ouvert un épais catalogue. J'ai arrêté mon choix sur ce qui me semblait réunir ces qualités.

—Voilà. C'est exactement ce que je veux, mais en marbre blanc, le plus blanc possible. J'insiste sur ce point.

—Le plus blanc est le white stone ? Au-delà, c'est le Carrare…

—Le Carrare ? D'accord pour le Carrare.

—C'est que le prix…

—Pas de problème, dis-je en déposant une deuxième liasse sur le bureau. Je vous donnerai mes instructions pour les inscriptions.

Van Venbergh m'a regardé avec un sourire totalement déplacé dans ce lieu qui n'avait jamais dû en voir un depuis sa création ! Il avait compris qu'il allait devoir s'arranger pour ramener ce corps jusqu'ici.

—À demain, au téléphone.

—À demain monsieur le commissaire.

La Mercedes de Youri filait à 150 km/h sur l'autoroute. La radio distillait une chanson ancienne. J'ai zappé jusqu'à une radio classique. Gaénnec devait être entre la crise de delirium et la crise cardiaque. Il n'avait plus de mes nouvelles depuis des jours. J'arrivais quai de la Rapée à l'institut médico-légal vers 16 heures. J'ai exhibé ma carte. J'ai demandé le médecin légiste de permanence. Un tout jeune homme est venu vers moi.

—Vous souhaitez me voir, commissaire ?

—À propos de la jeune femme décédée la semaine dernière, chaussée de la Muette, Katia Van Wickers.

—C'est moi qui ai pratiqué l'autopsie. La mort est due à un profond enfoncement de l'occiput.

Ces mots m'avaient transpercé. Je réprimais une envie de hurler de douleur.

—Sa famille souhaite récupérer le corps en Belgique.

—Le rapport d'autopsie a été transmis au juge d'instruction. Nous avons reçu le permis d'inhumer… La famille ne s'étant pas manifestée, il nous l'a fait suivre.

Le bras de Gaénnec pouvait très largement atteindre n'importe quel juge d'instruction et le commissariat du seizième arrondissement !

—L'entreprise Van Venbergh de Bruxelles est chargée du transport. Vous voudrez bien donner des instructions pour que le corps lui soit remis. Je pense qu'elle se présentera dès demain après-midi.

—Il faut le préparer pour le transport. Les mesures d'hygiène sont assez contraignantes. Nous nous en occuperons.

Je laissais la deuxième lettre que j'avais préparée en Belgique et quittais le toubib. Cela devait marcher. Il le fallait. Je me le répétais sans cesse comme une invocation superstitieuse.

Je m'arrêtais à la Bastille et téléphonais à ma secrétaire. Madame Bourrier était affolée.

—Monsieur Hobart. Enfin ! On vous demande sans cesse ! On s'inquiétait !

—J'ai pris quelques jours de congés. Qui m'a demandé ?

—Monsieur Gaénnec et une autre personne qui a téléphoné à plusieurs reprises sans laisser son nom ni ses coordonnées. Et aussi monsieur De Morsang…

—Monsieur Gaénnec est là ?

—Je l'ignore.

—Madame Bourrier, ne dites pas que je suis en ligne, essayez de savoir si monsieur Gaénnec est à son bureau.

Quelques secondes après, Madame Bourrier m'annonçait que Gaénnec était parti dans sa circonscription électorale en Bretagne et qu'il serait de retour le lendemain.

—Si on me demande de nouveau, dites que je suis en villégiature pour quelques jours…

XXVIII

J'ai choisi le bistrot le plus minable de la rue de Charenton. Faire le point avant de passer à l'action. Si Gaénnec était en Bretagne et s'il avait décidé de ne regagner Paris que le lendemain, cela voulait dire qu'il dormirait chez lui. Je savais à peu près où était le Manoir de Kervas. Tout le monde le savait au ministère tellement Gaénnec fanfaronnait avec « son Manoir » ! Le Manoir de Kervas, monument classé I.S.M.H. précisément à Kervas, un hameau près du Guilvinec.

Il était 18 heures. En roulant bien, je pouvais y être en cinq heures, voire six. Cela valait la peine d'essayer. J'avais tout Paris à traverser. Je n'arrivais sur l'autoroute que vers 19 heures. La Mercedes de Youri filait en silence à plus de 200 km/h. J'arrivais au Guilvinec vers vingt-trois heures. Un record. Je m'informais dans un bar sur le port. Un mareyeur m'indiqua la route à suivre jusqu'au Manoir de Kervas. J'ai garé la voiture à 100 mètres de l'entrée.

C'était une belle bâtisse du dix-huitième siècle, tout en granit, qu'entourait une douve. Le manoir me semblait désert. Pas âme qui vive. J'ai trouvé la voiture de Gaénnec garée à l'arrière. Le petit drapeau tricolore sur la plaque minéralogique ne laissait aucun doute. Je suis entré sans difficulté. J'étais dans un hall de pierre sans aucune décoration. On entendait faiblement une musique classique. Je ne pouvais pas la situer. Devant moi, un escalier de pierre monumental. À ma droite, une autre pièce, je me suis décidé pour l'escalier. J'ai retiré mes chaussures et suis monté à pas de loup. J'étais calme.

Aucune appréhension. Je ne l'aurais pas imaginé. Arrivé au premier étage, la musique semblait plus distincte. J'ai collé mon oreille à une porte. C'était là. J'ai tourné la poignée avec une précision et une douceur d'orfèvre. La porte ne grinçait pas. Le Sig Sauer à la main, j'ai ouvert lentement. J'étais dans une grande chambre à coucher, le lit était défait. Devant moi, Gaénnec était assis sur la cuvette d'un cabinet de toilette attenant à la chambre, pantalon baissé sur ses chaussures, lisant le Monde.

—Surprise !

—Vous ?

—Moi !

—Mais… Hobart… Comment ?

—Ne bougez pas ! Je suis particulièrement nerveux. Seul ?

—Oui…

Gaénnec se redressa et tenta de remonter son pantalon.

—Surtout pas Gaénnec ! Restez comme vous êtes, froc baissé, sur votre cuvette !

—Mais nous pourrions parler autrement que dans cette… situation ?

—Non ! Elle vous convient particulièrement bien !

—C'est humiliant !

—Drôle ! Très drôle ! Vous avez passé votre temps à humilier tout votre monde et vous osez prononcer ce mot ?

—Que voulez-vous Hobart ?

—Un homme de votre intelligence, poser une question aussi stupide ! Vous me décevez Gaénnec !

—C'est bon Hobart ! Vous avez deviné…

—Presque tout, mais il y a des blancs que vous allez remplir, d'accord ?

J'ai approché un fauteuil et me suis installé confortablement en face de lui, le Sig à la main.

—Qu'est-ce que ce dossier contient qui puisse justifier autant de morts ?

—De quel dossier parlez-vous ?

J'étais à un mètre de lui. J'ai visé un genou et j'ai tiré.

—C'est pour vous mettre dans l'ambiance Gaénnec!

Il a poussé un cri rauque et me regardait en se tenant la jambe à deux mains. Il était d'une pâleur effrayante. Il tremblait comme agité par un courant électrique.

—Par pitié Hobart…

—Avez-vous eu pitié du notaire?

J'ai approché le Sig de son autre genou.

—Non… Non!

—Gaénnec, c'est clair, je veux tout savoir, tout!

—Ce dossier, Van Wickers me l'avait promis… on ne pouvait pas le laisser traîner dans la nature…

—Je veux savoir ce qu'il contenait…

—De quoi faire sauter la République…

—Des films? Des photos? Dans un des bordels de Van Wickers?

—Entre autres choses…

—Mais encore?

—Des bordereaux de versements sur des comptes offshore.

—Qui était concerné?

Ne me demandez pas ça, Hobart!

—Mais si je vous le demande!

—Certaines personnes ont été imprudentes à une époque où elles-mêmes ne soupçonnaient pas qu'un jour, elles occuperaient des fonctions importantes, aujourd'hui deux ministres, un président… de banque, des personnalités étrangères de premier plan. Et vous ne le croirez pas, des personnalités de l'opposition. À quoi bon vous donner des noms? Quelle importance, aujourd'hui?

—Aucune, je vous l'accorde.

—Van Wickers faisait chanter tout ce monde, depuis des années. Je n'étais pas aux affaires quand cela a commencé. Nous avons conclu un arrangement avec lui, il y a quatre ans. Hobart… J'ai atrocement mal…

—Quel arrangement aviez-vous conclu?

—On a tenté de l'éliminer. Il s'en est sorti miraculeusement. Il a compris. La peur avait changé de camp. Une sorte d'armistice informel est intervenue. Nous avons eu deux ans de tranquillité puis ça a recommencé. Sa maîtresse du moment avait repris ce chantage pour son propre compte. Nous nous en sommes débarrassés avec sa bénédiction.

—En la balançant sous un train?

—Oui. C'était elle ou lui. Il a choisi. Il nous a affirmé qu'il avait récupéré et mis en sécurité ces documents. Nous n'avons plus entendu parler de lui. Quand son notaire m'a appris sa mort et m'a annoncé qu'il m'avait légué un dossier, c'était réellement la fin de nos soucis. Mais quand j'ai appris que ce dossier avait disparu, nous étions plus inquiets qu'auparavant. On ne savait plus à qui on aurait affaire. Je suis fatigué Hobart, finissons-en!

—Pas encore…

—On a pensé en toute logique que le notaire pouvait le détenir… C'était un accident… son cœur a lâché…

—Puis vous avez pensé à la librairie de Kupfer…

—Il prétendait savoir certaines choses sur Van Wickers… Vous me l'avez dit vous-même. Sa fille pouvait y avoir caché ces documents…

—Puis vous avez pensé à Katia Van Wickers…

—C'était un accident. Ils l'ont brutalisée… sa tête a cogné l'angle de la cheminée.

—Qui était chargé de ces besognes?

—Marquez et Liménotti.

—La pire engeance qui soit en ce bas monde! Vous avez osé envoyer ces deux tueurs à Katia Van Wickers!

—Je vous le répète, c'était un accident, un tragique accident…

—Comme pour ce malheureux notaire, comme pour l'incendie de la librairie… Et ce Russe, Prakter?

—Il a été recruté sur place par Marquez. C'est un ancien mercenaire qui magouillait avec les services russes… Il connaissait tout de la vie de Van Wickers, même sa fausse identité quand il était responsable d'un camp de déportation! Selon Marquez, Prakter l'avait appris par les services russes.

— Ce qui signifie que vous faisiez surveiller Van Wickers avant sa mort…

— Depuis ses imprudences avec sa maîtresse, on ne pouvait plus lui faire confiance. Prakter avait été chargé de le prévenir que nous étions au courant de son identité à Hertogenbosch, pour qu'il se tienne tranquille, juste une manœuvre d'intimidation.

— Quels étaient vos projets pour moi, après ?

— Mais… rien, vous auriez pris votre retraite comme prévu !

— Directement au cimetière ! Je vais vous faire un aveu, la vie ne m'intéresse plus. Vous n'avez pas compris une chose, Gaénnec, il vaut mieux tuer un homme que de tuer ses raisons de vivre… Vous n'auriez jamais dû toucher à Katia. Jamais !

— Hobart, je vous jure que c'était un accident, il n'était pas question…

J'ai visé l'autre genou et j'ai tiré. Gaénnec a poussé un hurlement sinistre. Il s'appuyait des deux mains au rebord de la cuvette. Un filet de sang dégoulinait le long de ses jambes. Il haletait, le front en sueur. Blême.

— Hobart… je vous en supplie ! Restons-en là, je ne dirai rien, je démissionnerai.

— Je vais retrouver ce dossier et je le divulguerai, ne serait-ce que pour faire sauter un tas de pourris dans votre genre. Je ne vous achèverai pas, ce serait trop facile. Au contraire, j'espère que vous vous en sortirez, vous aurez tout le temps dans un fauteuil roulant, il vous restera quelques années pour penser à moi.

Je me suis approché de lui, j'ai visé une épaule, j'ai tiré, j'ai visé l'autre, j'ai tiré. Puis j'ai recommencé sur chaque membre. Un autre moi regardait cette scène, comme si elle ne le concernait pas. J'étais d'une indifférence glaciale. Ailleurs et en même temps ici, en train de massacrer un homme.

Gaénnec n'était plus qu'un pitoyable tronc. Il s'était affalé dans la cuvette d'où ne dépassaient que les avant-bras, deux jambes ensanglantées et une tête grimaçante et livide.

J'ai récupéré mes chaussures et je suis parti. Il y avait près de la voiture un petit chemin qui descendait en pente douce vers la plage en contrebas. C'était un soir de pleine lune. La plage était éclairée comme en plein jour. La mer lascive ondulait faiblement. Je me suis assis. Le ressac sur le rivage laissait une fine dentelle d'écume que le sable absorbait dans un soupir. Au sud, le phare du Guilvinec inlassablement répétait sa ronde. J'ai pensé au phare d'Ostende là-bas, à des centaines de kilomètres… La Grande Nelly… J'ai reconstitué tous les moments passés avec Katia. J'ai pleuré. Jusqu'à ce que le fanal du phare faiblisse. Quand il fut tout à fait invisible, mes pleurs avaient cessé. La nuit s'était enfuie et avec elle, s'en était allé le sentiment de vivre. L'idée d'en finir m'est venue comme un soulagement. Je regardais fixement mon pistolet. Se suicider ! Kupfer ! « Sans l'idée de suicide, on se tuerait sur le champ ! » Si il n'y avait pas eu ce projet d'enterrer Katia près de sa mère là-bas à Ixelles, de lui rendre son identité, et de retrouver ces deux ordures du service action, je suis certain que j'aurais mis fin à mes jours. La vengeance circulait dans mes veines. Je n'étais que cela.

XXIX

J'ai regagné ma voiture. Je ne savais pas où aller. Retourner à Bruxelles ? À Paris ? Je devais me cacher le temps de régler leur compte à ces deux crapules. On n'allait pas tarder à découvrir Gaénnec. Demain, j'aurai toutes les polices de France à mes trousses. J'étais seul. Mais depuis quelques jours, chaque fois que je ressentais cette solitude, cette absence d'ami, le nom de Kupfer s'imposait à moi avec évidence. Je cherchais fébrilement la carte qu'il m'avait remise au restaurant chinois. Je fonçais vers Rennes, puis Caen. J'arrivais à Villers dans un état lamentable. Je trouvai difficilement la maison de Kupfer. C'était une sorte de petite ferme à colombage plantée au milieu d'un pré à la sortie de Villers. La surprise de Kupfer n'était pas feinte. J'ai failli le prendre dans mes bras et l'étreindre comme un vieil ami. Je n'eus pas besoin de m'expliquer. Il m'a regardé puis me prenant par l'épaule, il me guida vers la cuisine. Nous nous sommes installés autour d'une vieille table rustique.

— Bien qu'elle me procure un immense plaisir, cette visite impromptue ne me laisse rien augurer de bon, me dit Kupfer, mais déjeunons d'abord. J'ai préparé un lapin au cidre.

Je n'avais pas encore prononcé un mot. Nous avons déjeuné sans rien dire. Seul le bruit de nos couverts troublait le silence. De temps à autre, Kupfer me jetait un regard plein de mansuétude comme pour me signifier qu'il avait deviné quelque chose de grave. Le repas terminé, Kupfer m'invita d'un mouvement de tête à le suivre.

Nous nous sommes installés dans un salon minuscule, des livres s'empilaient à même les tomettes, près de la cheminée. Kupfer enflamma un journal qu'il jeta dans l'âtre. Il regagna son fauteuil, alluma un cigare et me dit :

—Alors, ami, que s'est-il passé ?

—Je n'ai pas osé vous le dire à Paris. Vous étiez vous-même dans un drame… Katia Van Wickers a été assassinée.

—Qui était-elle pour Van Wickers ?

—Sa fille… Enfin pour l'état civil. C'est d'elle dont je parlais lorsque je vous avais confié que j'avais rencontré la femme de ma vie… Elle n'était pas sa fille, c'est moi qui l'ai découvert. Je vous avais promis de vous dire un jour pourquoi Van Wickers était plus salaud que vous ne l'imaginiez…

J'ai raconté le passé de Van Wickers, son appartenance au VNV, son engagement dans les SS, la mort de Katia et pour finir ma nuit chez Gaénnec. Kupfer m'écoutait accablé.

—Je boirai le calice jusqu'à la lie, me dit-il. Déborah pute d'un ex-SS et assassinée par lui ! Qu'ai-je fait pour mériter pareille punition ?

—Nous n'allons pas faire la comptabilité de nos malheurs Amos, mais vous pouvez me croire, je viens de perdre plus que la vie, mon âme. J'ai massacré un homme avec une froideur de robot. Et je suis déterminé à recommencer. Je trouverai ses deux hommes de main et je les tuerai. Ma vie était un désert. Pas d'enfant, pas de femme. Je brûlais le temps par les deux bouts, derrière moi des cendres devant moi des velléités d'existence, puis d'un seul coup un avenir, un sens aux lendemains. Le croiriez-vous Amos, j'ai découvert l'amour à cinquante-deux ans… Katia était la lumière après une longue marche dans un tunnel. Je suis de nouveau dans le noir, pour le restant de mes jours.

—Vous les retrouverez. Le besoin de vous venger ne vous laissera jamais en paix. J'en sais quelque chose. Je l'ai vécu. Pourquoi fallait-il que ce soit un ex-SS ?

—Van Wickers ne l'a pas tuée, il a commandité son assassinat. Quelques années après-guerre, il avait ouvert une boîte très spéciale, un club échangiste pour clients haut de gamme, hommes politiques, grands patrons… Il filmait tout, il avait constitué un dossier qui contenait tous les instruments d'un chantage efficace, photos, numéros de compte à l'étranger. Un jour, on a essayé de l'éliminer. Il a pris peur. Il a tout arrêté. Malheureusement, votre fille a tenté de reprendre pour son compte ce chantage, comment en avait-elle eu connaissance ? On ne le saura jamais, Van Wickers a décidé de s'en débarrasser. C'était elle ou lui. Il a fait appel aux mêmes personnes qu'il faisait chanter. Ce sont deux tueurs qui s'en sont chargés. Les mêmes qui ont incendié votre librairie. Ils pensaient y trouver ce dossier. Ils ont aussi torturé le notaire de Van Wickers jusqu'à ce que mort s'ensuive et pour finir Katia Van Wickers. Pour un dossier qui aurait dû se trouver dans un coffre chez Van Wickers et que son assassin a pris.

—Il n'y avait pas de dossier dans ce coffre…

—Pardon ?

—Il n'y avait pas de dossier dans ce coffre… Du moins, le soir de sa mort.

—Mais enfin Kupfer ! Que voulez-vous dire ?

—C'est clair, il me semble. J'y étais. Le coffre était ouvert. Il n'y avait pas de dossier dans le coffre !

D'un seul coup, je me suis affaissé. Intérieurement, quelque chose s'est effondré. J'avais l'impression de me répandre en morceaux sur le carrelage.

—Amos, je ne vous crois pas ! C'est impossible ! Matériellement impossible ! Dites-moi que… D'ailleurs, vous étiez en Israël ce jour-là.

—Non. J'étais à Ostende.

Paralysie neuronale. Plus rien n'entrait dans mon cerveau. Rien n'en sortait. J'entendais une voix, lointaine, à peine audible, quelqu'un venait à ma recherche : Maxime… Maxime…

—Maxime, ça ne va pas ?

Kupfer était penché sur moi, sa main sur mon épaule.

—Amos… par pitié, expliquez-vous !

—C'est moi qui ai tué Van Wickers.

—Vous! Mais non... Mais non!

Ma voix chevrotait, j'étais au bord des larmes... mes nerfs me lâchaient.

—Mais si! Mais reprenez-vous. D'abord un Calvados.

Kupfer avala d'un trait son verre, je l'imitai, en réclamai un second et je m'enfonçai dans mon fauteuil en lâchant :

—Amos, cette histoire m'a coûté trop cher!

Kupfer ralluma son cigare à l'aide d'une braise. Il aspira voluptueusement une longue bouffée, rejeta lentement la fumée puis un léger sourire aux lèvres, comme s'il se préparait à déguster l'histoire qu'il allait me raconter, il se tourna vers moi.

—Ce meurtre, voilà longtemps que j'y pensais. Au début, pendant les mois qui ont suivi l'ordonnance de non-lieu, comme pour apaiser une rage intérieure, un fantasme pour faire l'économie d'un projet irréalisable. Puis, avec le temps, l'idée a fait son chemin, elle s'est installée dans mon esprit, d'abord contre mon gré puis avec le temps, elle se renforçait, je l'ai même entretenue, maintenue en vie, choyée. Elle a fini par occuper mes insomnies en scénarios compliqués, sans cesse remaniés, jusqu'à l'aube, alors vaincu par le sommeil, je m'endormais sur un crime parfait. Durant mes moments de désœuvrement, je me livrais à toutes sortes d'activités inutiles pour ne pas y penser. Mais la nuit venue, j'avais beau m'abrutir devant la télé, invariablement, aussitôt ma chambre plongée dans le noir, le sommeil tant souhaité s'en allait et la vision de Déborah à la morgue attisait cette idée de meurtre. J'étais littéralement rongé par le besoin de me venger.

En matière de vengeance, j'avais affaire à un connaisseur. Je le savais. Kupfer ne pouvait me décevoir. Mais où allait-il me conduire?

—Puis est arrivée une nuit pas tout à fait comme les autres nuits. À l'insomnie des événements ordinaires s'est ajouté l'inévitable bilan d'une vie qui atteignait ce jour-là sa cinquantième année.

Kupfer s'était interrompu et me regardait en fronçant les sourcils, comme s'il s'interrogeait.

—Avez-vous déjà joué à la roulette, Hobart ?

—Rarement, mais cela m'est arrivé… dis-je surpris de cette question.

—Au casino, après une nuit de poisse et de perte, quand le croupier à la table de roulette annonce d'une voix fatiguée : « Les trois dernières… » subitement les jetons de plastique redeviennent de l'argent et le temps qu'on vous accorde pour vous refaire paraît court, très court.

Je ne voyais pas où voulait en venir Kupfer, je l'écoutais. Tétanisé.

—Disons qu'au casino de ma vie, un matin, à l'aube, une voix a murmuré : « Les trois dernières… » Et, en fait de jetons, j'ai compris qu'il ne me restait plus beaucoup de temps pour refaire de ma vie quelque chose de présentable, lui redonner la hauteur qu'elle avait perdue. Laisser la mort de Déborah impunie avait dégradé l'idée que je me faisais de moi-même. Ce besoin de vengeance me rongeait ; c'était un cancer et ses métastases atteignaient maintenant la moindre de mes réflexions. J'ai décidé de passer à l'acte. Je ne savais pas comment mais la décision était prise. Irrévocable.

Kupfer s'empara de deux couvertures sur un petit divan, il en jeta une sur mes genoux.

—Le feu ne suffit pas dans cette vieille maison, couvrez-vous, dit-il en s'enroulant dans l'autre couverture.

—Vous pourriez peut-être en venir…

—Non. Pardonnez-moi Hobart, je dois suivre le fil de mon récit. Je suis responsable de votre malheur, j'en suis à l'origine. Je dois m'en expliquer. Complètement. Acceptez cela comme une longue confession. J'en ai besoin. La première chose à faire était de mieux connaître ma victime, ses habitudes, son emploi du temps. J'avais un énorme avantage, Van Wickers ne me connaissait pas, il ne m'avait jamais vu. Je suis retourné au bordel d'Ostende où il se rendait fréquemment. J'y suis allé pendant trois mois tous les week-ends et parfois, dès le jeudi soir jusqu'au lundi. Nous nous rencontrions souvent. Une complicité de clients de bordel s'était installée entre nous. Nous comparions les qualités et les recettes de ces dames. Pour être dans mon rôle, j'ai bien été obligé d'en être le client assidu ! Ici, on me connaissait sous le nom de Félix. Monsieur Félix, le Français. Un soir, légèrement grisés, nous sommes allés chez lui. Puis je m'y rendais régulièrement, parfois sans même le prévenir. Bien qu'il n'appréciât pas ces visites surprises.

Kupfer s'interrompit, remplit nos verres, but le sien d'un trait et reprit en claquant sa langue.

— C'était un type assez méfiant. Il me fallait être patient et gagner un minimum de confiance. Mais je ne trouvais pas le moyen de l'éliminer. J'étais pris à mon propre piège. Si je le tuais de quelque manière que ce soit, je serais suspecté, la police pourrait enquêter au bordel où tout le monde savait que je le connaissais, que je passais des « soirées » avec lui, avec d'autres filles. Je ne pouvais imaginer l'humiliation d'une arrestation, d'une vengeance ratée. J'attendais une occasion propice. Les semaines passaient et aucune opportunité ne se présentait. Elle allait se présenter de la façon la plus invraisemblable. Pour que vous puissiez comprendre la suite de ce récit, je dois faire un retour vers mon passé, mes origines.

Kupfer m'avait subjugué dès notre première rencontre mais à présent, il me fascinait. J'étais littéralement sous hypnose, en apesanteur. Je n'étais plus cet homme endeuillé, rongé par l'acide de la vengeance. Il plaça une bûche dans l'âtre, raviva le feu avec un vieux soufflet et reprit :

— C'est une histoire difficile à croire mais elle est authentique. Je suis né en Algérie en 1934. Trois de mes frères étaient déjà nés depuis longtemps. Puis ma mère a été, de nouveau enceinte. Mon père n'était pas enthousiaste à l'idée d'avoir un quatrième enfant. Cette grossesse tardive l'avait désorienté. La vie était dure, nous étions plutôt pauvres. Mais c'était un homme de foi et il accepta cette perspective en bon croyant. Lorsque le médecin a annoncé à ma mère qu'elle aurait des jumeaux, il en fut très accablé. Puis nous sommes arrivés. Deux jumeaux, homozygotes. La sœur de ma mère ne pouvait avoir d'enfant. En Algérie, dans une famille juive, cette absence de descendance était vécue comme un véritable drame. Après avoir sollicité l'avis de plusieurs rabbins, mes parents ont décidé de lui offrir l'un de nous deux, ce fut l'autre. Ma tante a émigré en Israël en 1946, avant la création de l'État, c'était encore la Palestine sous protectorat britannique. Jusqu'à cette date, la famille évitait de nous mettre en présence... Je n'ai revu mon jumeau qu'une seule fois. Je devais avoir dix ans. Je me souviens de mon trouble.

Je commençais à entrevoir une vérité inconcevable. Quelque chose d'informe.

—Ma mère me disait que c'était une ressemblance de famille, qu'il était mon cousin. Ce n'est que des années plus tard, peu avant sa mort, qu'elle m'a confié la vérité. Il portait évidemment le nom de son père Afergan. Michaël Afergan. Je suppose que vous devinez la suite, dit Kupfer en rajoutant une bûche dans l'âtre.

—J'en ai peur, dis-je en avalant mon verre d'un trait.

—Au début du mois de janvier, je me suis rendu en Israël. Plusieurs fois par an, j'y fais un séjour dans une école talmudique, je me replonge dans mes racines. C'est en Israël que j'ai trouvé la solution à mon problème et d'une façon tout à fait extraordinaire. Quelques jours avant mon retour, je décidai de rendre visite à ce « cousin » que je n'avais pas vu depuis quarante ans. Je savais qu'il vivait à Dimona et j'avais son nom. Je trouvai facilement ses coordonnées dans l'annuaire téléphonique. Il n'y avait qu'un seul abonné à ce nom. Je m'y rendis. Je n'avais pas d'autre idée que de revoir un membre de ma famille dont il ne subsistait plus personne. Lorsque Michaël m'a ouvert, j'étais sidéré, j'avais l'impression de me voir dans un miroir avec d'autres vêtements. Il a dû avoir la même sensation. À peine lui avais-je dit que j'étais Amos Kupfer, son cousin germain, qu'il me serrait dans ses bras en m'embrassant. Michaël était célibataire. Nous avons bavardé jusqu'au milieu de la nuit. Je lui parlai de mon métier, des philosophes juifs, de Marx, de Spinoza. Lui…

—Travaillait à l'I.N.M.I., dis-je dans un soupir.

—Oui. Il y était ingénieur. Rapidement, la conversation a porté sur les spécialités de cette société, miniaturisation dans le domaine médical et militaire, matériaux à mémoire de forme… C'est lui qui a abordé la fabrication de micro-bombes. Michaël m'avait proposé l'hospitalité. Toute la nuit, j'ai pensé à ces micro-bombes ; le lendemain ; je lui demandai quelques détails. Il m'en expliqua de façon sommaire le fonctionnement, quoique intrigué par l'intérêt que je portais à ce sujet. Il précisa que cette fabrication était arrêtée depuis plusieurs années. Alors, j'ai eu une idée diabolique.

Je contemplais le feu. J'oscillais entre l'envie de lui sauter à la gorge et celle d'en finir tout de suite avec ma vie. Comment voir dans cette histoire autre chose que la main du diable ?

—Je devine ce que vous pensez, dit-il, si vous m'aviez démasqué, elle serait en vie mais si je n'avais pas tué cette ordure, il n'y aurait jamais eu d'affaire Van Wickers. Dans cette histoire, chacun a eu sa part de décision. Nos misérables vies ne sont que cela : une succession de conséquences. Le libre arbitre n'est qu'une illusion, il ne concerne que la conséquence immédiate de nos actes, la conséquence visible, quelqu'un d'autre veille au plan d'ensemble… depuis le commencement.

—C'est du fatalisme !

—Essayez donc de démontrer le contraire !

—Au point où nous en sommes, continuez votre histoire…

—En échange de la vérité sur la filiation de Michaël, je devais obtenir un exemplaire de cette arme miniature, mais comment lui proposer ce marché ? J'ai évoqué délicatement le problème de notre ressemblance, il ne voyait pas où je voulais en venir. Alors, j'ai abordé franchement le sujet. Je lui ai dit que nous n'étions pas cousins mais frères ! Mes parents étaient les siens. Il ne m'a pas cru. Je pouvais prouver ce que j'avançais, après sa mort, j'avais trouvé dans les papiers de ma mère, l'attestation de la sage-femme, ainsi qu'une lettre que ma tante avait adressée à ma mère quelques jours après son arrivée en Israël. Michaël était profondément bouleversé. Puis je lui parlai de Déborah. Je lui ai tout dit. La débauche des dernières années de sa vie. La fin atroce qu'elle avait subie et ma certitude qu'elle avait été assassinée. Il avait écouté mon récit, les larmes aux yeux.

J'écoutais Kupfer, anéanti par cette histoire dont j'entrevoyais la fin. Jusqu'où fallait-il remonter pour voir le destin tramer son plan ?

— « Voici ce que je te demande, j'ai besoin d'un exemplaire de cette micro-bombe, un seul. » Il n'était pas d'accord, il tenta de me dissuader. Il m'expliqua qu'il ne fallait pas prendre à la lettre le précepte « œil pour œil ». Que la vengeance n'appartient qu'à Dieu. Que je trouverai la paix dans l'oubli. Mais la pensée d'avoir trouvé l'arme de ma vengeance me donnait des ailes. J'argumentais en abordant les nombreux exemples de vengeance racontés dans l'Ancien Testament. Tout ce qui me venait à l'esprit. Enfin, il a accepté. Mais je n'étais pas au bout de mes peines. Je voulais un alibi inattaquable. Je lui exposai mon plan : « Tu prends une semaine de congés. Tu restes sagement chez toi. Je pars avec ton passeport en France pour quelques jours. » Il était de nouveau réticent. Il craignait pour sa sécurité, il ne voulait pas être compromis dans une histoire de meurtre... J'ai passé la nuit suivante à tenter de le persuader. Je lui ai reparlé de Déborah, de mes parents, les siens ! de ma mère, la sienne, qu'il avait très peu connue. Je lui ai juré que même sous la torture, je ne dirai jamais rien de cette histoire. Puis il m'a demandé de me mettre debout à côté de lui, devant un miroir. Nous avions retiré le haut de nos vêtements, c'était hallucinant ! Une photocopie. Au petit matin, il était d'accord. Le soir, il est revenu avec une boîte qu'il m'a remise. Elle ressemblait à une boîte de médicament avec un nom compliqué. J'ai ouvert la boîte, elle contenait une gélule de la taille d'une petite olive.

—C'est étrange, Kupfer, depuis le début de cette histoire, je suis obsédé par une question : comment a-t-on pu faire avaler cette gélule à Van Wickers ?

—J'y viens. Michaël m'avait mis en garde. Amos, tu dois faire très attention. La moindre goutte d'eau et ça explose. En principe, elle agit quinze secondes après l'ingestion, m'avait-il expliqué. Le lendemain, j'embarquais pour Paris à l'aéroport de Tel-Aviv avec le passeport de Michaël. J'avais beau être certain que tout se passerait sans encombre, au passage des contrôles de police, mon cœur battait la chamade. Le policier israélien a regardé mon passeport puis m'a dévisagé. Je devais être à deux cents pulsations ! Puis il a donné un coup de tampon sur une des pages du passeport. J'ai failli partir en courant. Arrivé à Paris, je récupérai ma voiture au parking longue durée. Je passai par mon domicile, j'ai pris la seule arme dont je disposais, un Beretta 9 mm court. Il me restait à me rendre à Ostende. J'y étais vers 20 heures. J'allais directement au bordel du bord de mer. On ne devait pas m'y voir. J'ai attendu à l'extérieur.

—Mais s'il n'était pas venu, ce soir-là ?

—J'avais une semaine devant moi. Je serais revenu tous les soirs. Il ne pouvait se passer de ça plus de quelques jours. Mais le sort en a décidé autrement. Vers vingt-deux heures, il en est sorti. Il pensait que je m'apprêtais à entrer chez Tatiana. J'ai feint de changer d'avis et il m'a invité à prendre un dernier verre chez lui.

J'imaginais Kupfer et Van Wickers dans la villa d'Ostende. Inévitablement, je me suis revu dans une des chambres, une nuit, le corps de Katia, nu contre moi. J'ai ressenti une douleur vive dans ma poitrine. J'ai tendu mon verre, Kupfer l'a rempli, je l'ai avalé d'un trait tandis qu'il reprenait son récit.

—Nous sommes restés dans le salon un moment. Je ne sais pas pour quelles raisons il voulait me montrer des photographies, il est allé dans une autre pièce, je l'ai suivi, il a ouvert un coffre dans une pièce qui semblait être son bureau.

Il me tournait le dos, j'ai sorti mon pistolet. Quand il s'est retourné, il était interloqué. Il pensait que je voulais plaisanter. Je lui ai donné l'ordre de s'allonger sur le dos. Il croyait que je voulais le voler, vider son coffre. Il m'a proposé de prendre l'argent qui y était. Je pouvais apercevoir une ou deux liasses de billets. J'ai renouvelé mon ordre en relevant le chien du Beretta. Il a obéi. Je réalisais qu'il devait peser plus de cent kilos. Si je n'arrivais pas à lui faire avaler ma gélule j'étais décidé à utiliser le Beretta. Je n'avais plus le choix. Et même en cas de mort violente, mon alibi était inattaquable.

Le diable se cache dans les détails ! C'est bien connu. S'il avait utilisé son Beretta… un autre monde aurait pris place ici-bas ! Se pouvait-il que tant de destins fussent bouleversés par le choix d'une arme ? Que serait devenue Katia, le notaire ? Gaénnec… Et ma pauvre vie ?

Kupfer continua :

—Je lui ai demandé d'étendre ses bras. Il obéissait sans comprendre. Je me suis installé sur lui à califourchon, mes deux genoux sur ses bras et je lui ai enfoncé le canon du Beretta dans la bouche. Je lui ai dit que s'il ne bougeait pas, je ne le tuerais pas, que c'était un simple somnifère. Il ne comprenait toujours pas. J'ai pris la gélule et je l'ai laissé tomber entre ses mâchoires grandes ouvertes. J'ai réalisé que s'il la gardait dans sa bouche sa tête exploserait ! Pendant une fraction de seconde, j'ai failli appuyer sur la détente et me jeter de côté. Mais que pouvait-il faire d'autre que de déglutir, avec un canon entre les dents ? Il a avalé la gélule en toussant.

Sans dire un mot, je tendais mon verre à Kupfer. Était-ce l'alcool qui me brûlait les yeux ? Ou les larmes que je sentais au bord de mes paupières ? Il versa le reste de la bouteille dans nos verres tandis qu'il poursuivait :

—Je suis resté sur lui, mes genoux appuyés sur ses bras. Je pesais de tout mon poids sur sa poitrine, puis en le regardant dans les yeux j'ai dit : « Au nom de Déborah ! » J'ai entendu un bruit sourd comme un gros borborygme, en même temps comme un soubresaut sous mes fesses. Son abdomen s'est soulevé, mu par un hoquet démesuré, extraordinaire. Ses yeux révulsés semblaient énormes et me fixaient avec une expression de terreur insoutenable. J'ai cru apercevoir comme une légère fumée sortir de sa bouche en même temps qu'une odeur de chair brûlée s'en dégageait. J'avais l'impression qu'il me regardait, mais ses yeux semblaient s'être vitrifiés. Je suis resté dans la même position pendant de longues minutes. Je transpirais abondamment. Je me suis relevé. Tous mes muscles tétanisés par la contraction que je leur avais fait subir. J'ai regardé le coffre. Il ne contenait que deux liasses de francs suisses. Pas l'ombre d'un dossier ou quoi que ce soit de ressemblant. Je l'ai refermé et je suis reparti. J'arrivai à Paris à l'aube. Je déposai le Beretta chez moi et repartis pour l'aéroport. Vers onze heures, je prenais un vol pour Tel-Aviv et à vingt heures, j'étais à Dimona. Je rassurai Michael. Il semblait plus calme. Il m'expliqua qu'il y avait peu de chance pour que l'on constate la disparition de la gélule. Le lendemain, je récupérais mon passeport que j'avais laissé chez Michaël et je repartais pour Paris. J'avais sur mon passeport le tampon d'entrée sur le territoire israélien le 5 janvier et celui de sortie le 15 janvier. Le jour de la mort de Van Wickers, j'étais à des milliers de kilomètres d'Ostende. Crime parfait. Alibi grandiose ! N'est-ce pas ? me dit Kupfer dans un sourire, j'en suis assez fier.

J'étais ratatiné dans mon fauteuil.

—Mon pauvre ami, me dit Kupfer, le diable nous a concocté un tour dont il a le secret.

—Je ne trouve rien à dire Kupfer. Vous avez bien raison. L'enchaînement des événements obéit à des règles secrètes, inconnues des hommes. Vous n'êtes responsable de rien. Tout juste l'instrument d'un mauvais démiurge. Peut-être sommes-nous l'une des conséquences néfastes de la venue sur terre de Van Wickers. Vous devez en savoir plus que moi sur ce sujet…

—Ne croyez pas cela. Peut-être que la religion a de meilleures réponses que la philosophie ?

—La religion? Quelle religion? Celle qui m'enjoint d'accepter mon destin? Qui proclame que les desseins de Dieu sont impénétrables? Alors, j'irai en enfer. Je ne renoncerai pas à ma vengeance. Je retrouverai ces hommes. Je les tuerai.

—Nous les tuerons.

—Nous?

—Oui. Nous. Vous n'avez pas le droit de me priver de ça!

—Amos, vous allez vous faire le complice d'un type qui sera recherché par toutes les polices de France, j'ai pratiquement tué un quasi ministre, cette nuit...

—Et alors? Si vous vous en sortez, je m'en sors... Autrement, on se racontera nos souvenirs en prison, je vous enseignerai la philo... Vous verrez comme elle relativise l'existence. Vous me semblez être un bon élève.

Pour l'école de la vengeance, sûrement! Pour la philo, je n'en sais rien.

—Alors? On est d'accord?

—Pourquoi pas après tout? Je vous préviens, les deux types en question sont des tueurs professionnels. Ils sont capables d'égorger un bébé sans le moindre remords. Si on les retrouve, ils ne se laisseront pas faire, croyez-moi!

—Qu'ai-je à perdre? Une vie sans avenir?

—Vous pouvez tout reconstruire Amos.

—Non. Plus envie! Nous sommes plus intelligents que ces brutes! On les aura!

—Ils s'appellent : Antoine Marquez et Pascal Liménotti...

—Vous les connaissez?

—Plus ou moins... Deux anciens du SAC, reconvertis dans les coups tordus pour les gouvernements de droite comme de gauche. Ils fréquentent assez régulièrement un bistrot près de la piscine, c'est le nom que l'on donne au siège du SDEC, près de la porte des Lilas à Paris.

—Il nous reste plus qu'à y aller...

—Pas si vite, Amos! Moi, je ne peux pas traîner mes guêtres dans ce coin, de plus demain, tous les flics de France auront ma photo.

—Vous voyez bien que je vais être utile dans l'opération.

—La meilleure solution serait de les attirer en Belgique, là-bas ce serait plus facile. Je ne sais pas comment mais j'obéis à mon instinct, ils s'y sont rendus plusieurs fois. J'ai là-bas un ami qui devrait pouvoir nous aider. C'est un type des services israéliens.

—Va pour la Belgique, me dit Kupfer, je prépare une valise et on part, le plus tôt sera le mieux, dit-il en se levant.

—Amos, je n'ai pas dormi depuis deux jours. Je dois me reposer quelques heures. Je dois passer un coup de fil avant ça. Avez-vous un téléphone ?

—Derrière vous, par terre.

J'appelai Van Venbergh.

—Monsieur Van Venbergh ? Hobart. Je viens prendre des nouvelles de notre affaire…

—Tout s'est très bien passé. Le corps est chez nous. Il me faut vos instructions pour les inscriptions tombales.

—Vous les aurez demain, dans la journée, dis-je en raccrochant.

—À quelle heure souhaitez-vous partir ? me demanda Kupfer en me montrant ma chambre.

—Dans la nuit. Disons vers deux heures, ça me laisse huit heures de sommeil.

—Je vous réveillerai.

À deux heures, Kupfer frappait discrètement à ma porte. J'avais l'impression d'avoir dormi un mois.

—Le petit déjeuner est servi, Maxime.

Nous avons déjeuné en parlant de banalités. Comme pour éviter de revenir sur un projet au bout duquel la mort attendait. Peut-être la nôtre ? Je suis remonté dans ma chambre, j'y ai pris mon sac, je regardais, rassuré, les deux pistolets.

Kupfer était debout près de la porte, un gros sac de cuir à la main. Il portait un caban de laine bleu marine, un chapeau, des boots de cuir.

—On prend ma voiture, dis-je.

Kupfer a regardé longuement sa maison, puis il lâcha :

—Je n'y ai aucun souvenir.

Nous avons jeté nos sacs dans le coffre de la Mercedes et avons pris la direction de Lille.

—J'espère que vous trouverez le moyen de les attirer en Belgique. Pas question de les tuer lâchement au détour d'une rue, hein ? Ils doivent savoir pourquoi ils meurent.

—J'y ai pensé, figurez-vous. Mais ne rêvons pas, les choses ne se passent jamais simplement dans ces cas.

Je racontai à Kupfer la séance au manoir et dans quel état j'avais laissé Gaénnec.

—J'aurais fait comme vous, me dit-il. C'est tellement peu gratifiant de se venger en tuant directement, bêtement. La victime a peur pendant quelques secondes et c'est fini… Trop simple ! Tandis que désormais, à chaque mouvement de son fauteuil, devant chaque obstacle, en allant de son fauteuil au lit et du lit au fauteuil, il y pensera.

J'avais un bon partenaire.

XXX

Kupfer s'était endormi. Les essuie-glaces balayaient une fine pluie sur le pare-brise. Leurs mouvements réguliers accompagnaient mes pensées. Avner Zakin accepterait-il de m'aider ? Et Léo ? Je ne l'imaginais pas se faisant le complice du meurtre de deux types qu'il connaissait certainement. Quoique ? À cette heure, on avait peut-être découvert Gaénnec dans sa cuvette ! Un avis de recherche était lancé. Dans quoi avais-je entraîné Kupfer ? Je résistais à l'envie de faire demi-tour et de le redéposer chez lui. Mais Kupfer n'était pas homme à se soustraire à ce qu'il considérait comme une obligation sacrée. Je lui avais donné les noms de ces deux brutes et même sans moi, il passerait à l'acte un jour ou l'autre, quitte à y laisser sa peau. Autant le protéger. Si possible. Je lui devais bien ça !

À quelques kilomètres de Lille, je quittais l'autoroute en direction de Roubaix, je traversais des communes désertes qui semblaient être le prolongement de la banlieue de Tourcoing et me retrouvais en Belgique sans difficulté. À huit heures, je garais la Mercedes dans une rue déserte des Marolles. Kupfer se réveilla tout surpris d'être à Bruxelles.

— Pardonnez-moi de ne pas vous avoir tenu compagnie, dit-il en bâillant.

— J'espère que vous ne serez pas très regardant sur l'hôtel.

Nous avons pris nos affaires et avons sonné à la porte d'un hôtel vétuste de la rue Haute. Un Arabe est venu nous ouvrir.

— C'est complet ! lâcha-t-il, en nous voyant.

Je lui montrai un billet de cinq cents francs.

— Pour chaque nuit passée chez vous. Et nous souhaitons rester là plusieurs jours.

— Il me reste une chambre à deux lits. Ni télévision, ni téléphone, c'est tout ce que je peux faire.

La chambre était d'une simplicité monacale et d'une propreté irréprochable. Une salle de bains avec toilette, deux lits confortables et une armoire.

— Ce sera notre QG, dis-je en souriant. Vous avez une préférence pour le lit ? Droite ou gauche, près de la fenêtre ? Avec vue sur la place du Jeu de Balle.

Amos choisit le lit de droite à cause de la petite veilleuse qui lui permettrait de lire sans me déranger, avait-il précisé.

— Deuxième choix, vous préférez le Walther 7.65 ou le Sig 9 mm. Je suppose que votre Beretta est resté à Paris.

— Le Walther.

— Vous connaissez le quartier ?

— Non.

— La place du Jeu de Balle est le marché aux puces de Bruxelles. Tous les jours, de six heures à treize heures. Presque tous les marchands sont Marocains. Dans les rues adjacentes, il y a plein de bistrots plus ou moins réguliers. Allez vous balader un peu Amos, vous, vous ne risquez rien ; moi, j'ai besoin de réfléchir à la façon de faire venir Marquez et Liménotti. Trouvez un marchand de journaux et achetez tous ce qui vous tombe sous la main, y compris les quotidiens flamands. Cinq cents francs belges devraient suffire, lui dis-je en lui tendant quelques billets.

— Avec plaisir « commissaire » ! dit-il en riant. Au fait, ne vous ai-je pas dit que je parle arabe couramment ?

— Et moi flamand, ajouté à l'arabe, on est parés ! À tout à l'heure, Amos.

Kupfer parti, je m'allongeais et énumérais les possibilités. Il n'y en avait que deux soit Avner Zakin soit Léo Hartman… Ou les deux combinées ? Léo me semblait bien placé pour m'aider à faire venir Marquez et Liménotti à Bruxelles. Mais si j'étais recherché, ce serait plus compliqué pour lui. Cette incertitude était un sérieux handicap. Je décidais d'aller téléphoner à Van Venbergh. Le patron de l'hôtel était assis à un minuscule bureau sur lequel était posé un combiné téléphonique. Ce n'était pas le lieu pour une conversation privée. Je sortais et rasais littéralement les murs. Je tournais dans la première ruelle venue et entrais dans un café arabe : « L'Étoile du Maghreb ». Je me suis installé au fond de la salle au comptoir, sous le regard méfiant des clients attablés devant des théières et des petits verres multicolores. Un vieux poste de radio distillait une chanson orientale larmoyante, les joueurs faisaient claquer leurs dominos sur le formica des tables. Sur un des murs, ce qui semblait être une affiche de cinéma, représentait un couple en buste au milieu d'une montagne de roses survolée par une nuée de colombes. Le plus haut niveau du chromo cinématographique oriental. Je pris mon meilleur accent flamand de Bruxelles et demandai au patron le téléphone. Il prit le combiné sous le zinc, le déposa près de moi et regagna sa place à l'autre bout du comptoir. À neuf heures, Van Venbergh devait être là.

—Monsieur Van Venbergh ? Hobart. Quand sera prête la sépulture ?

—Elle est prête. J'ai eu le plus grand mal à faire accepter le permis d'inhumer français par les autorités de la commune d'Ixelles.

—Je vous dédommagerai de vos efforts. Autre chose, peut-on envisager de réunir la tombe de madame Van Wickers à cette sépulture ?

—Je dois pouvoir m'en arranger… Il me faut juste une demande écrite d'un membre de la famille… Mais j'ai une bien meilleure solution. Venez me voir, ce serait mieux.

—D'accord. Vers quinze heures.

Ça allait encore me coûter une fortune mais quel qu'en soit le prix, je me l'étais juré, je réunirais Katia et sa mère.

Je retrouvais Kupfer à l'hôtel. Il était plongé dans un monceau de pages de quotidiens.

—Pour le moment, il n'y a pas la moindre information sur votre massacre. Rien.

J'épluchais à mon tour les journaux flamands. Rien.

—Il est peut-être mort ? dit Kupfer.

—Peut être... Cette incertitude nous paralyse totalement. Il n'y a qu'un moyen de le savoir. Attendez-moi ici, Amos, j'en ai pour deux minutes.

Je retournai au café arabe. Les mêmes clients me jetèrent les mêmes regards. La radio s'obstinait dans le mélo doucereux. Je m'installai à la même place, j'indiquai au patron le dessous du zinc, il déposa le combiné près de moi et regagna sa place d'un pas traînant. Je composai le numéro de Léo, pas rassuré.

—Léo ? Maxime...

—Putain de merde ! Qu'est-ce que tu fous !

—Léo dans une heure au restaurant « aux Marolles »... tu t'en souviens ?

—Comme de mon nom. À tout de suite.

Et il raccrocha.

Je filais à l'hôtel. Kupfer me semblait inquiet.

—Je me disais que s'il vous arrivait quelque chose, je serais obligé de finir le travail tout seul !

—Amos ! On passe à l'action. Le début. À deux pas d'ici, il y a un restaurant, le Resto-Bière. Vous allez vous y installer. J'y serai dans une heure en compagnie d'un autre homme. Gardez le Walther armé sous la main. Cet homme est un de mes meilleurs amis. Mais je crains qu'il ne soit suivi. On ne sera jamais assez prudents. Lui seul peut me dire ce qu'il est advenu de Gaénnec. Quand je quitterai le restaurant, vous me suivrez discrètement jusqu'ici. OK ?

—Le Resto-Bière... c'est où exactement ?

—En sortant de l'hôtel, prenez la première à droite, traversez la place, c'est en face.

Une heure plus tard, j'entrais au restaurant. Kupfer était assis à une table lisant un magazine. Léo était à la table au fond de la salle et lui tournait le dos.

—Maxime, tu es devenu dingue… ou quoi ?

—Léo, l'heure n'est pas à la déconnade. Katia a été assassinée… Gaénnec lui a envoyé Marquez et Liménotti. Non. Ne dis rien Léo.

—Mon pauvre Max…

—J'ai quasiment buté Gaénnec…

—C'est toi ?

—Oui. Il est mort ou pas, ce salaud ? J'espère que non. Je le veux dans un fauteuil roulant jusqu'à la fin de ses jours.

—C'est pour ça que tu ne l'as pas achevé ? Il n'est pas mort. Mais d'après ce que je sais, il n'en reste pas grand-chose… Le pire, c'est qu'il a pu faire une déclaration. Il aurait été agressé par des inconnus…

—Quoi ?

—Affirmatif !

—Je ne comprends plus rien, Léo. Plus rien. Je croyais avoir tous les flics de France à mes trousses…

—C'est plutôt inquiétant…

—Une chose est certaine : il ne veut pas qu'on m'arrête. Pourquoi ?

—Va au bout de ton raisonnement…

—Non, je ne vois pas…

—Parce qu'il veut te faire descendre ! Il n'y a aucune autre explication, Max. Arrêté vivant, tu représentes un danger… Tu dois bien savoir lequel !

Je réfléchissais. Léo m'observait. De temps à autre, Kupfer relevait la tête et me jetait des regards inquiets. Subitement, quelque chose me revenait à l'esprit mais ce n'était pas clair. Je me revoyais là-bas au Manoir de Gaénnec… Je vais récupérer ce dossier…

—Léo ! Je sais. Avant de le massacrer, je lui ai dit que je retrouverai ce dossier et que je le divulguerai… C'est ça qui me sauve !

—Qui te sauve ? Tu en as de bonnes ! Il a mis une bande de tueurs sur tes traces, oui !

—Je ne suis revenu en Belgique que pour y attirer Marquez

et Liménotti. Si Gaénnec les a mis à ma recherche, ça va être plus facile.

—Si c'est le cas, ils vont venir vers moi. C'est certain.

—Léo, balance-moi, c'est la seule chose que je te demande : fais ton boulot. Balance-moi mais préviens-moi !

—Où ?

—Je te le dirai demain. Ta ligne est toujours sécurisée ?

—Je crois, mais va savoir... Depuis quelques jours, la règle n'est plus la même...

—Tu vois le type qui est derrière toi, demain même heure, il te dira où me joindre.

Léo s'était retourné. Kupfer a levé la tête et l'a dévisagé.

—Qui est-ce ? me demanda Léo.

—Un ami, il n'est au courant de rien. Un simple messager.

—OK. Après, ça évite de me rencontrer. Promets-moi de me donner des nouvelles... Si tu es encore en vie.

Léo a quitté le restaurant, je l'ai suivi deux minutes après, Kupfer sur mes pas. Sitôt dans notre chambre, il me demandait des explications.

—J'ai deux bonnes nouvelles. La première : Gaénnec n'est pas mort. Il n'y a pas d'avis de recherche. Il ne m'a pas dénoncé. Il ne veut pas qu'on me prenne vivant. La deuxième, il a mis des tueurs sur mes traces. J'ai toutes les raisons de croire que ce sont Marquez et Liménotti. Le gibier va venir vers nous.

—Pourquoi ne vous a-t-il pas dénoncé ?

—Parce que je lui ai laissé entendre que j'allais récupérer ce dossier. Alors qu'à ce moment, je n'en savais strictement rien ! Pourquoi ai-je dit cela ?

—C'est étrange. Ces événements extraordinaires, hors-norme, la tension de tous vos sens, ont sans doute démultiplié votre instinct. Vous n'en aviez pas conscience mais c'était une mesure de sauvegarde...

—Peut-être bien. Peut-être que Katia me l'a dictée.

—Quel est le programme ? me demanda Amos.

—Je dois trouver un endroit où les attirer. Je dois aller au cimetière d'Ixelles. Je serai de retour dans une heure. Il y a plein de bouquinistes, si vous voulez vous promener. Rue de la Madeleine.

Van Venbergh m'attendait. À peine avais-je poussé la porte qu'il congédiait Jeanne et verrouillait la porte.

—Passer la frontière avec un corbillard n'a pas été simple... Expliquez-moi votre demande concernant madame Van Wickers.

—Le souhait le plus cher de sa fille était d'être inhumée près de sa mère. J'ai recueilli cette dernière volonté alors qu'elle rendait son dernier souffle. Vous me comprenez. Vous m'avez dit que vous aviez une meilleure idée...

—Est-ce que vous pouvez m'assurer que ces personnes n'avaient aucune famille ?

—Je vous l'assure.

—Bien. La sépulture que vous avez commandée et qui est presque prête, peut recouvrir la tombe de madame Van Wickers et celle de sa fille, de l'extérieur, ce sera une tombe plus large. Je me suis rendu sur place, l'espace disponible est suffisant. Il nous suffira de retirer les pierres qui recouvrent la tombe de madame Van Wickers. Qu'en pensez-vous ? Autrement, ce sera très compliqué : attestation de la famille, permis d'exhumation...

—C'est une excellente idée.

—Pour les inscriptions ?

—S'agissant de madame Van Wickers, vous reprendrez les dates de naissance et de décès, en dessous de son nom : Juliette Vrims-Grunberg. Et pour sa fille : Katia Vrims-Grunberg 1956-1986.

—Plus de Van Wickers ?

—Non. Van Wickers était une erreur d'état civil...

—Bien, tout sera fait dans les deux jours. Il y a un petit solde à régler...

Après avoir épuisé la dernière liasse qu'il me restait, je quittais Van Venbergh. Le cœur serré et la conscience apaisée. Je reviendrai sur la tombe de Katia. Plus tard. Je viendrai lui annoncer que justice était faite. Bientôt, me suis-je dit en regagnant l'hôtel. Kupfer était plongé dans un livre.

—Il nous faut trouver une nouvelle planque. Un endroit qui soit un piège. Je vous ai parlé d'un ami des services israéliens. Je dois le voir. Je suis sûr qu'il pourra nous aider. Rassurez-vous Amos. Je ne vais pas lui parler de vous, ni de votre frère.

Je retournai au café arabe. La salle était bondée. Sans me demander mon avis, le patron me servit un café, déposa le combiné et regagna sa place au bout du comptoir. Une fumée épaisse flottait dans l'air. Un type hurlait dans la radio, ajouté aux claquements des dominos sur les tables, il me serait difficile de me faire entendre sans crier.

—Avner ? Hobart. Revenu du pays ?

—Depuis ce matin. Je vous raconterai.

—J'ai besoin de vous, Avner.

—Besoin... Besoin ?

—Besoin avec un U comme urgent.

—Ce soir, mais pas avant dix heures...

—Gare du Midi. Dans la salle d'attente.

Je laissai les joueurs de domino et rentrai au QG.

—Amos, vous avez quartier libre. J'ai rendez-vous avec mon ami Avner Zakin à vingt-deux heures. Je serai de retour vers minuit.

—Vous ne préférez pas que je vous suive discrètement ?

—Pas encore. Pour le moment, il n'y a pas de danger. Si on allait dîner ?

—Il doit bien y avoir un restaurant de couscous, me dit Kupfer.

Le patron de l'hôtel nous indiqua une bonne adresse à deux pas. Un restaurant d'habitués. Kupfer, amusé, traduisait toutes les conversations. Il devait jongler avec la langue arabe. Il m'expliqua que c'était de l'arabe maghrébin, très différent de l'arabe littéraire. En quittant le restaurant, il remercia le patron, en arabe, de cet excellent couscous. Le restaurateur n'en revenait pas.

À vingt-deux heures, je m'installais dans la salle d'attente de la Gare du Midi. Avner arriva un sourire aux lèvres.

—Pourquoi m'avoir donné rendez-vous ici, Maxime ?

—Avner je suis comme qui dirait en cavale.

J'expliquais la situation du mieux que je pouvais. Avner m'écoutait attentivement. J'avais l'impression qu'il prenait des notes mentalement.

—Bon, si je comprends bien, les types qui vous recherchent sont ceux que vous recherchez. Drôle de partie de cache-cache. Qui croira prendre sera pris.

—C'est exactement ça ! Vous m'indiquez une bonne planque, un endroit tranquille, je le fais savoir et j'attends le gibier.

—Vous me demandez de vous aider à réaliser un projet d'assassinat, Maxime ?

—Disons que je ne veux que les faire parler… Mais un accident…

—Je connais un type qui me doit beaucoup. Il m'est dévoué corps et âme. Il tient une casse automobile à la sortie de Bruxelles sur le canal. C'est totalement désert. On ne peut pas manquer l'endroit. Quelques kilomètres après le port de plaisance. Il y a un immense panneau sur la route : « Mordjewski. Ferraille ». Je le préviendrai dès demain. Vous pouvez y aller en toute confiance.

—Nous sommes deux.

—Deux ? C'est qui l'autre ?

—Le père de Déborah Kupfer.

—Que fait-il dans cette histoire ?

—Si on avait balancé votre fille sous un train… vous ne vous poseriez pas la question.

—Ceux sont les mêmes ?

—Oui.

—Je comprends. Et côté Van Wickers, toujours rien ?

—L'affaire est bouclée. Gaénnec m'a tout avoué. C'est une grosse affaire de chantage. Mais ce dossier a bel et bien disparu. Peut-être même qu'il n'y a jamais eu de dossier. Ce ne sera pas la première fois qu'un type fait croire qu'il a des documents compromettant à d'autres types qui se savent coupables.

—Vous avez fait avouer votre « patron » ?

—J'ai employé les grands moyens…

—Je sais, dit Avner dans un sourire.

—Léo ?

—Non. Interne.

—Impressionnant…

—Côté I.N.M.I., c'est une question d'heures. Tenez-moi au courant Maxime.

—Je n'y manquerai pas Avner…

XXXI

Le lendemain, nous quittions l'hôtel des Marolles à huit heures. Nous avons fait un crochet par Anvers. Je m'arrêtais devant la banque, j'y retirais deux cent mille francs, les changeais en un million deux cent mille francs belges et repartais aussitôt vers Bruxelles.

—Vous avez un compte à la Jewish Diamond Bank ? me demanda Kupfer étonné.

—Disons que j'y ai une procuration sur le compte de Katia. L'argent est le nerf de la guerre. Nous allons en avoir bien besoin pour la suite des événements.

Nous avons longé le port de plaisance, roulé encore pendant quelques kilomètres. Je ne voyais rien qui ressembla à une casse auto. Les immeubles se faisaient rares, depuis un moment on ne croisait plus que quelques hangars délabrés et d'interminables terrains vagues. Enfin, après une courbe, j'aperçus le panneau : « Mordjewski Ferraille ». Une flèche indiquait « Entrée à deux cents mètres ».

Nous avons roulé entre des montagnes de carcasses de voitures. Interminable. Nous nous sommes arrêtés au pied d'une grue qui faisait un vacarme assourdissant. J'ai klaxonné à plusieurs reprises. La grue a cessé son va-et-vient. Un homme en est descendu. Un colosse crasseux dans un vieux pantalon de velours, une canadienne de toile, des gants de laine et un bonnet enfoncé jusqu'aux sourcils.

—Monsieur Mordjewski ? Nous sommes les amis d'Avner.

—Les amis d'Avner sont mes amis ! Appelez-moi Sam.

—Très heureux Sam. Je suis Maxime et lui, c'est Amos, dis-je en désignant Kupfer de la main.

—Venez. Je vais vous montrer votre chambre. C'est pas le grand luxe mais c'est plutôt calme.

Nous avons suivi Sam jusqu'à une grande baraque de bois. Il poussa une porte qui portait pompeusement sur une plaque émaillée l'inscription « Bureau ». Nous sommes passés de l'autre côté d'un vieux comptoir. Sam poussa une deuxième porte.

—Voilà. Il y a tout ce qu'il faut : deux lits. Un cabinet de toilette. Et de l'eau chaude. Pas de douche, vous vous laverez au robinet. Ça ira ?

—Parfait Sam. On peut téléphoner ? À Bruxelles…

—Au bureau. Faites comme chez vous. Si vous avez besoin de moi, je suis sur la grue.

Je retournais au bureau pendant que Kupfer rangeait nos affaires.

—Léo. Pas la peine d'aller au restaurant. Tu peux mettre le gibier sur la piste. Nous sommes planqués dans une casse auto. Mordjewski Ferraille. Le long du canal à la sortie de Bruxelles, cinq ou six kilomètres après le port. Tu as des nouvelles des porte-flingue ?

—Plutôt oui ! Ils sont devant l'ambassade dans une Mercedes noire. Ils sont venus me voir, hier soir. Je leur ai dit que tu avais disparu. Évidemment, ils ne m'ont pas cru. Tout le monde connaît nos liens Maxime…

—C'est parfait Léo. Tu prends ta voiture, tu viens jusqu'ici pas avant quatorze heures. Ils vont te suivre, c'est du cent pour cent ! On se parle cinq minutes et tu repars. Tant que tu seras là, ils ne feront rien. Tu ne cours aucun risque.

—Et après ?

—Léo. Il n'y aura pas d'après… pour eux. Tu ne les reverras plus.

—Y a intérêt ! Sans quoi je devrais me cacher en Amazonie…

Kupfer me semblait excité en revenant vers moi.

—J'ai découvert un truc formidable ! Venez voir, c'est absolument génial !

Je suivais Kupfer en me demandant ce qui pouvait expliquer cette excitation. Nous avons marché entre les carcasses de voiture empilées jusqu'à des hauteurs improbables. Elles semblaient toutes en équilibre instable. Au détour d'un des empilements, il y avait un bâtiment de briques tout en hauteur avec une vitre en façade. Sam était de l'autre côté de la vitre, occupé à manipuler des leviers. Au pied du bâtiment, il y avait une immense fosse et de l'autre côté de la fosse, une montagne de carcasses entièrement désossées. Une grue prolongée d'une sorte de pince à sucre géante s'emparait d'une carcasse et la déposait dans la fosse. Des énormes poussoirs métalliques se rapprochaient de la carcasse jusqu'à ce qu'il n'en reste plus qu'un petit cube multicolore. Sam nous adressait des signes amicaux. Je me retournais vers Kupfer qui ne cessait de sourire.

—Vous allez voir comment ils vont gigoter quand on les mettra dans une carcasse avant de la balancer dans la fosse !

—On ne peut rêver de meilleure fin, dis-je en lui rendant son sourire. Mais il va falloir mettre Sam au parfum. Il ne va pas nous laisser jouer « règlement de compte à OK Corral » comme ça.

J'appelais Sam d'un signe de la main. Il arrêta sa monstrueuse presse et nous rejoignit.

—Sam. J'ai un service à vous demander. Il y a des gens qui vont venir me voir. Je ne sais pas exactement quand, dans les heures qui viennent. Est-ce que vous pouvez me louer vos installations… pour un jour ou deux ?

—Je ne veux pas savoir pourquoi. Si vous en avez besoin, pas de problème. Pas besoin de me payer pour ça.

—Si si, c'est plus régulier, au moins pour le stage de formation, lui dis-je en désignant la presse.

—Venez, je vais vous expliquer, c'est pas trop compliqué mais quand même.

Nous nous sommes retrouvés devant un tableau de commande. Kupfer jubilait, il avait sorti un petit carnet de sa poche et notait fébrilement toutes les explications de Sam.

—Maintenant, travaux pratiques, dit Sam, à vous Amos.

Ce n'était pas si simple ; après avoir raté une dizaine de fois, Kupfer réussit une compression assez jolie… Je m'y mettais à mon tour. J'y parvenais à la cinquième tentative. Kupfer voulait recommencer. Il était comme un enfant devant un jouet merveilleux.

—Et la grue Sam, c'est compliqué ?

—Non. Beaucoup plus simple, venez.

Sam m'expliqua le fonctionnement de la grue dans laquelle on l'avait aperçu. C'était en effet beaucoup plus simple que la presse.

—À partir de quand cette location ? demanda Sam.

—Dès maintenant, si possible.

Je suivis Sam jusqu'à son bureau. Il prépara quelques affaires, changea ses vêtements et me dit :

—Je vais voir ma vieille mère à Anvers. Quand vous aurez terminé, téléphonez-moi à ce numéro.

—Voilà de quoi lui acheter quelques fleurs, dis-je en tendant une liasse de billets à Sam.

—Pas question !

—J'y tiens, Sam, ne refusez pas, ça me gênerait dans mon travail !

Sam me tapa sur l'épaule, me dit :

—Bonne chance haver !

Et il s'en alla.

—Haver… ça veut dire « frère » en hébreu, me dit Kupfer.

Il ne nous restait plus qu'à attendre… En nous entraînant à faire des cubes. En début d'après-midi, on pouvait faire ça, les yeux fermés.

—Je pense que nous sommes au point, dis-je à Kupfer en regagnant le bureau, mon ami Léo ne devrait pas tarder. Vous vous souvenez de lui ?

— Le type que vous avez rencontré au restaurant ?

— Oui. Restez dans notre chambre avec le Walther prêt. Moi, je resterai au comptoir.

Je m'installais dans le fauteuil de Sam et contemplais une vieille horloge publicitaire : 15 heures. Je pouvais apercevoir à travers une minuscule fenêtre crasseuse l'amoncellement de carcasses. De temps à autre, le bruit lointain d'une voiture se rapprochait, de l'aigu au grave et de plus en plus grave à mesure qu'il s'éloignait de notre planque. Enfant, l'effet doppler m'avait toujours amusé. J'étais arrivé au bout de mon histoire. Enfin… presque. Mon improbable complice attendait dans l'autre pièce. Nous n'avions plus beaucoup d'avenir.

Un autre bruit de moteur lointain. Je tendais l'oreille. De l'aigu au grave, puis du grave au grave ! La voiture s'approchait de nous. J'attendais, crispé, qu'elle apparaisse au détour du dernier empilement. Enfin la voiture de Léo s'arrêta devant le bureau. Léo poussa la porte et s'avança dans la pièce sans m'avoir vu. Je me redressai silencieusement.

— Belle planque ! s'exclama Léo.

— Tu penses qu'ils t'ont suivi ?

— Aucun doute. Quand j'ai franchi le portail, ils ont accéléré et ont continué sur le quai. Maxime, tu es sûr de ton coup ?

— C'est eux ou nous. Dans les deux cas, tu es couvert. Si c'est nous, ils te seront reconnaissants de les avoir mis sur la piste et si c'est eux… tu n'en entendras plus parler.

— Maxime, je n'ai accepté ce rôle que parce qu'ils ont tué Katia. J'imagine ce que tu as perdu. Ne me demande plus rien après ça.

— Léo, il n'y aura pas « d'après ». Tu peux repartir.

J'ai cru discerner comme une tristesse dans le regard de Léo. Il savait qu'il ne me reverrait plus jamais. Il m'a tapé sur l'épaule et il est parti. Je me suis précipité vers le portail, il m'a fallu plusieurs minutes pour l'atteindre. C'était un lourd portail métallique qui coulissait le long d'un rail. Une énorme chaîne pendait entre les barreaux avec à son extrémité, un cadenas aux dimensions décourageantes. Je repartais aussitôt vers Kupfer.

Amos, allez vous planquer près du portail. Ils ne vont pas tarder à se manifester. Attendez que leur voiture soit éloignée et refermez-le avec le cadenas. Ça peut être long. Moi, je vais rester dans la première grue.

—C'est clair, Maxime. À tout à l'heure, j'ai hâte de passer à l'action.

—Vous n'allez pas être déçu.

De la cabine de la grue, j'avais une vue sur une partie du quai et sur le portail. Kupfer s'était planqué derrière un fût. La Mercedes est arrivée près du portail silencieusement puis s'est arrêtée, l'avant engagé de l'autre côté du rail. Je pouvais apercevoir les deux passagers. Ils semblaient se parler. L'un des deux a fait un signe de la main en direction de l'intérieur. La voiture est entrée au ralenti. Presque sans bruit. Elle a dépassé le premier empilement de carcasses et a tourné vers le bureau. Kupfer a surgi de derrière le baril et a fait coulisser le portail lentement. La chaîne autour du cou, il entoura deux barreaux, fit jouer le cadenas et me rejoignit dans la cabine de la grue.

—Comme sur des roulettes, me dit-il à voix basse. Et maintenant ?

—Dans cinq minutes, ils vont s'apercevoir qu'il n'y a personne. Ils vont repartir, quand ils verront le portail fermé, ils vont comprendre qu'ils sont dans une souricière, ils vont zigzaguer à la recherche d'une autre sortie. S'ils essayent de faire sauter le cadenas à coups de pistolets… alors il faut espérer qu'ils videront leur chargeur… Tant mieux. C'est la seule incertitude… Autrement, on improvise.

Deux minutes plus tard, la Mercedes revenait vers le portail et s'arrêta net. Un des deux hommes en descendit. J'ai reconnu Marquez. Il secoua la chaîne frénétiquement. Puis regagna précipitamment la voiture qui démarra brutalement en direction du bureau… La Mercedes est apparue dans l'autre sens. J'ai mis la grue en marche. Au moment où la voiture passait sous la grue, j'ai lâché le frein du palan, le crochet comme un hameçon géant s'est incrusté dans le pare-brise, j'ai remonté le câble à la vitesse maximum. La Mercedes était verticale, suspendue par le montant du pare-brise. Les deux tueurs se débattaient à l'intérieur entre les sièges. J'ai fait faire quelques va-et-vient au bras de la grue et j'ai projeté la Mercedes sur un des empilements de carcasses. L'ensemble a vacillé puis, comme au ralenti, s'est effondré sur la Mercedes.

—Bravo Maxime ! Comme dans un film !

—C'était pas le plan prévu, dis-je, mais ce n'est pas plus mal. Maintenant, on va les accueillir. Les rats ne vont pas tarder à apparaître. Venez Amos.

Kupfer m'a suivi, le Walther à la main. Deux jambes émergeaient d'une carcasse le long du sol. Je me suis approché lentement et à bout portant, j'ai tiré deux balles, une dans chaque jambe. J'ai entendu un hurlement rauque.

—L'autre est toujours là-dedans, me dit Kupfer.

—Patience, il va suivre le même chemin.

J'ai tiré le premier rat par les pieds. Il poussa un cri qu'on a dû entendre à des kilomètres. J'ai eu l'impression que ses jambes s'allongeaient. Je lui ai collé le Sig sur la tête. J'ai récupéré son automatique dans son holster. Marquez est sorti la tête la première, en rampant sur le sol, Kupfer m'imita à peu de chose près : il lui avait enfoncé le canon du Walther dans un œil sans ménagement. Marquez avait poussé un cri terrible. Une longue traînée de sang coulait de son orbite, l'œil pendait sur la joue et semblait regarder Kupfer. On a pris Marquez par la tête et les épaules, tirant de toutes nos forces, nous l'avons traîné hors du tas de ferraille qui l'écrasait. J'ai récupéré un Mauser P38 dans sa poche. J'avais vu dans la cabine un tas de grosses lanières de toile. J'ai envoyé Kupfer en ramener quelques-unes. Marquez et Liménotti gémissaient à l'unisson. C'était un spectacle hallucinant : Kupfer traînant Liménotti saucissonné par une lanière à même le sol, Marquez ligoté suivait, le visage en sang, un œil pendant sur sa joue.

Je fermais la marche le Sig à la main. Nous sommes arrivés au bureau. Kupfer suait et moi, je dégustais le début de la fin de ma vengeance !

—Pas besoin de faire les présentations. Moi je suis, comme qui dirait, le veuf de Katia Van Wickers et lui, c'est le gentil papa de Déborah Kupfer. Ça vous dit quelque chose ?

Marquez et Liménotti n'étaient pas des enfants de chœur. Dès cet instant, ils savaient ce qui les attendait. Ils restèrent silencieux.

—Bon, on va faire un petit voyage, ce n'est pas très loin.

Je fis signe à Kupfer. Il chargea Liménotti comme un sac de sable, ses deux jambes désarticulées pendaient sur le dos de Kupfer. J'ai gravi les quelques marches qui conduisaient au poste de commandes, précédé de Marquez. J'ai actionné la pince à sucre géante, j'ai descendu une carcasse et l'ai déposée au bord de la fosse. Kupfer a balancé son fardeau dans ce qu'il restait d'une Volvo. Il attacha solidement Liménotti déjà ligoté à un montant de portière et désigna de la main le bas de la fosse. J'y déposais la carcasse et Kupfer me rejoignit au poste de commande.

—À chacun son tour ! s'exclama-t-il.

Il actionna les effrayantes mâchoires d'acier. Aucun bruit ne nous parvenait. Un bras dépassait du tas de ferraille. Kupfer actionna plus fortement la commande, le bras s'est détaché de ce qui commençait à ressembler à un cube, puis il appuya franchement. Les mâchoires se rejoignaient presque. Il renouvela le va-et-vient de la presse. La pince à sucre s'empara du cube et le déposa au milieu de dizaines d'autres. Je montrais le chemin à Marquez. Il ne manifesta pas la moindre résistance. Kupfer avait descendu une autre carcasse. J'installais Marquez à l'intérieur d'une autre Volvo.

—Je vais t'épargner le même supplice, Marquez.

J'ai visé la tête, sa tempe a explosé. J'ai fait signe à Kupfer. Il déposa la ferraille au fond de la fosse et recommença ses manœuvres. Deux minutes après, tout était fini.

Dans le bureau, nous sommes restés silencieux. De longues minutes passèrent. La pendule publicitaire marquait 17 heures.

—La vengeance a toujours un arrière-goût amer, murmura Kupfer, ne le laissez pas vous envahir.

Il parlait en connaisseur.

—On va attendre le retour de Sam, dis-je, je vais le prévenir que la location est terminée. On partira demain.

—Où ? me demanda Kupfer.

—Je ne sais pas. Je voudrais vous demander de m'accompagner au cimetière d'Ixelles. Sur la tombe de Katia. Après...

J'appelais Sam chez sa vieille maman et lui faisais part de notre intention de partir dès son retour. Kupfer avait fini par dégotter une boîte de cassoulet.

—En attendant, je vais nous faire réchauffer ça, essayez de trouver deux assiettes.

En cherchant les assiettes, j'ai mis la main sur une bouteille de vin. Nous nous sommes littéralement goinfrés. Je suis allé ouvrir le portail.

Le lendemain tôt, Sam nous réveillait.

—Tout s'est bien passé ?

—Impeccable. Merci pour tout, Sam. Juste une chose... Il y a deux cubes...

—Ça part en Chine par bateau... Dans six mois. Vous inquiétez pas, d'ici qu'ils arrivent...

—Il y a aussi une Mercedes noire... Là-dessous, dis-je en désignant le tas de carcasses.

—Ferraille allemande... Bonne qualité.

Nous sommes arrivés à Ixelles une demi-heure plus tard. Je me suis garé devant les établissements Van Venbergh. Kupfer m'attendait dans la voiture. Monsieur Van Venbergh m'a indiqué l'endroit où se trouvait la tombe de Katia. Je suis entré chez un fleuriste. J'en suis ressorti avec sept roses rouges.

Je suis arrivé devant la tombe de Katia. Kupfer me suivait silencieux. Une simple dalle de marbre blanc, surmontée d'une stèle sobre.

«Juliette Vrims-Grunberg
1925-1976»
« Katia Vrims-Grunberg
1956-1986»

J'ai déposé mes roses sur le marbre. Sa blancheur était éclatante. Le rouge des fleurs sur cette blancheur... « Mais si, avec du rouge aux joues, vous êtes un portrait par Micao Kono... » Je n'osais pas me retourner... Je pleurais toutes les larmes que j'avais retenues.

Kupfer s'est approché de moi, il posa doucement sa main sur mon épaule. Je me suis retourné lentement. Il pleurait. Nous avons baissé la tête, comme si nous avions honte.

Nous sommes repartis d'un pas lent, la tête lourde et basse, entre les tombes. Je ressentais un sentiment d'apaisement.

—Elle ne s'appelait pas... Van Wickers?

—Non. Elle ne le souhaitait pas.

Kupfer ne me posa pas d'autre question. Nous avons regagné l'hôtel des Marolles.

—Je vais passer un coup de fil, Amos. Je crois qu'il va nous falloir partir.

Je m'installais au bout du comptoir. Sans dire un mot, le patron m'a servi un café, a déposé le téléphone devant moi et s'en est allé à l'autre bout du comptoir. J'appelais Léo.

—C'est fini Léo. Une dernière chose...

—Ne me dis rien, Maxime. Gaénnec est mort! Il a parlé! Barre-toi au plus vite. Quitte la Belgique! Tout de suite. Adieu Max.

Et il raccrocha. C'était clair. Il me restait Avner. Je commandais un autre café et j'appelais Zakin.

—Avner... On peut se voir?

—Urgent?

—Le plus tôt serait le mieux.

—Vous connaissez le square d'Egmont ? Dans une heure.

Je remontais dans la chambre, Kupfer lisait tranquillement.

—J'ai trouvé une édition ancienne de ce bouquin chez un Marocain ! Incroyable ! J'aurais dû venir chiner ici ! « De l'assassinat considéré comme un des Beaux-Arts », Thomas de Quincey nous aurait sûrement appréciés, me dit Kupfer.

—Amos, je crois bien que ce coup-là, je suis recherché. Gaënnec est mort, il a parlé, il a dû donner mon nom d'après Léo. On a lancé une meute à mes trousses. Léo m'a conseillé de quitter la Belgique… Tout de suite. C'est un message très clair. Mais vous, vous ne risquez rien, personne ne vous connaît.

—Je partirai avec vous.

—Mais je ne sais pas où aller !

—Nous verrons bien. Si je ne risque rien, je dois bien être le seul à pouvoir vous aider.

—J'ai rendez-vous avec Zakin. Je serai de retour dans une heure.

J'ai traversé la place du Jeu de Balle, me frayant un chemin entre les étals des marchands, j'ai remonté la rue des Renards. J'ai évité toutes les rues passantes jusqu'au square d'Egmont. Avner était assis sur un banc, un journal à la main.

—Sam Mordjewski a été parfait. On a ouvert la chasse, Avner. Je ne connais plus que vous en Belgique. Je n'ai aucune chance de m'en sortir ici. Gaënnec est mort. Il a donné mon signalement…

—Je dois pouvoir arranger quelque chose. On vous doit bien ça, Maxime ! Retrouvez-moi ce soir au Central à Anvers, vous vous souvenez… Disons vers six heures.

—Je serai avec Kupfer… Pas d'objection ?

—Kupfer ? Aucune.

À six heures, Kupfer et moi retrouvions Avner au Central.

—Heureux de vous rencontrer monsieur Kupfer, Maxime m'a souvent parlé de vous.

Kupfer et Avner échangèrent quelques phrases en hébreu, puis ils reprirent leur conversation en français. Ils évoquèrent des lieux qu'ils connaissaient, des endroits qui valaient le déplacement.

—Vous aller loger chez monsieur Apfelbaum jusqu'à demain. D'ici là, j'aurai le temps d'arranger votre départ. Dans le hall de la gare en face de vous, il y a un photomaton. J'ai besoin de deux photographies de chacun de vous.

—Moi, je n'en ai pas besoin, dit Kupfer. Je peux voyager avec mes papiers.

—Faites-le quand même ! dit Avner d'un ton ferme. Allez-y, je vous attends.

Nous avons traversé la rue du Pélican. Dix minutes après, nous étions de retour avec nos photos d'identité.

—Parfait. Vous allez me suivre jusque chez Apfelbaum. C'est un bel endroit.

Dans la voiture, j'expliquais à Amos qui était Apfelbaum et le rôle qu'il avait joué dans la sauvegarde de mon trésor de guerre. Moshé Apfelbaum habitait une vaste villa entourée d'un immense parc dans un quartier résidentiel d'Anvers. Il nous accueillit sur le perron dans une robe de chambre.

Nous nous sommes installés dans un salon luxueux. Nous avons devisé sur les criminels de guerre et leurs complices, ces indéfendables dictateurs d'Amérique Latine. Le sujet favori d'Apfelbaum.

—Bien. Je dois partir, nous dit Zakin en consultant sa montre, à demain.

Apfelbaum nous a conduits dans nos chambres.

—Reposez-vous. Le dîner sera servi à huit heures. Si vous avez des vêtements à laver, déposez-les dans la salle de bains.

Le dîner était royal. Apfelbaum, une kippa sur la tête, évoqua longuement la capture d'Adolf Eichmann en 1960. Il expliqua que le gouvernement de l'Allemagne de l'Ouest connaissait le nom sous lequel Eichmann se cachait en Argentine, les Allemands craignaient qu'Eichmann ne dévoile le nom d'un autre dignitaire nazi qui faisait partie du gouvernement de Konrad Adenauer, un certain Hans Globke.[1]

— Enfin. Grâce à des gens comme vous et avec l'aide de Dieu, nous les aurons tous. « Lê Haïm ! » s'exclama Apfelbaum.

— « Lê Haïm ! » reprit Kupfer. « À la vie ! »

1. Authentique.

XXXII

Nous avons regagné nos chambres. La nuit fut longue. Je revoyais les quelques semaines qui s'étaient écoulées depuis le début de cette histoire, Katia dans l'embrasure de la porte de mon bureau. Katia dans sa tombe. Toute mon existence tenait dans cet intervalle de temps. Rien avant et plus d'après. Peu importe la destination que me proposerait Avner. J'ai sombré dans un sommeil sans fin. Comme un mort sans rêve.

Apfelbaum frappa doucement à ma porte. Je le retrouvai en compagnie de Kupfer autour d'un petit déjeuner.

—Je vais devoir vous abandonner chers amis, nous dit Apfelbaum, je serai de retour en fin d'après-midi. Vous trouverez un repas froid dans la cuisine.

Apfelbaum ajusta sa kippa et partit, une serviette de cuir à la main. Nous avons passé le reste de la journée en balade dans le parc et en lecture dans la bibliothèque. Avner est arrivé vers seize heures.

—Apfelbaum a dû vous le laisser entendre, vous ne pouvez pas rester ici plus longtemps. Il attend d'autres personnes. J'ai récolté quelques informations par mon correspondant à Paris. Interpol est à votre recherche. On sait que vous n'êtes pas seul Maxime, mais il ne dispose d'aucune information sur vous, Kupfer. Vous laisserez votre voiture ici. Vous prendrez la mienne. Au sud du port, dans la Namenstraat, vous trouverez un bar grec. L'Acropole. Le patron s'appelle Makrakis. Je vous y retrouverai vers dix heures ce soir avec vos passeports. Allez maintenant, je remercierai Apfelbaum pour vous.

—Comment trouver la Namenstraat ?

—Dirigez-vous vers le port, quand vous arrivez au bord de l'Escaut, longez le quai vers le sud pendant deux kilomètres. Quand vous serez sur le De Gerlachekaaï, c'est la deuxième rue sur votre gauche. OK?

Je me répétais l'adresse plusieurs fois. Nous avons ramassé nos affaires. J'ai remis les clefs de la Mercedes de Youri à Avner et nous avons quitté la villa à bord d'une banale Citroën. J'ai trouvé l'Acropole sans difficulté. L'endroit me faisait penser au restaurant de Maria. Même environnement désert. De vieux immeubles de briques noircies sur lesquels pendaient des enseignes d'un autre temps. Un juke-box bourré de néons multicolores hurlait un sirtaki touristique, l'atmosphère puait l'ouzo et l'agneau grillé. Nous nous sommes installés à une table libre. Un homme au-delà de l'obésité, dans un gilet de brocard, déposa deux verres d'ouzo et une assiette de mezedes.

—Monsieur Makrakis ?

—Loui même...

—Nous venons de la part d'Avner Zakin...

—Zakiiiin ! Mon ami Zakiiin ! Il m'a prévenou, il va vénir mé voir ?

—Tout à l'heure.

—Alors en attendant, mangez !

Makrakis est reparti en se trémoussant sans équivoque.

—En voilà un qui ne cache pas ses penchants, lâcha Amos en riant.

Nous avons dîné sans chichi. Avner est arrivé directement dans les bras de Makrakis.

—Zakiiin ! hurlait l'obèse en l'étreignant.

Avner nous a rejoints à notre table.

—Ne vous inquiétez pas, on peut être homo et être un excellent agent ! Je n'ai que deux destinations à vous proposer, je vous conseille de les accepter. Amos, vous embarquerez demain matin à six heures sur le Herzl pour Haïfa. Il appareillera du quai De Gerlache derrière vous. Vous pouvez voyager avec vos papiers.

— C'est exactement où je souhaite aller, dit Kupfer.

— Maxime, remettez-moi tous les papiers à votre nom. Tous.

Je remis mon portefeuille à Zakin. Il l'ouvrit, le débarrassa de tout son contenu et me le rendit.

— Voici votre passeport, monsieur Drajick, Anton Drajick citoyen hollandais, puisque vous parlez couramment cette langue… Vous embarquerez demain à midi sur le Moebius. Il est à quai sur le Ledeganckkaaï, c'est le prolongement du De Gerlachekaaï. Destination Valparaiso. Mais si vous le souhaitez, vous pouvez embarquer avec Kupfer pour Haïfa, à vous de voir. Vous laisserez ma voiture ici avant votre départ…

— Le Chili me va très bien, Avner.

— Au fait Kupfer, ne vous inquiétez pas pour votre cousin… Michaël Afergan a tout avoué. Il a bénéficié de larges circonstances atténuantes. Deux mois de salaire d'amende. Je me demande comment vous vous y êtes pris pour faire avaler cette pilule à Van Wickers ?

— La réputation du Mossad n'est pas usurpée, se contenta de dire Kupfer.

— En l'occurrence, le Shin Bet. Une dernière chose Anton, faudra bien vous y faire, Maxime Hobart trouvera la mort dans un attentat dans une rue de Naplouse, ses restes seront inhumés en Israël.

— On dira une prière sur sa tombe ?

— Je vous le promets, Anton ! dit Avner en riant.

— Lê Haïm ! s'exclama Avner en avalant son ouzo.

— Lê Haïm ! répliqua Amos.

Je les imitai.

Avner et Kupfer échangèrent quelques mots d'hébreu. Nous avons avalé un café turc. Et Avner nous a quittés, mélancolique.

—Mazel Tov ! Anton... Bonne chance... me dit-il en me tapant sur l'épaule.

Nous avons ramassé nos sacs et avons abandonné Makrakis et son sirtaki. Nous avons marché le long des quais.

—Maxime, pourquoi pas Israël ? C'est un pays accueillant, pas besoin d'être juif pour y vivre, j'y ai beaucoup d'amis.

—Amos, je n'en doute pas mais je ne m'y vois pas.

—Mais là-bas, vous pourriez vivre au grand jour...

—Pour aller en pèlerinage sur ma propre tombe ? C'est trop tard pour moi, Amos. Maxime Hobart n'a plus besoin de grand jour...

Nous sommes entrés dans un autre bar dans une rue adjacente. Des Espagnoles. C'était ça, le port d'Anvers ! Autant de nationalités autant de bars. Comme à Zeebrugge chez Maria. Maria, Katia... Assis devant des tapas froides, Kupfer tentait de me persuader.

—À quoi bon Amos ? Pour continuer de nous voir et évoquer nos cauchemars ? Déborah à la morgue, votre librairie en flammes, la mort de Katia, deux macchabées dans des cubes d'acier ? Nos destins doivent se séparer.

—Il est bientôt l'heure pour moi, Maxime, gardez cette adresse... On ne sait jamais, me dit Kupfer en me tendant un carton à bière. Tout le monde connaît la Yeshiva Bneï à Jérusalem.

J'ai empoché le carton, nous nous sommes levés et avons rejoint le quai De Gerlache. Le porte-conteneurs était là. Une échelle de coupée métallique raclait le sol. On pouvait entendre le ronronnement des machines. Le Herzl n'allait pas tarder à appareiller. Kupfer m'a serré dans ses bras longuement puis il s'est dirigé vers la passerelle. Je suis resté sur le quai. Kupfer a disparu. Quelques minutes après, il était accoudé au bastingage. Deux matelots ont remonté l'échelle de coupée et le cargo a quitté le quai dans un vrombissement sourd. Kupfer avait couru vers l'arrière du pont et agitait son chapeau.

J'avais cinq heures devant moi. J'ai récupéré la Citroën d'Avner devant l'Acropole. J'ai roulé en direction d'Ostende.

Revoir la maison où l'espace de quelques heures, j'avais connu le moment le plus intense de mon existence. J'hésitais. Plusieurs fois, j'ai failli renoncer. Mais qu'avais-je à faire d'autre ? Je passai plusieurs fois devant l'imposante villa Van Wickers. À mon dernier passage, j'ai aperçu quelqu'un devant la porte. Je me suis garé un peu plus loin et suis revenu vers le portail. Madame Gréoult balayait le seuil. J'ai poussé la grille et me suis approché d'elle.

— Mais c'est le policier français ! s'exclama-t-elle...

— Que faites-vous ici, madame Gréoult ?

— Le successeur de monsieur Hapter, paix à son âme, m'a demandé de faire un peu de ménage. La maison va être vendue... Ce sera plus présentable. Quand j'y pense. Ce pauvre notaire. Et ce brave monsieur Van Wickers. Il m'avait dit qu'il avait une fille... Je ne l'ai jamais vue.

— Elle est morte... dans un accident.

— Ah bon ? Ça alors ! Quelle malédiction sur cette famille ! Entrez donc boire un rafraîchissement...

— Non merci, je dois y aller... Paris est loin. Une autre fois peut-être...

J'ai abandonné madame Gréoult sur le pas de la porte. J'étais presque devant la voiture quand j'ai entendu dans mon dos :

— Monsieur ! Monsieur !

Madame Gréoult venait vers moi en courant, un paquet à la main.

— Dites... J'y repense... J'espère que ce n'est pas grave... J'ai oublié de dire à monsieur Mollens que monsieur Van Wickers, la veille de sa mort, m'avait demandé de garder ça chez moi, dit-elle en me tendant une boîte à chaussure ficelée... J'espère qu'il ne va pas se fâcher... En plus, si sa fille est morte, qu'est-ce que je dois faire de ce paquet ?

— Mollens n'en saura rien... Un bon conseil... brûlez-le madame Gréoult ! Brûlez-le !

Dans la voiture. Je riais comme je n'avais jamais ri. C'était inextinguible. Et en même temps, je pleurais. Je pleurais de mon rire, je riais de mes pleurs ! Je ne distinguais plus la route.

J'ai garé la voiture devant chez Makrakis. Et mon sac à la main, je me suis dirigé vers le quai. J'ai aperçu le Moebius. Un immense vraquier. J'ai gravi les marches de la passerelle d'un pas pesant, comme si je traînais derrière moi toute la lourdeur du monde. Mais c'était bien ma vie que je traînais. On m'a dirigé vers le commandant. Il me dévisagea longuement puis me dit :

— Monsieur Drajick, sans doute. Je suis le commandant Colley. Bienvenu à bord. Nous appareillons dans un quart d'heure.

Colley donna des instructions à un matelot qui me conduisit à ma cabine. Elle donnait à tribord. Je me suis allongé. Je pouvais voir à travers un grand hublot les hangars qui bordaient l'Escaut. Puis un tremblement à peine perceptible m'avertit que nous quittions le quai. Je me suis chaudement couvert et suis monté sur le pont. Le cargo se dirigeait vers l'estuaire du fleuve. La marée descendante accentuait sa vitesse. Des centaines de millions de mètres cubes d'eau entraînaient le bateau dans les méandres du Zeeland et ses paysages de dunes. Une heure après, nous quittions l'embouchure de l'Escaut et croisions au large de Knokke. J'apercevais très nettement la digue… Willy Beck dans son fauteuil, je marchais près de lui, un saxo à la main… Puis Zeebrugge où je buvais avec la rousse Maria et enfin le phare d'Ostende. Et… la côte est devenue trouble comme à travers un verre dépoli. J'ai regagné ma cabine. Je n'en suis plus sorti que pour le repas du soir.

J'ai fini mon histoire. Voilà trois semaines que j'écris. Depuis mon départ d'Anvers. Ce matin, je suis monté sur le pont. On apercevait des côtes des deux bords.

— On traverse le canal de Panama, m'a dit un homme d'équipage, après ça, cap au sud vers Valparaiso ! Vous connaissez ?

— Non.

Une belle brise soulevait mes cheveux. Loin d'ici, quelqu'un priait sur la tombe de Maxime Hobart.

Épilogue

Viña del Mar
12 janvier 2006

En cette fin d'après-midi, le nord de la baie de Ranaca était désert. Sur l'étroite corniche qui surplombait la plage, le gyrophare d'une ambulance balayait l'obscurité naissante. Par intermittence, les silhouettes de trois hommes en contrebas apparaissaient dans une clarté bleue.

—On ne va pas passer la nuit ici Guttiérez ! Vous avez relevé l'identité de ce type ?

—Oui capitaine. C'est un citoyen hollandais.

Le capitaine s'agenouilla sur le sable et souleva le drap qui recouvrait un brancard de toile.

—Qu'a dit le légiste ?

—Il n'est pas resté cinq minutes ! Arrêt cardiaque. Il vous enverra son rapport.

—Il avait des effets personnels ?

—Seulement ce sac. Il y avait ça, à côté de lui, dit Guttiérez, je crois que c'est de l'italien, on dirait des lettres…

Le capitaine se saisit d'une épaisse liasse de feuillets retenus par une pince de bois, puis la restitua au sergent après l'avoir brièvement scrutée.

—Du français, Guttiérez, du français… Emmenez-le à la morgue de Valparaiso et prévenez le consulat de Hollande. Ils se démerderont bien avec ça !

—Et ces lettres, capitaine ?

—Quoi ces lettres ? J'en sais rien ! Remettez-les au consulat ou brûlez-les !

Le sergent Guttiérez et l'autre homme se penchèrent et soulevèrent le brancard.

—Je me suis toujours demandé pourquoi les morts sont si lourds !

—Parce qu'ils emportent leurs secrets avec eux, Guttiérez ! On ne t'a pas appris ça ! Et lui, il a sûrement pas eu le temps de se confesser…

FIN

Remerciements

Lorsque l'on sort d'un livre de Bernard Werber, il est difficile de prétendre à l'originalité ! Imaginer qu'il va peut-être se pencher sur votre prose ne peut que vous terrifier… C'est dire qu'avoir recueilli son suffrage relevait de l'improbable… Je lui suis très reconnaissant de s'être promené dans mon histoire. Qu'il y ait trouvé quelque plaisir risque bien de flatter mon ego… Qu'il veuille bien trouver ici toute ma gratitude pour son indulgence. J'espère rester à la hauteur de son jugement dans mes prochaines récidives.

Grâce aux Nouveaux Auteurs, à son comité de lecture et à ses collaborateurs, mon roman a vu le jour. Je remercie son directeur général Jean-Laurent Poitevin pour les efforts qu'il déploie pour une meilleure diffusion de ses auteurs.

Enfin, un grand merci au magazine VSD qui apporte par ce concours un soutien indispensable à la promotion de nouveaux auteurs auprès de ses centaines de milliers de lecteurs.

PRIX VSD DU POLAR

LE PRIX DU JURY

"Le récit est constamment inquiétant et surprenant. J'ai aimé ce thriller pour la noirceur du propos et son côté politiquement incorrect : pourquoi ne pas tuer ceux qui le méritent?"
Jean-Christophe Grangé, président du jury.

Mauvais sang

Manfred Kastrop

Ado surdoué et serial killer ! Effrayant ? Terrifiant !

1974, dans un pays du nord de l'Europe. Alfred connaît cet instant que certains vivent un jour : celui où l'on décide de résister, ou non, à une pulsion violente. Âgé de treize ans seulement, surdoué et sociopathe, il se laisse emporter et assassine son père tyrannique.

S'ensuit alors un délire de justicier, qui le pousse à commettre d'autres crimes. Pendant ce temps, la passion qu'il éprouve pour Monika lui fait échafauder d'autres plans, afin de pouvoir la séduire, jusqu'au jour où il découvre le véritable secret de sa fascination pour cette femme. Et là, sa vie bascule à nouveau…

Manfred Kastrop

51 ans, d'origine néerlandaise et ancien pilote. Il vit désormais à Biarritz où son bonheur s'articule autour de sa famille, la peinture et l'écriture.

GAGNANT PRIX VSD DU POLAR

"Plein de secrets et de manipulations !"
Jean-Christophe GRANGÉ

Le bras du diable

Julie Waecherli

Du jeu...
Ils invoquent les esprits pour les défier
...à la réalité,
Des crimes en série et une double enquête
il n'y a qu'un pas pour que le mal se réveille !

De nos jours – alors qu'un groupe d'adolescents s'adonne à des séances de spiritisme – des meurtres sanglants viennent troubler la quiétude d'un petit village alsacien. La gendarmerie enquête avec peine, les villageois se déchaînent et chacun mène son enquête. Mais l'assassin ne laisse aucune trace, aucun indice, sauf des messages énigmatiques à l'encre rouge. Parallèlement, un vieil homme atteint d'Alzheimer voit des flashs de son passé ressurgir : la guerre d'Algérie et ses tortures… laissant présager de terribles secrets.

Julie Waeckerli
20 ans, étudiante à la faculté de philosophie de Strasbourg. Elle écrit depuis son plus jeune âge et rêve de devenir écrivain. Le bras du diable *est son 1er roman.*

Un roman plébiscité par un comité de lecture grand public.

Toutes les notes de ce roman sur www.lesnouveauxauteurs.com

Couverture :
Fotolia.com © drunkdwarf
Fotolia.com © nuttapongg / bleu
iStock @ Zacarias Pereira da Mata

Ligne graphique : Chrystèle Ferté
Studio Fabrication : Flora Bellanger
Composition : IGS-CP à L'Isle-d'Espagnac (16)

Impression :

CPI
BRODARD & TAUPIN

pour le compte des Éditions

Les Nouveaux Auteurs

Dépot légal : avril 2013 – N° d'impression : 73261